Christian Schmidt
Rhapsodie in Grün

Christian Schmidt

Rhapsodie in Grün

Viel Spaß beim Lesen
Herzlichst

edition fischer

Bibliografische Information der Deutschen Nationalbibliothek
Die Deutsche Nationalbibliothek verzeichnet diese Publikation in der Deutschen Nationalbibliografie; detaillierte bibliografische Daten sind im Internet über http://dnb.d-nb.de abrufbar.

Orber Str. 30, D-60386 Frankfurt/Main

Titelbild: Deviant © www.fotolia.de
Schriftart: Palatino 11°
Herstellung: efc/Lo
Printed in Germany
ISBN 978-3-89950-762-1

Alles beginnt mit der Sehnsucht,
immer ist im Herzen Raum für
mehr, für Schöneres, für Größeres.
Nelly Sachs

Inhalt

Vorwort

»Rentner« oder nicht »Rentner«, das ist hier die Frage

Eine verdammt harte Nuss, die es zu knacken gilt, obwohl die Antwort völlig klar ist. Natürlich nicht »Rentner«! Doch wie fängt man das am besten an? Ich habe ein Jahr länger gearbeitet, als ich »durfte«, um die Strategie festzulegen. Das Ergebnis ist überraschend simpel und verglichen mit der Zeit des Brainstormings geradezu ernüchternd: Weiter arbeiten! In deinem Beruf will dich keiner mehr, also: Such dir was Neues! Ist doch nicht schlimm. Die Betätigungsfelder werden anders sein als bisher, dafür interessanter. Die ewige Routine ist einem doch sowieso auf den Sack gegangen. Jetzt wird Neuland betreten! Abenteuer locken! Man darf zeigen, dass man kein einseitiger Trottel ist! Klasse!

Wenn es gelingt, den »wohlverdienten Ruhestand« in einen Unruhestand zu ändern, hat man ihn sich wohl verdient. Wer das nicht kann, wird es schwer haben; sehr schwer. Er wird lustlos in die »Glotze« starren, Bier trinken, Lulle im Mundwinkel, krank werden und im Trainingsanzug unrasiert und ungewaschen sterben.

Frauen werden dick, kriegen Pickel, grobe Barthaare, Cellulite, Hängebusen und in den Interdigitalfalten Soordermatitis. Das Restliche verläuft wie bei den Männern.

Recht freudlos dieser »wohlverdiente Ruhestand«, deshalb haben Festredner und Gratulanten auch immer so ein süffisantes, impertinentes Grinsen im Gesicht, wenn sie einem die Hand schütteln und auf die Schulter klopfen. Alle duzen dich plötzlich. »Hast es dir doch verdient, alter Junge. Wird schon werden. TOI! TOI! TOI!«, und du weißt ganz genau, dass sich alle freuen, dass du nun endlich abhaust und in Zukunft in Trainingsanzug und Filzschlappen auf dem Sofa rumhängst. Gerne würden sie dir per

Videokamera zusehen und sich einen Dreiangel in den Bauch lachen.

Allein schon weil du diesen geistigen Tieffliegern, die sich jahrzehntelang vor dir die Knie und die Stirn blutig geschlagen haben, diesen Triumph nicht gönnst, musst du rechtzeitig auf den neuen Kurs umschwenken, auch auf die Gefahr, dass du aus dem gewohnten Fahrwasser nun in eine raue See kommst. Der Wind bläst von vorn. Doch vor allem: Zeig, wie man's macht und dass du ihnen auch mit 66 noch haushoch überlegen bist.

Es geht um die Frage: Wer von euch kann mir das nachmachen? Solange die Antwort »Niemand« lautet, bist du auf dem richtigen Weg. Eins ist sicher, im Sportanzug auf der Chaiselongue sitzen und nach Schweiß stinken kann jeder. Da man aber immer etwas Besonderes war, muss das auch im Alter so bleiben. Auf dem Sofa sitzen und nicht nach Schweiß riechen reicht da nicht aus.

Als leidenschaftlicher Hobbygärtner wird es mir leichtfallen, unruhig zu bleiben. Um aber ganz »auf Nummer sicher« zu gehen, habe ich auch noch das Schreiben, eine Leidenschaft, die mich mein ganzes bisheriges Leben begleitet hat. In den Wintermonaten, wenn im Garten nicht so viel zu tun ist, werde ich mal alle bisherigen Texte hervorholen und überarbeiten. Freunde und Bekannte haben mich schon oft zur Veröffentlichung überreden wollen. Mir fehlte aber immer der Mut, weil ich bislang nur wissenschaftlich publiziert habe. Nun werde ich es mal versuchen.

Ich liebe das Schöne, und Sprache ist etwas besonders Schönes. Dazu kommt die Natur: Sie verkörpert in höchster Vollendung das Wahre und das Gute. Sie soll mir, als Ariadne-Faden, durch die Unwägbarkeiten der Terra incognita helfen.

Nimm' dir nur Zeit, du hast ja Zeit ...

Ich verdiente die »Brötchen« als Arzt, genauer gesagt, als Radiologe. Das war für mich kein Job, sondern ein Beruf, denn ich fühlte mich dazu berufen, den Menschen zu helfen. Da der liebe Gott die Diagnostik vor die Therapie gesetzt hat, stand ich in der ärztlichen Kette ganz vorne. Das heißt: Ich war mit der Erste, dem die Leiden erzählt wurden. Im Laufe meines Arztdaseins habe ich im Patientenverhalten einen deutlichen Wandel erlebt. Früher kamen die Kranken, wenn es gar nicht mehr ging. Die Gespräche waren kurz. Etwa: Ich habe so einen Druck hinter dem Brustbein und bekomme bei der geringsten Belastung keine Luft mehr, oder ach, wissen Sie, Doktor, ich habe so viel Gewicht verloren. Vielleicht liegt es ja daran, dass mir nichts mehr schmeckt. Heute ist das Arzt-Patienten-Gespräch völlig anders: Also, nu' passe Se ma' Obacht, Herr Schmidt, ich hab' do so e rode Flegge am linge Unnerschengel. Hier! Gugge Se ma. Den hadde ich gestern noch nett! Kann das was Schlimmes sei? Wisse Se, ich hab' mich scho ma im Innenet schlaugemacht. Also, da stehe jo ganz schregglische Sache drinn. Also isch versteh' das gar net. Isch bin doch imme gesund gewesse und nun das! Also, Herr Schulze, wenn ich jetzt auch mal was sagen darf: Juckt der Fleck denn? Ja un wie, isch gratze misch fast zu Toode seit gesten Abbend. Also, wenn das so weidegehe dud, werr isch wohl ins Grangehaus misse. Das muss sische oberiert werdde. Na, Herr Schulze, so schlimm ist es nicht. Warten Sie mal zwei, drei Tage, dann ist alles wieder in Ordnung. So ein Insektenstich braucht seine Zeit. Spätestens jetzt habe ich als Arzt verschissen. Ich habe das schlimme Leiden banalisiert. Innerlich werde ich als Pfuscher abgestempelt. Der Patient wird nun zu einem »Spezialisten« gehen. Da bekommt er erst einen Ultraschall, dann vielleicht noch ein MRT. Das dauert, wegen der Wartezeiten, zwei, drei Tage. Die lokale

Rötung ist weg. Der Patient ist zufrieden. Er wurde ernst genommen. Schließlich standen ja fürchterliche Dinge im Internet. Ja, ja, so ist das heute. Ich untersuche mehr rote Flecken und Pickel als wirklich Kranke. Warum? Nun, wir haben doch E-Health. Keiner weiß so recht, was das ist oder was das sein soll. Klingt aber modern. Die Definition dieser neuen »Krankheit« reicht von Telemedizin bis zu Online-Health oder Consumer-Health Informatics (CHI, die Abkürzung gibt dem Ganzen noch eine besondere Gewichtigkeit), in jedem Fall ist es etwas, was mit Gesundheit und der Internet-Infrastruktur zu tun hat. Es ist so eine Art Patient-Computer-Interaktion, eine Vorabinformation für das Arztgespräch. Der Patient macht sich erst mal »schlau« durch ein Fern-Monitoring, das jeglicher ärztlichen Tätigkeit extrem hinderlich ist, denn, entweder sind die gewonnenen Informationen laienhaft und unvollständig, oder so fachspezifisch, dass es ein Arzt, nicht aber eine Strumpfverkäuferin oder ein Briefzusteller verstehen kann. Bei solchen Patienten verliert man unendlich viel Zeit, ihnen zu erklären, was sie alles nicht verstanden haben. Eines ist aber klar: Trotz aller Bemühungen wird der Patient immer skeptisch bleiben, denn schließlich ist ihm seine Gesundheit was wert, und irgendwie stand im Internet alles anders, als es der Doktor erzählt. Das ist der Geist der Zeit. Da müssen wir Ärzte durch. Der moderne Patient versteht etwas anderes unter dem Begriff Gesundheit als wir. Das Magazin Men's Health (Männer-Gesundheit) zeigt gekonnt die Interpretation dieses Begriffes im modernen Zeitgeist. Das Blatt gibt es an jeder Tankstelle. Es lohnt sich. Da werden alle Probleme der Männerwelt angesprochen. Die Themen sind aufgelistet in: Fitness, Health, Food, Love, Style, Tech, Life, Community. Was will man mehr. Endlich mal nicht diese blöden Themen: Bildung, Anstand, Philosophie. Fit for fun, ist die Devise. Hier, im super aufgemachten Journal werden alle nötigen Probleme cool abgehandelt. Unter dem Titel Männergesundheit findet man die Erkenntnis, dass Glücksgefühle das Herz schützen. Bruno Banani gibt Tipps für den souveränen Verführer, zeigt lässige Workout-Ideen für den Traumbody und gibt heiße Flirt-Tipps. Man findet auch Hilfe bei vorzeitigem Samenerguss und lernt, dass Dicke langsamere Spermien haben. Das lässt natürlich den Rückschluss zu, dass langsame Spermien schneller ans Ziel kommen, denn die Fettleibigkeit nimmt immer mehr zu. Unter dem Thema Verhütung XXL erfahren wir dann, dass Männer immer zu große Kondome nehmen. Angeber! 15 cm ist der deutsche Durchschnitt! Hat zumindest Harald Schmidt gesagt, und der muss es ja wissen.

Gesundheit ist heute etwas »wahnsinnig Wichtiges« geworden. So wichtig, dass die Deutschen im Schnitt 18-mal im Jahr zum Arzt gehen. Den Skandinaviern reichen zwei Mal. Da ist der Weg zum Arzt weiter. Wenn man bedenkt, dass aus einem Arztbesuch durchschnittlich eine Woche krankschreiben resultiert, versteht man so manches.

Bei den Arztbesuchen ist Deutschland Spitzenreiter. In der Bildung nicht. Da liegen wir knapp vor Kamerun. Damit will ich nicht sagen, dass es einen Zusammenhang zwischen Gesundheitswahn und Bildung gibt. Der Himmel bewahre mich. Diese Aneinanderreihung ist rein zufällig. Auffällig ist nur, dass so viele deutsche Ärzte nach Skandinavien gehen. Die praktizieren lieber an einem norwegischen Fjord, wo die Sonne einmal im Jahr die ländliche Idylle erhellt, als in Deutschland. Viele finden das komisch. Ich nicht. In Norwegen sind die Arbeitsbedingungen besser. Da werden Ärzte, die den ethischen Anspruch haben, Kranken zu helfen, auch nicht durch Medien beschimpft und diskriminiert. Arzt bedeutet, den ganzen Tag fest in die Arbeit eingebunden sein. Da bleibt keine Zeit für das eigene Leben. Ich habe jahrelang 60 Stunden pro Woche gearbeitet und jede zweite Woche, inklusive Wochenende, Bereitschaftsdienst gehabt. Kein Verwaltungsdirektor macht sich darüber auch nur einmal Gedanken. Man hetzt unter der Last des Leistungsdrucks durch das Leben, ohne es zu leben. Für Eigenes bleibt nicht viel übrig. Während manche am

Wochenende ins Fußballstadion gehen, tauche ich in die herrliche Welt des Gartens ein und gehe auf Traumreise. Die Gedanken eilen hinaus und lassen Röntgenstrahlen, Oberflächendosis und Strahlenrisiko rasch hinter sich. Traumreisen sind bei der wenigen Freizeit ganz praktisch. Man vergeudet keine Zeit mit Kofferpacken. Der Traumreisende braucht kein Gepäck. Ihm genügt eine gedachte Rückfahrkarte, damit er nicht vergisst wiederzukommen. Von diesen »Reisen« bringe ich oft Geschichten mit, die ich dann aufschreibe. So entstanden im Laufe der Zeit kleine Erzählungen zur Problembewältigung, oder als eine Art Denksport. Dabei liebe ich es, die Dinge, die uns ganz gewöhnlich und normal erscheinen, einmal aus einem anderen Blickwinkel zu betrachten. In irgendeiner Illustrierten habe ich vor kurzem gelesen, dass das die beste Alzheimer-Prophylaxe sei. Die kleinen Erzählungen sind aus dem Alltagsleben, Gedanken zum Zeitgeschehen, aber auch Überlegungen ganz allgemeiner Natur. Da ist nun schon das wichtige Wort gefallen: Natur. Alle Geschichten haben in irgendeiner Form etwas mit der Natur zu tun. Deshalb habe ich ihnen auch den Titel »Rhapsodie in Grün« gegeben. Sie stehen nicht für allgemeingültige Wahrheiten, sondern sind subjektive Empfindungen: Geschichten eben. Ein Stück von mir. Von daher ist es verständlich, dass ich keinen Leitfaden präsentiere. Ich möchte zeigen, welche Bedeutung der Garten und mit ihm die Natur für unsere Seele hat, denn in ihm vereinen sich Geschichte, Naturwissenschaften, Poesie und Philosophie mit der Ahnung von der Unsterblichkeit des Lebens. In der Natur empfinden wir die Größe des Universums und die Bedeutungslosigkeit der eigenen Person. Der Garten ist nicht nur ein Sinnbild der Seele, sondern auch der Spiegel des Gesundheitsgrades einer Gesellschaft. Zwischen ihm und dem Geist dessen, der ihn angelegt hat, besteht eine sichtbare Verbindung. Aus der Gestaltung des Gartens kann man gut erkennen, wer und wie der Mensch ist, der ihn angelegt hat. Der Gärtner wiederum kommt seiner Selbsterkenntnis einen Schritt näher, weil er sich in dem, was er gemacht hat und wie er es gemacht hat, widerspiegelt.

Ein Garten braucht Zeit. Früher hatte man sie. Heute hat sie nur noch der passionierte Gärtner. Ich weiß nicht, woran es liegt, dass sich mehr und mehr das Wort passioniert durch pensioniert austauschen lässt. Ein leidenschaftlicher Gärtner legt seinen Garten selbst an. Der gewöhnliche Sterbliche, also der moderne Mensch, hat hierfür keine Zeit. Er rennt von Geschäft zu Geschäft, um Geld zu verdienen. Hochgeschwindigkeitsmenschen sind wir geworden. Es wird mit Lichtgeschwindigkeit kommuniziert. Am liebsten würden wir mit dem gleichen Tempo durch den Alltag hetzen. Überheblich lächelt man über Jules Vernes »In 80 Tagen um die Welt«. Wir schaffen das in 24 Stunden. Wir haben ein neues Zeitverständnis. Unsere Vorfahren lebten noch mit der Natur. Die sorgte für alles, was nötig war; natürlich auch für einen gesunden Umgang mit der Zeit. Beim ersten Hahnenschrei stand man auf und ging mit den Hühnern zu Bett. Was dadurch allein an elektrischem Licht gespart worden wäre, hätte man es gehabt! Heute finden wir die Zeit nicht mehr in der Natur oder am Sternenhimmel über uns, vor dem Kant die allerhöchste Achtung hatte, auch Turmuhren und Glocken sind kein Zeitmaß. Zeitfenster und Zeitmanagement sind angesagt. Früher, als die Zeit noch kein Datum kannte, brauchte alles seine Zeit. Der Jahreszyklus mit den vier Jahreszeiten, der Wechsel der Gestirne, Regenzeit und Trockenzeit, Tag und Nacht, alles schwang harmonisch im ewigen »Sphärenlauf«, weil diese Vorgänge kein Zeitmaß brauchten. Ob mit oder ohne Uhr, der Nil trat regelmäßig ab Juni für 100 Tage über die Ufer und gab der Wüste den nötigen Segen. Was spielten da schon Tage, Stunden, Minuten oder gar Sekunden für eine Rolle? Für Homers Zeitverständnis genügte Eos, die rosenfingerige Morgenröte. Erfolg setzte nicht unbedingt ein subtiles Zeitmanagement voraus. Weil für uns Zeit aber Geld ist (time is money), müssen wir sie natürlich exakt messen. Die Digitaluhr ist daher für den modernen Menschen die wichtigste Erfindung; neben dem Handy. Sie misst auf die hundertstel Sekunde genau. Mit ihr kann man die Zeit verwalten. Die Formung unseres Zeitempfindens lässt sich gut an der Entwicklung der Uhr zeigen. Sie ist ein direktes Maß für unsere fortschreitende Schnelllebigkeit. Die ersten Turmuhren, aber auch schon die Sonnen- und Wasseruhren, hatten Stundenzeiger, dann kam der zweite Zeiger für die Minuten und schließlich der Sekundenzeiger. Wir messen die Zeit bis zur hundertstel Sekunde genau. Pünktlichkeit wird Pflicht. Oscar Wilde konnte noch sagen: »Pünktlichkeit stiehlt uns die beste Zeit.« Heute gilt nicht mehr: »Wer pünktlich ist, ist gern allein«, sondern: »Wer zu spät kommt, den bestraft das Leben«. Von Geschäft zu Geschäft eilen ist angesagt. Mechanische Gleichförmigkeit im Takt einer Maschine ist das Ideal der modernen Zeitauffassung. Rücksichtslosigkeit und Aggression sind die zwangsläufigen Ergebnisse. Leidtragende sind Kinder, Senioren und Behinderte. Die einen können noch nicht so schnell, die anderen können es nicht mehr. Diese neue Lebensstrategie bringt zweifellos viele Nachteile, die wir unmittelbar nicht sehen, die sich aber mehr und mehr bemerkbar machen. Lernen, zum Beispiel, ist keine Frage der Schnelligkeit, sondern der Sorgfalt, der Ausdauer und der Beständigkeit. Diese Eigenschaften sind unmodern und daher nicht akzeptabel. Die Folge ist der Bildungsnotstand. Man weiß nur noch flüchtige Fakten, die sich schnell einprägen, der Rest steht im Internet. Lächerliche Schlagworte zählen. Ich denke nur an »cool«. Cool ist heute alles und nichts. Cool ist schnell ausgesprochen und man muss nicht nachdenken. Denken ist nicht mehr »in«, denn die, die nur von der Zeit getrieben dem großen Gewinnen nachjagen, denken nicht, denn denken kostet Zeit, doch Zeit ist Geld. Menschen, die denken, sind meist wenig begütert. Ich habe noch nie von einem reichen Philosophen oder Naturwissenschaftler gehört. Man hat fast den Eindruck, dass der Kapitalismus die Denker benachteiligt und die gehetzten Raser fördert. Tragisch ist nur, dass die Denker gebraucht werden, denn wo sollen die Innovationen herkommen, mit denen die Kapitalisten ihr Geld verdienen? Dass Schnelligkeit zu materiellem Erfolg verhilft, sehen wir täglich, dass aber Werte, wie Bildung, Herzenswärme, Hilfsbereitschaft, also das Wahre, Gute, Schöne, nicht im Schweinsgalopp zu erreichen sind, wird nur langsam oder gar nicht bewusst. Wem nützt die Zeitjagerei? Wie viel Tempo verträgt der Mensch? Fragen, die man sich stellen sollte. Die Antwort ist desillusionierend. Nur für die Moneymaker, die Banker und Börsianer, ergeben sich Vorteile. Für alle anderen nicht. Sogar die Industrie verträgt nur eine begrenzte Geschwindigkeit, denn Qualität braucht Zeit. Ohne Qualität und neue Produkte baut auch die beste Wirtschaft ab. Ist die Industrie erst im Eimer, sind es die Finanzen bald auch. Dann helfen auch keine Steuergelder mehr. Was bleibt zum Schluss von der ganzen Hetzerei übrig? Insolvenz vielleicht, vielleicht auch Reichtum für wenige, die ihn nicht genießen können, weil sie dazu keine Zeit haben, in jedem Fall aber der Tod und kurz zuvor die bittere Frage: Was hat mir das alles gebracht? Die Antwort liegt auf der Hand. Es ist die Erkenntnis, dass unsere Zeitmaximierung letztlich nur ein Verlust an Lebensqualität war und dass Geld alleine nicht glücklich macht. Friedrich Schiller fasst das Ergebnis eines solchen Lebens in der »Jungfrau« zusammen: »So geht der Mensch zu Ende – und die einzige Ausbeute, die wir aus dem Kampf des Lebens wegtragen, ist die Einsicht in das Nichts und herzliche Verachtung alles dessen, was uns erhaben schien und wünschenswert.« Das mag alles banal klingen, ist es auch, doch der getriebene, durch die Zeit jagende Mensch erkennt noch nicht einmal mehr das Banale, weil er zum Erkennen keine Zeit hat.

Es ist schon etwas Merkwürdiges mit der Zeit. Sie ist so alt wie das Menschengeschlecht selbst. Geboren aus dem Bewusstsein der Endlichkeit ist sie ein Maß für den Weg von A nach B. Sie ist, obgleich fest definiert, individuell völlig unterschiedlich und für jeden eine Unbekannte. A und B, als Anfang und Ende, sind klar. Die Strecke von

A nach B können wir uns einrichten, ihre Länge jedoch nicht bestimmen, wohl aber die Geschwindigkeit, mit der wir durch das Leben hetzen. Uns wird erst recht spät bewusst, dass die Zeit ein wertvolles Gut ist. Deshalb, so meint Seneca, schöpfen wir in der Jugend auch unbedarft und leichtfertig aus dem vollen Fass und meinen, es würde nie leer. Doch erst, wenn sich der Spiegel mehr und mehr senkt und wir das Spundloch am Boden meinen erahnen zu können, wird uns ihr Wert bewusst. Wir halten inne und werden nachdenklich. Ich lasse hier lieber die Marschallin aus Hugo von Hofmannsthals »Rosenkavalier« sprechen: »Wie kann denn das geschehen? Wie macht denn das der liebe Gott? Wo ich doch immer die gleiche bin. Und wenn er's schon so machen muss, warum lasst er mich denn zuschau'n dabei, mit so klarem Sinn? Warum versteckt er's nicht vor mir? Das alles ist geheim, so viel geheim. Und man ist dazu da, dass man's ertragt. Und in dem ›Wie‹ da liegt der Unterschied.«

Was haben wir mit unserer Zeit gemacht? Was können wir tun, um das Verbleibende sinnvoll und nützlich einzuteilen, es zu rationalisieren? Manche werden innehalten und traurig sein, weil sie sich der Unsinnigkeit ihres Zeitgebrauches bewusst werden. Sie erkennen, dass alles unwiederbringlich zerronnen ist. Der Denker ist auf diesen Moment vorbereitet. Er hat längst erkannt, dass wir nur Schauspieler auf der Lebensbühne sind. Alle haben eine Rolle zu spielen. Jeder seine eigene. Es liegt an uns, ob unser Lebensspiel eine Tragödie oder eine Komödie, ein billiges Boulevardstück oder ein anspruchsvolles Schauspiel wird. Dabei ist uns stets bewusst, dass wir keine Hauptrolle spielen, sondern zu den Komparsen zählen, oder vielleicht eine kleine Nebenrolle haben. Trotzdem müssen wir so auftreten, als seien wir der Heldentenor oder die Primadonna. Gleichzeitig sind wir auch die Kritiker, die, die das Stück zu bewerten haben. Mit der Zeit erkennen wir, dass es sich um ein einheitliches, in sich geschlossenes Ganzes handelt. Alles, was ist, hat einen Sinn. Nur das Nichts kann auf den

Sinn verzichten. Es gibt nur weniges, was zählt: das Wahre, Gute, Schöne. Diese ewigen Werte des Menschen sorgen dafür, dass unser Leben ein gelungenes Schauspiel werden kann. Wir müssen sie aber erkennen und nicht verbissen an ihnen vorüberrasen. Das moderne Zeitmanagement stellt unser Leben unter das Diktat der Nützlichkeit, der Zweckmäßigkeit, der Ratio, wenn man so will, unter den Terror der Vernunft. Die schöne Zwecklosigkeit darf nur noch in unseren Träumen und Phantasien sein. Der Rationalist, die Gesellschaftsmaschine, funktioniert nach ISO-Normen und Zeitfenstern. Der Homo ludens, der Schöngeist, der nach Freiheit strebende Mensch kommt nicht mehr vor. Er passt nicht in ein System, in dem nur das Geld zählt oder gezählt wird. Alles nach dem Motto: Es ist egal, was ich mache, die Hauptsache, ich habe Erfolg. Für sie ist das Leben kein Spiel, es geht auch nicht um Schönheitspunkte. Man will Gewinner sein. Die finden sich nur bei den Rationalisten, nie bei den Idealisten. Das sind Träumer, oder besser noch: Spinner.

Das Leben des modernen Menschen basiert auf dem Haben-Wollen. Die Freude am Dasein ist keine Alternative. Um die Gier zu befriedigen, werden immense Industrie-Netzwerke entwickelt. Diese Netzwerke sind durch Schnittstellen mit der Finanzwelt und der Politik subtil verknüpft. Keiner kann sie durchschauen, selbst die nicht, die sich ihrer bedienen. Vor diesem falschen Freiheitsgebrauch bekommt das Individuum irgendwann einmal Angst, weil es merkt, dass die drohende Katastrophe mal wieder zu seinen Lasten geht. Man fühlt sich zunehmend unbehaglich und meint, den Boden unter den Füßen zu verlieren. Wohin gehöre ich eigentlich? Ich bin ein Produkt der alten Zeit, lebe aber in der neuen. Ich weiß, dass die alten ererbten Tugenden ein sicheres Geleit für die Fahrt über den Acheron sind, muss mich aber an die modernen anpassen, will ich nicht im Diesseits absaufen. Man kommt sich vor wie ein Hundertjähriger, der lange geschlafen hat und gerne weiterschlafen möchte. Plötzlich wird er gezwungen, in eine neue Welt zu treten, die ihn nicht versteht, die er nicht versteht, und vor allem: die er nicht will. Er will nur den Schlaf und hasst alle, die ihn wecken. Er möchte träumen und vergessen. Die vielen Jahre harter Arbeit waren kräftezehrend. Nun ist er müde und ohne Erwartungen. Geblieben ist eine geradezu wollüstige Erstarrung in sich selbst.

Wer das Pech hat, einer der unglücklichen Generationen anzugehören, die zwischen zwei Epochen leben, ist irgendwann mit seinem Latein am Ende; im wahrsten Sinne des Wortes, denn früher gehörte Latein zur Bildung, heute wird man dafür verlacht. Englisch ist gefragt. Das nützt dem Geschäft. Wo, bitte, kann ich noch mit Latein Geld verdienen? Was zu nichts nütze ist, ist folglich unnütz.

Die alten Werte, die Leitbilder sind geschwunden und einer unendlichen Müdigkeit gewichen, weil es keine Alternativen gibt, die entstandenen Lücken zu füllen. Alles, wofür man kämpfte, gilt nichts mehr, ist Schnee von gestern. Warum stehe ich morgens noch auf? Rasieren, Zähne putzen, duschen. Ich ziehe die alten Kleider an, wie früher, bringe den Tag hinter mich und denke an früher. Ich lebe in der Vergangenheit. Sie ist schön, weil sie tot ist. Keine Aufregungen, keine Herausforderungen, nur Erinnerungen. Die fand ich früher nicht bedenklich. Aber es gibt zwei Erscheinungsformen: gute und schlechte. An den guten wärmen wir unsere Seele an kalten Tagen, die schlechten tyrannisieren uns ein Leben lang, sind ein Gefängnis, in dem wir, wenn wir sie nicht besiegen, lebenslänglich inhaftiert sind. Die schlechten bestimmen unser Selbstbildnis; nicht die guten. Sie sind als negative Engramme fest in unserem Gehirn verankert. Man kann sie nicht mit einem Maus-Click löschen und in den Papierkorb werfen. Nichts von Bedeutung kann in den Papierkorb geworfen werden. Wir müssen uns damit auseinandersetzen um ihre negativen Auswirkungen zu mindern. Dafür sollten wir sie aus den verschiedensten Blickwinkeln durchdenken oder immer wieder von ihnen erzählen, darüber reden. Das Reden ist wirkungsvoll, denn mit jedem Erzählen werden sie durch neue Formulierungen verändert, das Schlimme vielleicht gemildert, immer aber modifiziert. Sie werden uns vertrauter. Wir wissen, dass sie da sind, und lernen, über das Verstehen, den rechten Umgang mit ihnen. Ab irgendwann werden wir nicht mehr von ihnen bestimmt, sondern wir bestimmen sie. Leider sind hierfür die Mittel, die wir aus uns selbst schöpfen, begrenzt. Wir verwenden früher oder später immer wieder die gleichen Denk- und Erzählmuster. Spätestens jetzt brauchen wir Hilfe. Das kann in Form eines Psychologen oder Psychiaters sein. Besser, weil es unsere Persönlichkeit fordert, ist das Lesen. Hierdurch erkennen wir nicht nur, dass wir mit unseren Problemen nicht allein sind, sondern dass es anderen nicht besser geht. Wir erfahren, welche Lösungsmöglichkeiten noch zur Verfügung stehen.

Die beste Möglichkeit zur Bewältigung von Problemen und damit auch von negativen Erinnerungen ist das Schreiben. Mein Bleistift, mit dem ich meine Manuskripte schreibe, kennt mich am besten. Er überträgt das, was ich denke und fühle, was in den tiefsten Tiefen meines Inneren versteckt ist, zusammen mit den vielen Oberflächlichkeiten, auf ein Blatt Papier, denn ich schreibe mir, ohne viel nachzudenken, die Dinge von der Seele. Wenn ich das Geschriebene, nun mit den nötigen Korrekturen, in den Computer übertrage, frage ich mich oft, warum ich diese oder jene Formulierung gewählt habe und warum ich mich jetzt für eine andere entscheide. Das ist für mich der höchste Grad der Selbsterfahrung. Der Bleistift übertrug mein unreflektiertes Innerstes auf ein Blatt Papier. Ich lese es, erkenne mich in dem Geschriebenen, durchdenke die Worte, ersetze das eine oder andere, verändere möglicherweise den Satzbau und die Ausdruckskraft und gebe es in den Computer. Durch das Durchdenken löse ich meine Probleme und lerne mich gleichzeitig kennen. Dabei kommt man oft zu Selbsterkenntnissen, die verblüffend sind. »Dass man ein ganz famoses Haus«, wusste man ja schon immer, ebenso wie alle anderen positiven Eigenschaften. Das Negative aber, die Eigenschaften, die man nicht so gerne sieht, geschweige denn akzeptiert, treten deutlicher hervor und bedürfen einer sorgfältigen Eingliederung. Eigene Schwierigkeiten, die dabei zwangsläufig auftreten, bespreche ich gerne mit meinem Umfeld, d.h., ich mache sie öffentlich und stelle mich der Fremdkritik. Das geschieht ganz frank und frei. »Findet ihr mich eigentlich arrogant?« – »Nee, arrogant bist du eigentlich nicht, aber sehr distanziert, das kann schon manchmal als arrogant gedeutet werden«. Solche Aussagen sind natürlich angenehm, weil man sie so lassen kann. Man hat eben gute Freunde.

Ich bin ein gläubiger Mensch. Die Inhalte meines Glaubens stimmen mit dem Christentum, nicht aber mit den Konfessionen überein. Diese Lebenshaltung, die ein wichtiger Teil meines Selbstbildnisses ist, wurde schon viel belächelt und kritisiert, dennoch sehe ich absolut keinen Handlungsbedarf, meine Einstellung zu ändern. Ich bin weder missionarisch unterwegs noch tyrannisiere ich mein Umfeld, sondern vertrete, als ein Verehrer Friedrich des Großen, die Einstellung, dass jeder nach seiner Fasson selig werden soll, ja muss.

Auf dem Weg zur Selbsterkennung wird mancher früher oder später die Erfahrung machen, dass er zwei Personen ist: die, die er sein möchte und die, die er ist. Was nach außen gezeigt wird, ist eine Mixtur, die, der jeweiligen Situation angepasst, den größten Erfolg verspricht. »All the world's a stage and all the men and women merely players.« Es ist zweifelhaft, ob die Frage »Was ist in mir festgelegt und was ist von mir aufgelegt?« beantwortet werden kann. Ich denke nicht. Es ist auch nicht nötig. Wichtig ist, dass wir über eine kritische Selbstbewertung ständig an unserem Selbstbildnis arbeiten.

Ach, du liebe Zeit, jetzt bin ich über die schlechten Erinnerungen und deren notwendige Bewältigung zur Selbsterkennung gekommen und hatte nur vor, Jean Pauls schönen Aphorismus: »Erinnerung ist das einzige Paradies, aus dem wir nicht vertrieben werden können«, dahin gehend zu relativieren, dass sich diese Aussage nicht auf alle Erinnerungen bezieht. Das Schwärmen von der Vergangenheit geht mir gewöhnlich fürchterlich auf den Keks. Das, was da verherrlicht wird, war doch insgesamt gar nicht so, und ich bin sicher, dass keiner das alles noch einmal erleben will. Ich zumindest möchte nicht noch mal zwanzig sein. Weiß Gott nicht! Ich möchte auch all die schönen Dinge, die ich erlebt habe, nicht noch einmal erleben, weil sie alle mit Herzeleid endeten. So, wie jede gute Tat einmal bestraft wird, so muss man auch für alles Schöne irgendwann bezahlen. Diese Schmerzen hätte ich dann ja ebenfalls noch einmal zu durchleben. Da ist es mir viel lieber, die guten Erinnerungen zu bewahren und die schlechten zu verarbeiten. Das ist ein guter Schlussstrich.

Der moderne Mensch, der Rationalist, kümmert sich nicht um einen Garten, der bringt kein Geld. Sein Ehrgeiz zwingt ihn, unaufhörlich vorwärtszustreben, mit allen zu wetteifern und gleichzeitig die zu beneiden, die irgendetwas haben, was er nicht hat. So ist sein Leben stets auf die äußere Welt gerichtet, die Welt, in der er ist, und nicht auf die Welt, die er in sich trägt. Er hat keine Träume, höchstens den vom großen Coup. Er investiert in den Gartenarchitekten und den Stauden-Züchter, die eine Anlage machen. Sein Garten ist lediglich Besitz, den man Geschäftspartnern zeigt. Da ist keine Phantasie, kein Experimentiertrieb, alles ist angepasst und austauschbar. Solche Anlagen sind das klassische Beispiel seelenloser Bepflanzungen, die nur von Weitem wie ein richtiger Garten aussehen. In der Gesamtheit mit dem Haus ist er, wenn überhaupt, ein begrünter Freisitz und ordnet sich, wie man beim Betrachten moderner Wohnanlagen deutlich sehen kann, dem Haus unter. Er ist eine erschreckende geometrische Ordnung der blassesten und plattesten Art. Alles wirkt uniform und pflegeleicht.

In der Regel finden wir Rasen, ein paar Koniferen und wenn es hoch kommt, mir kommt es oft hoch, im Rasen ausgespart ein rundes, ovales oder viereckiges so genanntes »Blumenbeet« mit Ringelblumen, Fuchsien, Ziertabak und

Begonien, wie in den Pflanzkübeln unserer Städte, als typisches Beispiel bürgerlicher Spießigkeit. Nach der Definition ist auch das ein Garten. Wir empfinden ihn aber als unschön. Warum ist das so? Weil ein solcher Garten keine Seele hat. Er wurde nicht im Herzen empfunden, sondern mit dem Rechenschieber oder mithilfe einer Logarithmentafel konstruiert. Ich habe da zwei uralte Begriffe gebraucht, die man heute durch Grafik-Programm getrost ersetzen kann. So eine Anlage wirkt nüchtern und lieblos. Für den Mathematiker vielleicht herrlich, für den phantasievollen Menschen aber eine Katastrophe. Hier fehlt die Schönheit. Womit wir wieder bei der Frage sind, warum ein solcher Garten nicht schön ist. Man muss Schiller bemühen, um weiterzukommen. Er sagt: Schönheit ist Freiheit in der Erscheinung. Das hilft weiter. Ein Pferd wird gewöhnlich als schönes Tier empfunden. Stimmt das aber wirklich? Ist das Pferd, das mit schweren Schritten und vor Anstrengung schwitzend einen Pflug zieht, wirklich schön? Doch wohl nicht. Es ist eine gequälte, unter dem Joch gehende Kreatur. Es ruft Mitleid hervor. Keiner käme auf den Gedanken, von einem schönen Tier zu sprechen. Ein Vollblutpferd in der freien Wildbahn, dessen lange Mähne im Wind weht, wirkt auf jeden schön, nicht nur weil es in der Freiheit ist, sondern diese auch verkörpert. Selbst der schwere Ackergaul auf der Koppel, ohne Geschirre und Halfter, strahlt Kraft und Schönheit aus, weil er frei ist, oder zumindest freiheitsähnlich. Genauso verhält es sich mit dem Garten. Der konstruierte Plan-Garten, ebenso wie die herzlose Anpflanzung, strahlt keine Schönheit aus, weil sie keine Freiheit, keine Natürlichkeit besitzen. In ihnen wird die Natur unterjocht, in eine Zwangsjacke gesteckt. Schiller würde sagen: »Es wurde in eine Schnürbrust gepresst, was Adlerflug geworden wäre.« Die Pflanze selbst bringt alle Anmut und Schönheit mit. Es ist der Mensch, der sie zerstört, weil er ihre Seele nicht akzeptiert und ihr die Freiheit nimmt, obwohl sie, wie er, ein Geschöpf Gottes ist.

Ein Garten braucht Zeit und viel Liebe. Der richtige

Gärtner ist ein Abenteurer mit Phantasie und Feingefühl. Er versucht alles selbst, sammelt Erfahrungen. Er vergisst nie, dass der Garten, wenn er schön sein soll, ein Stück Natur inmitten der Natur bleiben muss. Die pflegende, ordnende Hand darf erahnt, nie aber gesehen werden.

Der Weg ist steinig und voller Rückschläge, aber frei von dem Wahn, dass Blumen in kahl gezupften Beeten blühen müssen. Der Garten des Liebhabers ist eine Blühgemeinschaft, die sich gegenseitig schützt und stärkt. Die Kost des Bodens wird einträchtig geteilt, und wenn sie zu versiegen droht, wird die pflegende Hand nachfüllen.

Aber ich greife den folgenden Seiten vor. Das ist nicht gut.

Sie, lieber Leser, haben das Buch gekauft, wofür ich mich ganz herzlich bedanke. Sie haben es auch aufgeschlagen und beginnen zu lesen. Sollten Sie auf ein Kapitel stoßen, das ihnen so gar nicht gefällt, was überhaupt nicht schlimm ist, so überschlagen sie es einfach und versuchen es am Schluss noch einmal. Wenn Ihnen das gesamte Buch nicht gefallen sollte, was mir außerordentlich leidtäte, dann werfen Sie es bitte nicht weg. Es hat schließlich Ihr Geld gekostet! Überlegen Sie einfach, wen Sie so gar nicht leiden können, vielleicht gibt es jemanden, der Ihnen mal den Partner ausgespannt hat, oder der immer besser war als Sie, oder so einen widerlichen Schleimer, den Sie aus ganzem Herzen verachten, kurz jemanden, dem Sie nur Schlechtes wünschen, dem können Sie doch das Buch zum Geburtstag schenken.

Wer Lust hat, weiter zu lesen, wird Vergnügen finden. Eventuell stimmt er mir hier und da auch einmal zu.

Ich bin ein Mensch, der keine Grenzen in sich fühlt. Der alles hasst, was Grenze und Grenzpfahl ist, und vor allem die, die sie errichten. Ich spreche die Sprache eines Grenzgängers, der sich allenfalls der Not und den Erfordernissen beugt, sich aber dabei niemals aufgibt. Die Freiheit halte ich für das wesentlichste Gut, das wir mitbekommen haben. Den Freiheitsgebrauch müssen wir lernen. Dabei darf man nie vergessen, dass es stets auch um die Freiheit des Andersdenkenden geht (Rosa Luxemburg).

Die moderne Zeit mit ihrer Hektik und ihren Eitelkeiten symbolisiert für mich den Schiffbruch der Vernunft im Meer der Oberflächlichkeiten. Wir müssen den Untergang des Abendlandes nicht mehr heraufbeschwören, wir saufen bereits ab. Um nicht mit unterzugehen, sollte man sich eine Nische bauen, quasi eine Arche, in der man seine Illusion von der besten aller Welten lebt, ohne jemanden zu stören und ohne gestört zu werden. Eine solche Nische ist der Garten. Hier ist alles, was wir vom Leben wollen: Würde und Glück. Nur hier kann ein jeder das leben, was der Logik seiner eigenen Biographie entspricht. Nicht zu Unrecht meint Cicero: Sic hortum cum bibliotheca, nihil deerit (Wenn du einen Garten mit einer Bibliothek hast, dann fehlt dir nichts mehr).

Eritis sicut deus …

Es begann alles in einem Garten, dessen Gestaltung wir kennen, und vielleicht endet auch alles in einem Garten, über den wir nur spekulieren können.

Der Garten Eden war symmetrisch, genauer gesagt geometrisch angelegt. Es war ein Quadrat, das durch ein Kreuz von vier Flüssen unterteilt und bewässert wurde. Über seine Vegetation sind wir in groben Zügen informiert und wissen, dass hier der Baum des Lebens und der Baum der Erkenntnis standen. Während der größte Teil der Arten noch irgendwo in der Welt zu finden ist, sind die beiden genannten Bäume aus unserem Kulturkreis verschwunden. Sie wurden durch den Baum des Hungers und den der Schamhaftigkeit ersetzt, in deren Schatten die Unkräuter Not, Leid, Angst, Sorge, Schmerz und Kummer vorzüglich gedeihen.

Nun ist das nicht gerade viel, was wir über den Ur-Garten wissen, es reicht aber aus, um im Tiefsten unserer Seele Träume zu wecken. Träume aus Erinnerungen, Wünschen, Hoffnungen und Sehnsüchten. Aus diesen Träumen entstehen unsere Gärten. Sie symbolisieren eine harmonische, heile Welt. Der Garten wird zu einem Ort, den man nicht freiwillig verlässt. Hier ist man nicht, hier hält man sich auf, so wie man sich im Ausland aufhält. Man ist unerreichbar. Im Kontext mit der Natur möchte man nicht gestört werden. Hier empfindet man die Erfüllung einer tief im Inneren empfundenen Sehnsucht.

Die Leidenschaft, mit der wir uns den Notwendigkeiten der Gartentätigkeit unterwerfen, entstammt nun allerdings nicht unseren Träumereien, sondern entspringt der ungetrübten Einsicht in die Wirklichkeit dieser kleinen Welt. Sie ist das Atemholen im ewigen Kampf mit ihr. Gartenarbeit darf man tun, man muss nicht. Sie ist wie eine Rast im täglichen Alltag. Hier ruhen wir aus und erfreuen uns des Guten, Wahren, Schönen. Warum hat die Natur, speziell die Pflanzenwelt, eine so heilende Wirkung auf die wunde Seele? Ist es die Farbe Grün, wie viele behaupten? Ich glaube, dass es die Formgebung der Pflanzen ist. Sie erscheinen uns als einfache Figuren, nichts anderem gleich. Ihre Miene ist ein Gesetz der Raumform, ihre Struktur eine Ordnung. Das Blatt, der Kelch, die Ranke sind verwandt mit dem Kegel, der Ellipse, dem Kreis. Die Regelmäßigkeit, die sich im Wachstum mehr oder minder versteckt, lässt eine Ordnung erkennen. Ordnung heißt im Griechischen Kosmos und bedeutet zugleich Schmuck und Aufbau. Pflanzen sind Ordnungswunder, der Mensch ist Unordnung. Weil er aber ursprünglich aus einer Ordnung kommt, verlangt er nach ihr. Die Pflanze, eine aus dem Boden wachsende Harmonie, ist eine Struktur, die wir, ob bewusst oder unbewusst, empfinden, weil sie das besitzt, was wir verloren haben: Unschuld.

Die Gründe und Umstände dieses Verlustes werden wohl auf ewig unklar bleiben. Dennoch ist es interessant, sich darüber Gedanken zu machen. Nicht nur, weil sich Gedanken machen immer lohnt.

Auch wenn alles schon lange zurückliegt, ist es gar nicht so schwer. Ein Chronist, in unserem Fall Moses, hat die Ereignisse sorgfältig aufgeschrieben. Man muss nur das am häufigsten gedruckte Buch, die Bibel, aufschlagen. In der Genesis steht alles geschrieben. Beim Lesen sollte man sich an den Text halten und nicht in den Fehler verfallen, die Dinge zu interpretieren. Leider versuchen wir das immer wieder. So bewerten wir die Welt, obwohl es doch zunächst einmal darauf ankommt, sie so zu sehen, wie sie ist. Das ist schwierig. Wie ist sie denn unsere Welt? So wie sie ein Hund sieht? Wie sie eine Libelle sieht oder eine Ameise? Ist sie so, wie sie der Mensch sieht? Und wenn sie so wäre, ist sie dann so, wie sie der Rot-Grün-Blinde sieht oder so, wie ich sie sehe? Schwierig, die richtige Antwort zu finden. Die Mühe lohnt sich auch gar nicht, denn wenn wir die Welt wissenschaftlich analysieren, ändert das auch nur das Geringste? Unsere Welt ist ein Bild, das sich aus unendlich vielen Einzelbildern zusammensetzt. Man kann das eine oder andere Gemälde analysieren und dadurch besser verstehen; doch hilft uns das die Kunst zu begreifen? Das Kind lebt zufrieden und glücklich in seiner Bilderwelt. Der Erwachsene holt sie von der Wand, nimmt sie aus ihrem Rahmen, versucht, ihre Maltechnik zu erkennen, will übermalen, beurteilen und muss letztendlich, weil er sie nicht versteht, ohne sie auskommen. Er verliert den Bezug und das Interesse. Menschen verändern sich. Die Welt bleibt, was sie ist. Für uns zu schwer. Wir werden sie wohl nie in ihrer wunderbaren Größe verstehen. Oder vielleicht doch? Wenn Christus sagt: »Wahrlich ich sage Euch, wer das Reich Gottes nicht erkennt wie ein Kind, der wird nicht hineinkommen«, gibt er uns einen wichtigen Hinweis, eine Gebrauchsanweisung. Was ist denn das Reich Gottes? Doch nichts anderes als die Welt in ihrer Gesamtheit. Um diese zu begreifen, müssen wir sein wie ein Kind, d.h. nicht suchen, nicht kritisch analysieren, sondern nur da sein, sehen und empfinden. Was dem Auge verborgen bleibt, das Mystische, das Überirdische, fühlen wir nur mit der Seele.

Solange wir wie ein Kind in unserem Bild leben, erleben wir die Welt vorurteilsfrei. Wir vergleichen nicht und stellen keine Fragen. Erst wenn wir aus unserem Bild heraustreten, betrachten wir unser Umfeld und beginnen Fragen zu stellen, deren Antworten wir nicht finden, analysieren ohne zufriedenstellende Ergebnisse, beginnen zu zweifeln und nur zu oft zu verzweifeln. Das liegt daran, dass vieles nicht objektivierbar ist, d.h. mathematisch-naturwissenschaftlich nicht beschrieben werden kann. Die Farbe Blau kann spektroskopisch analysiert, ihre Wellenlänge gemessen werden, dies ist wiederholbar und objektivierbar. Die psychische Farbwirkung ist nicht objektivierbar und dennoch liegt beiden Wirkungen dieselbe Ursache zugrunde. Materie, Formen, Farben, Klänge und Gedanken stammen aus der gleichen Schmiede, aber unsere individuellen Messgeräte zeigen jedem etwas anderes. Man könnte den Energiegehalt eines Blitzes messen, wenn man wollte. Es lohnt sich nicht, denn das Ergebnis steht im Brockhaus und im Internet. Wer kann aber den Energiegehalt der Glut messen, die zwei Menschen in tiefer Liebe verbindet?

Mir ist immer wieder aufgefallen, wie sich die Naturwissenschaften abrackern, zu beweisen, dass es Gott nicht gibt; wie wenn es nicht haufenweise Probleme gäbe, deren Bewältigung oder Lösung viel, viel wichtiger wäre, als die Nichtexistenz von etwas zu beweisen, von dem man von vornherein weiß, dass es nicht bewiesen werden kann, dass diesen Beweis auch gar nicht nötig hat, weil keinen Menschen etwas brächte, gäbe es ihn nicht. Atheisten und Agnostiker wetten darauf, dass es keinen Gott gibt, Gläubige hingegen wetten darauf, dass es ihn gibt. Erfahren wird es erst der, der direkt am Abgrund steht. Nach meinen Beobachtungen glimmt da plötzlich in jedem ein Fünkchen Hoffnung auf, dass … Ist doch auch ein viel schönerer Gedanke, von nun an auf der paradiesischen Blumenwiese zu träumen, als von Würmern aufgefressen zu werden, oder, für alle, die es besser wissen, der Autolyse anheimzufallen. Sind wir doch mal ehrlich: Der Gedanke ist geradezu ekelhaft, da möchte man doch am liebsten gar nicht sterben.

Ich schweife ab und muss mich selbst zügeln. Wir waren bei der Genesis, speziell beim sogenannten Sündenfall, mit dem wir nicht nur unsere Unschuld verloren, sondern auch den paradiesischen Garten.

Auch wer in der Schule nicht so gut aufgepasst hat, weiß, dass wir durch Evas angeblichen »Fehltritt« aus dem Paradies vertrieben wurden. Sie wird als zu schwach hingestellt, einem Verbot und den Verlockungen der Schlange zu widerstehen. Fatal für alle Frauen des christlichen Abendlandes und dank der Missionstätigkeit auch der des christlichen Morgenlandes, denn sie werden fortan zur zweiten Garnitur der Schöpfung abgestempelt. Völlig zu Unrecht, wie wir im Folgenden sehen werden, denn die »üble« Tat ereignete sich keineswegs so, wie sie Männerhirne interpretieren, sondern so, wie es in der »Schrift« steht. Man kann es jederzeit nachlesen. Ich verwende für meine Ausführungen die Übersetzung von Dr. Martin Luther.

In Moses 2.9 steht geschrieben: »Und Gott der Herr ließ aufwachsen aus der Erde allerlei Bäume, lustig anzusehen und gut zu essen, und den Baum des Lebens mitten im Garten und den Baum der Erkenntnis des Guten und Bösen.« Ich setze die erste Gartenanlage ganz bewusst an den Anfang. Das entspricht auch der Bedeutung, denn, blättern wir mal zurück: Gott der Herr benötigte für die Erschaffung der Welt aus dem Nichts fünf Tage. Der Mensch als Fortsetzung der Schöpfung beansprucht den sechsten für sich alleine. Von den fünf Tagen kreativster Schwerstarbeit verwendet er einen ganzen Tag auf die Erschaffung eines Gartens. Er gab ihm damit die gleiche Würde und Bedeutung wie beispielsweise der Trennung des Lichtes von der Finsternis. Diesen Garten, ein herrliches Werk von höchster Vollendung, machte er für einen »Erdenkloß«, dem er seinen »lebendigen Odem« eingeblasen hatte. Nun ist er da, der Adam, unser Ur-Ur-Ur-Urahn. Zufrieden mit dem herrlichen Bewusstsein der Erstgeburt kann sich die Männerwelt im Sessel zurücklehnen und tief durchatmen, so nach dem Motto: »Wer ist der Meister, der Herrscher, der Held? Der Mann ist's, denn er kam zuerst auf die Welt!« Doch Vorsicht! Der Erdenkloß mit lebendem Odem heißt zwar Adam, gleichbedeutend mit Mensch, ist aber keineswegs männlich, sondern androgyn. Warum ist er androgyn? Weil Gott ihn nach seinem Ebenbild schuf. Da Gott alles ist, somit auch männlich und weiblich in einer Person, ist Adam folglich androgyn. Also, kein Grund zur Selbstgefälligkeit. Hier kann nur einer zufrieden sein: Gott, der Herr. Er gab mit diesem Akt der Materie Seele. Wir sollten es nie vergessen: Nur unsere Seele ist göttlich, nicht unser Körper oder unser Verstand, der ist, nach Goethe, nur der »Schein des Himmelslichts«, also etwas äußerst Trügerisches.

Rundum zufrieden liegt Adam im Garten Eden, hat er doch das schönste Zuhause weit und breit. Da naht sich ihm aber in Moses 2.16 und 17 Gott der Herr und sagt (ich übertrage das mal): Also, nun hör mal zu, mein Lieber, du darfst von allen Bäumen des Gartens essen; nur von dem

Baum der Erkenntnis des Guten und des Bösen nicht, denn wenn du das tust, wirst du des Todes sterben. Ab hier wird nun die ganze Angelegenheit spannend und kompliziert. Gott der Herr macht Adam klar, dass er die Früchte der Bäume essen soll, eine Tatsache, auf die die Vegetarier ihre Existenz begründen, sagt aber im gleichen Atemzug, dass er von einem Baum nicht essen darf, weil er sonst stirbt. Woher soll der Erdenkloß denn überhaupt wissen, was »des Todes sterben« ist? In seinem Erfahrungsschatz ist dieser Begriff ja noch gar nicht enthalten. Also macht er es sich ganz einfach und merkt sich: »Davon essen, davon nicht essen.« Peinlich und für das männliche Prinzip degradierend für alle Zeiten ist die Tatsache, dass er, der die einmalige Gelegenheit hatte, Gott den Herrn persönlich die Frage zu stellen, die sich wie ein roter Faden durch alle Kulturen zieht, nämlich die Frage: »Warum?« Mit diesem einzigen Wort wäre er als ein ganz Großer in die Geschichte der Menschheit eingegangen und die folgenden Geschlechter hätten sich um eine Antwort nicht unnütz den Kopf zerbrechen müssen. Entweder war er von seinen geistigen Möglichkeiten her total überfordert, oder von seiner Erschaffung noch zu erschöpft. Wir werden es nie erfahren, hoffen aber, dass es Letzteres war, wobei ich hiervon nicht überzeugt bin.

Unser anspruchsloser Langweiler lebt nun zufrieden so vor sich hin, bis Gott der Herr seinen berühmten Satz formuliert (Moses 2.18): »Es ist nicht gut, dass der Mensch allein sei«. Wer jetzt beim Lesen innehält, um sich zu fragen, von woher diese göttliche Erkenntnis kommt kann getrost weiterlesen. Wir wissen es nicht und werden es auch nie ergründen. Offensichtlich ist das Alleinsein nur für Gott selbst gedacht. Uns Menschen ist es nicht bekömmlich, auch wenn so mancher Ehemann nach einer häuslichen Auseinandersetzung schon gedacht haben mag: Ach, könnte ich doch nur einmal leben wie Gott im Himmel. Doch Scherz beiseite. In seiner Göttlichkeit hat es Gott natürlich nicht nötig, eine nähere Erklärung hierfür abzugeben. Wem auch?

Er war ja alleine. Welche Gründe er auch immer gehabt haben mag, das Weib zu erschaffen, wir danken es ihm bis zum heutigen Tage. Bei ihrer Schaffung fällt eine grundlegende Tatsache auf, die so bedeutend ist, dass Moses ihr in seinem ersten Buch Kapitel 2 nicht nur Absatz 22, sondern auch noch den halben Absatz 21 widmet. »Und er nahm seiner Rippe eine, und schloss die Stätte zu mit Fleisch. Und Gott der Herr baute ein Weib aus der Rippe, die er dem Menschen nahm, und brachte sie ihm.«

Merken Sie, worauf ich hinauswill? Der erste Versuch mit einem Erdenkloß, der zweite mit Knochen. Anorganische Materie wird gegen organisches Gewebe ausgetauscht. Vielleicht, so könnte man vermuten, folgte Gott der Herr in seiner schöpferischen Weisheit dem Grundsatz, nach dem man ein Material, das sich nicht bewährt hat, kein zweites Mal verwendet. Zumindest schätzte er sein zweites Werk höher ein als das erste, denn er brachte das Weib zu Adam, ohne ihr vorher zu sagen, was sie essen darf und was nicht, das heißt, Eva kannte das Verbot nicht.

Geradezu bewundernswert ist im Zusammenhang mit der ersten Eheschließung der Kommentar des Bräutigams, der scharfsinnig feststellt, dass es Bein von seinem Bein und Fleisch von seinem Fleisch ist, dem aber die wesentlichsten Unterschiede dieses »göttlichen Geschöpfes« gar nicht bewusst wurden. Wir baggern heute wochen-, ja monatelang um diese Hügel und die bewaldeten, manchmal auch abgeholzten Täler, und dieser Trottel sieht sie noch nicht mal.

Würden wir jetzt Kapitel 2 Absatz 21 und 22 interpretieren, was man ja nicht soll, was aber manchmal recht nützlich ist, so stoßen wir auf eine weitere Erbärmlichkeit unsere Ur-Ur-Ur-Urvaters, deren wir uns schämen müssten. Bei der Erledigung des göttlichen Auftrages, die Tiere zu benamsen, stellt er fest, dass es wohl Löwe und Löwin, Tiger und Tigerin gibt, auch sind Fisch und Fischin vertreten, Giraffe und Giraffin, aber nicht Mensch und Menschin. Also geht er zu seinem Schöpfer und beschwert sich: Heh, hör mal, alle haben, nur ich nicht! Ich will aber auch! Ich will aber auch! Ich will aber auch! Verdammt noch mal hat er natürlich nicht gesagt. Weil im Paradies alles gut war, wurde nicht geflucht. Dazu gab es ja dann später genügend Gelegenheiten und Anlässe.

Das Ansinnen Adams brachte den Schöpfer, bei aller Achtung seiner unbegreiflichen Fähigkeiten, schließlich kann er ja alles, in gewisse Konflikte. Nicht umsonst hatte er den Menschen ja als Androgyn geschaffen, wollte er ihm doch vorauszusehenden Ärger ersparen: Ehestreit, Liebeswahn, Treuebruch, Quotenregelung und vieles mehr. Jetzt kommt dieser Trottel und verlangt eine Frau. Er dachte tausend Gedanken im Bruchteil einer millionenstel Sekunde und trennte seinen Androgyn in männlich und weiblich. Also, ich stelle mir das so vor, wie wenn man siamesische Zwillinge trennt. Da kann es ja auch passieren, dass nicht von allem genügend für beide da ist. So war's dann auch hier. Brust, Schwanz und Stimmbänder wurden ungleich verteilt, mangels Masse. Bei Eva hat er sich besonders viel Mühe gegeben. Hier stimmen die Proportionen, die Rundungen, Grazie und Liebreiz. Bei Adam, ab jetzt mit Mann gleichzusetzen, kommt mehr das Erdige durch. Dafür bekam er diesen komplizierten Erektionsmechanismus und, damit er daran verzweifelt, auch noch Testosteron im Überschuss. Diese Kombination wird ihn dann auch in Zukunft völlig meschugge machen und zur Verzweiflung bringen, damit er seinen Trennungswunsch so richtig bereuen kann. Ja, ja, Gott ist nicht nur alles, er kann auch alles. Damit Eva nicht leer ausgeht, versucht sie fortan den Hohlraum zu stopfen, bekommt Penisneid und Sigmund Freud seine Existenzberechtigung. Was das Hirn betrifft, so hat der Mann mehr Masse, aber scheinbar nur von den weißen Anteilen. Bis hier also Interpretation.

Ich weiß, spätestens an dieser Stelle wird Kritik aufkommen. Nicht zu Unrecht, denn ich habe bislang eine wesentliche Tatsache unterschlagen: Lilith, Adams erste Frau (u.a.: Faust I, Walpurgisnacht). Wir wissen nur wenig von ihr. Die Bibel ist zurückhaltend: Jes 34, 9-15, Hiob 18, 15. 21, aber auch nur in der Jerusalemer Bibel, Luther hatte ganz offensichtlich ein Problem mit Lilith und ersetzte ihren Namen durch Kobold. In den Texten der hebräischen Mythologie, hier sind die Ausführungen im Sohar, dem Heiligen Buch der Kabbala, besonders hervorzuheben, wird sie uneinheitlich geschildert. Geheimnisvoll, verführerisch, unheildrohend, ein geflügeltes Wesen von feurig-provokativem Temperament, das den Männern nachts den Samen zieht. Göttin? Dämonin? Oder einfach eine Frau, die sich nichts gefallen lässt? Eines ist sicher: Kaum war sie da, gab es Streit im Paradies. Sie sagte: »Ich will nicht unter dir liegen.« Er sagte: »Ich will nicht unter dir liegen, sondern auf dir, weil du verdienst die Unterlegene zu sein und ich der Überlegene.« Wir wollen den üblichen Geschlechterstreit nicht weiterverfolgen. Lilith rief, als sie die Nase voll hatte, den »spezifischen Namen Gottes« aus und erhob sich in die Lüfte der Welt. Man kann sagen: Der Klügere gab nach, oder sie machte sich aus dem Staub. Der Adam, zu diesem Zeitpunkt also noch Mensch, rief seinen Schöpfer an und sprach: »Gott der Welt, die Frau, die du mir gabst, ist mir weggelaufen.« Soviel zu Lilith, Adams erster Frau. Manche meinen, sie sei die Begründerin der Frauenbewegung, ich denke, sie war die Göttin der Weisheit der alten Sumerer und hatte es gar nicht nötig, sich von diesem Klumpen Erde begrapschen, geschweige denn dieses Lehmstöckchen in sich stecken zu lassen und dabei noch unten zu liegen.

Der Androgyn jammerte so lange, bis Gott ihn in weiblich und männlich trennte. Dies wird mit der Entnahme der Rippe symbolisiert. Adam ist von nun an nur Mann und Eva die ihn ergänzende Frau.

Schlussfolgernd können wir sagen: War die Schöpfung des Menschen Adam der erste Akt, so ist seine Trennung in Mann und Frau der 2. Teil. Eva, die neue Kreation Gottes, geistig wendig, spritzig, tatendurstig, die Fehler des Erstlingswerkes waren ja korrigiert worden, hatte wenig Lust, sich nur um den atmenden Erdenkloß zu kümmern. Sie machte sich, typisch Frau, erst einmal auf, ihr Zuhause zu besichtigen. Sie durchstreifte den Garten Eden von vorne bis hinten, von links nach rechts und musste daher zwangsläufig der Schlange begegnen, die Adam offensichtlich nie vorher gesehen hatte. Eva war vom ersten Augenblick an freudig von deren schöner Gestalt erregt, und als sie dann auch noch so klug zu sprechen begann, war sie völlig hin. Endlich mal ein interessantes Wesen! Sie setzten sich, wie gute alte Bekannte, in den Schatten des Baumes der Erkenntnis, hätten sicher ein Tässchen Kaffee getrunken, wenn es diesseits der Mauern schon Nespresso gegeben hätte, und plauderten, wie Frauen das so tun, über dies und das und wie zufällig fragte die Schlange: »Ja, sollte Gott gesagt haben: Ihr sollt nicht essen von allerlei Bäumen im Garten?« Da sagte Eva völlig unbefangen: »Doch, doch, wir sollen von den Früchten der Bäume im Garten essen; aber von den Früchten des Baumes mitten im Garten hat Gott gesagt: Esst nicht davon, rührt's auch nicht an, dass ihr nicht sterbt.« (Warum ihr Moses plötzlich dieses Wissen in den Mund legt geht aus der Genesis nicht hervor. Hier müssen ihm unlautere Gedanken unterstellt werden.) Darauf antwortet die Schlange so ganz nebenbei: »Ihr werdet nicht des Todes sterben; sondern Gott weiß, dass, welches Tages ihr davon esset, so werden eure Augen aufgetan, eritis sicut Deus, scientes bonum et malum (ihr werdet sein wie Gott und wissen, was gut und böse ist).« Da erkannte Eva, dass dieser Baum klug macht, und das wollte sie sein. Sie wollte Erkenntnisse, wollte vorwärtsstreben, wollte nicht wie der atmende Erdenkloß werden, der sicherlich wieder unter irgendeinem Baum lag und pennte. An dieser Stelle sei mir die Bemerkung gestattet, dass, wenn im Paradies gelegentlich mal eine Fremdsprache zum Einsatz kam, es Lateinisch und nicht Englisch war. Folgerichtig aß Eva von den Äpfeln, und weil sie eine treusorgende Ehefrau war, nahm sie auch einen für ihren Adam mit, der hatte es bitter nötig. Die Schlange ist natürlich, das haben wir längst erkannt, ein echtes Miststück. Wenn sie Eva noch gesagt hätte, dass sie auch eine Frucht vom Baum des ewigen Lebens essen soll, hätte Gott, unser Schöpfer, ein echtes Problem mit seinem Gesetzbuch gekriegt. Doch die Schlange wollte ihren Schöpfer nicht in Schwierigkeiten bringen. Dennoch wurde sie fürchterlich bestraft: »Auf deinem Bauch sollst du gehen und Erde essen dein Leben lang.« Scheinbar hatte sie die Wahrheit gesagt. Keiner der Beteiligten starb unmittelbar des Todes und außerdem, woher sollte Eva denn vom einzigen Gesetz im Paradies wissen? Gott der Herr hatte es doch nur Adam gesagt, und zwar ohne den Hinweis: »Sage es den anderen!«

Hier sind wir an einem Punkt angelangt, der nachdenklich stimmt. Als Gott der Herr Adam schuf, sah er die Notwendigkeit, für das perfekte, friedvolle Paradies ein Strafgesetzbuch zu schaffen, man könnte auch sagen, Verhaltensregeln aufzustellen. Wohlgemerkt: Für eine Person! Warum er diese Notwendigkeit sah, lässt Moses offen. Es muss aber einen gewichtigen Grund gegeben haben, sonst hätte er es nicht gemacht. Die Antwort wird immer unbekannt bleiben. Man kann sich aber Gedanken machen. Wer vom Baum der Erkenntnis isst, wird wissen, was gut und böse ist; eine Fähigkeit, die auf den ersten Blick nicht gerade bedeutend zu sein scheint, besonders nicht im Garten Eden. Der war ja mit allem, was darin ist, von Gott selber gemacht worden. Man kann getrost davon ausgehen, dass alles gut war. Zu diesem Punkt soll statt Moses mal Goethe zu Worte kommen: »... wenn ein Gott sich sechs Tage plagt und selbst am Ende bravo sagt, da muss es was Gescheites werden.« Warum also, wenn alles gut ist, dieses Gesetz? Ganz einfach: Der Mensch darf sich an der Schöpfung freuen, soll sie aber nicht beurteilen. Vor dem »Sündenfall« wäre es Blasphemie gewesen, hätte Adam zu Eva gesagt: » Heute ist schlechtes Wetter.« Nach dem »Sündenfall« handelt es sich um eine Feststellung.

Warum hat Gott der Herr Gut und Böse tabuisiert? Fürchtete er, der Erdenkloß könnte Kritik an der Schöpfung üben? Undenkbar! Sie war göttlich. Mit dem Essen vom

Baum wurden uns die Augen geöffnet und wir sahen etwas, was schon immer da war, so wie Gott oder das Chaos. Wenn also Gott, das Nichts, das Gute, das Böse und das Chaos schon immer da waren, Gott aber alles ist, wäre das Erkennen der Größe Gottes die Erkenntnis, die wir mit dem Gesetzesbruch gewonnen hätten. Warum soll jemand sterben, der um die Größe Gottes weiß? Wie wir es auch drehen und wenden, es gibt keine sinnvolle Erklärung, warum die Ur-Frage der Ethik und der Philosophie unter Todesstrafe gestellt wurde. Auch die Tatsache, dass sich Adam und Eva, als sie vom Baum gegessen hatten, aus Feigenblättern Schürzchen bastelten, um ihre Scham zu bedecken, ist merkwürdig und unverständlich. Was hat Nacktheit mit Gut und Böse zu tun? Nacktheit ist Natur, ist vom Schöpfer so vorgesehen und folglich gut. In dieser scheinbar ausweglosen Situation ist die Schlange wieder recht hilfreich. Sie sagt: »Euch werden die Augen aufgetan«, was ja so viel bedeutet wie: Ihr werdet sehen. So war es dann auch. Eva sah sich an, sah ihren Adam an – und wusste, wie es um die Dinge stand. Er würde nur versuchen permanent seinen komplizierten Mechanismus in Gang zu setzen und sie müsste ständig die Beine breitmachen. Da war es doch besser, ihn nicht erst auf dumme Gedanken zu bringen. Flugs bedeckte sie ihre wesentlichen Teile mit Feigenblättern, damit Adam nicht immer nur an das »Eine« dachte. Obwohl, wer an das »Eine« denkt, denkt wenigstens und noch nicht mal an das Schlechteste. Doch Adam dachte noch gar nicht, ihm war ja der Bissen bekanntlich im Halse stecken geblieben und zeigte daher noch keine Wirkung. Er fand das neue Outfit seiner Lebensbegleiterin nur toll und machte es ihr nach. So im Schatten eines Baumes sitzend und dem ältesten Gewerbe, dem Schneider-Handwerk, nachgehend, fand Gott nun die beiden. Da stellte er Adam, also keineswegs allen beiden, die Frage: »Hast du von dem Baum gegessen?« Die Frage war rein rhetorisch, denn allwissend wusste er natürlich die Antwort. Nun folgt etwas sehr Unrühmliches, etwas so Klägliches, dass ich es mich kaum auszusprechen wage. Hätte Adam einfach »Ja« gesagt, wäre alles gut gewesen. Aber nein, er findet eine höchst fadenscheinige Antwort: »Das Weib, das du mir zugestellt hast, gab mir von dem Baum« (Moses 3.12). Nicht nur, dass er kein Gentleman ist und Eva verpetzt, er gibt auch Gott in einem versteckten Vorwurf die Schuld an allem. Das ist natürlich der Gipfel der Frechheit. »Der Übel größtes aber ist die Schuld«, die er damit auf sich geladen hat, und er übt Kritik! Nicht an der Schöpfung, wie der Erzengel Luzifer, sondern am Schöpfer selbst. Aus allem folgt eindeutig: Adam ist schuld an der ganzen Misere und legt mit seinem äußerst peinlichen Verhalten für die nachfolgende Männerwelt keinesfalls Ehre ein. Eva hat als Erste vom Baum der Erkenntnis gegessen, daher sind Frauen folgerichtig den Männern im Denken voraus – rein zeitlich gesehen. Tragisch ist die Vertreibung aus dem Paradies, bedeutet sie doch die Trennung von Gott und das Ende der Sorglosigkeit. Es gibt aber einen Balsam-Tropfen. Dank Evas Drang zur Erkenntnis werden wir, mit der Vertreibung aus dem Paradies als unabhängiger, urteilender und nach Erkenntnis suchender Mensch neu geboren. Das ist quasi der 3. Schöpfungsakt. Wir sind nicht wie Gott, soviel ist klar, hier hat die Schlange gelogen, doch wir können Gutes von Bösem unterscheiden. Wilhelm Busch wird später einmal sagen: »Das Gute, dieser Satz steht fest, ist stets das Böse, was man lässt.« Nach ihm wird Erich Kästner feststellen: »Es gibt nichts Gutes, außer man tut es.« Man sieht, das Gute beschäftigt die Menschen sehr, weil sie es gerne hätten, aber nicht haben, während das Böse eher gemieden wird, obwohl es doch den gleichen Stellenwert hat. Es begegnet uns überall. In der Unendlichkeit des Universums bis hin in die menschliche Gesellschaft. Wohin man auch kommt, das Böse ist schon da. Ich spiele da keineswegs auf eine Tageszeitung an. Man kann gegen das Böse ankämpfen, man kann es tun, man kann es lassen, man kann es aber nicht vernichten, weil es ewig ist. Selbst wenn der letzte Mensch zu Grunde geht, wird ihn das Böse überleben.

Seit der Vertreibung suchen wir die verlorene Unschuld in unseren Gärten und finden sie in den Blumen und Kräutern wieder. Jede Rosenblüte im Morgentau ruft in uns Erinnerungen an das verlorene, aber nie vergessene Paradies wach. Wo wir gerade bei Rosen sind: Als Adam und Eva das Paradies verlassen mussten, es geschah in größter Hast, viel zu packen hatten sie ja nicht, brach Eva noch schnell eine Ranke ab, um ihr Haar damit zusammenzuhalten. Später, nachdem Adam den ersten Ackerflecken in der Wildnis urbar gemacht hatte, pflanzte sie den Reiser aus dem Garten Eden in die Erde und goss ihn mit ihren Tränen. Der Zweig begann zu treiben, dornig, aber mit den schönen Blüten und Düften des Paradieses. So ist die Rose ein letzter Gruß aus dem Garten Eden.

Seit ich mir Gedanken über den wohl folgenschwersten Irrtum in der Geschichte der Menschheit gemacht habe, ist reichlich Zeit vergangen. Trotz »grózer árebeit« ging mir der Baum der Erkenntnis nicht aus dem Sinn. Die ganze Geschichte passt irgendwie vorne und hinten nicht. Gott schafft den Menschen nach seinem Ebenbild und macht ihm später die Auflage, sich kein Bildnis von seinem Schöpfer zu machen. Wenn der Mensch wirklich Gottes Ebenbild wäre, ist diese Forderung nicht nötig, er sähe ihn ja jeden Tag im Spiegel. Ist Gott aber ein großer, gedachter Wille, macht das Verbot Sinn, denn gedachtes Bewusstsein lässt sich nicht abbilden. Jeder Versuch würde in der Verzweiflung enden.

Im Gegensatz zur vollkommenen, perfekten Natur ist der Mensch unvollständig. Er muss erst noch das werden, als was er gedacht wurde. Dieser Weg ist schwer, zumal Gott die Latte sehr hoch gelegt hat: Gott-Ähnlichkeit wird gefordert. Dazu muss der Mensch herausbekommen, was in ihm steckt, was er potentiell kann und dann auch noch den Willen entwickeln alles umzusetzen. Das ist harte Arbeit. Das Resultat ist ungewiss, entspricht womöglich nicht dem Gewünschten. Davor drückt man sich nur zu gerne. Man muss also gezwungen werden. Kräftig Druck kriegen.

Dann geht's vielleicht. Doch da ist noch ein Haken. Bei der Natur sind Wollen und Können synchron; sie ist perfekt. Was sie will, kann sie auch. Der Mensch will immer mehr, als er kann, kann aber auch oft mehr, als er will. Er handelt ungern nach dem Motto: Erkenne dich selbst, sondern gibt sich mit: Ich atme, folglich bin ich, zufrieden. Für atmen kann man alternativ jede andere nicht kreative Tätigkeit setzen. Letztlich entschließt er sich, total erschöpft vom »Dasein«, Konsument zu werden und landet als »Fabrikware Mensch« in der uniformen Masse, die die Gott-Ähnlichkeit vermissen lässt. Nur wer sich bemüht entwickelt Ich-Bewusstsein. Er wird sich seiner selbst bewusst und fragt nun: Warum bin ich? In diesem Wissensdrang stößt er in unermessliche Weiten vor und gelangt zuletzt an die Grenzen seines Verständnis-Vermögens. Nun wäre eigentlich Bescheidenheit gefragt, doch der Mensch besinnt sich jetzt seiner Gott-Ähnlichkeit, die er jedoch noch nicht hat. Er legt für sich fest, dass nur das ist, was man in Worte fassen kann (Wittgenstein). Darüber hinaus gibt es nichts. Welch eine verhängnisvolle Falle. Die Nichts-Falle. Die bringt Ärger, denn entweder steht er damit vor dem Nichts, oder vor Gott. Er steht am Scheideweg. Ein Weg führt ihn hin zu Gott, ein anderer in den Atheismus, ein dritter zu der Erkenntnis, dass Gott und das Nichts ein und dasselbe sind. Von diesen drei Möglichkeiten wählt er das Nichts, weil das ja bedeutet, dass es nichts über ihm gibt, dass er keine Verpflichtungen hat und keinem verpflichtet ist. Es ist die Situation, wie sie Jacques Monod sieht: »… der Mensch weiß endlich, dass er in der teilnahmslosen Unermesslichkeit des Universums allein ist … Nicht nur sein Los, auch seine Pflichten stehen nirgendwo geschrieben …« Diese Erkenntnis mag auf den ersten Blick beruhigend sein, hält aber dem kritischen Blick nicht stand, denn er klärt die Frage nach dem »Warum« nicht. Der Mensch begnügt sich nicht mit der Tatsache, dass er da ist. Er braucht einen Sinn dafür. Die Naturwissenschaft bietet die Arterhaltung an. Das ist zu billig. Warum eine Art erhalten, deren einziger

Sinn ist, die Art zu erhalten? Der Mensch beginnt zu wanken und bricht schließlich zusammen. Er kann ohne einen Lebenssinn nicht sein. Er wird früher oder später »Nein« zu sich und seiner Umwelt sagen und die Vernichtung wählen. In dieser Phase leben wir zurzeit. Es ist eine Hoffnungslosigkeit, aus der sich auch kein Ausweg andeutet, denn Sinnfragen lassen sich nicht mit Informationen beantworten. Da wir aber nicht ohne das Heilige leben können, beginnen wir die banalen Dinge des Alltages zu sakralisieren und banalisieren das Heilige. Gesundheit, Schönheit, Körper, Jugend, Materie sind die Götzen der Neuzeit. Betrachtet man die Menschen in ihrer Kleinheit und Nichtigkeit, in ihrer Gier nach Materiellem und in ihrer Bösartigkeit, fragt man sich zu Recht, warum ein solches Geschöpf in die vollkommene Natur gesetzt wurde. Wäre da das Nichts nicht besser gewesen? Das ist keine Kritik an Gott. Der wusste sehr wohl, was er tat. Nur die Menschen wissen es noch nicht. Deshalb lohnt es sich, die Schöpfungsgeschichte weiterzuverfolgen.

Es muss einen bedeutsamen Grund für das Verbot des Erkenntniserwerbs geben, einen Grund, der nicht offen auf der Hand liegt. Gott macht nichts ohne Grund, quasi aus lauter Jux und Tollerei. Man braucht für des Rätsels Lösung einen anderen Ansatz. Wir gehen immer davon aus, dass es ein Gesetz gabt das gebrochen wurde und dem die Strafe auf dem Fuß folgte. Das hieße schon, dass Gott den Menschen Erkenntnis vorenthalten will, was aber keinen Sinn macht. Der Mensch braucht Erkenntnisse, damit er Bewusstsein entwickeln kann, was ein unbedingtes »Muss« für ein Gott ähnliches Wesen ist. Worin unterscheidet er sich denn von den anderen Geschöpfen? Durch den göttlichen Odem! Was das auch immer sein mag, wir wissen es nicht. Wir wissen nicht, was das Göttliche ist, folglich wissen wir auch nicht, was der göttliche Odem ist. Es ist Leben und noch was. Leben haben die anderen Geschöpfe auch. Das Besondere, das, was nur der Mensch hat, ist das »noch was«, das, was uns Gott ähnlich macht, was uns aus der Schöpfung hervorhebt. Ist dieses »noch was« Emotion? Sicher nicht, denn Emotionen haben andere Geschöpfe auch, nur auf unterschiedliche Weise.

Vielleicht ist es die Fähigkeit zu etwas Besonderem, zum Beispiel Schönheit zu empfinden, oder Bewusstsein aufzubauen? Bewusstsein basiert auf Erkenntnissen. Erkenntniserwerb ist harte Arbeit, kostet Schweiß. Man sieht den Sinn oft nicht ein, zumal man nicht sicher damit rechnen kann, dass sich der Erfolg auch einstellt. Da drängt sich natürlich die Frage auf: Lohnt sich denn die ganze Mühe? Es ist nur zu verständlich, dass die eben erst geschaffenen Geschöpfe, im Freudentaumel des Seins, sagten: Nee, das lassen wir lieber. Wir leben unsere Emotionen, das ist bequemer. Ich bin sicher, wir würden heute noch selig im Paradies herumliegen und uns wohlgefällig, im Bewusstsein der Gott-Ähnlichkeit, an der Schöpfung erfreuen. Dämlich, aber zufrieden. Das geplante Göttliche, das Kreative, hätte sich nicht entwickelt. Da Gott uns aber nach seinem Ebenbild schuf, musste der Mensch zum unbequemen und schwierigen Erkenntniserwerb gezwungen werden, damit er Bewusstsein entwickeln konnte.

Nun fragt man sich natürlich: Warum hat Gott das Bewusstsein nicht gleich in uns gesetzt? Nun, so leicht wollte er uns die Sache nicht machen. Bewusstseinsentwicklung ist jedermanns eigenes Problem, was ja auch praktisch ist. An irgendeiner Stelle muss sich Individualität entwickeln, und wo wäre es sinnvoller als eben hier? Bewusstsein ist die Grundlage des Schönheitssinnes, Bewusstsein ist die Basis des Charakters, zwei so wesentliche Unterscheidungsmerkmale der Menschen. Wenn jedem das gleiche Bewusstsein mitgegeben worden wäre, wären wir alle gleich. Das hätte vielleicht die Kommunisten gefreut und die Bürgerrechtsbewegung in US-Amerika überflüssig gemacht, wäre aber letztlich langweilig! Mit diesem wohlbedachten Trick sind wir alle zunächst einmal die »Fabrikware Mensch« und dürfen dann, ganz nach Gusto, das aus uns machen, was wir wollen, oder können.

Was ist das Besondere mit dem Bewusstsein? Neben vielen Problemen, die ich an anderer Stelle diskutieren werde, führt uns das Bewusstsein zur Vernunft, die ihrerseits die Basis des verantwortlichen Handelns ist. Wir haben das Recht, aber auch die Pflicht, nur uns selbst zu gehorchen und dürfen einem fremden Befehl nur dann nachkommen, wenn er mit der Stimme unserer Vernunft übereinstimmt. Die Ausrede: Ich habe nur einen Befehl durchgeführt, ist von daher ein Absurdum. Wie ich zu einem Befehl stehe, entscheidet die Vernunft, ob ich ihn umsetze bestimmt mein Wille: Du musst, denn du willst! Der Verstand, der mich etwas tun lässt, wird also vom Willen dominiert. Nach Kant, ich versuche mal das so zu sagen, wie ich es verstanden habe, zwingt uns die praktische Vernunft, die Freiheit des Willens einzusehen. Das bedeutet, dass die Umsetzung eines Befehls meinem freien Willen entspringt und ich dafür zur Rechenschaft gezogen werden kann, ohne Wenn und Aber. Die Vernunft kann uns bei Entscheidungen beraten, ob Ja oder Nein, nicht aber über Gut und Böse befinden, das ist Sache des sittlichen Willens, der inneren Einstellung. Wer einem anderen hilft, weil er ihn mag, oder weil er glaubt, dass die Gesellschaft dies von ihm erwartet, der handelt, wie es das Sittengesetz verlangt, sein Handeln hat Legalität, aber keine Moralität, da er nicht aus der Pflicht des sittlichen Willens handelt, sondern aus anderen Motiven. Er ist ein tüchtiger, normaler Mensch, doch noch lange nicht gut. Am vorliegenden Beispiel kann man die Gegensätze aufzeigen: Der eine handelt, weil er möchte, den anderen zwingt sein sittlicher Wille: Ich muss, weil ich will! Grundsätzlich geht es nicht um die Frage, wie man handeln soll, sondern welches Handeln man will. Das herauszufinden ist schwierig. Man wird es erst dann wissen, wenn man gehandelt hat. Das heißt: Man muss sich entscheiden und handeln, um zu erkennen, was man will. Erst an seinem Handeln erkennt man, wer man ist. Das ist das wichtigste Ergebnis allen menschlichen Strebens. Indem ich mich selbst erkenne, blicke ich in mein Innerstes und gelange, wenn ich Glück habe, zur Wahrheit über mich selbst. Hier wurde die Latte verdammt hoch gelegt. Das Ziel lässt sich nur erreichen, wenn das mit der Gott-Ähnlichkeit wirklich stimmt. Der Mensch entscheidet sich gewöhnlich lieber für die Täuschung, weil sie seinen Wünschen und Interessen entgegenkommt und die Wahrheit oft nicht dem Gewünschten entspricht. Selbsterkennung ist aber so wichtig, dass sie Kant in seiner Tugendlehre als erstes Gesetz festlegt und erklärt: »Das moralische Selbsterkennen, das in die schwerer zu ergründenden Tiefen des Herzens zu dringen verlangt, ist aller menschlicher Weisheit Anfang.«

So!! Nun glaube ich, ist der Kreis geschlossen und wir verstehen, dass das vermeintliche Verbot ein von Gott eingesetztes Druckmittel zum Erkenntniserwerb ist, denn nur der Erkenntniserwerb führt über das Bewusstsein zur Vernunft bis hin zur Weisheit und damit zur Gott-Ähnlichkeit, denn Gott ist Weisheit. Alles hatte also seinen Sinn, alles war gewollt, alles war geplant. Gott wollte, dass wir vom Baum der Erkenntnis essen, und hat uns durch das Verbot bewusst animiert, denn das Essen vom Baum zwingt uns zum oft mühseligen Erkenntniserwerb, den wir brauchen, um so zu werden, wie wir gedacht waren. Damit ist Eva eine von Gott Auserwählte. Er wusste, dass nur sie die Kraft oder auch die Naivität haben würde, eine so schwierige und folgenreiche Tat zu begehen. Ob sie begriff, was sie tat, ist hierbei völlig uninteressant. Die schwangere Maria wusste auch nicht, dass sie Gottes Sohn unter ihrem Herzen trug. Entscheidend ist, dass sie eine Auserwählte war. Bei Eva kann man getrost davon ausgehen, dass sie es nicht wusste, denn Wissen setzt Bewusstsein voraus. Das konnte sie aber noch nicht haben, weil sie noch nicht vom Baum der Erkenntnis gegessen hatte. Möglicherweise liegt hier eine Petitio principii vor. Es gibt aber keinen Grund, eine schöne Theorie aufzugeben, nur weil sie nicht stimmt.

Kaum hatten wir vom Baum gegessen, ging es auch schon mit den Erkenntnissen los: Man friert, wenn man nackt ist.

Die schönen Tage im Paradies sind nun vorüber. Auch die Erkenntnis, dass das Brot schwer verdient werden muss, lässt sich bis in die graue Vorzeit zurückdatieren. Das Verstehen, dass Erkenntnis häufig leichter zu erwerben als zu ertragen ist, setzt schon ein gewisses Bewusstsein voraus und kommt erst später.

Da stehen sie nun, unsere Ur-Ur-Ur-Ur-Ur-Ahnen. Hinter ihnen eine verschlossene Tür mit einem grimmigen Cherub davor, der stocksauer ist, dass er nun wegen der beiden bis zum Jüngsten Tag Wache schieben muss. »Was der Alte sich da wohl wieder gedacht hat«, wird er sich gesagt haben. »Da stehe ich hier draußen in der Kälte und muss ausbaden, dass ihm bei diesen Menschen was danebengegangen ist. – Naja – immer auf die Kleinen. Ist doch wahr. Diese Menschen! Eine Stinkwut habe ich im Leib!« Klar ist, dass der so zornige Cherub die beiden, auch gegen alle guten Worte, nicht wieder ins Paradies zurücklassen wird.

Da fällt mir gerade noch eine Sache ein, die meine Theorie fast beweisend unterstützt. Warum wurde das Paradies von Anfang an mit einem Tor versehen? Doch nicht weil ein Wächter es ewig bewachen sollte, sondern weil Gott wusste, dass die Menschen eines Tages den Garten verlassen würden. Alles ein wohldurchdachter Plan!

Während der Cherub so vor sich hin sinniert, stehen die beiden »Neugeborenen« (sie sind ja nun erst als Menschen geboren) vor dem Tor und blicken in eine öde, traurige Landschaft und eine ebenso triste Zukunft. Sie scheinen alles verloren zu haben, sind aber an Erkenntnissen reicher. Man sieht: Erkenntnisgewinn ist manchmal leicht, die Erkenntnisse sind aber nicht immer angenehm.

Mutlos und hoffnungslos werden sie sich sicher zunächst einmal gegenseitig Vorwürfe gemacht haben: »Hätte ich bloß nicht auf dich gehört. Ich werde nicht der Letzte gewesen sein, der auf das dumme Gequatsche einer Frau reingefallen ist!« »Ich hab's doch nur gut gemeint. Die Schlange war's, das giftige Luder. Guck mal da drüben kriecht sie nun auf ihrem fetten Leib herum. Recht geschieht ihr. Aber wir, ach Gott, ach Gott, wie soll das nur weitergehen?« Erstaunlich ist, dass sie schon jetzt, bei ihrem ersten selbstständigen Schritt, Gott fragen, wie es weitergehen soll. Der weiß das natürlich, lässt sie aber mit ihren Erkenntnissen alleine, damit sie lernen mit ihnen umzugehen. Als wollten sie ihren Schöpfer nicht enttäuschen, fangen sie auch gleich an, sich in ihrem neuen Leben einzurichten, quasi eine Existenz zu gründen, denn eines war ihnen bewusst: Sie würden sich von nun an alles selbst erarbeiten müssen; das hatte er ja mit aller Deutlichkeit gesagt. Nur hatte er ihnen nicht gezeigt wie. Also hieß es Erkenntnisse sammeln. Erkenntnisse in Ackerbau und Viehzucht, in der Gastronomie, der Architektur und der Heilkunde, wobei hier die Geburtshilfe eindeutig im Vordergrund stand. Auch sammelten sie reichliche Erfahrungen im Umgang mit dem Feuer, das ihnen ein freundlicher alter Grieche, Prometheus hieß der, brachte, lernten Fleisch braten und Eisen schmieden, wie man Messer macht und wie man damit die umbringt, die etwas besser können oder mehr haben. Man sieht, sie entwickelten sich zu ganz normalen Menschen, wie wir sie alle kennen. Das Bewusstsein ließ noch etwas auf sich warten, der Verstand sowieso, also, auch hier ganz normal. Erstaunlich, dass es für immer so bleiben wird. Vielleicht, weil »gut Ding Weile haben will«. Irgendwann wird ein Philosoph etwas resigniert feststellen, dass in jedem Menschen zwar ein Genie steckt, das aber, in der Regel, nicht entfaltet wird und in der »Fabrikware Mensch« endet, eine Entwicklung, die übrigens durchaus ihre positiven Seiten hat, denn, würde jeder sein Genie erblühen lassen, wäre Einstein eine relative Größe und keiner würde die »Bild«-Zeitung lesen. Doch ich schweife jetzt in viel, viel spätere Jahrtausende ab. Noch befinden wir uns etwa im Jahre 20 nach unserer weltlichen Geburt. Kain hatte gerade mit einem kräftigen Knüppel seinen Bruder Abel erschlagen, weil dessen Feuer zu sehr rauchte. Später wird es etwas gesitteter zugehen, man wird Menschen nur diskriminieren, weil sie rauchen. Ein durchaus positiver Effekt der zwischenzeitlich entstandenen Zivilisation.

Doch diese Zeiten werden noch kommen und spielen hier eigentlich keine Rolle. Kehren wir getrost zu den Ausgestoßenen zurück.

Es mag gewagt sein, aber ich behaupte trotzdem: Nie gab es Menschen, die in kürzester Zeit so viele Erkenntnisse gesammelt haben, wie diese beiden. Nach und nach wurde die Familie größer, die Herden wuchsen, die Scheunen waren voll bis unter das Dach. Man war wohlhabend geworden, hatte Materie angehäuft. Adam war gut genährt, mit Bäuchlein. Längst reichte das Feigenblatt nicht mehr aus, die Blöße zu bedecken. Eva hatte runde Hüften bekommen und atmete schwer. Sie hätten allen Grund zufrieden zu sein und dennoch seufzten sie manchmal tief und sagten: »Ach, weißt du noch, damals im Paradies?« – »Ja, ja, ich guck' gelegentlich mal aus der Ferne rüber. Er steht noch davor«. – »Ach, wir Armen!« Nun, arm waren sie nicht, hatten sie doch zwischenzeitlich reichlich Erkenntnisse angehäuft und diese auch zu ihrer materiellen Bereicherung einzusetzen gelernt, doch innerlich, ich sage mal, seelisch, waren sie noch ganz Emotion, ganz unverdorben, ganz Natur, oder auch Paradies. Die Sehnsucht nach dem Verlorenen war noch größer als die Lust am materiellen Gewinn. Sie erfüllten beinahe noch die Voraussetzungen für ein ewiges Leben, denn Christus sagt: »Selig sind die Armen im Geiste, denn ihrer ist das Himmelreich.« Wenn wir das alles so bedenken, haben die Erkenntnisse letztendlich wenig, wenn nicht gar nichts gebracht und man müsste sich fragen, was sich Gott bei diesem Experiment wohl gedacht hat. Weil Gott der Herr aber unerforschlich in seinen Ratschlüssen ist, sind solche Fragen grundsätzlich nicht erlaubt, diese aber schon, weil wir die Antwort, aufgrund unserer Erkenntnisse seit jener Zeit, selber geben können. Im Paradies waren wir ganz Natur, d.h. die reine, ungetrübte Schöpfung. Wir waren das spontane Sein, das reine Gefühl. Außerhalb des Paradieses müssen wir, um überleben zu können, zwangsläufig Erkenntnisse sammeln und bilden Bewusstsein aus. Bewusstsein kann sich, und das tut es häufig, verselbstständigen und sich dem Gefühl entgegensetzen, wodurch dann die Logik, die Ratio, die Überhand gewinnt. Logik ist der Emotion entgegengesetzt, Gefühl und Natur gehen verloren. Anders gesagt: Erkenntnis bildet das Bewusstsein aus und mit dem Erwachen des Bewusstseins verliert der Mensch die Leichtigkeit des Seins, die Unbefangenheit. Wir sehen unser Dasein nicht mehr als ein Geschenk, als eine wunderbare Tatsache, sondern stellen uns die Frage: Woher kommen wir und wohin gehen wir? Damit erreichen wir die Grenzen unseres Denkens, und weil wir uns das nicht eingestehen wollen, beginnen wir großartige Theorien aufzustellen, zerlegen unser Sein in alle nur möglichen Einzelteile, die wir vielleicht jedes für sich noch verstehen, und verlieren darüber das Gefühl für die großen Zusammenhänge. Wir entwickeln Reflexionen, die zu seelenlosen Mechanismen führen. Die Liebe zum Wahren, Guten und Schönen weicht der Liebe zum Materiellen. Indem die Materie zum Lebensinhalt wird, geht der Sinn für die schöne Zwecklosigkeit, der wir uns im Paradies hingeben konnten, verloren. Die Zweckrationalität und die instrumentelle Vernunft führen zu einer Gesellschaftsmaschine, die nur noch die »Fabrikware« produziert. Diese Massenware wird von rationaler Wissenschaft und Nützlichkeit dominiert. Das Schöne und Erhabene wird beiseitegeräumt. Schönheit ist im Zeitalter der Funktionalität Überfluss und damit überflüssig. Und das Erhabene? Ja – das Erhabene? Was ist das eigentlich? Bleibt noch die Weisheit. Weisheit besteht weniger darin, die Wahrheit zu kennen, als Fehler zu erkennen. So etwas will der moderne Mensch nicht, ja er fürchtet sich geradezu davor, würde doch sein ganzes Lebensmodell zerstört, denn wo der Fortschritt zum Selbstzweck wird, stagniert die Weisheit und damit das Denken. Das ist auch gut so, denn das Denken könnte fragen, wozu wir den Fortschritt brauchen. Wir könnten erkennen, dass der Fortschritt auch im Bewahren alter Tugenden liegen kann, weil man sich im Vorwärtsstreben nur zu oft verirrt, den Überblick verliert.

Das seelenlose Streben nach Materie ist kein Schauplatz, wo die Hoffnung wohnt. Aus dieser Hoffnungslosigkeit keimt in uns die Sehnsucht nach dem Paradies, von dem wir aber wissen, dass es verriegelt ist und der Cherub mit seinem Flammenschwert davorsteht. Daher müssen wir, wollen wir unsere Unschuld und Unbefangenheit wieder erlangen, durch alle Abgründe und Tiefen dieses Lebens, quasi eine Reise um die ganze Welt unternehmen, um zu sehen, ob das Paradies vielleicht an der Rückseite eine kleine Schlupftür bereithält. Ich bin sicher, es ist so. Gott hält uns lächelnd die Tür auf und freut sich gleichermaßen über den »verlorenen Sohn« wie über die »verlorene Tochter«.

Weil das alles so ist, bin ich überzeugt, dass es Gottes Wille war, uns vom Baum der Erkenntnis essen zu lassen, damit wir zunächst über den Zwang des Erkennenmüssens in die Kant'sche »selbstverschuldete Unmündigkeit« kommen. Wir werden zu Sklaven unserer Zwänge, zum Spielball von Ratio und Logik, um in der Anbetung des »Goldenen Kalbes«, der Materie, zu erliegen. Das ist das Schicksal der »Fabrikware«. Der andere Weg führt von der Erkenntnis zum Bewusstsein und von hier weiter über die Vernunft zum sittlichen Willen und damit zur Fähigkeit, Gut und Böse zu erkennen und danach zu handeln.

Sollte meine dargelegte Theorie irgendwann einmal widerlegt werden, was ich nicht annehme, so wird sie dennoch Bestand behalten, weil sie schön ist. Doch irgendwann wird auch sie nicht mehr sein, weil alles vergänglich ist.

Ich habe mit meiner Oberärztin sehr oft über den Inhalt und die Auslegung der Schöpfungsgeschichte diskutiert. Dabei stellte ich fest, dass Frauen anders denken und fühlen als Männer. Nur selten waren wir einer Meinung. Ganz im Gegenteil, wir stritten häufig. Wenn sie so richtig in Rage war, fragte sie: »Chef, glauben Sie eigentlich den ganzen Quatsch, den Sie da erzählen?« – »Hör mal, glauben oder nicht glauben, darum geht es doch gar nicht. Es geht um das Denken, das Durchdenken und das Nachdenken. Was ist alles in einem Text enthalten? Für mich ist das ein schönes Spiel. Wie damals bei den Pfadfindern. Wenn sich die Jungens langweilten, bekam jeder ein Blatt Papier mit einem langen Wort drauf, zum Beispiel Lagerfeuerromantik, und jeder musste möglichst viele neue Wörter mit den vorgegebenen Buchstaben bilden. Ein echter Denksport und macht zusätzlich Spaß. Die Schöpfungsgeschichte ist für mich genauso. Was ist alles im Text enthalten? Welche Erkenntnisse kann ich sammeln? Welche Zusammenhänge stellen sich dar? Wie verändern sie sich, wenn ich eine andere Auslegung zum Ansatz bringe? Die Schöpfungsgeschichte ist doch geradezu ein Konzentrat an geisteswissenschaftlichen Highlights. Abgesehen davon, dass man sich mit der biblischen Schöpfungsgeschichte theoretisch begnügen könnte. Die naturwissenschaftliche Hypothese ist ja hinreichend bekannt und wird das Universum nicht verändern. Gemessen an der Lebenszeit eines Menschen, ja sogar an der Existenzzeit der Menschheit, ist das Universum unendlich. Wir müssen uns da keine Sorgen machen. Es wird uns überleben. Und die Erde, um die wir so viel Geschisse machen, ist, gemessen an Gesamtuniversum, völlig unbedeutend. Da hat Jacques Monod völlig recht, wenn er sagt: ›Der Mensch weiß, dass er in der teilnahmslosen Unermesslichkeit des Universums allein ist, aus dem er zufällig hervortrat. Er weiß, dass er seinen Platz wie ein Zigeuner am Rande des Universums hat, das für seine Musik taub ist und gleichgültig gegen seine Hoffnungen, Leiden oder Verbrechen.‹ Das ist sicher aus der Sicht des Universums richtig. Nur, ich habe ein Ich-Bewusstsein, das mir ermöglicht die Dinge aus meiner Perspektive zu sehen. Da interessiert mich das Universum überhaupt nicht. Ich kann es nicht beeinflussen und lasse mir von ihm auch nicht in die Suppe spucken. Mein eigener kleiner Kosmos ist für mich wichtig. Hier lebe ich, hier leide ich, hier kann ich Einfluss nehmen; ich kann

Fragen stellen und Antworten geben. Die Schöpfungsgeschichte ist meine Geschichte. Ich kann sie durchdenken, kann das herausholen, was mich interessiert, was ich schön finde, was mir Spaß macht. Um Licht und Wärme in das Herz zu bringen, sind Geschichten und Märchen nicht die schlechteste Möglichkeit. Wen interessiert es denn, ob sie wahr sind? Die Hauptsache ist: Sie sind schön«.

Aqua vitae

Angst! Angst ist ein ganz normales Gefühl. Angst gehört zum menschlichen Leben, wie Freude und Hoffnung. Angst ist lebenswichtig, denn ein Mensch ohne Angst befindet sich in ständiger Gefahr. Angst ist das Produkt unserer Phantasien. Wenn wir glauben, etwas sei gefährlich, bekommen wir Angst. Die schlimmste Angst ist die um einen geliebten Menschen, den man glaubt verlieren zu müssen, weil er krank ist, oder weil er fortgeht. Dieses Gefühl schnürt den Hals zu und legt sich tonnenschwer auf die Seele. Man meint, sterben zu müssen, ja man hofft es sogar, um das fürchterliche Elend des Abschieds und das Alleinsein nicht ertragen zu müssen. Wenn Liebe stirbt, wird alles leer und sinnlos. Alles, was das Leben bedeutete, ist zu Ende. Was bleibt, ist eine tiefe Not; ein Leiden bis zur Erlösung.

Warum aber habe ich Angst, wenn ich etwas schreiben möchte und vor mir liegt ein leeres Blatt Papier? Ich merke, wie sich alles in mir sträubt, den Stift in die Hand zu nehmen. Obwohl der Wunsch zum Schreiben einer Fülle von Ideen entsprang, entwickelt sich in der Tiefe, im Unbewussten, Angst. Parallel zum Enthusiasmus baut sich eine unterschwellige Angst vor Ernüchterung auf; vor Leere und Nichtigkeit. Mit der Kreativität ist es wie mit einer schönen Frau: Man hat ständig Angst, von ihr verlassen zu werden. Was ist, wenn ich nicht die rechten Worte finde, wenn meine Gedanken zu trivial sind, wenn meine Überlegungen und Phantasien belächelt, ja vielleicht kritisiert werden? Da nähere ich mich dem springenden Punkt: Es ist die Furcht vor Kritik, es ist die Angst vor der Vergeblichkeit der Bemühungen, die ja dazu dienen sollen, die eigene Person für einen kurzen Moment aus dem Meer der Gewöhnlichkeiten herausragen zu lassen. Ein bisschen Lob wünscht man sich schon. Schließlich ist der Mensch doch mehr als eine Rechenmaschine und logisches Denken allein macht nicht glücklich. Andererseits sagt Aldous Huxley sehr treffend: »Es ist durchaus nicht dasselbe, die Wahrheit über sich zu wissen oder sie von anderen hören zu müssen.«

Seit Wochen geht mir der Mann mit dem Whiskey durch den Kopf, richtiger gesagt: durch das Hirn. Eine Beobachtung machte mich nachdenklich. 100 Milliarden bis eine Billion Nervenzellen, die wiederum jede mit bis zu 10.000 Synapsen mit anderen Nervenzellen in Verbindung stehen, begannen zu arbeiten. Eine Billiarde Synapsen nahmen Impulse auf und gaben sie weiter, um ein Ergebnis zu produzieren. Die geringste Fehlschaltung kann die Gedankenbahnen in eine unbeabsichtigte Richtung lenken. Solche Fehler führen dazu, dass die Schlüsse, die gezogen werden, nicht einleuchtend sind. Ursache für eine solche Fehlschaltung kann ein plötzlich wahrgenommener Duft sein, der so viel Erinnerungsgehalt hat, dass die Nervenströme unbemerkt aus ihrer vorgesehenen Bahn abgeleitet werden und einen völlig anderen Weg einschlagen. Der Gedankenimpuls kommt an ein Ziel, das für den, der ihn denkt, normal ist, für den Leser aber nicht. So entstehen Missverständnisse, die Anlass für Verrisse oder unendlich lange Diskussionen sind. Diese Art von Kritik wird gefürchtet, weil man ihr nichts entgegensetzen kann. Daraus folgt der Schluss, dass die eigene Meinung eben nur die eigene ist und niemals den Anspruch auf allgemeine Gültigkeit erheben darf. Das bedeutet aber gleichzeitig, dass Anerkennung Zufall ist und Kritik von außen nicht gefürchtet werden braucht. Die eigene Zufriedenheit mit dem Werk ist entscheidend. La Bruyère hat diesen Umstand treffend formuliert. Ich habe seine Sentenz bei Pascal Mercier gefunden: »Wir suchen unser Glück außerhalb von uns selbst, noch dazu im Urteil der Menschen, die wir doch als kriecherisch kennen und als wenig aufrichtig, als Menschen ohne Sinn für Gerechtigkeit, voller Missgunst, Launen und Vorurteilen; wie absurd!« Dieser Gedankengang ist ein guter Ausgangspunkt, die Sehnsucht nach der Unabhängigkeit von Anerkennung zu realisieren. Mit welchem Recht erhoffen wir uns Applaus von wildfremden Menschen? Sind wir denn selbst willens, anderen Anerkennung zu zollen? Eine peinliche Frage! Nicht wahr? Wir können sie ohne Bedenken offen lassen, denn ihre Antwort wird die Welt nicht verändern. Sie könnte uns aber im Umgang mit Kritik festigen. Wenn ich meine Geschichte, die ich nun endlich mal anfangen sollte, beendet haben werde und sage: sie gefällt mir, dann ist es die Anerkennung, die ich verdient habe, die ich erwarten kann. Ich weiß, dass sie gut ist, vielleicht sogar schön! Schönheit ist einer der wichtigsten Lebenspfeiler. Man braucht sie gegen die Gewöhnlichkeit der Welt, gegen die Oberflächlichkeit und gegen die Verrohung. Schönheitsempfinden ist eine Funktion der Seele, ebenso wie Liebe, Gier, Neid, Machthunger, Barmherzigkeit, Mitempfinden, Gnadenlosigkeit und vieles andere. Jede einzelne Emotion liegt, in unserem Inneren, in einer Schublade eingebettet. Dabei hat nicht jede Empfindung eine eigene. Sie liegen recht bunt gemischt durcheinander. Die Schubladen öffnen sich unterschiedlich; manche leicht, einige schwer, weil die Schlösser verrostet sind. Die eine oder andere geht vielleicht gar nicht auf, weil wir den Code nicht kennen. Bei jedem Menschen ist nicht nur die Gängigkeit dieser Fächer, sondern auch deren Bepackung unterschiedlich. Das macht die verschiedenen Charaktere aus. Wenn Machthunger und Gnadenlosigkeit in einer Lade liegen, die leichtgängig ist, erleben wir einen brutalen, Raubtier ähnlichen Menschen, vor dem man fliehen sollte. Machthunger und Barmherzigkeit werden sich neutralisieren. Etwas Besonderes, aber Seltenes, ist die Kombination Schönheitsempfinden und Liebe. Einige Fächer werden im Laufe des Lebens aufgeschlossen und gängig gemacht, manche gehen schwer auf oder klemmen. Es gibt auch welche, die scheinbar gar nicht angelegt sind, weil sie sich nicht öffnen lassen. Doch nichts ist vergessen, alles ist vorhanden. Wenn sie nicht aufgehen, hat es seinen Grund, denn der Gebrauch der Inhalte ist eine Kunst, die nicht jeder beherrscht. Drei ewige Werte nennt Goethe im Epilog zu Schiller's Glocke: Das Wahre, Gute und Schöne. Erreicht man einen, so bedarf's nicht mehr. Ich hätte unter Umständen zwei, nämlich gut und schön. Das Wahre ist schwierig. Wer weiß schon, was das Wahre ist? Alles ist nur Hypothese mit einem gewissen Wahrheitsgehalt, den man in Prozenten ausdrücken kann, also zwischen 0 und 100. Kritik an einer Hypothese muss man sich gefallen lassen, besonders dann, wenn die Einwände ernsthaft sind. Sie ist nützlich, weil sie uns im Denken immer ein Stückchen weiterbringt. Nur durch Kritik kann aus einer Hypothese eventuell eine Theorie werden, die noch lange keine Wahrheit ist. Weitläufig wird die Meinung vertreten, dass eine Theorie der Wahrheit entspricht, solange sie nicht widerlegt werden kann. Mir ist das alles zu kompliziert. Ich sehe das großzügig: Meine Wahrheit, deine Wahrheit, jeder hat seine Wahrheit, mit der er glücklich ist, und das ist gut so. Solange eine Individualwahrheit nicht als Mittel zur Unterdrückung eingesetzt wird, schadet sie keinem.

Fehlern gegenüber sollten wir nachsichtig sein, denn unsere Unwissenheit ist so grenzenlos und ernüchternd. Mit jedem Schritt, den wir vorwärts gehen, mit jedem Problem, das wir meinen gelöst zu haben, entdecken wir nicht nur neue und größere Probleme, sondern stellen auch fest, dass dort, wo wir auf festem und sicherem Boden zu stehen glaubten, in Wirklichkeit alles unsicher und sandig ist. Unser vermeintliches Wissen, unser Vertrauen und unsere Sicherheiten zerfließen, zerplatzen wie Seifenblasen und was zurückbleibt ist Betroffenheit, vielleicht auch Bescheidenheit, oder, was besonders schlimm ist: Verzweiflung. Ich habe oft das Gefühl, dass die Verzweifelten immer mehr werden. Völlig unbegründet, denn »nicht von Beginn an enthüllen die Götter uns Sterblichen alles; aber im Laufe der Zeit finden wir suchend das Bess're«, sagte schon der Philosoph Xenophanes von Kolophon 600 Jahre vor Christus und Karl Popper fügt 2600 Jahre später hinzu, dass alles Leben Problemlösung ist. Solche Worte sollten die Grundlage für unser Denken sein. Heutzutage ist das gar nicht so leicht, denn unser Leben steht unter dem Diktat der Nützlichkeit, der Zweckmäßigkeit, der Ratio; wenn man so will, unter dem Terror der Vernunft. Die Zwecklosigkeit unserer Träume und Phantasien ist auf der Strecke geblieben. Sie stört in einer Zeit der Rationalität und der Logik. Der Mensch als Gesellschaftsmaschine hat nach ISO-Normen zu funktionieren. Die schreiben vor, was richtig ist, wie man zu sein hat, letzten Endes auch, was man zu denken hat, wenn das Denken überhaupt noch erlaubt ist. Der Homo sapiens, oder gar der Homo ludens, der Schöngeist, der nach Freiheit strebende Mensch, hat in einer ISO-Gesellschaft keinen Platz. Er ist ersetzt worden durch den Homo oeconomicus und den Homo electronicus. Der denkende Mensch ist unmodern, weil unbequem. Er könnte ja die »schöne neue Welt« ins Wanken bringen, lebt er doch in einer Vorstellung, die nicht ist und niemals sein wird. Er lässt sich auch nicht gängeln, wie die »Fabrikware Mensch«, die so bereitwillig nach der Medien-Pfeife tanzt und alles schluckt, was ihr täglich vorgesetzt wird. Sie ist formbar und flexibel und so geduldig! Manchmal scheint mir, als hätten wir vergessen, dass der rechte Weg ohne anstrengende geistige Arbeit nicht zu finden ist. Gut meinen genügt nicht, man muss auch das Erforderliche wissen und tun. Unendlich viele Wege führen nach Rom. Man kann über alle heftig diskutieren, sich über jeden den Kopf zerreden, man muss aber einen gehen, um hinzukommen. Sachverstand und Zielsetzung, Können und Wollen, sind die tragenden Pfeiler des Handelns nicht Computer und »Bild«-Zeitung. Die Naturwissenschaften erklären, wie die Dinge sind, nicht wie sie sein sollen. Die Tatsache, dass etwas sein soll, ist eine innere Erfahrung, die der Mensch macht, wenn er sich mit der Welt auseinandersetzt. Er muss in sich empfinden und erleben, um zu erkennen, dass die Dinge nicht so sind, wie sie sein sollten. Die Soll-Werte sind nur in uns selbst zu finden. Sie sind das Ergebnis der Überlegung: Was will ich? Wie komme ich mit mir selbst ins Reine? Das ist eine meditative Übung, die in keinem Computer zu finden ist. Meditation heißt: abmessendes Vergleichen. Dieser Vergleich verlangt Distanz. Man muss über den Dingen stehen, nicht in ihnen. Bei den unaufhörlichen Informationen, Reizen und Sensationen, die auf uns einströmen, haben wir mehr und mehr das Meditieren verlernt, obgleich wir es dringender brauchten denn je. Wie sonst können wir vermeiden, dass unser Bewusstsein durch ein konfuses Gemisch an banalen Informationen überspült und manipuliert wird. Selbstbesinnung ist die beste Form der Auseinandersetzung mit der Welt. Das Unvermögen kritischer Selbstreflexion ist ein Zeichen für die Selbstentfremdung des modernen Menschen, ein Zeichen dafür, dass er sich nicht mehr versteht oder gar vor der Selbsterkenntnis flieht. Diese Entwicklung ist besorgniserregend, denn die Zukunftsentscheidungen der Menschheit, von der die Lebensbedingungen auf der Erde abhängen, beanspruchen unser moralisches und intellektuelles Bewusstsein. Es ist nicht alles gut und was nicht gut ist, muss auch nicht gut werden, selbst wenn es uns ständig eingeredet wird. Eine Behauptung ist noch lange keine Wahrheit, sie ist allenfalls eine Meinung. Jeder darf seine Meinung haben, es liegt aber an jedem Einzelnen, was er glaubt oder nicht.

Mehr und mehr wird uns bewusst, dass Fortschritt mit Nachteilen verbunden sein kann. Müllhalden, Flüsse und Seen, in denen man nicht mehr baden kann, ebenso wie der Klimawandel, legen ein eindrucksvolles Zeugnis ab. Jeder muss sich überlegen, wie viele Nachteile er in Kauf nehmen will, um einen gewissen Fortschritt zu erreichen. Die Bewältigung der Technik ist kein technisches Problem. Technik ist immer nur ein Verfahren, das sich mit Mitteln und Methoden befasst. Sie bietet uns Werkzeuge, aber keine Wegweiser. Die Technik hat der Mensch zu verantworten, weil sie sein Werk ist. Sie wird von der Industrie benutzt, ohne an die Folgen zu denken. Der Mensch muss aber nachdenken, denn es geht um seine Existenz, seine Lebensgrundlage. Angesichts der weittragenden Konsequenzen unserer technischen Entwicklung wird die Vergegenwärtigung der Zukunft zu einer der wichtigsten Aufgaben nicht nur der Politik, sondern jedes Einzelnen. Die Wissenschaft kann für unsere Entscheidungen nur Hilfsdienste leisten und Alternativen aufzeigen, die Ziele muss der Mensch setzen, aus seiner Verantwortung für die kommenden Generationen. Wenn man die Sorglosigkeit sieht, mit der die Menschen den sogenannten Fortschritt hinnehmen, wird einem angst und bange. Sicher, wir können alle das Gebarme über die ständig heraufbeschworenen Katastrophen nicht mehr hören, denn es wird nur geredet, geredet, geredet. Jeder tut sich leid oder fühlt sich besonders wichtig, weil er glaubt, dazu eine Meinung zu haben, die er irgendwo gelesen oder in einer Talkshow gehört hat. Wer aber tut was? Wer traut sich, was zu sagen? Keiner! Wir machen die Augen zu und ziehen den Kopf ein. Die Masse wird die Zeche bezahlen und die Kapitalisten füllen sich die Taschen. Wie sagte Rosa Luxemburg? »Die Dividenden steigen, die Proletarier fallen.« So war es immer und so wird es auch bleiben. Autos und Raucher sind harmlos, gerade als Opfer gut genug. Wer tut was gegen die Kapitalisten, Kartelle, Trusts und Aktiengesellschaften, die Ausbeuter von uns und unserer Erde? Keiner! Sie sind zu mächtig. Sie haben das Sagen und bestimmen über Recht und Unrecht, Gut und Böse, Wichtig und Unwichtig. Sie verdienen sogar noch an den Maßnahmen, die erforderlich sind, die Folgen ihrer Umweltsünden zu beheben. Wir normalen Sterblichen haben nur zu parieren, und zwar nach dem lateinischen Ursprung: unbedingt gehorchen. Schade, dass das Französische unmodern geworden ist, da hieße es: einen Hieb abwehren, was heutzutage sicher wichtig wäre, schließlich geht es um unseren Lebensraum. Wir müssen aufwachen und uns besinnen. Jeder ist seiner Zukunft Schmied. »Wir sind das Volk«, haben die DDR-Bürger mal gerufen. Das fanden wir doll. Die trauten sich was. Heute haben das alle vergessen. Wir sind immer noch das Volk! Wir haben Pflichten, weil wir Verantwortung haben! Wenn das so weitergeht, wird es nicht mehr lange so weitergehen. Doch in unserer Welt scheint alles zu gehen, weil es schon lange um nichts mehr geht. Der Zug ist abgefahren. Wir haben die Abfahrt verpasst. Zurückgelassen stehen wir auf dem Perron und versuchen der Sinnlosigkeit einen Sinn zu geben. Vergebens. Wir haben unsere Zeit vertan, die Chancen verpasst. Das Leben hat sich an uns vorbei gelebt, als wir im Internet surften, oder waren wir gerade im Fitness-Studio? Für die Zukunft ist nicht wichtig, was technisch möglich und was wirtschaftlich machbar ist, sondern was der Umwelt und damit dem Menschen zumutbar ist. Eine schwer zu schulternde Aufgabe, denn sie ist mit Verzicht verbunden. Hier geht es nicht um das Sortieren des Hausmülls oder den Verzicht auf Plastiktüten; Lächerlichkeiten, die keinem helfen, am wenigsten der Umwelt. Genauso wie wir mit Sparbirnen und ihren ganzen Entsorgungsnachteilen der Energiekrise nicht Herr werden oder an Silvester nicht mehr Blei gießen wegen der Schwermetall-Belastung der Umwelt. Da sind größere Opfer nötig. Zum Beispiel autofreie Wochenenden. Keine Erdbeeren mehr zu jeder Jahreszeit. Nicht mehr nach Mallorca fliegen, sondern lieber mit dem Zug auf Norderney. Zurückfahren des Flugverkehrs. Ich könnte da noch vieles benennen; aber wir sortieren Hausmüll, anstatt von vornherein, durch überlegtes Konsum-Verhalten, zu verhindern, dass er entsteht.

Das Gesagte ist übrigens nur ein konstruiertes, völlig irreales Gerüst für eine hoffnungslose Situation; also völlig aus der Luft gegriffen. Eine eventuelle Ähnlichkeit mit der Wirklichkeit ist reiner Zufall und nicht beabsichtigt. Wir sind ja schon wieder so weit, dass man sich nach allen Seiten absichern muss, besonders wenn man die Wahrheit sagt! Wahrheit ist oft bitter, deshalb möchte die Öffentlichkeit sie nicht hören. Sie liebt weder Tadel noch Belehrung und hat es gerne, wenn sie für ihre langweilige Stumpfsinnigkeit gelobt wird. Sie möchte weiter fröhlich auf ihrem selbst gepflasterten Holzweg lustwandeln.

Das Gesagte ist wichtig, um die Ausgangslage des Mannes mit dem Whiskey zu verstehen, dem der Zufall ein Mittel in die Hände gab, mit dessen Hilfe er hoffte, aus einer scheinbaren Hoffnungslosigkeit herauszukommen, oder wenigstens gut mit ihr zu leben, denn das ist die wahre Lebenskunst: Wenn einem die Scheiße bis zum Halse steht, fröhlich und munter zu bleiben. »Der Vogel, scheint mir, hat Humor«, aber, nicht vergessen: »demain viendront les oiseaux noir«.

Eigentlich begann alles 1967. Ein wunderbares Jahr. Ich hatte die Bundeswehr hinter mir und stürzte mich, endlich frei, in die Freuden des Studierens. Stundenlang hörten wir River Deep, Mountain High und waren nicht nur verliebt in Tina Turners gewaltige Stimme. Niemals wieder war sie so gut wie damals. Sie sang nicht, sie lallte hysterisch. Eines war sicher, sie war unheimlich sexy mit ihren langen schwarzen Haaren und ihrem Kugelhintern. Nicht hübsch, aber höllisch sexy. Ihre Energie schien unerschöpflich. Sie tobte über die Bühne wie eine Irre, und ihre Haare peitschten ihren Körper und immer wieder dieser geile Arsch. Ihr Schweiß floss in Strömen, und ihre Zähne blinkten. Stampfend und kreischend, steigerte sie sich von Sekunde zu Sekunde, während Ike, ihr Mann, klein, gepflegt, mit Spitzbart und zynischen Augen, hinter ihr Gitarre spielte. Er war wie ein eleganter schwarzer Magier, ruhig und düster, während Tina wie sein dienstbarer Dämon, von allen guten und bösen Geistern besessen, ihre Zähne blitzen ließ. Tina war für uns die Popsängerin Nummer eins, ohne Konkurrenz. Das ist nicht ganz richtig, denn da gab es noch die Supremes. Für Tina keine Gefahr, denn die waren zu glatt. Sie lächelten das richtige Lächeln zur rechten Zeit, bewegten sich auf der Bühne wie synchronisierte Roboterinnen, immer lege artis, nicht mal ein angedeuteter Hüftzucker, oder Busenlupfer, immer sauber, ganz sauber, so typisch USA, so à la Highschool. Sie sahen gut aus, waren höflich, hatten große Kulleraugen, rosa Zungen, falsche Wimpern; und trotzdem hatten sie was Besonderes: Diana Ross! Die wiederum hatte und hat noch heute eine Stimme von seltener

Sinnlichkeit und viel Stil. Lässig schnurrend trägt sie ihre Songs vor und spinnt so einen Kokon aus Erotik. Sie hat eine tolle Figur und einen süßen Mund. Ihre Songs, ich nenne da nur: Baby Love, You Keep Me Hanging On, Stop In The Name Of Love, hatten so was von einer Massage in einem japanischen Badehaus. Ike und Tina Turner waren da anders. Nicht angepasst, heiß, lüstern, brutal und ehrlich. Nachdem Ike seine Angetraute mehrmals windelweich geprügelt hatte, trennten sie sich. Schade! Sie waren richtig gut. Gut waren auch die Moody Blues, deren Nächte in weißem Satin unsere Herzen zum Schmelzen brachten. Bei A Whiter Shade Of Pale fiel uns gar nichts mehr ein. Das war auch nicht nötig, denn Gary Brooker & Co ging es die nächsten zwanzig Jahre auch so. Ob A Salty Dog, Conquistador, Homburg oder Echoes In The Night, es war immer wieder A Whiter Shade Of Pale. Ein echter Bombentitel, doch mehr musste man von Procol Harum nicht hören. Sie blieben bei dieser einen Erfolgsnummer, mit wechselnden Titeln und Beiwerken, bis es allen echt zum Halse heraushing. Ihnen selbst wohl auch. Sie zogen die Konsequenzen und lösten die Gruppe auf.

So richtig munter wurden wir erst wieder, als uns die Flowerpot Men aufforderten: Let's go to San Francisco. Wir waren mitten in der Flower Power. Unsere Pop-Idole alberten plötzlich in Kornfeldern herum, in weiße Roben gehüllt mit Gänseblümchen auf der Stirn. Das war nicht etwa auf bescheuert gemacht, das war ganz einfach cool, das war der Lifestyle einer ganzen Generation; na ja, zumindest fast einer ganzen. Anstatt Firebrigade zu röhren, lispelte plötzlich eine Gruppe ursprünglich höllischer Rocker etwas von Flowers in the Rain. Eine positive Erscheinung dieser Musikrichtung war Eric Burdon als Solist. Er brachte, zumindest für meinen Geschmack, die beste Flower Power damals, '67. Wer aus der Zeit ist, bekommt heute noch Glanz in die Augen bei When I Was Young und San Franciscan Nights. Zwei super Titel.Waren ein echtes Licht in der musikalischen Finsternis. Glücklicherweise war die ganze

Flower Power als der Winter kam verwelkt, wie sich das ja auch jahreszeitlich gehört, und bevor der erste Frost einsetzte, gab es sichere Anzeichen eines Rock 'n' Roll-Revivals: Manfred Mann sang Mighty Quinn, einen guten alten Dylan-Song im neuen Gewand.

Eine Gruppe sollte ich vielleicht noch erwähnen, die mit ihrem Debüt-Hit 1967 auch ihren größten Erfolg hatte, zumindest auf dem Kontinent: Die Dubliners und Seven Drunken Nights. Auf jeder Party wurde er gegrölt, im versuchten irischen Dialekt, natürlich mit gerollten R und jeder Menge irischem Whiskey. Vielleicht waren es die Dubliners mit ihrem Titel Whiskey In The Jar, die Hannes Osterndorf vor Jahren veranlassten, seine Gerste in die Old Jameson Distillery zu verschiffen. Wie es auch sei: Total geschafft vom anstrengenden Studium ging's mit den Beatles und All You Need Is Love in die Semesterferien. Über die Beatles an dieser Stelle etwas zu sagen verbietet sich. Ich habe sie lange vor ihrer Zeit im Top Ten in Hamburg gehört. Sie waren für mich vom ersten Ton an eine Offenbarung, ein Glaubensbekenntnis, das Nonplusultra der gesamten Popgeschichte. Die Musikszene spaltete sich damals in zwei Klassen: Die Beatles, als die Crème de la Crème, und dann der ganze Rest. Eine Sache möchte ich doch erwähnen, weil sie mir ungeheuer gefiel: Die Beatles machten eine super Musik, die englisch, also europäisch, war, und bearbeiteten nicht, wie so viele andere, über den Atlantik geschwappten Müll. Sie trennten sich, die Fans trauerten, doch die Show ging weiter. Alles wäre nur halb so schön gewesen, hätte es nicht auch noch die Stones gegeben. Sie waren für mich immer die goldene Brücke zwischen den Titanen und dem gemeinen Popvolk. Eine Superbrücke. Wenn Mick Jagger Satisfaction oder The Last Time sang, sprangen nicht nur die Bikinis von selbst auf.

Hier hatte ich eigentlich vor, den Abschnitt Popmusik zu beenden, doch ist mir 1967 viel zu gegenwärtig, als dass ich es könnte. Mit dem Erzählen wurde die Zeit wieder wach und mir ist, als ob es gestern gewesen wäre. 1967 ist ein besonders kreatives Jahr gewesen. Viele große Namen gab's und viele Talente, die mal große Namen haben würden, und, es gab eine Überraschung: Simon Dupree and The Big Sound! Ein No-Name, eine Eintagsfliege! »Kites« hieß der Titel, mit dem er sich zwischen die Größten mogelte. Langsam, aber zu Recht. Bis auf Platz 9 in den britischen Charts! Der Hit war verdammt gut und ungeheuer eigenwillig. Ich bin überzeugt, dass er zehn Jahre später auf Nummer eins gelandet wäre. Es war ein Mega-Highlight, ähnlich wie Paper Sun und Hole In My Shoe von Traffic. Für die Softies gab es die Tremeloes mit Silence Is Golden und My Little Lady, die Hollies tummelten sich On A Carousel und besangen King Midas In Reverse. Herman's Hermits landeten einen Treffer mit There's A Kind of Hush und Jimi Hendrix war mit Hey Joe und dem unvergessenen Titel The Wind Cries Mary erfolgreich. Er war, laut »Rolling Stone«, der beste Gitarrist, den es je gab, noch vor Eric Clapton.

Wenn wir schon mal dabei sind, eine Liste von Titeln und Interpreten aufzustellen, dürfen natürlich The Herd nicht fehlen. Ihre Songs From The Underworld und Paradise Lost klingen mir noch im Ohr, als wäre es gestern gewesen. Manche mochten auch die recht primitive, aber doch ins Ohr gehende Gruppe Dave DEE, DOZY, BEAKY, MICK and TICH, eine echte Teenybopper-Gruppe, die '67 mit dem Hit Zabadak erfolgreich war. Wer es Klassen besser haben wollte, hörte The Letter von den Box Tops oder die Kinks mit Waterloo Sunset. Für die Mädels sang Jim Reeves Distant Drums und Cliff für alle The Day I Met Marie. Cat Stevens zeigte mit Matthew And Son, dass er mal ein ganz Großer werden würde und die Small Faces verzauberten uns im Itchycoo Park. Ich sage bewusst verzaubert, denn das taten sie. Sie waren meine heimliche Lieblingsgruppe. Nicht perfekt, auch nicht genial: Einfach nur super! Ursprünglich machten sie nur schrecklichen Lärm. Ihr Sänger und Lead-Gitarrist Steve Marriot, ein schöner und wilder Typ, kam bei den Mädels gut an. Als sie 1965 ihren ersten Hit in den Charts landeten (Platz 14), hielten sie sich für echte Künstler, obwohl sie Taugenichtse waren, die vorwiegend in Diskotheken herumlungerten. Sie gaben lautstarke Interviews, wollten Meisterwerke produzieren, machten jeden Modegag mit und kamen nie so richtig aufs Pferd. Was bei all dem Gehabe und Getue letztlich übrig blieb, war gute, solide, nicht besonders innovative Musik, die ich heute noch gerne höre. Die Gruppe steht stellvertretend für die Songs. Sie haben eine gute Idee, setzen sie auch gut um, beginnen meisterlich und enden im Chaos, wirr und hilflos. Diesen Stil setzten sie konsequent fort, bis sie selbst fort waren. Ihre Hinterlassenschaft lässt sich aber hören. Bei All Or Nothing, Itchycoo Park, Tin Soldier und Lazy Sunday stelle ich heute noch das Autoradio laut, fahre ganz langsam und schwelge in Erinnerungen an eine wunderschöne Zeit. Wir waren so herrlich jung und voller Hoffnungen.

Die Hoffnungen sind geschwunden, zerschellt an den rauen Klippen der Wirklichkeit. Wir waren damals wie Schlafwandler und sind abgestürzt, als uns die Realität einholte. Viele sind liegen geblieben, andere haben sich aufgerappelt, jeden Morgen aufs Neue, und kämpfen um ihre Ideale; manche auch nur um das tägliche Brot. Ach ja, die Ideale! Gut, wenn man welche hat. Sie sind Leitlinien und Stütze zugleich. Ein guter Proviant auf dem Lebensweg. So schleppt man sich vorwärts, Tag für Tag, »als Soldat und brav«. Ab irgendwann ist man nur noch wie ein einsamer Wolf, der alle meidet, der von allen gemieden wird. Man beginnt mit sich selbst zu sprechen, in der Hoffnung, dass Sprache am Leben erhält. Man schafft sich Stück für Stück eine Nische: Die eigene Welt, in der das, was man sich wünscht, sicher aufbewahrt ist. Im segensreichen Schutz der Isolation lebt es sich gut und sicher. Isola, die Insel, ein Stück Land, allseits von Wasser umgeben. Die Insel ist etwas Besonderes. Wer hier lebt, ist kaum zu erreichen. Es gibt keine Stechuhren und Fahrpläne, keine Arbeitszeitmodelle, keine ISO-Normen. Es gibt die Jahreszeiten, die Witterung und die Gezeiten. Ständig weht ein feuchter

Wind, und wer mal die Luft geschmeckt hat, der weiß, dass sie salzig ist. Feucht und salzig ist wichtig für das Leben auf der Insel, denn die Zeugnisse der Zivilisation zerfallen schneller. Was bleibt ist Natur.

Auf einer Insel leben heißt in der Isolation sein. Man ist mit Gott, oder, wenn man so will, mit der Natur, alleine. Da zeigt sich, wer als Mensch etwas taugt, wer überlebt, weil er das Alleinsein bewältigen kann. Hier zählen keine leeren Worte, oder Computerweisheiten, hier zählen der Seelenfriede in Gott und die eigene Tatkraft. Hier helfen auch keine guten Freunde beim Vorwärtskommen. Es gilt nur die eigene Person. Robinson Crusoe ist das beste Beispiel. Zunächst fühlt er sich als Gefangener der Insel. Er ist ängstlich und verzweifelt. Über einen arbeits- und entbehrungsreichen Entwicklungsprozess wird er für sich zum Inselkönig. Der Ort der Verbannung wird zum Ort der spirituellen Erlösung. Hier findet er zu Gott zurück und somit zu sich selbst. Die Isolation lässt ihre seelenlose Maske fallen und wird zur liebevollen Mutter, so wie es die Erde für uns in der Unendlichkeit des Universums ist.

Was einem doch alles bei Itchycoo Park einfällt – ! Ich glaube, ich fahre jetzt doch lieber nach Hause, zum Tor zur Welt, in die gute alte Hansestadt Hamburg, sonst werde ich nie fertig. Da hätte ich doch fast »Freie« vergessen. Es ist ja die Freie und Hansestadt Hamburg. HH, Hummel! Hummel! Es war vielleicht gar nicht so, dass ich es einfach nur vergaß. Mir ist das Wort fremd geworden. Wer ist denn heute noch frei? Wer hat sie noch, die Freiheit? Sie war das erste große Geschenk Gottes an den Menschen und machte uns Gott ähnlich. Doch was wurde daraus? Zuerst haben wir uns ihm entzogen, dann gegen ihn gehandelt, um ihn zuletzt einfach abzuschaffen. In unserer Gottlosigkeit machten wir uns selbst zum Schöpfer und erschufen die naturwissenschaftlich-technische Zivilisation. Irgendwie wird man den Eindruck nicht los, dass sich auch diese Schöpfung gegen den Schöpfer wendet, um sich seiner zu entledigen, wie es die fortschreitende Zerstörung der Erde zeigt.

Wie hat Goethe so treffend gesagt? »Das ist der Weisheit letzter Schluss, nur der verdient sich Freiheit wie das Leben, der täglich sie erobern muss«, und nicht der, der sie missbraucht. Freiheit und Charakterstärke gehören zusammen, wie Schleswig und Holstein, »up ewig ungedehlt«; nur dann ist das göttliche Geschenk der Freiheit ein Segen. Vielleicht hat Gott hier doch einen kleinen Patzer gemacht. Der Mensch wird wohl nie seine »selbst verschuldete Unmündigkeit« ablegen können, um als denkendes Wesen von seiner Freiheit sinnvoll Gebrauch zu machen. Er wird immer ein Sklave seiner Zwänge bleiben und jede sich auch nur andeutende Grenze überschreiten wollen. Dabei gäbe uns Freiheit die Fähigkeit zu ungeahnter, nie da gewesener Höherentwicklung. Doch wir nutzen sie zur Bildung einer Termitengesellschaft schlimmster Art. Erkenntnisse und Fortschritte in der Wissenschaft bleiben in der Vermassung und Vermarktung stecken. Dadurch verändern sich die Dinge nicht zum Positiven, sondern enden in einem mörderischen, ausbeuterischen Schreckenssystem, in dem letztlich keiner mehr leben möchte. Schiller stellte sehr richtig fest, dass Freiheit und Verantwortlichkeit für das Tun zusammengehören. Unsere Gesellschaft kennt keine Verantwortung und die Erde stöhnt unter unserem Freiheitsgebrauch. Büchner stellte fest, dass »die Statue der Freiheit noch nicht gegossen wurde, der Ofen glüht, wir alle können uns noch die Finger verbrennen«. Ich denke, wir verbrennen sie uns jeden Tag. Freiheit ist eben keine Gabe, sondern eine Aufgabe.

Diese Überlegungen haben natürlich nichts mit der Popmusik von 1967 zu tun, auch wenn so mancher Dylan-Text gedankenverwandt ist.

Einen möchte ich noch erwähnen, der '67 bei John Mayall's Bluesbreakers Eric Clapton ersetzte und 1968 mit Fleetwood Mac ganz oben mitspielte: Peter Green! Altmeister B. B. King hielt ihn für den Besten. Ich sehe das auch so. Sein Gitarrenspiel wurde oft kopiert, aber nie erreicht, auch nicht von Gary Moore. Dabei beruhte es auf einem Servicefehler seiner Gitarrenfirma Gibson, die den Halstonabnehmer irrtümlich falsch einbaute, was dem Instrument den charakteristischen Out-of-Phase-Klang gab. Green ist verschwunden. Seine Les Paul tönt weiter. Gary Moore hat sie gekauft. Auf seiner CD »Close As You Get« hört man wieder die lange vermissten »Out of Phase«-Klänge und alles ist wie früher. Moore hat das Stück nicht ohne Grund »I Had A Dream« genannt, denn Blue Guitar heißt träumen.

Bevor ich in die Fabrik zum Jobben ging, bei Noblée & Thörl, im Harburger Hafengebiet, erst mal ausspannen an der Nordsee!

Wir hatten ein Sommerhaus, oben, im Norden, »do dei Nordseewellen trekken an den Strand«, gleich achter'n Diek, dort, wo die Länder Hadeln und Wursten aneinanderstoßen. Rein geographisch gesehen ist das nicht das Zentrum der Welt, aber der schönste Teil der Deutschen Bucht. Hier gibt es das wunderbarste Watt, das ich je gesehen habe. Deshalb war die Zeit des Niedrigwassers für uns Kinder immer besonders wichtig.

Auf unserem Grundstück wuchs sie: die gute alte Kartoffelrose. Nicht etwa, weil sie wie eine Kartoffel riecht, sondern wegen ihrer kartoffelähnlichen Blätter. Offiziell heißt sie Rosa rugosa. Sie ist so anspruchslos, dass sie sogar an Stränden und in Dünen gedeiht. Sie ist eine Pionierpflanze. Wenn noch nichts wächst, die Rugosa kommt. Dabei ist sie gegen die üblichen Rosenkrankheiten, Mehltau, Rost und Sternrußtau, resistent. Ihre guten Eigenschaften werden durch Züchtung auf unsere modernen Gartenrosen übertragen. So eine Art künstliche Evolution. Ich habe so manchen schönen Rosenstrauch im Garten, der die Rugosa zur Mutter hat. Blanc Double de Coubert, Conrad Ferdinand Meyer, Parfum de l' Haye, um nur drei zu nennen. Vielleicht hat die Kartoffelrose bei der Geburt meiner Liebe zu Rosen Pate gestanden. Obwohl, wir Kinder hatten damals einen mächtigen Respekt vor ihr, denn in ihrem stacheligen Schutz gab es viele Kreuzottern. Ich weiß noch, wie unser Bonzo, der schönste und netteste Airedale, den es je gab, von einer Kreuzotter in die Nase gebissen wurde und sicher gestorben wäre, hätte nicht eine Peterwagen-Staffel Schlangenserum vom Tropeninstitut in Hamburg nach Cuxhaven gebracht. Als ich die Geschichte später mal Hannes Osterndorf erzählte, sagte er, nachdenklich an seinem »Rotzkocher« ziehend: »Jou, jou, es steht schon in der Schrift: Du sollst der Schlange den Kopf zertreten. Jou, jou«. Für den Stadtmenschen ist das Leben in der Abgeschiedenheit ein Erlebnis. Es ist gewöhnungsbedürftig, entwickelt sich aber ganz rasch zu etwas Besonderem. Das bewusste Sein mit der Natur und die ständige Wahrnehmung immer neuer Bilder, die vor den Augen gemalt werden, formen ein tiefes Bewusstsein für Schönheit und entwickeln im Laufe der Zeit eine große Ehrfurcht vor der Schöpfung. Im Angesicht der Ewigkeit und der Weite des Wassers werden die kleinen Alltagsprobleme null und nichtig. So muss es sein, wenn man ausspannen will. Jetzt erst kann man stundenlang in den Dünen liegen und den Blick über die Wasser schweifen lassen, jede Möwe, ja jede Wolke verfolgen und im Geist mit ihnen auf Reisen gehen. Man entwickelt Phantasie, Phantasie, die ein Bollwerk gegen die nüchterne Umwelt ist, gegen die oft so unverständliche, weil unbarmherzige Realität. Vielleicht liegt hier die Ursache, dass ich noch heute nicht in der Endlichkeit der Vernunft, sondern nur in der Unendlichkeit der Gefühle richtig leben kann. Ich liebe die Unwirklichkeit meiner Lebensvorstellungen und begegne der nüchternen Realität stets mit Misstrauen und Skepsis. Dadurch kommt es nur zu oft vor, dass mich der Weg bei Entscheidungen eher über das Herz, als über den Kopf führt. Im Strandhafer liegend, unter einem hohen Himmel, schwingt die Seele in ewigen Monologen. Dialoge sind hier unerwünscht. Sie stören nur den Frieden.

Wir genossen die milden Frühlingstage, die heißen Sommerwochen um die Zeit der Heuernte am Außendeich, die stillen flirrenden Septembertage unter dem Strom der Zugvögel, die diesigen Spätherbsttage mit dem dumpfen

Dröhnen der Nebelhörner und die kristallklare Pracht des Eiswatts an frostigen Wintertagen.

Ach ja, das Watt! Es ist immer wieder das Watt, dessen Faszination mich noch heute in den Träumen begleitet. Die scheinbar unendliche Weite dieses Lands zwischen Wasser, Schlick und Sand. Das Licht zaubert zarte Pastelltöne auf den Boden, den weder Baum noch Strauch noch der kleinste Hügel belebt, dem aber jede Wolke, jeder Sonnenuntergang einen eigenen, einzigartigen Zauber verleiht. Man meint, bis an das Ende der Welt gehen zu können; durch Quellerrasen und Seegrasfelder, durch Priele und Wasserlachen, über Miesmuschelbänke und immer weiter auf dem herrlichen Mosaik des Wattenbodens. Die Rippeln überziehen riesige Flächen, wie im Sand stehen gebliebene Wellen, nur hie und da von mäandernden Wasserläufen unterbrochen.

Geradezu romantisch, aber auch sehr gefährlich, ist das Watt im Nebel. Undurchdringlicher Dunst hüllt die Stille ein. Noch nicht einmal die Möwen schreien. Die Diesigkeit ist vollständig, wenn sich noch eine schwarze Wolke vor die Sonne schiebt. Da liegen auch die Fischerboote fest vertäut, oder tasten sich vorsichtig die Fahrrinnen der Priele hinauf, dem schützenden Hafen zu. Unentwegt hallt das dumpfe Dröhnen der Nebelhörner. Kein Mensch kann jetzt ohne Lebensgefahr das Watt betreten. Man taucht in den Nebel ein und verliert mit jedem Schritt mehr Orientierung. Nur der Kompass kann Leben retten, doch wer hat schon immer einen dabei? »Gar schaurig ist's durchs Watt zu geh'n«, aber herrlich gruselig. Der Phantasie sind keine Grenzen gesetzt, sie muss nicht mal angestoßen werden, denn schon mit dem ersten Schritt wird man von den feuchten Meerjungfrauen in ihre wallenden grauen Gewänder gehüllt. Sie ziehen und locken immer tiefer ins Watt. Jedes Rinnsal, jeder Priel ist neu und unbekannt. Wie muss ich gehen? Wo ist der Leuchtturm, meine Orientierungshilfe? Es ist ein Spaziergang zwischen Leben und Tod, zwischen Wasser und Land. Wer das einmal erlebt hat, wird die Faszination nie mehr los. Sie verfolgt mich noch im Traum.

Und wie ein Traum ist es! Alles beginnt ganz harmlos. Der Himmel versteckt sein Blau hinter grau-schattierten Wolken. Aus den Salzwiesen steigt ein feiner weißer Dunst, der immer schwerer wird, bis er in großen Schwaden über das Land rollt. Ein seltsames, schaurig-schönes Bild. Immer weiter breitet sich der Nebel über die tief liegenden Wiesen und das Watt aus. Alles verliert seine Wirklichkeit. Konturen zerfließen, nur noch schemenhafte Schatten. Nymphen und Feen in grauweißen Gewändern winken und locken. – Spätestens, wenn das Wasser bis zu den Knien reicht, hat man verloren, beziehungsweise ist man verloren.

Wer an der Küste das Licht der Welt erblickt hat, wird ein Leben lang der Faszination des Meeres erlegen sein. Ewig und dennoch im ständigen Wandel offenbart es sich dem Sehenden. In seiner Unendlichkeit zeigt es in jedem Augenblick ein anderes Gesicht. Was eben noch war und einzigartig erschien, ist schon wieder vergangen, um noch schöner, noch einmaliger neu geboren zu werden. Im steten Wandel zeigt sich sein Gesicht vom anmutigsten reinsten Zauber bis hin zur drohenden, donnernden Gewalt. Nicht im ewigen Verschieben des Ufersandes offenbart sich die Kraft, sondern im Zermahlen des harten Gesteins.

Im Laufe des Lebens nimmt die Fülle der ständig gewonnenen neuen Eindrücke zu. Fremde Länder, neue Menschen, eine Flut von Gedanken, alles wird zu einer liebenswerten Selbstverständlichkeit. Irgendwann findet man seinen Platz im Leben und wird sesshaft. Irgendwo, meistens weit weg, doch im Spiegel alles Neuen erscheint die Heimat, die Gegend, in der man das Licht der Welt erblickte, mehr und mehr als ein unverlierbares Paradies. Sie ist der Ursprung. Hier liegen die Wurzeln allen Denkens und Fühlens. Hier ist man im wahrsten Sinne des Wortes zu Hause. Wo man auch immer ist, die Gedanken gehen dorthin zurück.

Auch wenn das Land meiner Kindheit nur noch in meiner Erinnerung lebt, bin ich doch fest mit ihm verwurzelt und meine Sehnsuchtsvögel fliegen oft nach Norden. Sie suchen das »weite Land, in Winden, eben, sehr großen Himmeln preisgegeben« (Rilke).

Dort war es auch, wo ich ihn traf, Hannes Osterndorf, den Mann mit dem Whiskey. Er war unser Nachbar »In den Dünen«. Wir waren Nummer 20, er 18. Er hatte irgendwann »massiv« gebaut, das heißt aus Stein und mit Keller. Das war im Schutzgebiet zwar verboten, doch ihn kümmerte das wenig. Es schien keinen zu kümmern, denn keiner kümmerte sich um ihn. Man tat ihm nichts, damit tat man ihm auch nichts Gutes, aber auch nichts Schlechtes. Hannes war das eben recht. Er war am liebsten allein und fühlte sich dabei in der besten Gesellschaft. Man konnte mit ihm stundenlang auf dem Deich sitzen, über das Wasser sehen und kein Wort reden; nur das Gekreische der Möwen im Sturmwind. Irgendwann stand er auf, bedankte sich für die Unterhaltung und ging nach Hause. Er war für mich immer etwas Besonderes; wahrscheinlich weil er anders war als dieser derbe, robuste Menschenschlag an der Küste. Hannes war weicher, verletzlicher als die übrigen Dorfbewohner, die nur damit beschäftigt schienen, um das tägliche Dasein zu kämpfen. Er hingegen war sich gar nicht sicher, ob er dieses Dasein überhaupt wollte, geschweige denn, ob er darum kämpfen sollte. Inmitten der Menschen blieb er der Nachdenkliche, ein intellektueller Einzeller; eine Monade.

Damals, 1967, kannte ich ihn schon viele Jahre. Er war immer da gewesen und begleitete meine Kindheit. Von ihm lernte ich das Buttpetten und vor allem, wie man sich nicht einen der vier Widerhaken der Buttforke in den eigenen Fuß sticht. Bei Ebbe legten wir zusammen die Grundangeln aus, und wenn Hugo Rüsch mir seinen Käscher auslieh, fingen wir Krabben im großen Priel. Das Fangen war recht leicht. Hannes ging mit dem Käscher einmal quer durch und hatte das Netz voll, doch wenn wir sie zu Hause kochten, wurden sie weder rot noch fest. Später ärgerte sich Hannes fürchterlich, dass er sie nicht in kochendem Meerwasser gebrüht hatte. »Datt hebt wie doch jümmer so mokd, damals op'm Kudder. Ick bünn vielleicht 'n

Döspaddel!« Na, ja, ein Döspaddel war er nicht, aber immer betrunken. Je nach Pegelstand genießbar und umgänglich oder nicht ansprechbar bis scheintot. Ich kann mich noch gut erinnern, als mein Vater mal sagte, als Hannes über den Deich torkelte: »Seht mal, der Herr General kommt nach Hause. Die Fahne flattert ihm voran.« Wir Kinder wussten natürlich nicht, was er meinte. Die Erwachsenen lachten pflichtschuldig. Es wurde immer gelacht, wenn Vater »Witzchen« machte. Ich war oft peinlich berührt, lächelte aber auch, schließlich war man ja kein Spielverderber. Bei »Witzchen« über Hannes lächelte ich nie! Ich mochte ihn, er war ein Freund.

Um ihn mal 'n » Büsch'n« näherzubringen: Also, Hannes war blond, wie es sich für einen echten Jung' von 'ne Waterkant gehört, hatte einen Seemannsbart und trug bei Tag und Nacht einen dunkelblauen Kolani, dieses dicke, hüftlange Marinejackett. Die Landratten sagen immer Seemannsjacke dazu. Für ihn war dieses Kleidungsstück in vielerlei Hinsicht sehr praktisch. Es schützte nicht nur vor Regen, Sturm und Wind, sondern hat viele große Taschen, in denen sich eine ganze Tagesration von Flachmännern verstauen lässt. Das Leergut warf er übrigens nie weg. Er recycelte, indem er sie nachfüllte. Das musste er auch, denn diese Größe gab es bei uns nicht. Er hatte sie mal vor Jahren in Österreich gekauft. Damals konnte ich mir keinen Reim darauf machen, später begriff ich, dass es diese großen Strohrumflaschen waren. Die sind praktisch, geht doch eine bequem in jede Jackentasche, und so ein Kolani hat viele. Meistens trug er dunkelblaue Gummistiefel von Aigle, die oben am Schaft zwei weiße Streifen haben. Auf dem Kopf saß, tief in die Stirn gezogen, eine klassische dunkelblaue Pudelmütze, allerdings ohne die Wollbommel. Eine Bluejeans und ein kariertes Flanellhemd vollendeten sein Erscheinungsbild. Auch wenn er fast immer betrunken war, roch er doch stets nach Zedernholz-Parfüm und Rauch. Sein Bart war gepflegt, und er hatte wunderschöne Hände. Das fiel mir immer auf, wenn er die Schnapsflasche ansetzte, und das tat er oft, sehr oft. Seine Finger, die eher zu einem Klavierspieler gepasst hätten, als zu einem Landwirt, hielten die Flasche mit einer ihnen eigenen Eleganz, als hielten sie ein kostbares Lebenselixier, was es für Hannes ja in gewissem Sinne auch war. Heute weiß ich, dass jeder Schluck, den er trank, der hoffnungslose Versuch war, seine tiefen Schmerzen durch Selbstzerstörung zu bekämpfen. Vielleicht war es so eine Art prolongierter Suizid. Er trank nicht aus Angst. Er hatte keine. Ein Mensch, der nichts zu verlieren hat, dem auch sein Leben nichts bedeutet, hat keine Angst. Manchmal, wenn er schon einiges intus hatte, hielt er ohne ersichtlichen Grund im Trinken inne und wurde in sich starr und unbeweglich. Ein kleines Rinnsal von Whiskey lief ihm aus den Mundwinkeln, verlor sich in seinem Bart, und man hatte den Eindruck, als spinne er sich in einen Kokon aus Erinnerungen und Träumen ein. So stand er Minuten, setzte dann die Flasche ab, schüttelte heftig den Kopf und fuhr sich mit der Hand über die Augen, als wolle er ein Bild aus seinem Blick wegwischen. »Hei, was kuck's de mich so an? Es ist alles o.k. Manchmal kommen böse Geister, Hirngespinste, die mich festhalten. Nu' is' alles wieder gut. Darauf trink ich erst Mal einen.« Tat's und steckte die Flasche wieder ein; stets mit einem tiefen Seufzer und den Worten: »Nu geit datt wedder.« Das war kein normaler Satz, das war ein Sprengsatz. Hier entlud sich der ganze Schmerz eines gequälten Herzens. »Nu geit datt wedder!« Wie diese Worte in mir nachklingen. Wie oft habe ich sie selbst schon sagen müssen? »Nu geit datt wedder!«

Interessant war, dass er die ursprünglichen Drehverschlüsse von den Flaschen entfernt hatte und stattdessen Korken verwendete. Deshalb endete das Trinkritual stets mit einem Schlag der Handfläche auf den Korken, der immer so kräftig war, dass die Flasche dicht verschlossen, aber jederzeit mühelos geöffnet werden konnte.

Hannes lehrte uns Buben, dass man immer ein Taschenmesser bei sich haben muss. Eines für jeden Notfall. Ein multifunktionales Schweizermesser. Er trug seines in einem

Lederetui am Gürtel. Irgendwann, vor Jahren, hatte er es in Bern gekauft. Wir Kinder fanden es super, besonders wenn er uns Pfeifen aus Weidenholz schnitzte, die Fahrradketten reparierte oder Splitter und Dornen aus den Fingern entfernte. Ich habe mir später genau das Gleiche gekauft: auch in Bern.

Ein ganz wesentlicher Ausrüstungsgegenstand war die Tabakspfeife. Sie war s-förmig nach unten gebogen und hatte einen kleinen Silberdeckel. »Wegen dem Funkenflug. Die steife Brise hier bei uns brennt sie sonst zu schnell runter und du bist nur am Nachstopfen.«

Hannes redete wenig und wenn, dann sehr bedächtig, so als würde er mit jedem Satz eine lang gesuchte Wahrheit verkünden. Meistens lallte er leicht, das hing vom Tidenhub des Alkohols ab. Sein absolutes Lieblingswort war: Jouh, oft auch, wenn er seiner Aussage einen besonderen Nachdruck verleihen wollte: Jouh! Jouh! Für Mittel- und Süddeutsche mag er wortkarg erscheinen, für einen echten Norddeutschen ist er eher geschwätzig. Da gibt es diese schöne Geschichte von den beiden Bauern aus dem Kreis Land Hadeln, die nach München zum Oktoberfest wollten. Steffen brachte seinen Sohn Jan mit. Sie trafen sich in aller Herrgottsfrühe in Cuxhaven auf dem Bahnhof. »Moin!« –

»Moin!« – »Moin!« Rein in den Zug, 2. Klasse, und los ging die Fahrt. Keiner redete ein Wort. In Höhe von Bebra sagte Steffens Sohn: »Dat Korn steit gutt.« Dann wieder Schweigen. Zwischen Würzburg und Erlangen sagte er: »Hier ouck.« Als sie sich am Münchner Hauptbahnhof verabschiedeten, sagte Piepenbrink zu Steffen: »Du, weiß' watt, dien Jan is 'n netten Jung, aber hei snackt to veil.« – »Jouh«, sagte Steffen, »ick weit gar nicht von wen er datt hätt. Wahrscheinlich von sien Modder.« So ist das mit der norddeutschen Gesprächigkeit. Die Kommunikation erfolgt weniger verbal; man teilt sich stumm mit. Das ist für die Nichthiesigen schwer zu verstehen und wird daher meist als »mundfaul«, »verschlossen«, »nicht gesellig« missdeutet. Das stimmt natürlich nicht. Wir quasseln nur nicht so viel »dumm' Tüch«, weil keiner versucht, über endlose Diskussionen und unter Abwägung möglicher Eventualitäten den anderen von seiner Meinung abzubringen. Es geht alles nach dem Snack: »Watt mutt, datt mutt.« Menschen, die mit der Unendlichkeit und der Ewigkeit des Meeres leben, die täglich den Naturgewalten ausgesetzt sind, haben keine Zeit, viel zu reden, die müssen handeln, wenn sie bestehen wollen. Diskussionen bringen nicht weiter. Eingekleidet in Höflichkeitsfloskeln unterbaut mit Aggressionen und versteckten Bösartigkeiten redet man stets aneinander vorbei. Zwar wird immer betont, dass man den anderen gut verstehen kann, doch ist es nicht so. Ich habe noch nie erlebt, dass ein Diskutant nur das geringste Zeichen eines Sinneswandels angesichts noch so zwingender Gegenargumente gezeigt hätte. Das ist auch nicht verwunderlich, trägt doch jeder eine unübersehbare Flut an Bildern, Emotionen, Ansichten und Argumenten in sich, die ihn wegreißen und die Worte des anderen im Sturm der eigenen Gedanken untergehen lassen. Es ist Zufall, dass das Denken und Fühlen eines Menschen dem eigenen gleicht und man sich dadurch mit ihm stetig fortentwickeln kann. Das ist eine vollendete Bereicherung.

Hannes wollte weder demonstrieren noch überlegen sein. Was er eigentlich wollte, hätte ich damals nicht sagen können. Über die Leute im Dorf, die ihn nicht zu kennen schienen, zumindest sahen sie bewusst weg, wenn sie an ihm vorübergingen, sagte er mal: »Ich wünschte mir, dass sie mich einmal verstehen und sich schützend zwischen mich und das Schicksal werfen würden. Aber das ist wohl zu viel verlangt von einem so robusten, von den täglichen Lebensnöten gehärteten Menschenschlag«, und in seinen Augen lag ein Blick voller Schmerz und Unverständnis. »Es ist merkwürdig, ich kenne sie alle, so wie sie auch mich kennen, von klein auf, aber wenn ich zurücksehe, blicke ich ins Leere. Wo sind die alten Freunde und Mitstreiter? Ich habe sie alle verloren. Irgendwo in meinem Hirn hat sich ein Schalter umgelegt und alle Engramme ausgelöscht.

Meine Gedächtnissoftware ist abgestürzt, damit nur noch Platz für Kerstin ist. So kann nichts mehr unseren Frieden stören.«

»Sag mal, Hannes, warum trinkst du eigentlich so schändlich?« habe ich ihn damals, im Sommer '67, gefragt. Er zuckte zusammen und ich spürte, wie ihm tausend Gedanken durch den Kopf gingen. Sollte er sich wortlos umdrehen und weggehen? Es ging mich doch eigentlich gar nichts an. War es ein Vertrauensbruch, dass ich ihn etwas fragte, vorüber er nie von sich aus gesprochen hatte? Ich glaube, Hannes erkannte, dass ein Freund sich für ihn interessierte, dass sich die Gelegenheit bot, Kummer von der Seele zu reden, dass Herz und Ohren für ihn offen waren. Wir setzten uns auf die Deichkrone. Er stopfte sich langsam und umständlich seine Pfeife, zündete sie an und blies den Rauch in die Luft. Er saß, den Kopf in den Nacken, die halb geschlossenen Augen auf einen imaginären Punkt gerichtet, der hinter dem Himmel zu liegen schien, irgendwo in der Ferne, und fing an zu reden. Er setzte bedächtig Wort an Wort, behutsam, als könnten sie zerbrechen, und verlieh seinen Erinnerungen Leben. Er redete und ließ die Zeit zerfließen. Längst war die Gegenwart vergessen, und er nahm mich mit auf eine Zeitreise, bei der das Heute schnell hinter uns lag. Es war ein Schweben auf sanften Wolken, langsam, ganz langsam. Nur die Unwiderruflichkeit des Gewesenen lag auf seinem Bewusstsein und die Sehnsucht trug sein Herz auf leichten Schwingen höher und höher, in ein Land, das nur er zu kennen schien, in dem aber gut sein ist. Der Schleier, der gewöhnlich über seinen Augen lag, fiel und ein Leuchten trat in sein Gesicht; und dennoch, er konnte die müde gewordene Trostlosigkeit in seinen Gedanken nicht verbergen.

»Weißt du, Krischan, dieses Dorf ist für mich kein Schauplatz, wo die Hoffnung wohnt. Hier will mich keiner mehr kennen, und wer mich kennt, der schämt sich dafür. Wer nichts mehr hat, als die Klamotten auf dem Leib und 'ne

Pulle Köm, der ist nichts, den gibt es nicht, den will man nicht. Aber ich, ich kenne sie alle und das wissen sie.

Wer den Boden unter den Füßen verloren hat, braucht nicht viel Geschick, um in kürzester Zeit den Höhenflug in das Phantastische, Bessere anzutreten. Brecht lässt seine Mutter Courage sagen: Es kommt alles von der Not. Genau so ist es! Du bist ganz unten, hast keinen Boden mehr unter den Füßen und nirgends Land in Sicht. Keine helfende Hand, die den Rettungsring wirft. Du schlägst wild um dich. Die Kräfte werden immer weniger. – »Der Mut ist müde geworden und die Sehnsucht so groß.« – Da! Plötzlich, es ist wie ein Wunder, hältst du das Elixier in der Hand, das dein Leben mit einem Schlag verändert. Du ergreifst die Pulle, entkorkst sie und lässt den brennenden Inhalt die Kehle hinunterfließen. Es ist wie Medizin. Der scharfe Alkohol scheint dir alle Probleme wegzuätzen. Die Schmerzen verebben nach und nach. Mit dem zweiten Schluck ist dir wie nach dem Bade und nach dem dritten bist du in einer besseren Welt. Not und Leid haben ein Ende. Du bist zu Hause, die Tür geht auf und Kerstin tritt ins Zimmer. Ja, mein Junge, so ist das. Alles ist wieder so, wie es einmal war.«

Er zog einen seiner Flachmänner aus der Tasche, trank ihn aus und wankte durch die Dünen Richtung Salzwiesen. Wahrscheinlich würde er sich wieder ganz vorne auf die Buhne setzen und warten, bis die Flut kommt.

Tage später traf ich ihn auf dem Weg nach Spieka-Neufeld. Ich sah ihn schon von Weitem und hatte ihn kurz vor der »Gemütlichen Ecke« von Opa Pattjen eingeholt. Er war anscheinend nicht besonders gut drauf. Wir gingen schweigend nebeneinanderher. »Wer war eigentlich Kerstin?« Gegen jede Gewohnheit antwortete er sofort. Leise, ganz leise begann er wieder zu erzählen: »Das ist eine lange Geschichte, da brauchen wir viel Zeit. Also, mein Großvater war ein reicher Bauer, hier im Marschenland. Er hatte einiges geerbt und eine reiche Witwe aus Altenwalde geheiratet, deren Mann bei einer Sturmflut im Watt ertrunken war. Da drüben war's, bei Spieka-Neufeld. Meine Großmutter soll eine sehr schöne Frau gewesen sein, zumindest sagen das die Alten heute noch. Der alte Pattjen hat sie noch gekannt, der soll ja auch ihren ersten Mann gefunden haben, als er angeschwemmt wurde. Na ja, sie schenkte meinem Großvater zwei Söhne: Onkel Hermann und meinen Vater. Sie verstarb Mitte fünfzig an einem unbekannten Leiden. Vater meinte, sie wäre nie über den tragischen Tod ihres ersten Mannes hinweggekommen und habe sich vor Kummer verzehrt. Ich kann mir das gut vorstellen.

Als der Krieg ausbrach, zogen sie Onkel Hermann ein. Mein Vater, der Jüngere, wurde freigestellt, um mit Großvater, der es immer schon auf der Lunge hatte, den Hof zu bewirtschaften.

Onkel Hermann blieb in Russland verschollen, deshalb bekam mein Vater nach Großvaters Tod den Hof. Er heiratete eine Gutsbesitzerstochter aus Nordmoor, ganz nach dem Motto: Schönheit vergeht, Hektar besteht, und wurde so der reichste Bauer im Landkreis. Dank seiner unermüdlicher Schaffenskraft erlebte der Hof einen tüchtigen Aufschwung. Seine Kühe standen auf den fettesten Wiesen, er hatte gute Ernten und in den Salzwiesen sah man nur seine Schafherden. Man hätte ihm vorhalten können, dass er nicht modernisierte. Als alle schon einen Trecker hatten, zog Vater noch mit Ross und Pflug los. Als die Melkmaschinen aufkamen, wurde bei uns noch mit der Hand gemolken, in der Hocke. Selbst Melkschemel schienen ihm unnütz. Sein Argument war nicht schlecht: ›Die Maschinen ersetzen den Menschen. Als Großbauer habe ich eine Pflicht dem Gesinde gegenüber. Die werden doch alle arbeitslos, wenn ich umstelle. Siehst es doch bei Kalli Braaderup. Seinen Altknecht hat er als Erstes rausgesetzt. Einfach auf die Straße und hatte noch nicht einmal für ihn geklebt. Nach 25 Jahren arbeitslos. Weißt ja, was das heißt! Bei mir ist er wieder in Dienst und Brot gekommen, weil ich Leute brauch. Bei uns ist noch ehrliche Handarbeit, die nährt ihren Mann.

Nee! Nee! So Maschinen kommen mir nicht auf den Hof. Außerdem kosten die richtig Geld, da muss man Kredite aufnehmen. Und was ist, wenn mal ein schlechtes Jahr ist? Woher nimmst du dann das Geld für die Raten? Musst Land verkaufen. Das ist der Anfang vom Ende! Nix is'. Wir machen so weiter wie bisher. Solide und ehrlich!‹

Als Onkel Hermann nach zwölf Jahren aus der russischen Kriegsgefangenschaft zurückkam, war es für Vater selbstverständlich, dass er ihm die Hälfte des Ererbten übertragen ließ. Alle fanden das nobel, nur Onkel Hermann nicht, der wollte mit dem Recht des Erstgeborenen alles. Vater sollte eine Entschädigung für seine Verwaltertätigkeit bekommen. Er, Hermann, würde sich großzügig zeigen. Sie haben beide lange vor Gericht gestritten, doch Großvaters Testament war rechtsgültig. Das Ende vom Lied war, dass sich die beiden Brüder nicht mehr ansahen und Onkel Hermann uns wie Aussatz behandelte. Er hetzte im Dorf gegen uns, was leicht war, denn wir waren wohlhabend, wie man so sagt, und das schafft Neider. Vater litt sehr unter dieser Geschichte und machte die lange Zeit im russischen Bergwerk für die Wesensveränderung seines Bruders verantwortlich. Ich glaube das nicht. Er war einfach so. Ich weiß noch, wie er grinste, als er für n' Appel und n' Ei damals meinen Hof mit dem großen Landstrich westlich von Berensch kaufte. Er wusste ganz genau, dass ich am Ende war. Als der Kaufvertrag unterschrieben war, sagte er nur: ›Nu' is' alles wieder da, wo es hingehört.‹ – Na, lassen wir das. Wenn man in der Scheiße rührt, stinkt's nur! Du wolltest ja eigentlich wissen, warum ich trinke. Ganz sicher nicht wegen ihm!

Also! Vater wollte, dass es sein Sohn mal besser haben sollte, und schickte mich nach Cuxhaven aufs Gymnasium. Ob du's glaubst oder nicht, ich legte, ohne große Mühe, ein bombiges Abitur hin. Ganz im Gegensatz zu Egon Harmsen. Der blieb in der Oberstufe zweimal backen und musste mit dem Einjährigen abgehen. Auf dem Internat hat es dann auch nicht geklappt, obwohl Hugo viel in seinen Sohn, das heißt in das Internat, investiert hatte. Es wurde gemunkelt, er hätte einen Tennisplatz gestiftet. Später hat er ihm dann den Hökerladen eingerichtet. Sieglinde, Egons Frau, arbeitet Tag und Nacht, während er im ›Heidekrug‹ Stammgast ist. Warum der trinkt, weiß ich allerdings nicht. Er hätte allen Grund, sich zu freuen, denn Sieglinde ist ein Goldstück. So eine, wie die, hat der nicht verdient. Ich weiß, dass ich nicht so über ihn reden sollte, aber, weißt du, das ist auch einer, der sich an meinem Leid bereichert hat. Sicher, in der Schrift steht: ›Liebe deine Feinde.‹ Doch sag mal selbst, das ist doch völliger Unsinn. Das bringt kein Mensch fertig. Das Höchste, wozu wir vielleicht in der Lage wären, ist unseren Feinden zu helfen, ihnen in der Not beizustehen, auch wenn sie uns dafür hassen, aber lieben kann man nur seine Freunde.

Nun ja, ich hatte mein Abitur und für Vater war es klar, dass ich nun nach Hamburg zum Studieren müsse. Ich hatte eigentlich keine rechte Lust. So weit weg von zu Hause und in die Großstadt und die vielen fremden Menschen. Nee! Ich wollte lieber auf dem Hof bleiben und ein ordentlicher Bauer werden. Weil Vater mich undankbar fand und mich immer wieder fragte, ob ich mich mal gefragt hätte, wofür er sich die ganzen Jahre abgeschuftet habe, gab ich nach. Um seines ›lieben Friedens Willen‹, nicht, weil ich wollte. – Komisch, wenn ich es mir so überlege: Ich habe eigentlich immer nachgegeben. –

Medizin, oder besser noch Jura, das wünschte er sich von mir – für sich. Doktor im Landkreis, oder Notar in der Stadt. Das sind Persönlichkeiten, vor denen jeder den Hut zieht. ›Als Jurist kannst du sogar in die Politik gehen und als Landrat oder Bundestagsabgeordneter was für uns tun, damit es endlich aufwärtsgeht im Marschenland. Mensch, überleg doch mal!‹ Verständlicherweise teilte ich Vaters Begeisterung nicht! Ich war achtzehn Jahre jung und sollte von zu Hause weg! Das waren Schmerzen, tiefe seelische Leiden. Da konnte ich nicht an diese Sesselfurzer in Bonn denken, die sich immer nur überlegten, auf welche sinnlose Art und Weise sie unsere Steuergelder ausgeben wollen. Ich war einfach nur traurig und hatte Angst vor dem Neuen. Zugegeben, verärgert war ich auch, weil ich wieder mal nachgeben hatte, – wie immer! Folglich dackelte ich ›knickebeinig‹ Richtung Hamburg. – Apropos ›Knickebein‹, jetzt muss ich erst mal einen zur Brust nehmen.« Sprach's und ließ es durch die Kehle laufen. Heute ist er ja mal so richtig witzig, dachte ich bei mir. Gute Sprüche. Das mit den Sesselfurzern muss ich mir merken. Wenn ich das in Würzburg erzähle, lachen die sich kaputt. Die in der Politik waren offensichtlich schon damals so wie heute. Wie viel Geld die in den Himmel schleudern, um es dann als Starfighterbruch wieder auszubuddeln. Halt! Das darf ich ihm jetzt nicht sagen, denn bei ausbuddeln denkt er sofort an die Buddel und noch so ein Schluck wäre das Ende seiner heutigen Erzählung. Hannes verkorkte, steckte die Flasche in die Tasche und fuhr fort: »In den ersten Semesterferien, wir waren bei der Heuernte am Außendeich, machte ich Vater klar, dass Jura nichts für mich ist. ›Wieso datt denn?‹ – »Ach, weißt du, Vadder:

»Es erben sich Gesetz und Rechte
wie eine ew'ge Krankheit fort,
sie schleppen von Geschlecht sich zu Geschlechte
und rücken sacht von Ort zu Ort.
Vernunft wird Unsinn, Wohltat Plage.«

›Ick versteih keen een Wort von den dumm Tüch, datt du snacken deist.‹ – ›Vadder, ick wullt die seggen, datt mit den Notar ward woll nix!‹ Vater seufzte tief, als wollte er eine bittere Enttäuschung herunterschlucken und murmelte: ›Tscha, min Jung, du muss datt wissen, is ja schließlich dien Leevn.‹

Im Herbst fuhr ich wieder nach Hamburg und schrieb mich für Medizin und vorsichtshalber auch gleich noch für Literaturwissenschaften ein.

An der Medizin scheiterte ich spätestens im ersten

Präparierkurs. Ich packte es seelisch nicht, einen toten Körper als zerlegbare Materie zu betrachten, und empfand jeden Schnitt als eine Verletzung der menschlichen Würde. Mit dem Verstand begriff ich sehr wohl, dass das Studium des menschlichen Körpers für einen Arzt ein unbedingtes Muss ist, doch sosehr ich mich auch bemühte, meine Seele sah das anders.

Zu Weihnachten machte ich den Eltern klar, dass ich von nun an Germanistik und Literaturwissenschaften studieren würde, was beide nicht sonderlich beeindruckte, weil sie sich nichts Rechtes darunter vorstellen konnten. Vater schien erst aus seiner Enttäuschung zu erwachen, als ich ihm sagte, dass ich mein Studium selbst verdienen wolle, indem ich in den Semesterferien bei ihm auf dem Hof arbeitete. Er meinte, dass ich da wenigstens was Vernünftiges lernen würde, auf dem Hof natürlich, nicht an der Uni. Das war für ihn alles nur ›Tüünkram‹.

Von einer großen Last befreit durcheilte ich erfolgreich mein Studium und wurde dabei noch ein ordentlicher Landwirt.

Kerstin lernte ich in einer Studentenkneipe kennen, in die ich fast jeden Abend ging, um Kommilitonen zu treffen. Sie saß meistens alleine in einer Ecke und zeichnete. Jeans, Parka, langer roter Schal und Baskenmütze, das war sie. Irgendetwas ging von ihr aus, was genau wusste ich nicht, jedenfalls warf ich ihr so manchen Blick zu. Als sich unsere Augen einmal zufällig trafen, lächelte sie. Es war ein Lächeln, das mir bis tief ins Herz ging. Voller Liebreiz und Wärme mit einem winzigen Hauch Sehnsucht und Leidenschaft. Ich hatte so etwas noch nie gespürt. Eines Abends nahm ich allen Mut zusammen, ging geradewegs auf sie zu und fragte, ob an ihrem Tisch noch ein Platz frei sei. Mit ihrem betörenden Lächeln sagte sie: Ja.

Kerstin war Studentin an der Kunstakademie. Sie hatte die wunderbare Fähigkeit, ihre Seele, die sie sonst tief verbarg, in ihren Bildern zu offenbaren. Wir unterhielten uns über das Studium, womit wir uns gerade beschäftigten, was uns bewegte und ganz allgemein über die Dinge des Lebens. Nicht eine Sekunde mit ihr war langweilig. Die Zeit verging wie im Flug und jedes Mal ging ich mit einer ganzen Menge neuer Erkenntnisse und Anregungen nach Hause. Unsere Treffen wurden immer häufiger und ab irgendwann war mir ein Tag ohne sie nicht mehr vorstellbar.

Ich war immer ein Einzelgänger gewesen und lebte, wie wir Norddeutschen nun mal veranlagt sind, mehr in mich gekehrt. Mit Kerstin begann für mich ein neues Leben. Ich wurde offen nach allen Seiten und mit der Zeit dockte sie sich an mich an, oder ich mich an sie, wie eine Halbkugel an ihr Pendant, und wir ergaben ein harmonisches Ganzes, um in einer gemeinsamen Sphäre zu schwingen.

An einem Sommerabend verabredeten wir uns am Musikpavillon bei ›Planten un' Bloomen‹ zur Wasserorgel. Ich hatte ihr tags zuvor einen Brief mit einem Gedicht geschickt. Ich schreibe gerne Gedichte und fand das den besten Weg, ihr meine Gefühle zu offenbaren. Das war gewagt, wusste ich doch nicht, wie sie es aufnehmen würde. Wir waren gute Freunde und hatten im Laufe der Zeit über viele Dinge geredet, nie aber über unsere Gefühle füreinander. Dieses Thema wurde stets elegant umschifft, vielleicht aus Furcht, unsere Freundschaft könnte daran zerbrechen. Eventuell waren wir uns unserer selbst oder des anderen auch nicht sicher genug, ich weiß es nicht. Wir hatten beide nicht den Mut, dem anderen zu sagen: Ich liebe dich. War es uns zu abgedroschen, zu banal? Zumindest wählte jeder seine ihm ureigene Art, sich zu öffnen. Was das Sonderbare war: Es geschah am gleichen Tag. Ich schrieb ihr ein Gedicht, das ich heute noch auswendig weiß. Ich nannte es: Traum der Nacht.

Lass uns von schönen Dingen träumen,
so eine Nacht geht schnell vorbei.
Wir wollen uns in Träumen überschäumen,
tief ineinander eingeschlungen.
Wer ist das Wasser, wer der Quell'?

Komm lass dich überfließen,
damit wir uns ergießen
in den Traum der Nacht.

Lass uns blicken, tief und innig blicken,
zärtlich und sanft in uns're Seelen
Blicke schicken,
Blicke heiß wie Feuersglut
brennen dürstend nach Lust und Flut.

Auf tosenden, brausenden Wasserwogen
werden wir durch den Rausch gezogen
und uns're Seelen schmelzen und fließen
um sich tosend zu übergießen
in den Traum der Nacht.

So gewann ich Kerstins Herz für ein ganzes Leben, und wir ahnten nicht, wie kurz es sein sollte.

Kerstin hatte mir in der gleichen Absicht eine große Papprolle mit einem Gemälde geschickt. Es zeigte eine wunderschöne Landschaft in dunstigem Nebelgrau gehalten, in deren Mitte ein Baum in rotem Herbstlaub glühte. Darunter stand in schwarzen Lettern:

Des zarten Laubes rosa Blut
zerfließt in heißer Liebesglut.

Das Herz schlug mir bis zum Hals, als ich das Bild mit seiner Botschaft in mich aufsog, um es tief in das Bewusstsein einzubrennen. Ich trage es heute noch in mir, als einen festen Kern erlebter Vergangenheit, um den sich im Laufe des Lebens immer neue Emotionen gerankt haben.

Wir verlebten herrliche Tage der Gegenwart, voller Wind und Weite. Die Freiheit schien uns unendlich. Unser Sein lag im gleißenden Sonnenlicht und wir genossen dankbar dieses Glück.«

Mann, konnte Hannes schön erzählen. Da kommt doch immer wieder der studierte Germanist durch. Wie er manchmal die Worte setzt, so kunstvoll, wie für ein Gebinde. Klar, dass er die junge Frau damit betört hatte. Ich habe es ihm später so oft nachgemacht. Selbst die Klugen und Coolen haben Seele und werden schwach, denn letztlich sind sie in erster Linie Frau. Hannes war müde geworden. Der Glanz in seinen Augen erlosch und die Stimme wurde immer schwerer. Das lag natürlich am Whiskey, mit dem er sich von Zeit zu Zeit die Stimmbänder ölen musste. Sein durch Neurosen visionär gewordener Geist schlief unter der Wirkung des Alkohols langsam ein und mit ihm schwand die Gegenwart. Heute war Schluss mit dem Erzählen, das war klar. Nach kurzer Zeit des Schweigens stand er auf und verschwand wortlos in den Dünen, und ich trabte weiter zum Hafen, um Krabben zu holen. Die Kutter waren gerade eingelaufen und wurden vertäut; es war also höchste Zeit.

Hannes hatte gerade einen kräftigen Schluck genommen, die Flasche war wieder verkorkt in der Tiefe des Kolani verschwunden, als mir der Augenblick günstig schien, mich nach dem weiteren Fortlauf seiner Liebesgeschichte zu erkundigen. »Sach' ma', Hannes, wie ging das eigentlich mit Kerstin und dir weiter?«, fragte ich so ganz beiläufig. Wieder setzte er sich hin, legte den Kopf in den Nacken und blickte in die Ferne. Es schien, als wollte er das Erlebte zurückholen. Von irgendwoher, aus einem Land weit hinter den Himmeln. Langsam, ganz langsam rief er seine Erinnerungen wach, holte sie quasi aus dem Unterbewusstsein in das Bewusstsein, um sie mir, einem Freund, den er mochte, zu erzählen. Vorsichtig, ja geradezu ängstlich, setzte er seine Worte, um dem Vergangenen neues Leben zu geben.

»Die Hamburger Zeit war eine glückliche Zeit. Ich will mal sagen: Wir lebten fröhlich und unbekümmert. In den Semesterferien kam Kerstin mit nach Berensch. Mutter war ganz begeistert von ihr und meinte, sie wäre so schön wie Urgroßmutter Sieglinde. Vater sah die Sache mehr von der praktischen Seite: ›Das wird nie eine gute Bäuerin, so mager wie sie ist.‹ Dennoch mochte er sie sehr. Besonders ihre Bilder gefielen ihm. ›Hast du gesehen, Hannes, wie sie mich gemalt hat, auf dem Bild, wo ich die Pferde gerade ausspanne? Sie kann die ganze Stimmung des Augenblicks festhalten. Weißt du was? Das wird mal eine ganz Berühmte. Und was ich dir noch sagen wollte, das Bild von Mutter auf dem Melkschemel, also, wie ich das gesehen habe, hab ich gleich eine Melkmaschine bestellt, damit sie es leichter hat. Die Kerstin, die sieht mit dem Pinsel! Glaubst du, sie würde mir ein Bild schenken für die gute Stube, über 'n Chaiselongue?‹ Ich habe ihr das erzählt. Sie lachte und malte ihm, einen ganzen Sommer lang, das große Bild mit dem gesprengten Bunker und den Kartoffelrosen. Im Vordergrund der Winterdeich und sonst nur die unendlichen Salzwiesen. ›Wenn ich ihm einen Namen geben sollte würde ich es *Sehnsucht der Zeit nennen*‹, sagte sie, als sie es meinen Eltern zum Abschied schenkte.

Als wir wieder nach Hamburg fuhren, wusste ich nicht, dass es ein Abschied für immer sein sollte. Mutter und Vater starben auf dem Weg zu meiner Promotionsfeier, als ein Trecker, der aus einem Feldweg kam, ihr Auto mit seinen Gabeln aufspießte. Sie waren beide sofort tot. So hat Vater leider nie erlebt, dass ich doch noch der Herr Doktor wurde, wie es sein großer Wunsch gewesen war.

Der plötzliche Tod der Eltern traf mich in einer so glücklichen Lebenslage, dass der Kontrast zum Leid nicht hätte größer sein können. Der unbeschreibliche Schmerz warf mich einfach um. Es folgten drei Monate, die in meiner Erinnerung völlig ausgelöscht sind, so als habe es sie nie gegeben. Wenn Kerstin nicht gewesen wäre … Ihre Wärme, ihre Liebe und ihre Empfindsamkeit haben mich schutzlosen, nackten Menschen behütet und festgehalten, bis ich mich eines Tages aus den Trümmern herausarbeitete und wieder zu atmen begann. Mit dem Kontakt zum Leben kamen auch die Lebensgeister wieder. Ich nahm allen Mut und alle Sehnsucht zusammen und fragte sie, ob sie meine Frau werden wolle. ›Gerne, mein Lieber‹, sagte sie nur und streichelte mir über das Haar.

Wir heirateten in aller Stille in einer kleinen Kirche in

Sinstorf, das liegt im Landkreis, Richtung Lüneburger Heide. Die Kirche, eine über 1000-jährige Wehrkirche aus Feldsteinen, hatte uns immer gut gefallen. Pfarrer Hagemann gab unserer Ehe den Segen Gottes und wünschte uns einen gnadenvollen Lebensweg. Während er noch mit mächtiger Stimme ›Lobet den Herren‹ sang, fuhren wir über Buxtehude, Stade und Otterndorf nach Berensch, unserer künftigen Heimat. Nichts war mehr so wie früher. Alles leer und tot. Der freundliche, fürsorgliche Geist war verschwunden. Es war kalt, – sogar in den Räumen. Als einziger Lichtblick schien mir Kerstins Bild über dem Sofa. ›Tja, Hannes‹ sagte sie leise, ›nun bist du der Bauer auf dem Hof. Jetzt müssen wir ran, damit alles wieder in die Gänge kommt‹ und Sorge stand ihr im Gesicht. Ich machte ihr klar, dass sie meine geliebte Frau und Malerin sei, nicht aber die Bäuerin im engsten Sinne. Sie bekam die Aufgabe, uns ein schönes Heim einzurichten und für das geistige und leibliche Wohl zu sorgen. Ich würde mich um den Hof kümmern.

Zuerst ersetzte ich die Pferdestärken durch einen landwirtschaftlichen Gerätepark. Wenn schon Bauer, dann Nobelbauer. Vater hatte recht gehabt. Das war alles sehr teuer. Man hat als Landwirt zwar einen großen Besitz, aber wenig Bargeld. Ich musste einen ordentlichen Kredit aufnehmen.

Das Leben auf dem Hof kam wieder in Schwung, fast wie früher, nur moderner. Im Dorf ging das Getuschel los. Besonders im Heidekrug am Stammtisch, wo Onkel Hermann das große Wort führte. ›Er ist eben kein Landwirt, der Herr Doktor. Wird schon alles unter den Hammer bringen, was unsere Vorfahren mühsam erarbeitet haben. Tscha, sein Vater war ja schon merkwürdig, aber der …‹; dabei verdrehte Onkel Hermann dann immer die Augen. Was ihn am meisten ärgerte, war, dass seine Prophezeiungen nicht aufzugehen schienen. Der Hof blühte. Ich fuhr reiche Ernten ein. Die Scheunen reichten nicht aus und ich musste anbauen. Das kostete wieder Geld, würde sich aber über die Jahre rechnen. Ich konnte es mir sogar leisten, eine ganze Getreideernte nach Irland zu verschiffen, in die Old Jameson

Destillery in Midleton, zum Whiskeybrennen. Es war ein gutes Getreidejahr und die Preise gingen in den Keller. Gewinne waren nicht zu erwarten. Da schien es mir gut, die Gerste direkt verarbeiten zu lassen, um den Whiskey später, zwölf Jahre sollte es dauern, gewinnbringend zu verkaufen.

Kerstin hatte sich das ganze Dachgeschoss zu einem Atelier ausbauen lassen, ein kleines Refugium für schlechtes Wetter. Meistens war sie aber draußen, auf dem alten Bunker, der so über und über mit Kartoffelrosen bewachsen ist. Ein schmaler, versteckter Pfad führt hoch auf die Plattform. Von da oben hat man einen wunderschönen Ausblick über das Wattenmeer, die Salzwiesen und das Dorf. Da hatte sie immer ihre Staffelei stehen. Von Weitem sah man sie in ihrem weißen Kittel und dem großen Strohhut. Immer wieder erhaschte sie neue Farbspiele und Motive, um sie mit dem Pinsel festzuhalten. Manchmal war sie bis zum Sonnenuntergang draußen, um eine bestimmte Stimmung des Sonnenuntergangs auf sich wirken zu lassen, Wolkenformationen zu studieren, Möwen im Sturmwind zu malen oder einfach nur, um die Uhlenflucht zu erleben.

Besonders gerne hat sie Rosen gemalt. Das waren ihre Lieblingsblumen. Wenn wir abends zusammen auf dem Bunker saßen, kuschelte sie sich immer ganz fest an mich und sagte: ›Ach, Hannes, das hier ist unser kleines Paradies und die Rosen, mit ihren kräftigen Stacheln, beschützen uns vor allem Bösen. Riech doch mal. Dieser wundervolle Duft.‹ Sie hat viele Rosenbilder verkauft. Manchmal sieht man heute noch das ein' und andere in der Galerie in Cuxhaven, gleich neben dem Bahnhof. Unten rechts steht K. Osterndorf. Ganz klein. Man kann es kaum lesen. Ach ja, Kerstin und die Rosen, das war eine leidenschaftliche Liebe. Mein Dornröschenschloss sagte sie immer. Wie oft habe ich mit dem alten Kordes in Sparrieshoop telefoniert, um neue Rugosa -Sorten zu bestellen. Parfum de l' Haye, Hansa, Sarah van Fleet, Blanc Double de Coubert, Pink Grootendorst und Conrad Ferdinand Meyer. Alle wachsen sie am

Bunker. Deshalb duftet es dort in den frühen Morgenstunden auch so herrlich. Ist dir das schon mal aufgefallen? Sie wachsen dort besonders gut. Kerstin hat immer gesagt, dass sie Sand mögen und in schweren Böden nur krank werden. Ja, ja, es wird wohl so sein. Sie ist hier im Sand krank geworden«. – Er schwieg eine Weile und starrte in die Unendlichkeit. Regungslos, wie versteinert stand er da, als hätte die Seele seinen Körper verlassen. Dann ging ein Ruck durch ihn. Er griff in die Tasche, zog die Flasche raus, entkorkte sie und nahm einen kräftigen Schluck. »Tschüss, ich muss weiter, vielleicht treffe ich sie ja noch«, murmelte er und verschwand.

Es wäre völlig sinnlos gewesen, ihn zurückzuhalten. Er folgte einem Zwang, einer inneren Stimme, die alle Macht über ihn hatte. So ließ ich ihn gehen und hoffte, es werde ihm nichts passieren.

Tage später traf ich ihn im Wernerwald auf dem Weg nach Sahlenburg. Er saß auf einem Baumstumpf und schien vor sich hin zu sinnieren. »Hallo, Hannes«, sagte ich, »wie geit di datt?« »Ach, ganz gut. Ich bin gerade am Nachdenken über mich und die Welt. Weißt du, Menschen wie ich haben keine Zukunft, und Menschen ohne Zukunft haben keine Hoffnung. In meinen Gedanken fließt nur müde gewordene Trostlosigkeit. Manchmal entstehen in meiner Seele tiefe Spalten, wie in ausgetrocknetem Lehmboden. Der Geist des Bösen dringt durch sie ganz unbemerkt in die Tiefe und nimmt von mir Besitz. Er zwingt mich zu unerklärlichen Aktionen gegen mich und meine Umwelt. In dieser bitteren Not greife ich zur Pulle; und es ist wie ein Wunder. Ich trinke und trinke und ganz allmählich fließt ein erlösender Strom durch meinen Körper. Der Lehm wird feucht und die Spalten schließen sich. Alle Motive und Willenstriebe, die das Böse im Dunkel der unbewusster Räume aufgewühlt hatte, ebben nach und nach ab und ich kehre zurück in meine Zwischenwelt.

Siehst du, Krischan, das ist einer der Gründe, weshalb

ich von diesem irischen Gerstensaft abhängig bin, denn die Spalten in meiner Seele sind riesengroß und öffnen sich immer öfter. Ich fühle mich wie ein Schlafwandler, der abstürzt, würde man ihn wecken. Aber ich sollte dir weiter über Kerstin erzählen:

Wir verlebten eine wunderschöne gemeinsame Zeit. Eine Zeit harter Arbeit und guter Gespräche. Wenn ich im Sommer mit ihr auf dem Dornröschenschloss saß und die Sonne durch unsere Herzen schien, träumten wir; wurden zu bewussten Genießern der Zeit. Wir schufen uns unendliche Momente voller Vergänglichkeit mit einer Prise Lebenlight.

Im Dorf spotteten sie über uns, weil sie so etwas nicht verstehen konnten. Sie nannten es den Tag vertrödeln, dem lieben Gott die Zeit stehlen. Uns war das völlig ›wurscht‹. Es war ihre Wahrheit, nicht unsere. Das ärgerte sie, – vielleicht beneideten sie uns auch. Die Folge war, dass uns keiner mehr grüßte. Uns war das eben recht. Wir waren jung und stark und lebten unsere eigene Welt. Eine Welt aus Liebe und Phantasie, eine Welt, die es nicht gab, die auch niemals sein würde, in der wir aber sehr glücklich waren. Kerstin malte ihre wunderschönen Landschaften mit Rosen und ich unterhielt sie mit Phantasiegeschichten. Sie war eine gute Zuhörerin und konnte so herzlich lachen, wenn meine Erfindungsgabe mit mir durchging und ich ihr die skurrilsten Geschichten präsentierte, wie zum Beispiel die vom sprechenden Hund. Kennst du die? Nein? Na, dann werde ich sie dir mal erzählen:

Eines Abends sagte der Knecht zum Bauer: ›Hör mal, Bauer, in Cuxhaven gibt es eine Schule für Hunde. Da lernen die richtig sprechen.‹ – ›Wirklich? So richtig Deutsch?‹ – ›Wenn ich 's dir sage; so richtig Deutsch. Ich hab mich neulich, als ich auf dem Wochenmarkt war, mit einem unterhalten. Der sprach fließend. Ohne den geringsten Akzent. Grad so, wie die noblen Pinkel aus der Stadt.‹ – ›Das ist ja doll! Hätt ich nie gedacht, dass es so was gibt. Wenn ich mir überlege, dass ich mich abends mit unserem Bello unterhalten könnte. Wir würden über dies und das reden … Stell ich mir richtig super vor. Jetzt ist das mit ihm doch recht schwierig. Der Bello ist ja ein guter Kerl, aber irgendwie ist die Verständigung nicht gerade einfach. Er macht sich bemerkbar, bellt oder wedelt mit dem Schwanz, guckt einen treu an, wackelt mit den Ohren, dass man schon merkt: der Bello will was sagen, doch weiß man nicht was, weil man ihn nicht versteht. Wenn der jetzt sprechen könnte, wie ein Mensch, wäre das doch viel einfacher. Weißt du was? Wir schicken ihn auf diese Sprachschule. Wie lange dauert denn so ein Kurs und vor allem: Was kostet mich der Spaß?‹ – ›Soviel wie ich gehört habe, eine Woche und, na ja, also billig ist das nicht, ääh, ich meine 500 €.‹ – ›Fünfhundert Euro! Donnerlittchen! Das ist viel! Andererseits steckt natürlich eine Menge Arbeit dahinter, einem Hund die Stimmbänder gängig zu machen, und wenn ich mir überlege, dass ich mich dann mit unserem Bello so richtig schön unterhalten kann. – Also gut! Bring ihn in diese Schule. Bleibe aber dabei und pass gut auf, dass er ordentlich was lernt für das viele Geld!‹

Am nächsten Morgen zog der Knecht mit Bello und 500 Euro los. Den Hund gab er für 50 Euro Pension in ein Tierheim. Er selbst ging mit dem restlichen Geld ins Bordell. Du weißt ja, in diesen noblen Schuppen, gleich unten am Hafen, mit den hübschen Exotinnen. Nach einer Woche war er fix und fertig und ging zurück zum Hof.

›Na‹, sagte der Bauer, ›nun bring mir mal den Bello rein, damit ich mich ein bisschen mit ihm unterhalten kann. Ich kann es kaum erwarten mit dem Braven ein paar Worte zu wechseln.‹ – ›Jaaa, weißt du, Bauer‹, sagte der Knechte, ›das geht nicht. Die Sache ist die, also, der Bello, sagt die Lehrerin, ist ein wahres Sprachgenie. Er konnte nach einer Woche perfekt und fließend sprechen; grammatikalisch. So etwas habe sie noch nie erlebt, meint die Lehrerin. Es wäre jammerschade, jetzt den Unterricht abzubrechen, wo doch nun die wahre Schönheit der Sprache in Form der Klassiker, der großen Lyriker und Romanschriftsteller auf dem Programm stünde. Der Bello würde sicher nach einer weiteren Woche nicht nur perfekt sprechen, sondern auch schwierigste Texte von Goethe fließend lesen können, meint die Lehrerin.‹ – ›So, so! Goethe. Ich kenne Griebel, aber Goethe, davon hab ich noch nie gehört, doch, wenn 's den Bello weiterbringt! An mir soll 's nicht liegen. Ich will ihm den Weg nicht verbauen. Vielleicht wird er ja mal ein Studierter. Eigentlich sollte er ja nur das Sprechen lernen, aber, wenn er sich auch im Lesen übt, könnte er mir ja hin und wieder was vorlesen oder an besonderen Festtagen Gedichte aufsagen. Ich finde das gut und nützlich! Hier hast du 500 Euro für den zweiten Kurs.‹ Der Knecht nahm das Geld, ging in die Stadt, zahlte eine Woche Hundepension und verschwand im Puff. Acht Tage später erschien er wieder auf dem Hof.

›So‹, sagte der Bauer, ›nun hol mal den Bello rein, er soll mir was vorlesen, damit ich gleich sehe, wie gut er das kann.‹ – ›Ja, weißt du, Bauer, das geht nicht. Gerade, als wir losgehen wollten, kam eine neue Lehrerin. Als die hörte, wie unser Bello ohne zu stocken die Anekdote aus dem letzten preußischen Kriege von Heinrich von Kleist auswendig vortrug, war sie total von den Socken.‹ – ›Nein so was‹, rief sie ein übers andere Mal, ›nein so was, so was hab ich ja mein Lebtag noch nicht gehört. Dieser Hund ist ein wahres Sprachgenie. Der muss unbedingt Englisch lernen, damit er Shakespeare im Original lesen kann. Ich würde ihn gerne unterrichten!‹ – ›Da dachte ich mir, dass es dir sicher recht wäre, wenn der Bello Englisch lernen würde, wo wir doch immer diese Schwierigkeiten mit den Sommerkurgästen aus Japan und den USA haben. Da könnte der Bello quasi als Dolmetscher einspringen und auch kleine Sightseeing-Touren machen.‹ – ›Ja, Knecht, da hast du ganz recht. Das wäre sicher gut. Es würde sich schnell bei den Reiseunternehmen herumsprechen, dass wir die große Sensation, den sprechenden Hund, hätten und es würde mal wieder etwas Schwung in unsere *Ferien auf dem Bauernhof* kommen. Das könnte sich rechnen. Hier hast du noch mal 500 Euro! Aber eines sage ich dir: Das sind die letzten. Dann ist Schluss!

Dann bringst du den Bello zurück! Ohne Wenn und Aber!' – ›Das sehe ich auch so, Bauer, aber Englisch kostet 600 Euro, is' ja schließlich 'ne Fremdsprache.‹

Der Knecht ging wieder in die Stadt zurück, bezahlte die Hundepension und verschwand für eine Woche im Freudenhaus.

Als er nach dieser Woche wieder auf dem Hof erschien, sagte der Bauer ärgerlich: ›Ja, wo ist denn der Bello? Habe ich nicht ausdrücklich gesagt: Ohne Wenn und Aber?‹ – ›Bauer‹, sagte der Knecht, ›du musst jetzt stark sein: Der Bello ist tot.‹ – ›Was? Wie? Was sagst du da? Was ist passiert?‹ – ›Ja, also, das war so: Wir brachen in aller Herrgottsfrühe auf, wie du befohlen hattest. Es war ein herrlicher Tag. Die Sonne schien so mild, dass ich so richtig meine Freude hatte. Der Bello war griesgrämig, weil er es gerne noch französisch gehabt hätte. Bei dieser knuddeligen Brasilianerin. Äh, ich meine bei dieser Lehrerin, die gerade aus Brasilien zurückgekommen war. Er brummelte so was wie: Blöder Bauer, alter Geizhals und so. Kurz hinter Holte-Spangen blieb er plötzlich stehen und sagte: ›Sag mal Knecht, weißt du eigentlich, dass der Bauer, dieser alte Bock, was mit der rothaarigen Magd, der Trude, hat?‹ – ›Bello, sagte ich, Bello, wie redest du denn von unserem Bauern? Er ist ein Ehrenmann. Nie hat der was mit der Trude!‹ – ›Wenn ich es dir doch sage, erwiderte der Bello, ich habe sie doch beobachtet. In der Scheune. Also, die Rote! Oh la la! Das ist ein Superweib! An der ist was dran. Einen Arsch hat die! Mein Lieber, da leg sogar ich die Ohren an. Und die Melonen in der Bluse! Oijoijoi! 34FF. Wahnsinn, nackter Wahnsinn! Wie der sich über die hergemacht hat! Sie tat mir richtig leid. Der alte geile Typ bringt 's doch nicht mehr. Steht plötzlich auf, schüttelt den Schwanz und sagt: Ick bünn fertig. Sacht Trudi vor Schrecken: Ick bünn tweiundveertig. Weißt du was? Man sollte es mal der Bäuerin stecken.‹ – ›Bello, rief ich, so etwas tut man nicht! Das gehört sich nicht!‹ – ›Wieso?‹ sagte der Bello ›warum nicht? Ich werde 's machen. Geschieht dem Armleuchter doch ganz Recht. Der meint doch, er könnte sich alles erlauben.‹ – ›Und, was hast du dann gemacht?‹ – ›Ja, da hab' ich einen kräftigen Knüppel genommen, den Bello erschlagen und ihn am Wegesrand verscharrt.‹ – ›Das hast du gut gemacht, mein Braver! Schwätzer können wir nicht brauchen, hier auf dem Hof!‹

Kerstin lachte herzlich und sagte: ›Ach, ihr Männer! Nur Weiber im Kopf. Scheint nichts anderes reinzugehen. Na, ich bin froh, dass wir keine Rote auf dem Hof haben. Wenn du's brauchst, kann ich mich ja färben lassen' und sie streichelte mir übers Haar. ›Woher du nur immer all' die Geschichten nimmst?‹

Sie seufzte tief, als wisse sie über die Schmerzen die mich treffen würden, wenn meine heile Phantasiewelt von der Realität zerstört werden würde. Heute, nach allem, was sich ereignet hat, ist die Welt zusammengestürzt. Habe ich überhaupt noch eine, oder bin ich ein unwesentliches Nichts in der Unendlichkeit eines leblosen, expandierenden Universums? Noch nicht einmal ein Mückenschiss? – Wenn man nicht gelegentlich darüber nachdenken würde, wäre es egal, was ist. Aber so – «, er zog nachdenklich an seiner Pfeife und paffte den Rauch in die Luft. »Nachdenken schafft Probleme, weil es keine eindeutigen Wahrheiten gibt. Ich bin kein Nichts, das ist sicher, denn das Nichts hat weder einen Anfang noch ein Ende. Es ist immer. Ich bin endlich, folglich kann ich nicht Nichts sein. Was bin ich also? Glaube mir, ich habe mir darüber schon so oft den Kopf zerbrochen. Bin ich der hilflose Spielball einer höheren Macht? Welches Spiel wird mit mir gespielt? Gibt es Regeln? Wenn ja, wer kann sie mir erklären? Ja, Krischan, so sieht das aus. Denk mal darüber nach. Wenn du die Antwort weißt, lass sie mich wissen. Ich für meinen Teil genehmige mir erst einmal einen aus der Pulle, damit ich auf andere Gedanken komme. Tschüss!«

Jetzt, viele Jahre später, könnte ich ihm immer noch keine Antwort auf seine Fragen geben, obwohl ich mich jahrelang mit diesem Problem befasst habe. Hätte ich vielleicht doch lieber Philosophie statt Medizin studieren sollen? Wo ich doch so gerne Landschaftsarchitekt geworden wäre! Na ja, die Traumberufe sind nur Träume, und solange wir von ihnen träumen, werden sie auch Traumberufe bleiben. Arzt war für mich auch der Traumberuf. Heute ist es sicher kein Albtraum; ich sehe die Dinge aber realistischer. Die Medizin frisst ihre Kinder. Wer nicht der Meinung ist, dass Mutter Theresa und Albert Schweitzer an seiner Wiege Pate gestanden haben, der sollte sich sehr gut überlegen, ob er sein Leben diesem Beruf opfern will. Einfach ist die Geschichte heutzutage nicht. Hier ist die ganze Person gefordert und mehr als das: Halbherzigkeit ist fehl am Platze. Arzt sein heißt Opfer bringen. Tag und Nacht. Ohne Anerkennung. Was man wert ist, steht jeden Tag in der Zeitung. Na, ich will hier nicht meine Geschichte erzählen, sondern die von Hannes Osterndorf.

»So lebten wir viele Jahre, bis dieser Tag kam, – dieser unglückselige Tag – kam – .« Hannes sprach nicht weiter. Er schien plötzlich weit weg. Wie eine Maschine griff er in die Tasche, holte seine Flasche hervor und die Hand zitterte mehr als sonst, als er sie ohne abzusetzen austrank. Gegen seine Gewohnheit warf er die Buddel im hohen Bogen in die Dünen, drehte sich um und ging schweren Schrittes weg. Dieser große kräftige Mann fiel plötzlich in sich zusammen und schlurfte, als hätte er jeglichen Halt verloren, taumelnd Richtung Watt. Die Erinnerung an Vergangenes zog ihn wie ein starker Sog fort. Seine Seele war aus dem Gleichgewicht geraten und torkelte dahin, wie ein sterbender Falter im Sturm. Willenlos, mechanisch. Nicht einmal der Alkohol konnte ihm helfen, der doch sonst immer ein Rettungsboot in der Not war. Abgelagerter Bodensatz war aus den Erinnerungen hochgekommen und hatte Macht über ihn gewonnen. Man konnte nur abwarten, bis er sich wieder gesetzt haben würde, der Bodensatz.

Tage später saßen wir ganz vorne auf der Mole, wo die vom Posterholungsheim immer badeten, als er anfing zu reden:

»So lebten wir glücklich und unbeschwert, bis dieser Tag kam, an dem Kerstin morgens beim Frühstück so ganz nebenbei sagte: ›Du, ich fahre heute Vormittag mal kurz in die Stadt.‹ – ›Soll ich dich mit dem Auto bringen?‹, fragte ich. ›Ach, lass mal, du hast so viel zu tun, ich nehme lieber den Bus. Zum Mittagessen bin ich wieder da.‹ So fuhr ich aufs Feld und sie nach Cuxhaven, nur, sie kam erst am späten Nachmittag zurück. Ich fragte nicht, ob irgendwas wäre, weil ich das Gefühl hatte, das sei nicht gut. Etwas schien sie zu bedrücken. Sie wirkte verstört. Das strahlende Lächeln war verschwunden.

Nach dem Abendessen, ich hatte mir gerade eine Pfeife angezündet, sagte sie: ›Du, Hannes, wir müssen mal über was sprechen.‹ – ‹Klar, mien Deern, denn scheet man los‹, sagte ich nichts Böses ahnend. ›Weißt du, ich war heute im Krankenhaus, weil ich einen Knoten in der Brust habe. Die haben alles untersucht, Mammographie und Biopsie und haben letztlich festgestellt, dass ich Brustkrebs habe. Ich muss schnellstens operiert werden. Dann haben sie noch was von Lymphknoten in der Achselhöhle gesagt und dass die ganze Brust abgenommen wird. Eventuell bekomme ich noch Chemotherapie und Bestrahlungen. Das wird wohl alles recht lange dauern. Da bist du dann ganz allein hier auf dem Hof‹ und dabei weinte sie bittere Tränen. Ich nahm sie fest in die Arme und sagte, mit einer Stimme, die tapfer klingen sollte: ›Mein Liebes, da mach dir mal keine Sorgen. Ich bin jetzt völlig egal. Wichtig ist nur, dass du recht bald wieder gesund wirst. Nach Cuxhaven ins Krankenhaus gehst du nicht. Wir fahren nach Hamburg an die Uni-Klinik nach Eppendorf.‹ Dort hat sie der Professor nach einmal gründlich untersucht: Ultraschall und Computertomographie von der Lunge und vom Oberbauch; sie nennen das Staging, was das auch immer ist, und dann wurde sie operiert. Die OP verlief komplikationslos. Man hatte ihr eine, wie sie sagen, subtotale Mastektomie mit Ausräumung der axillären Lymphknoten gemacht. Wir warteten drei Tage auf das histologische Ergebnis. Was würde der Pathologe feststellen? Vielleicht war ja doch alles nur halb so schlimm. Wir haben viel gebetet, doch der Herrgott hatte uns nicht erhört. Kerstin hatte ein invasives duktales Karzinom und alle 24 Lymphknoten waren befallen. Bei dieser Nachricht wurde mir das erste Mal bewusst, dass hier nicht mehr gespielt wurde. Es ging um Leben und Tod. Ich würde sie verlieren. Ich würde die so innig geliebte Frau verlieren, die mir alles war. Abends im Hotel ließ ich mich sinnlos zulaufen. Am nächsten Morgen schämte ich mich dafür. Jetzt, wo sie meine Stärke brauchte, wurde ich schwach. Wie jämmerlich!! Ich nahm alle Kräfte zusammen und gab sie ihr, die selbst in den fürchterlichsten Phasen ihres Dahinsiechens so bewundernswert tapfer und geduldig war.

Der Professor war der Meinung, dass wir, bevor die Chemotherapie begann, erst mal Urlaub machen sollten. Das machten wir dann auch. Kerstins Wunsch war es immer gewesen, fremde Länder zu sehen, und so unternahmen wir für mehrere Monate eine Kreuzfahrt um die ganze Welt. Mein alter Großknecht, den Vater damals von Kalli Braaderup übernommen hatte, versorgte in der Zwischenzeit den Hof. Das konnte er eigentlich nicht, hat sich aber redlich bemüht. Der Hof ging den Bach runter, wie man so schön sagt. Ich wusste es, aber es war mir egal. Kerstin und ich genossen unsere letzte unbeschwerte, glückliche Zeit miteinander. Als wir zurückkamen, begann ihr Leiden und keiner konnte ihr helfen.'

Hannes verstummte, und ich sah unaufhaltsame Tränen durch die tiefen Furchen seines Gesichts rinnen, die sich in seinem Bart verloren. Er stand schweigend auf und ging weg, gebeugt und gebrochen; zerschellt an den Schicksalsklippen des Lebens. Ich blieb zurück, innerlich völlig aufgewühlt, sprachlos und bestürzt.

Tage später, von Hannes keine Spur, traf ich bei der Post die alte Wilma Pieweckie. ›Sag mal,Tante Wilma, wie war das eigentlich damals mit dem Hannes und der Kerstin?‹ – ›Tjä, dat mit dem Hannes is' schon so 'ne Historie für sich, min Jung. Keen een hätt sich so richtig mit em utennanner sett. Do hebb se all tosamen up Hermann höört. Ick hebb jo nix to mellen, aver dat mit dem Hannes, ne, ne do hebbt se de Bogen överspannt. Keen ein het em helpt. Se hept em in Stick laaten, de arm Jung.‹ Sie schüttelte den Kopf und ging weiter.

»Moin, Hannes! Wie geht's?« – »Frag nie einen dem 's schlecht geht, wie es geht, der sagt immer: Gut. Kommst du mit zum Dornröschenschloss? Ich muss mal nach dem Rechten sehen. Vielleicht hat sie eine Nachricht hinterlassen.« Klar ging ich mit. Wir bogen in den sandigen Feldweg hinter dem Winterdeich ein. Hier war es schön windstill und die Sonne wärmte uns so richtig mollig durch. »Mann, ist das heute eine Hitze«, sagte Hannes und blieb stehen. Er zündete sich seine Pfeife an und nahm ein paar kräftige Züge, verschluckte sich an seinem Rauch und begann fürchterlich zu husten. Unter dem Husten zeigte sich mehr und mehr das menschliche Wrack hinter seinem sonnengegerbten Gesicht. Er wischte sich die Hustentränen mit dem Ärmel aus dem Gesicht und nahm einen kräftigen Schluck, um das Kratzen im Hals runterzuspülen, wischte sich noch einmal über das Gesicht und plötzlich, ganz plötzlich, ging mit ihm eine Wandlung vor. Er war mit einem Mal wieder der gebräunte Sportsmann mit dem breiten Grinsen im Gesicht. »Weißt du eigentlich, dass Whiskey Lebenswasser heißt?« Er lachte vor sich hin. Irgendwie war er in der Welt und doch ganz in sich selbst. «Anfangs ging es Kerstin noch ganz gut. Sie malte viel, doch ihre Bilder wurden immer dunkler, wie wenn es nur tiefhängende Gewitterwolken über unserem Marschenland geben würde. Das Heitere, die hohen klaren Himmel waren eine Seltenheit. Blitze zuckten durch die Farben, ein Ausdruck der Schmerzattacken, von denen sie mehr und mehr geplagt wurde. Selten mal ein Spaziergang zum Dornröschenschloss. Chemotherapie und Schmerzbestrahlung lehnte sie ab. Sie meinte, dass sie lieber zu Hause bleiben wolle, als im Krankenhaus zu liegen. Es war ihre Entscheidung. Was sollte ich dagegen sagen? So blieb ich auch zu Hause und kümmerte mich um sie. Tag und Nacht war ich bei ihr, hielt ihre Hand und versuchte sie von ihrem Leide abzulenken. Natürlich ging der Hof den Bach runter, und weil kein Geld in die Kasse kam, begann ich nach und nach das Land zu verkaufen. Sie wussten alle, dass wir in Not waren und verkaufen mussten, aber glaube mir, je größer die Not wurde, desto weniger bezahlten sie. Kalli Braaderup kaufte als Erster, dann Hugo Harmsen. Einen Teil hat er mit großem Gewinn gleich weiterverkauft und hat seinem Sohn Egon den Krämerladen gekauft. Na ja, zum Höker hat 's bei ihm gereicht. Is' 'n rechter Taugenichts, der Egon. Lag seinem Vater immer auf der Tasche. Onkel Hermann kaufte den ganzen Landstrich bis Oxstedt für 'n Appel und 'n Ei. Sogar unser Arzt, der Doktor Werner, der genau wusste, wie es um Kerstin stand, hat nicht stillgehalten und kaufte das große Waldstück bis nach Sahlenburg. Später hatte er wohl ein schlechtes Gewissen und schenkte es der Gemeinde. Zum Dank nennen sie es jetzt Wernerwald. Wenn das Schicksal erst seinen Lauf nimmt, hält man den Zug nicht mehr auf. Mir war das egal. Alles hätte ich frohen Herzens für Kerstin gegeben, aber der Herrgott nahm die Opfer nicht an: Er wollte sie und ich musste sie ihm geben.

Eines Tages sagte sie, nein, sie sagte nicht, sie flüsterte: ›Ach, liebster Hannes, ich möchte so gerne auf meinen Dornröschenhügel, um ein letztes Mal alle Schönheit dieser Welt zu sehen.‹ Ich nahm meine Prinzessin auf die Arme und wusste nur zu gut, dass die Küsse, die ich ihr gab, sie nicht mehr stärken würden, sondern dass die Vollendung ihres Leidensweges bevorstand. Wie zerbrechlich sie war, wie furchtbar zerbrechlich. Ich trug sie ganz vorsichtig, wie eine Feder. Ich ahnte, dass es unser letzter Spaziergang war, und wünschte mir so sehnsüchtig, der Weg würde uns beide in die Ewigkeit führen. Als wir auf dem Bunker angekommen waren, sah sie sich um, und mit einem Lächeln im Gesicht ließ sie ihre kleine Seele in die Unendlichkeit fliegen.

Manchmal, wenn ich da oben sitze, besucht sie mich, ihre Seele, und dann träumen wir zusammen oder erzählen uns schöne Geschichten.«

Hannes hatte aufgehört zu reden und starrte auf seine geöffnete Whiskeyflasche. Ich nahm seine Hand und weinte bitterlich. »Ach, mein guter, guter Hannes«, sagte ich nach einer Weile. Er klopfte mir auf die Schulter und verschwand in Dunst des aufkommenden Abends.

Als ich nach Hause kam, spielten sie im Radio gerade das Requiem von Mozart. Ich liebe diese Zufälle, die das Schicksal für uns manchmal bereithält.

Jahre später, wir saßen auf einer Bank am Leuchtturm bei Spieka-Neufeld, erzählte mir Hannes, wie er zu dem superguten irischen Whiskey gekommen war: »Weißt du, Krischan, als ich so richtig am Ende war und nur noch das Schwarze unter den Fingernägeln hatte, hielt ein riesiger Lastzug vorne an der Straße, beim Posterholungsheim. Er kam direkt aus Irland und brachte mir meinen Whiskey. Zwölf Jahre hatte es gedauert, bis er fertig war, und nun, wo ich nichts mehr hatte, da war er plötzlich da. Ein Geschenk des Himmels. Ein Trost in der Hoffnungslosigkeit. Ich lagerte ihn ein, Fass für Fass, und als ich den ersten Schluck getrunken hatte, wusste ich, dass es mein aqua vitae ist.

Die Besuche im Paradies unserer Kindheit wurden mit zunehmender Zeit immer seltener, weil ein großer Teil des Zaubers geschwunden war. Die Zivilisation hatte auch in den Dünen 20 Einzug gehalten. Antholz, der Nachbar, hatte sich an das elektrische Versorgungsnetz angeschlossen, und mein Vater, der die wunderschöne Unberührtheit immer in lauten Worten gepriesen hatte, folgte seinem Beispiel. Im folgenden Sommer war die große Petroleumlampe verschwunden, bei deren trübem Licht ich meine erste Publikation geschrieben hatte (201-Thallium-Myocard-Szintigraphie: Ihre Bedeutung für die ärztliche Praxis), und vor dem Kamin stand eine stattliche Heizrippe. Gewaschen wurde sich nicht mehr an der eiskalten Pumpe im Freien; es gab jetzt fließend kaltes und warmes Wasser dank Stiebel-Eltron. Trotz des Komforts, der durchaus auch Annehmlichkeiten mit sich brachte, fühlte ich mich unwohl, war es doch der Abschied von der unwiederbringlichen Welt unserer Kindheit. Was blieb, waren die Ebereschen, die in kleinen Grüppchen hinter dem Deich standen. Wie eh und je, in Windrichtung gebeugt, die Nordwestseite durch den ständigen salzigen Wind entlaubt, der Stamm voll Algen und Flechten.

»Ach, seht nur, die Ebereschen werden rot! Jetzt ist der Sommer vorbei«, pflegte meine Mutter immer zu sagen. Noch heute höre ich ihre Worte, wenn sich die Früchte des Vogelbeerbaumes zu färben beginnen. Ich bin aber um eine Illusion ärmer geworden: Die Eberesche ist kein Bote des aufkommenden Herbstes. Das gilt nur für den Norden. In Hessen erröten sie schon im Sommer und künden allenfalls den Spätsommer an.

Heute weiß ich auch, dass die Ebereschen gar keine Eschen sind. Das geschulte Auge erkennt es sofort an den unscheinbaren Blüten. Spätestens bei den Früchten wird der Verdacht dann zur Gewissheit. Die Blätter sind schuld, dass der Vogelbeerbaum Eberesche genannt wird, was ja falsche Esche heißt. »Eber« leitet sich aus dem Altdeutschen »Aber« ab, was so viel wie falsch bedeutet. Der Aberglaube ist der falsche Glaube. Der Vogelbeerbaum ist also die falsche Esche, die Eberesche. In der Fachsprache auch gemeine Eberesche genannt. Mit dem Begriff »gemein« soll keineswegs zum Ausdruck gebracht werden, dass der Baum irgendwelche hinterhältigen Eigenschaften besitzt, sondern dass es sich um die gewöhnliche (lateinisch: vulgaris) handelt. Sagt man über jemanden, er ist vulgär, was heute im Zeitalter der Anglizismen wohl kaum noch vorkommen dürfte, meint man damit, dass er ein platter Underdog ist.

Einen ewigen Platz hat sich die Eberesche als Volkslied erworben. »Hei Jo Hei Jo ein Vogelbeerbaum, ein Vogelbeerbaum, so schön wie ein Traum, Hei Jo Hei Jo ein Vogelbeerbaum, ein Vogelbeerbaum, Hei Jo.« Wie Volksliedern eigen, ist der Text rührend-naiv, die Melodie aber geht ins Ohr. Wir haben es bei den Pfadfindern oft gesungen.

Als falsche Esche gehört der Vogelbeerbaum, man höre und staune, in die Familie der Rosengewächse, der Rosaceaae, wie auch eine große Zahl unseres Kern- und Steinobstes. Apfel, Birne, Pflaume, Kirsche und Mandel, aber auch Brombeere, Himbeere und Erdbeere zählen zu dieser Pflanzengruppe. Man merkt es erst beim näheren Hinsehen. Sie alle haben fünf Kelch- und Kronenblätter und die gleiche Anzahl Staubgefäße. Vergleicht man die Blüte eines Heideröschens mit einer Apfelblüte oder der unscheinbaren Blüte des Vogelbeerbaums erkennt man die familiäre Gleichheit sofort. Im Gegensatz zu »Tante Rose« haben die großen Trugdolden der Eberesche einen unangenehmen Geruch, der allenfalls Fliegen, Kleinkäfer und Wespen anlockt. Selten verirrt sich mal eine Biene, nie ein Schmetterling. Den Reiz des Vogelbeerbaumes machen die korallroten Fruchtstände aus, die vor allem Drosseln anlocken und so dem Baum auch den Namen gegeben haben.

Wer einmal eine Vogelbeere gegessen hat, isst nie wieder eine. Nicht etwa weil sie giftig wären, sie schmecken aber herb und bitter. Dennoch brennen die Bauern an der Nordseeküste ein ausgezeichnetes Vogelbeerwasser, das über die kühlen Tage hinweghilft. Ebenso wie der Schlehdorn, auch aus der Gruppe der Rosaceaae, bilden die Beeren mit dem ersten Frost eine milde Süße, die die alkoholische Gärung in Gang kommen lässt.

Auch der Schlehdorn ist äußerst anspruchslos. Er wächst von der Küste bis in die hohen Alpenregionen. Als Hecke gepflanzt, ist der Schwarzdorn, wie er auch heißt, ein unüberwindliches Hindernis. Seine starke Bewehrung wird von Mensch und Tier geachtet. In der nur kurzen Blütezeit ist der Schlehdorn über und über mit kleinsten weißen Blüten übersät. Die Vollendung des Prachtvollen hebt sich die Schlehe für den Spätherbst auf. Mit dem ersten Raureif prangen dann die schwarz-braunen Früchte mit weißen, kandierten Häubchen im dürren Geäst. Jetzt ist es Zeit, sie zu pflücken. Man sollte sie wegen ihrer Herbe zwar nicht essen, aber gebrannt, als »Schlehenfeuer«, heizt sie im Winter richtig ein.

Freiheit, die ich meine …

Die gute alte Mutter Erde, die so vieles mit sich machen lässt, die Leben und Sterben in ihrem Schoß birgt, die täglich aufs Neue geschunden und getreten wird, obwohl sie doch der Ursprung und der Quell allen Lebens ist. Sie trägt uns, sie ernährt uns, und schließlich nimmt sie uns in ihren Schoß auf, damit wir wieder ein Teil von ihr werden.

Ungerecht wäre es nicht, wenn sie einmal Rache üben würde. Wir machen uns jeden Tag an ihr schuldig. Wie Horden von Termiten, Ratten und Maulwürfen fallen wir über sie her. Sie ist kein Kampfplatz mehr, sondern ein Schlachtfeld. Wo wir nicht mit Baggern und Planierraupen weiterkommen, versuchen wir es mit Dynamit. Das endet mit Seen, in denen man nicht mehr baden kann, mit Flüssen, in denen kein Fisch mehr lebt, mit vergifteter Luft, mit Häuserschluchten, Fabriken und in Müll, in fürchterlich viel Müll, der sich über Wiesen, Wälder und Meeresküsten zieht, wie ein jauchiges Krebsgeschwür. Aber wir sind nicht aufzuhalten und zerstören weiter, denn es gilt den Wohlstand zu erhalten. Wenn die Fabrikschlote rauchen, steigen die Dividenden. Den Gedanken der Askese haben wir weit von uns geschoben. Als unvorstellbar gilt, dass der Mensch sich aus freien Stücken zurückziehen könnte.

Nein! Grenzen sind da, um überschritten zu werden. Das ist kein Lehrsatz, das ist ein Schicksal, besonders bei denen, die von Freiheit sprechen. Dabei erkennen sie nicht, dass Freiheit und der Zwang zum Überschreiten von Grenzen in einem furchtbaren, ja fatalen Widerspruch zueinander stehen.

Freiheit bedeutet, aus freien Stücken an Grenzen »Nein« zu sagen. Doch das kann nur der Charakterstarke. Nein sagen, besonders dann, wenn ein Ja Vorteile bringen würde. Freiheit ist nicht Gabe, sondern Aufgabe. Ich weiß, dass ich ein Illusionist, ein Phantast bin. Freiheit ist nur dort, wo die

Zivilisation nie war oder wo sie sich wieder zurückgezogen hat. Hier ist dann wieder Freiheit: die Freiheit vom Menschen.

Bei Freiheit muss ich immer an Rosa Luxemburg denken: Freiheit ist immer nur Freiheit des Andersdenkenden. Du lieber Gott, wie weit sind wir davon entfernt. Kapitalisten leben ihre Freiheit auf unsere Kosten und wir, die Dummen dieser Erde, dürfen von ihr träumen. Es sind schöne Träume und alle beginnen mit: Was würde ich tun, wenn ... Ja, ja, wie sagt Schiller schon so treffend? »Die schönsten Träume von Freiheit werden in Kerkern geträumt.«

Ich bin kein Pessimist. Ganz im Gegenteil, ich bin Idealist, aber ein tief enttäuschter, was dazu geführt hat, dass mich viele Dinge schmerzen, die anderen nur leidtun. Ich liebe die geschändete Erde und höre, wie sie unter unseren Untaten stöhnt. Wir übersehen das gerne, weil wir meinen, alles zu beherrschen. Manchmal erkennen wir, dass wir uns überschätzt haben; doch ziehen wir uns nicht bescheiden und voller Demut zurück. Nein! Wir klagen, wie alte Waschweiber, und machen dann ebenso weiter wie vorher. Rein in die nächste Katastrophe, bis es mal Peng macht. Ich denke an Erdölförderungen tief unter dem Meeresboden, die in die Hose gehen und den Atlantik verpesten. Die Medien klagen vierzehn Tage, versetzen die Welt in Angst und Schrecken mit Horror-Szenarien, um sich dann der nächsten Katastrophen-Meldung hinzugeben. Die Gier nach dem Profit macht alle blind. Man denke nur an Fracking. Da wird in 1500 Meter tiefe Bohrlöcher ein Wasser-Sand-Chemikalien-Gemisch unter Hochdruck in die Erdkruste gepresst, was tiefe Sprünge in die Gesteinsschichten reißt, damit man die unkonventionellen Gasreserven zu Geld machen kann. Das rentiert sich bei den steigenden Energiepreisen. Es werden auch Arbeitsplätze geschaffen; darum erteilt die Politik ohne nachzudenken die nötigen Bohrlizenzen. Dass die Frac-Flüssigkeit krebserregende Substanzen der Wassergefährdungsklasse 3 enthält, will keiner wissen, oder man lässt es in zeitaufwendigen Untersuchungen überprüfen, anstatt solche Aktionen gleich zu stoppen. Das geht so lange gut, bis es die ersten Erkrankten oder Toten gibt und die ortsansässige Bevölkerung auf die Straße geht. Von der Gefahr für den Menschen ist das alles »Gorleben«, für Mutter Erde aber eine Katastrophe. Zum Glück ist sie so stark, dass sie sich vom ungezügelten Freiheitsdrang erholen wird, wenn die Menschen nicht mehr sind. Wenn man dann leben könnte, wäre es wieder wie im Paradies. Rechter Freiheitsgebrauch will gelernt sein. Das ist gar nicht so einfach. Schiller sagt, dass Freiheit und Charakterstärke zusammengehören. Freiheit haben wir, nur mit der Charakterstärke mangelt es noch. Die kommt immer ein bisschen zu kurz, zumindest wenn es um Profite geht, oder um die Freiheit des Andersdenkenden. Wir erleben das Tag für Tag. Man schlägt die Zeitung auf und schon wird man Zeuge der Freiheit.

Natürlich habe ich Thilo Sarrazins Buch gelesen! Um es vorwegzunehmen: Ich fand es nicht besonders. Das meiste liest man bei Oswald Spengler besser. Der nimmt Deutschland nicht so ernst und schreibt, wenn schon, dann über den Untergang des Abendlandes als einen ganz normalen geschichtlichen Vorgang und nicht als Schachzug von Türken und arabischen Immigranten. Wenn einer Schuld hat an der »Abschaffung«, dann das Geld im weitesten Sinne, das müsste Sarrazin doch eigentlich wissen. Auch wenn Karl Popper der Überzeugung ist, dass sich die Geschichte nicht wiederholt, weil alle Individuen nach einer besseren Welt streben und sich daher frühere Fehler nicht wiederholen, hat Spenglers These Bestand, denn Popper falsifiziert nicht, sondern stellt nur eine Antithese auf. Die sichtbare Wirklichkeit gibt Spengler recht. Es lohnt sich, den »Untergang des Abendlandes« zu lesen. Das Buch bildet ungemein, zumindest den, für den Bildung noch etwas bedeutet. Viele im Laufe der Zeit aufgetretene Probleme, wie der Fluch des Geldes, Glanz und Elend des Kapitalismus, der zweifelhafte Einfluss der Medien auf die Entwicklung unserer Gesellschaft, finden hier eine gute Erklärung. Man versteht auch, warum sich Geschichte wiederholt. Sicher nicht identisch, aber analog.

Thilo Sarrazin sagt nichts Neues: Aber er traut sich was. Er kritisiert! Er sagt, in Abwandlung zu Frau Käßmann: Nichts ist gut in Deutschland. Die Made ist in Germany. Doch die Maden sind nicht die Türken oder die arabischen Muslime, die muss ein Sozialstaat wie Deutschland kompensieren können; es ist die gewissenlose Welt des Geldes. Die Gambler und Spekulanten, die nicht nur Europa, sondern die ganze Welt in den Abgrund spielen. Sarrazins Rückschluss ist nicht richtig. Die Türken werden eines Tages »Wanderers Nachtlied« kennen, weil sie es teilweise heute schon kennen. Schließlich ist es weltbekannt. Es gibt sogar eine japanische Fassung. Außerdem kann man es im Internet nachlesen. Vielleicht nicht immer auf Deutsch, sondern auf Englisch oder Türkisch, das ist doch egal. Ich lese auch Gedichte von Rimbaud oder John Milton und William Blake in Deutsch. In der Schule haben wir Shakespeare im Original lesen müssen. Eine Qual dieses Alt-Englisch. Die Übersetzungen von Schlegel und Thieck haben mir immer besser gefallen. Was wirklich gut ist, bleibt erhalten, in irgendeiner Form. So auch »Wanderers Nachtlied«. Banker und Broker kennen es wahrscheinlich heute schon nicht mehr, weil es nicht in blanke Münze umzusetzen ist. Ich habe mich gefragt, warum Sarrazin ausgerechnet »Wanderers Nachtlied« als Beispiel gewählt hat. Er hätte doch auch Rainer Maria Rilke »Der Panther« oder Erich Kästners »Ansprache an Millionäre« nehmen können, oder, vom selben Autor »Weihnachten, chemisch gereinigt«. Die sind verdammt zeitnah und richtig gut. Das ist Zeitkritik. Nicht nur damals, sondern auch heute. Aber nein, er muss ausgerechnet »Wanderers Nachtlied« nehmen. Wohl weil über allen Gipfel Ruh' ist, so, wie es in Deutschland sein wird, wenn Spekulanten es abgeschafft haben, oder China uns aufgekauft hat.

Mehr als der ganze Inhalt des Buches hat mich »Wanderers Nachtlied« beschäftigt. Ich kann ihn da gut verstehen.

Es ist ein wunderschönes Gedicht mit reinen, klaren Worten und sehr viel Emotion, wie Thilo Sarrazin, auch wenn er das jetzt nicht gerne hört, wo er doch versucht hat, seinem Buch eine knallharte, kaltherzige Note zu geben. Das »Nachtlied« ist ein Gedicht des Abschieds, was ja dann auch zu seiner These passen würde. Es gibt aber einen ganz kleinen Haken, denn »Wanderers Nachtlied« ist eigentlich gar nicht »Wanderers Nachtlied«, sondern heißt: »Ein gleiches«. So hat es Goethe zumindest tituliert, als er es auf dem Kickelhahn bei Ilmenau an die Wand einer Jagdhütte schrieb. Er bezog sich dabei auf »Wanderers Nachtlied«, das er an Charlotte von Stein schrieb:

»Der du von dem Himmel bist,
Alles Leid und Schmerzen stillest,
Den, der doppelt elend ist,
Doppelt mit Erquickung füllest;
Ach, ich bin des Treibens müde!
Was soll all der Schmerz und Lust.
Süßer Friede
Komm, ach komm in meine Brust.«

Das ist »Wanderers Nachtlied« und »Über allen Gipfeln ist Ruh'«, ein mindestens ebenso schönes Gedicht, nimmt man es genau, ist: »Ein gleiches«. Ich weiß, das sind Spitzfindigkeiten auf dem Niveau eines Deutsch-Lehrers, aber ich hätte zu gerne ein einziges Mal in den vielen Talkshows, mit den vielen klugen Köpfen und den schönen Moderatorinnen, diesen Einwand gehört. Man kann nämlich dann fragen, wenn er in dem, was ihm so am Herzen liegt, dass er traurig ist, wenn er nur daran denkt, dass es in 100 Jahren keiner mehr kennt, so ungenau ist, wie ungenau ist er dann in seinen Zahlen und Analysen? Ich möchte nicht falsch verstanden werden. Das ist keine Kritik. Ich finde ihn gut: als Mensch. Er hat sich was getraut. Das ist selten in unserer materiell orientierten Republik der Angepassten. Wir sind keine Kämpfer mehr. Er schon. Er kämpft für seine Überzeugung. Erinnert mich so ein bisschen an Michael Kohlhaas. Dabei macht er von einer Freiheit Gebrauch, die zu den höchsten Gütern einer Demokratie zählt und die deshalb im Grundgesetz verankert ist: von der Meinungsfreiheit. Dafür hat er schwere Repressalien hinnehmen müssen, sogar von seinen Parteigenossen, die doch so gerne den Namen Rosa Luxemburg im Munde führen. »Freiheit ist immer die Freiheit des Andersdenkenden« hat sie mal gesagt. Dem ist nichts hinzuzufügen. Sarrazin wurde abgestraft, nicht nur von der Politik, sondern auch von den Medien über deren oftmals »unethischen« Freiheitsgebrauch keiner sich etwas zu sagen getraut. Doch nicht die falsch verstandene Pressefreiheit ist bedenklich, daran haben wir uns längst gewöhnt, die Beschneidung der Meinungsfreiheit ist verdächtig. Wer in der deutschen Geschichte mal schnell zurückdenkt, wird feststellen, dass es die dunklen Epochen waren, in denen man nicht mehr ungestraft seine Meinung sagen durfte. Margot Käßmann, Eva Hermann, Thilo Sarrazin. Das sind drei Namen mit einem bitteren Beigeschmack. Ist das ein Zeichen politischer Ohnmacht? Dass Politiker sich plötzlich als Literaturkritiker betätigen, nimmt man noch lächelnd hin. Die Art und Weise, wie sie es tun, zeigt aber, dass Herr Sarrazin mit seiner Kritik an der deutschen Immigrationspolitik ins Schwarze getroffen hat, denn nur der reagiert überschießend, der sich ertappt fühlt. Natürlich hat die Politik bislang zu einer Parallelgesellschaft geführt. Das sieht jeder, der mit offenen Augen durch den Alltag geht. Darüber täuschen auch die wenigen Integrierten nicht hinweg. Für das zwangsläufig folgende Argument, dass das alles nur Stammtischgerede sei, habe ich nur ein müdes Lächeln. Abgesehen davon, dass es in Deutschland kaum noch Stammtische gibt, weil das Geld knapp geworden ist, wäre es gar nicht so schlecht, wenn die Regierenden in ihre Überlegungen auch die Stimme des Volkes mit einbeziehen würden. Natürlich weiß ich, dass Qualität vor Quantität kommt, aber schließlich geht es um die Zukunft aller. Der sogenannte »kleine Mann auf der Straße«, die Kanzlerin sagt immer so schön: »Die Menschen draußen im Lande«, wie fremd die Menschen den Politikern doch geworden sind, muss ja die Zeche bezahlen, die er nicht verschuldet hat. Er wird Autobahngebühren hinblättern, die Mehrwertsteuererhöhung tragen und weiß schon heute teilweise nicht mehr, wovon er leben soll. Ich bin fast geneigt die arme Krankenschwester zu bemühen, die im Schichtbetrieb zum Wohle der Kranken ihr kärgliches Dasein fristet, während Banker Boni in Millionenhöhe einstreichen und nicht für ihre Fehler geradestehen müssen. Dafür sind dann wieder die Krankenschwester und der Hochofenarbeiter da. Das ist die viel gepriesene »soziale Gerechtigkeit«. Es sollte der Politik klar sein, dass das nicht mehr lange so weitergehen wird. Die erste Partei ist schon »alle«, weil sie keine Alternativen hat. Wer in einer Zeit wie dieser Steuersenkungen fordert, die sowieso unten beim Volk, wo sie gebraucht würden, nicht ankommen und Überschüsse nicht zur Tilgung der Staatsverschuldung nimmt, der hat keine politische Zukunft, selbst wenn mit ihrem Parteivorsitzenden in seinem Gleichnis vom Frosch endlich mal einer auf unseren schleichenden Freiheitsverlust hingewiesen hat. Es ist eigentlich alles eine Katastrophe, denn bei der heutigen politischen Landschaft wäre wahre liberale Politik ein Segen. Vielleicht kann sich der Wähler nur nicht vorstellen, dass Jugend reicht, um ein Volk aus der Angst zu führen. Nun wehrt sich das Volk. Nicht über die Stammtische, das war früher mal, heute geht so etwas über das Internet. Über YouTube wurden schon Diktaturen gestürzt. Das funktioniert auch bei erfolglosen Demokratien. Die Krähe Merkenau sagt in »Reineke Fuchs« sehr richtig: »Denn man sagt: der ist schuldig der Tat, der zu strafen Gewalt hat, und nicht strafet.« Die Devise: »ora et labora« bringt nichts. Gebetet wird nicht mehr, weil wir vom Glauben abgefallen sind und arbeiten, ja arbeiten ist kein Allheilmittel. Gottfried Benn konnte noch sagen: »Das Krächzen der Raben ist auch ein Stück – dumm sein und Arbeit haben: das ist das Glück.« Nur – heute lässt sich das

Volk nicht mehr für dumm verkaufen. Es fragt sich schon sehr laut, warum es für die leichtsinnigen Verluste von Banken und die horrenden Pensionen erfolgloser Politiker aufkommen soll. Wenn dann noch die Freiheit beschnitten wird, ist das Joch der willkürlichen Unterdrückung so groß, dass es abgeschüttelt werden muss. So ist es immer gewesen. Geschichte wiederholt sich. »Wir klagen auf hohem Niveau« sagen die, die noch was haben, doch zu viele haben nichts mehr; die klagen zu Recht. Die sozialen Missstände und die Beschneidung der Meinungsfreiheit führen dazu, dass sich Deutschland abschafft, nicht die Türken und arabischen Muslime. Flüchtlinge und Einwanderer werden allenfalls als lästig empfunden, aber doch nicht als Ursache für einen Untergang gesehen, außer von Herrn Sarrazin. Nun, er hat seine Meinung gesagt. Die hat viele interessiert. Ein sehr großer Prozentsatz der Bevölkerung hat ihm zugestimmt. Wäre die »Sonntagsfrage« damit verknüpft gewesen, hätten wir eine neue Regierung mit absoluter Mehrheit bekommen. Freiheit bedeutet aber auch, sich des Verstandes zu bedienen, selbst wenn man keinen hat. Womit wir wieder bei der Stimme des Volkes wären, die sich mit dem gesunden Menschenverstand meldet. Den hat Rudolf Eisler als »bon sens« bezeichnet, was für mich wesentlich schöner klingt als »commen sense«, und ihn als die natürliche Auffassungs- und Beurteilungskraft definiert. Sie ist unmethodisch und führt leicht zu fehlgehendem Denken. Immanuel Kant versteht unter dem Begriff »Verstand« das Vermögen zu denken, sich unter Begriffen etwas vorstellen zu können. Für ihn ist es das obere »Erkenntnisvermögen«, im Unterschied zur Sinnlichkeit, mit der sich die »verstandlosen Tiere mit ihren eingepflanzten Instinkten notdürftig behelfen können«.

Vom Verstand abzugrenzen ist die Vernunft, die nach Leibniz, la faculté de raisonner, die Fähigkeit der Einsicht in den Zusammenhang von Wahrheiten ist. Will man es etwas komplizierter, muss wieder Kant bemüht werden. Er sagt: Vernunft ist »das Vermögen von dem Allgemeinen das Besondere abzuleiten und dieses letztere also nach Prinzipien und als notwendig vorzustellen«. Wahrscheinlich bin ich mal wieder der Einzige, der Verständnis-Schwierigkeiten hat. Für all diese gibt Kant wenige Zeilen weiter eine Verständnis-Hilfe. Er legt fest: »Alle unsere Erkenntnis hebt von den Sinnen an, geht von da zum Verstand und endigt bei der Vernunft, über welche nichts Höheres in uns angetroffen wird, den Stoff der Anschauung zu bearbeiten und unter die höchste Einheit des Denkens zu bringen.« So, nun haben wir die Erklärung! Thilo Sarrazin hat sich seines Verstandes bedient, als er sein Buch schrieb. Das macht nicht jeder und ist daher ehrenwert. Des Volkes gesunder Menschenverstand gab ihm recht. Das wusste er natürlich, deshalb hat er ja auch das Buch geschrieben. Die Reaktionen waren unterschiedlich. Es gab Polemik bei denen, die sich auf frischer Tat ertappt fühlten und keine guten Gegenargumente hatten. Andere reagierten ganz normal, nach dem Motto: Wir haben es zur Kenntnis genommen. Das war für mich souverän. Davon gab es einige. Sehr viele fanden es an der Zeit, dass mal die Fakten auf den Tisch gelegt wurden. Das waren die, die sich von Zahlen und Tabellen beeindrucken lassen und glauben, dass nur hierin die Wahrheit zu finden ist. Manchen hat er auch aus dem Herzen geschrieben. Fakt ist, dass die Mehrheit der Deutschen seine Bearbeitung des Themas »Immigration in Deutschland«, gut fanden.

Die, die sich am meisten über das Buch aufgeregt haben, haben Herrn Sarrazin einen großen Gefallen damit getan, denn dank der Medien und Talkshows schoss das Buch in den Bestsellerlisten ganz nach oben, um dort auch für viele Wochen zu bleiben. Damit hat er, mit wenig Qualität, einen ordentlichen Batzen Geld verdient. Mich erinnert das ein bisschen an die vernichtende Kritik von Herrn Reich-Ranicki damals über den Grass-Roman »Ein weites Feld«. Nur durch die negative Kritik hat es sich so gut verkauft. Die Leser wurden neugierig. Ich übrigens auch. Leider!

Ich fand das übertriebene »Aufgejaule« von allen Seiten

für Herrn Sarrazin sehr förderlich, für die gute Sache nicht. Es war unklug und nicht verantwortungsbewusst. Doch wie so oft war auch hier die Sensation und damit der Umsatz wichtiger als die Verantwortung. Es muss mir jetzt keiner twittern, dass er das anders sieht und dass ich ein armer Idiot bin. Is' scho' recht. Es ist aber meine Meinung und ich habe in diesem unseren Lande, so wie jeder, das Recht, sie zu äußern.

Gute, sachbezogene Argumente wären nötig gewesen, die Wogen zu glätten. Die kamen aber nicht. Vielleicht gab es auch keine oder sie waren den Kritikern nur nicht eingefallen. Sie mussten ja sofort reagieren, meistens ohne das Buch vorher gelesen zu haben. Schade eigentlich, denn Sarrazin bietet so viele Kritikpunkte. Und »eben wo Begriffe fehlten, da stellte ein Wort zur rechten Zeit sich ein«. Das Zauberwort hieß: Verstoß gegen die »Political Correctness«, der Begriff einer kultivierten moralischen Scheinwelt, die sich immer mehr von der Realität entfernt. Irgendwo habe ich gelesen, dass Political Correctness eine »Diffamierungsvokabel« ist, die von konservativer Seite politisch instrumentalisiert wird. Dazu sage ich ganz spontan: Nicht nur von den Konservativen!

Gehen wir das Problem mal ganz einfach an. Das ist gar nicht so leicht. Da wäre zunächst die Tatsache, dass Political Correctness zu einer Untergruppe des Euphemismus, des beschönigenden Sprechens zählt. Quasi, wie sag' ich's meinem Kinde ohne anzuecken und ohne, dass es merkt, wie brenzlig die Lage ist. Ich mache das mal an einem Beispiel klar. Wir hören immer wieder in den Medien: Bei einer militärischen Auseinandersetzung kam es zu Kollateralschäden. Das klingt gut. Richtig wäre aber: Ein kriegerischer Angriff führte zur Zerstörung ziviler Einrichtungen und zur Tötung von Zivilpersonen. Geht die Wirtschaft zurück, so verzeichnen wir ein Negativwachstum. Fliegt einer im Betrieb raus, wird er freigesetzt, nicht entlassen. Kanzler Schröder bezeichnete seinen Auftritt 2005 als suboptimal; richtig wäre gewesen: »überhaupt nicht gut, oder katastrophal«. Die Political Correctness hat also nichts mit korrekter Benennung oder Berichterstattung zu tun, sondern ist eine Beschönigung der Fakten. Ich sage Putzfrau, wenn ich eine Frau meine, die ihr Geld mit Putzen verdient. Für mich ist diese Bezeichnung nichts Ehrenrühriges, sondern ein mit dem Verstand hinterlegter Begriff. Nun lese ich in Wikipedia, dass der Begriff »Putzfrau« durch Sprachwandel heute leicht negativ konnotiert ist und als politisch unkorrekt gilt.

Spätestens jetzt platzt einem doch der Kragen. Was soll denn dieser ganze Schmonzes? Wenn der ehemalige Bundeskanzler Schröder vom Negativwachstum redet, ist das im Sinne der Political Correctness, wenngleich es richtig gewesen wäre, er hätte gesagt: »Leute, wir haben Miese eingefahren. Reich mal 'ne Pulle Bier rüber.« Wenn ich Putzfrau sage, gilt das als politisch unkorrekt. Wer legt das eigentlich fest? Man hat das Gefühl, als gehe alles nach der alten Devise: Quod licet Jovi non licet bovi; womit wir dem Begriff »Stimmvieh« einen Schritt näher gekommen wären, aber immer noch nicht wissen, warum Reinigungskraft, Raumpflegerin, Zugehfrau und Putzhilfe politisch korrekt ist und Putzfrau nicht. Wohlgemerkt: Ich rede über »Putzfrau« und nicht über »Putze« oder »Parkettkosmetikerin«.

Als ich noch ein Kind war, hatten wir zu Hause immer eine Putzfrau. Nein, nein, nicht meine Mutter. Eine richtige Putzfrau für das »Grobe«. Wir liebten sie und freuten uns immer auf Donnerstag. Das war ihr Tag und unserer auch. Als wir größer wurden, mussten wir, im Rahmen von Vaters »Zur Ordnung-Erziehungsprogramm«, unsere Zimmer selber aufräumen und putzen, jeden Samstag. Danach gab's Stuben- und Spind-Appell. In meiner Wehrpflichtzeit musste ich nicht mehr viel lernen. Das heißt: Meldung mussten wir beim »Stubendurchgang« zu Hause nicht machen. Vater war nun mal der Meinung, dass man Jungen hart rannehmen muss. In einem Text über mein Freiheitsverständnis ist diese Einstellung natürlich extrem negativ konnotiert und verstößt massiv gegen die politische Korrektheit. Geschadet hat es uns nicht, denn der »Alte« hatte einen Trick, den wir erst später merkten. Wir durften erst zum Spielen raus, wenn unserer beider Zimmer in Ordnung waren. Das führte zwischen uns Brüdern zu einem eisernen Schutz- und Trutzbündnis in allen Lebenslagen. Weil wir uns von klein auf immer geholfen haben, sind wir vielleicht beide Arzt geworden. Helfersyndrom. Wer weiß?

Selbst die schönen Erinnerungen an die Kindheit haben mich das Problem mit der Putzfrau nicht vergessen lassen. Also früher, damit meine ich ganz früher, als die Liegezeit einer Gallenblasen-Operation noch etwa 14 Tage betrug, hatten wir eine Stations- oder Abteilungsputzfrau. Es war immer die gleiche. Sie kannte sich überall aus, sorgte für alles, was nicht medizinisch-fachlich war, machte Botengänge, schob Betten, kommunizierte mit den benachbarten Stationen, besorgte, auf unerfindliche Art und Weise, alles, was fehlte, putzte und machte uns das Frühstück. Wir waren mit ihr »per Du«. Später, die Gallenblase war nur noch drei Tage stationär, gab es einen Putztrupp. Herr und Frau O. hatten die Leitung. Eigentlich hatte nur Herr O. die Führungsfunktion, weil er aber haarscharf das machte, was sie sagte, hatten folglich beide die Leitung. Der Trupp bestand aus Türkinnen und Jugoslawinnen. Heute, die Liegezeit beträgt immer noch drei Tage, die Arbeit hat sich aber verdichtet, haben wir ein Facility Management. Die Chefin, Facility Managerin, ich wundere mich, dass sie sich mit einem so simplen Titel zufriedengibt, wo doch heute das Mindeste Direktor ist, leitet den Laden, wie es früher Herr und Frau O. gemacht haben. Der Trupp besteht bevorzugt aus Männern, wohl wegen der Quotenregelung, und da vorwiegend aus Negern. Verdammt! Jetzt ist es passiert! Glatter Verstoß gegen die Political Correctness! Ich hätte »Mohren« sagen müssen, oder Schokoladen-Prinzen. Warum? Das erkläre ich ein paar Zeilen später. Jetzt muss ich noch was zum Facility Management sagen. Die Leiterin, Facility Managerin oder Facility-Direktorin, bei den vielen Direktoren/innen in Verwaltungen spielt eine mehr oder weniger keine Rolle. Ich weiß nicht, ob der Spruch »Viele Köche verderben den Brei« heute negativ konnotiert ist, ich denke ihn trotzdem. Also diese Managerin ist Fachkraft. Sie hat das gelernt. Drei Jahre, glaub' ich. Mit dieser hochqualifizierten und ebenso hoch motivierten Managerin bespricht man zunächst sein Problem. Mein Problem war ein schwarzer, hochglanzpolierter Natursteinboden, der, wohl wegen seiner Farbe, zur nächtlichen Stunde »gereinigt« wurde. Wenn ich morgens kam, war er grundsätzlich mit einem grauen Wisch-Schleier überzogen. Jedes Mal dachte ich: Ach, hätten sie es doch nur bleiben lassen, holte ein trockenes Mikrofasertuch und putzte nach. Besprechungen mit der Facility Managerin führten zu nichts. Sie verstand nicht, dass man den Boden trocken reinigen muss oder, wenn nass, dann trocken nachreibt. Es könnte natürlich auch sein, dass ihre Mitarbeiter sie nicht verstanden, womit wir wieder bei der politischen Korrektheit sind, dem impertinenten Mahnfinger der Gesellschaft oder der Medien.

Früher galt: Erlaubt ist, was gefällt. Oscar Wilde und Lord Byron haben das zu spüren bekommen. Sie gefielen einer muffigen, kleinkarierten Gesellschaft nicht und wurden fertiggemacht. Heute wird erklärend gesagt: Ja, damals waren die Leute noch verklemmter. Man muss das aus der Zeit heraus verstehen. Wir wollen mal nicht so tun, als ob. Wilde würde man heute die Homosexualität nachsehen, seine intelligente, beißende Kritik an der Gesellschaft, der Presse und der Noblesse würden ihm auch jetzt nur Arschtritte einbringen. Wie eine beleidigte Hyäne würde sich die Meute auf ihn stürzen und in Stücke reißen; da bin ich mir ganz sicher. So ein »intellektueller Klugscheißer«, einer, der sich so schlau dünkt, der anders ist als wir, war der Masse schon immer ein Dorn im Auge, der findet keine Gnade. Und Byron, der Inzest-Lord, der seine Stiefschwester liebte, weil sie die Einzige war, die ihn verstand, die wie er fühlte, der bekäme heute nicht nur einen Prozess an den Hals, sondern auch kein Bein auf die Erde. Goethe hat ihn sehr geschätzt. Der hatte auch den Mut, vor den Augen des Kleinbürgertums mit der jungen schönen Christiane Vulpius in wilder Ehe zu leben. Die Spießer haben sich natürlich das Maul zerrissen; was ihm nicht das Geringste ausmachte. Goethe hatte es gut. Zu seiner Zeit gab es den Begriff »Political Correctness« noch nicht. Der wird erst geboren, als die US-Amerikaner ein Problem hatten. Jetzt denkt man natürlich: Was? Kaum entdeckt und schon Probleme? Doch, doch, das ist eine Eigenart der »Neuen Welt«. Auch wenn das Folgende eventuell politisch nicht korrekt ist, entspricht es doch den Tatsachen. Die USA war die größte Sklavenhalternation Amerikas. Die Südstaaten importierten Sklaven bevorzugt aus Afrika und ließen sie auf ihren Plantagen arbeiten. Na, ich muss das nicht bis ins Detail erzählen, jeder kennt die Geschichte. Sie nannten sie, stark negativ konnotiert, »Nigger«. 1776 proklamierten sie ihre Unabhängigkeit und stellten fest, dass alle Menschen gleich geboren sind und die gleichen Rechte haben. Prima, denkt man so bei sich, das musste mal gesagt werden; doch gesagt, bzw. geschrieben, hatte es bereits 1753/55 Jean-Jacques Rousseau. Der Sezessionskrieg von 1861 bis 1865, wir können uns alle noch gut erinnern, Patrick Swayze, »Fackeln im Sturm«, hätte ein Problem bringen können, denn laut Verfassung waren die »Nigger-Sklaven« nun freie Bürger. Doch der Ausweg aus der Misere waren die Rassengesetze. Sie hielten bis in die 50er-, 60er-Jahre. Erst die Bürgerrechtsbewegung schaffte eine gewisse Gleichheit. Der Preis war blutig: John F. Kennedy (1963), Malcolm X (1965) und Dr. Martin Luther King (1968). Innenpolitisch haben sie sich ganz schön schwer getan mit den Menschenrechten, die US-Amerikaner, aber außenpolitisch waren sie immer ganz groß. Diese politische Tour hat viele Väter in der Geschichte. Alle Diktatoren. Innenpolitische Probleme werden mit außenpolitischen Erfolgen kompensiert. Doch außenpolitisch klappte es irgendwann auch nicht mehr: prompt kam die Bürgerrechtsbewegung. Bis zu diesem Zeitpunkt gab es noch keine Political Correctness. Die dysphemische Bezeichnung »Nigger« oder »Redskin« war völlig in Ordnung, auch wenn Harriet Beecher-Stowe den rührseligen Roman »Onkel Toms Hütte« geschrieben hatte. Man war nicht bereit, den Farbigen gleiche Rechte einzuräumen. Über die Indianer, die eigentlichen Besitzer dieses großen Landes, wurde überhaupt nicht gesprochen. Die lebten, ständig im Suff, dafür hatte man rührend gesorgt, mehr oder weniger ruhig und nicht glücklich in den ihnen zugewiesenen Reservaten, bis man dort Öl fand. Für Öl tut man alles; das gilt auch heute noch, also wurden sie ein zweites Mal »umgesiedelt«. Über ihr Schicksal hat James Fenimore Cooper geschrieben. »Der Lederstrumpf«, besonders empfehlenswert der Band »Die Prärie« oder die weniger bekannten Romane, wie zum Beispiel »Conanchet oder die Beweinte von Wish-Ton-Wish«, in der Übersetzung von Arno Schmidt, legen Zeugnis darüber ab. Cooper war übrigens ein hochgeachteter Mann. Die »Neue Welt« war stolz auf ihren international anerkannten Schriftsteller. Als er aber anfing nicht mehr das zu schreiben, was man lesen wollte, ja sogar die Pressefürsten anprangerte, wurde ihm Feuer unter dem Hintern gemacht und er kam aus dem Prozessieren nicht mehr raus. Man könnte vieles dazu schreiben, doch verstieße alles gegen die Political Correctness. Andererseits kennt ja jeder die Geschichte. Warum also Eulen nach Athen tragen. Es geht um die Freiheit, insbesondere um die Meinungsfreiheit und die Ersatzbezeichnung von »Nigger«. »Farbige« fand man nicht so gelungen, weil darunter auch Indianer (Rothäute) und die Menschen gelber und brauner Hautfarbe fielen. »Schwarze« wurde angeboten, was den Mohren gar nicht so unrecht war. Es formierten sich die Bewegungen Black Power und Black is beautifull. Doch, US-Amerikaner machen alles gründlich, man entschied sich für Afroamerikaner.

Wir können froh sein, dass es den Heinrich Hoffmann gab und sein schönes Kinderbuch »Der Struwwelpeter«. Seit 1845 kennt fast jedes Kind dieses Buch und »Die Geschichte von den schwarzen Buben«. »Es ging spazieren vor dem Tor ein kohlpechrabenschwarzer Mohr.« Eine sehr liebevolle Beschreibung. Jeder kann sich die Szene genau vorstellen. »Die Sonne schien ihm aufs Gehirn, da nahm er seinen Sonnenschirm.« Der Autor beschreibt einen intelligenten Menschen schwarzer Hautfarbe. Keiner empfindet die geringste Diskriminierung; ganz im Gegenteil, denn ihm, dem Mohren, werden drei völlig debile Trottel weißer Hautfarbe gegenübergestellt, die lediglich in der Lage sind, Fähnchen, Reif und Brezel in der Hand zu halten. Den hier beschriebenen Kulturunterschied entscheidet der Mohr ganz eindeutig für sich. Er weiß, dass man sich gegen die Sonne schützen muss, weil sonst das Gehirn austrocknet. Man kann auch Hautkrebs kriegen. Fähnchen, Reif und Brezel helfen dagegen nicht. Vielleicht wollen sie ja auch nur, wie viele Bleichgesichter, schön braun werden und nahmen, für die »Schönheit«, jedes Opfer in Kauf. Jahre später wird Heinrich Hoffmanns Mohr das Werbezeichen für Sarotti. Heute müssten wir Sarotti-Afrodeutscher sagen und Heinrich Hoffmann müsste umgeschrieben werden: »Es ging spazieren vor dem Tor ein kohlpechrabenschwarzer Afrodeutscher.« Der Reim wäre hin. Political Correctness ist nicht ohne.

Wir Kinder hatten mit den Mohren keine Probleme, es waren keine »Nigger«, die versklavt waren und weniger galten als Hund oder Pferd. Wir kannten Mohrenköpfe und Negerküsse und dachten nichts Diskriminierendes dabei.

Ich esse lieber Zigeuner-, als Sinti- und Roma-Schnitzel. Bei Zigeuner denke ich an Django Reinhardt oder an den Zigeunerbaron von Johann Strauss mit den vielen wunderschönen Melodien, oder an das schmelzend-traurige Lied aus der Gräfin Mariza »Komm, Zigan, komm, Zigan, spiel mir was vor …«. Heute würde Tassilo Schwierigkeiten kriegen. »Komm, Sinti und Roma, komm, Sinti und Roma …« Es könnte durchaus passieren, dass ihm keiner was vorspielt, denn sind Sinti da, gibt's keine Roma und sind Roma da, gibt's keine Sinti. Sagste Zigeuner ist immer einer da. Man sieht auch hier wieder: Die Sache mit der politischen Korrektheit ist ein rechtes Leid. Wahrscheinlich würde man auch Afroösterreichischer-Baron sagen, oder vielleicht Sinti-Afro-Baron. Ich weiß es nicht. Diese Political Correctness bringt einen ganz durcheinander.

Zu mir hat mal einer gesagt: »Isch redd' wie mir de Schnabbel gewachse is!« Sie! Der Mann war Verwaltungsdirektor! Ein ganz hohes Tier! Aber bei Political Correctness stand er auf dem Schlauch. Und deshalb, ich sag es ganz offen: Ich lasse es auch. Mohr bleibt Mohr und Zigeuner ist Zigeuner, ebenso wie meine Putzfrau keine Parkettkosmetikerin ist. Was soll diese Wortemacherei? Es kommt doch letztlich darauf an, was man im Herzen fühlt. Verstellen kann sich jeder, doch mit der Ehrlichkeit tun sich viele schwer. Denke ich zurück, so stelle ich fest, dass ich fast immer ehrlich war, ohne Wenn und Aber, nach dem Leitspruch: Ironie verlass mich nie. Dafür habe ich auch genügend Prügel bezogen. Keiner verträgt die Wahrheit und dann auch noch mit Ironie verbrämt. Meine Seele habe ich damit immer erleichtert und mein Herz wurde keine Mördergrube. Es ist doch ein Spaß, nicht um den heißen Brei zu reden, oder sich in Höflichkeitsfloskeln zu überschlagen, sondern einfach nur Tacheles.

Bei diesem ganzen Gesumms um die politische Korrektheit habe ich den Thilo Sarrazin beinahe aus den Augen verloren. Also, es genügt nicht, festzustellen, dass wir uns »abschaffen«, auch die Feststellung, wie wir das machen oder warum, ist ungenügend. Wer kritisiert, muss auch konstruktive Vorschläge machen, die nicht utopisch sein dürfen. Wir können uns alle eine bessere Welt vorstellen. Doch ist sie auch realisierbar? Leibniz und Popper meinen, dass wir in der besten aller möglichen Welten leben, aber ständig nach Verbesserung streben. So sehe ich das auch. Der scheinbare Stillstand ist nur vorübergehend.

Sarrazin liegt im Trend der Zeit: Missstände kritisieren, aber keine vernünftigen Lösungsvorschläge. Ingeborg Bachmann stellte einst fest: »Die Spezialisten, die Experten mehren sich, die Denker bleiben aus.« Das gilt auch heute noch, ebenso wie Joseph Joubert, der beklagte: »Wir leben in einem Zeitalter, in dem die überflüssigen Ideen überhandnehmen und die notwendigen Gedanken ausbleiben.«

Die Deutschen schaffen sich weder ab, noch sterben sie aus, weil die Geburtenrate zurückgeht. Das ist eine ganz normale Entwicklung, die alle hochzivilisierten Völker zeigten. Die Römer reproduzierten sich ab einer gewissen Stufe nicht mehr so, wie es wünschenswert gewesen wäre. Kaiser Augustus sah das mit Sorge und setzte Kindergeld aus. Das brachte nichts. Die Patrizier, die Upperclass, die für die Führung wichtig war, pflanzte sich weiterhin nicht fort, bei den Plebejern brach ein Baby-Boom aus. Sie bildeten später nur die verführbare Masse, die durch panem et circenses ruhig gehalten werden musste. Die Intelligenzler zogen sich zurück und Rom ging unter. Ein Trend jeder Zivilisation. Die Weltmacht Rom lebte im satten Überfluss, das weckte Begehrlichkeiten bei den Barbaren ringsherum. Rom zeigte Schwäche, weil es an Denkern fehlte, und die Barbaren fielen ein. Das Weltreich konnte nicht mehr gehalten werden, auch nicht von den Siegern, die waren den Aufgaben noch nicht gewachsen. Zurück blieb Italien, ein kleines Land in Europa. Keine Weltmacht mehr – denkt man auf den ersten Blick. Betrachten wir aber die Menge aller Pizzerien weltweit, zeigt sich, dass Rom, in einer anderen Form, immer noch die Welt beherrscht. Es hat sich nicht abgeschafft. Deutschland wird es möglicherweise einmal ähnlich ergehen. Wir werden eines Tages keine wirtschaftliche Weltmacht mehr sein. Was ist daran schlimm? Aber vielleicht steht in jedem Ort der Welt ein Thüringer-Bratwurst-Stand. Das ist nun mal der Lauf der Welt. Ich glaube, wir haben Wichtigeres zu tun, als über die Existenz von Deutschland in 100 Jahren und das Weltklima in 500 Jahren zu diskutieren.

Wir sagen »Ja« zu Europa. Das ist sehr weise. Es ist aber kein Europa der Vaterländer, wie es Adenauer und de Gaulle gedacht haben, es ist ein Europa, das alle Staaten in einer Union vereinigt. Das bedeutet aber, dass nationale Interessen zweitrangig werden. Damit schafft sich Deutschland als singulärer Staat ab, um im Glanze Europas neu zu erstrahlen. Ganz Europa wird diesen Weg gehen müssen, will es weiter bestehen. Es sei denn, man begnügt sich mit dem Handel von Uhren und Käse oder will nur Fish and Chips essen, dann kann man auf Europa verzichten. Wer aber in seiner Größe bestehen will, muss zwangsläufig ein übertriebenes »Sich-selbst-wichtig-Nehmen« abschaffen. Europa ist, für die Zukunft gesehen, unsere einzige Chance.

»Der Starke ist am mächtigsten allein«, lässt Schiller Wilhelm Tell sagen. Das stimmt, ohne Wenn und Aber, nur, der Starke heißt Europa und nicht Deutschland. Das müssen wir erkennen. Jeder Einzelne von uns. Europa muss aus den Herzen der europäischen Bürger kommen und nicht bei einem »Gipfeltreffen« beschlossen werden, sonst wird es nichts, so, wie der Euro, der erst dann so richtig in die »Pötte« kommen wird, wenn die politische Einheit da ist. Für diese Behauptung hat die Geschichte des Geldes viele Beispiele parat.

Solange Bücher geschrieben werden, die auf 460 Seiten trauern, dass sich ein Nationalstaat abschafft, so lange ist dieses Europa nur eine Vision. Die Politik muss ihren Bürgern die Freiheit geben über ihr Schicksal selbst zu entscheiden und sollte dabei nur beratend zur Seite stehen. Ein vereintes Europa kann nur die Folge eines Entscheids aller europäischer Bürger sein und darf nicht oktroyiert werden. Bei dieser schweren Bewusstseinsbildung sind Maulkörbe jedweder Art verboten. Das gilt ganz besonders für die Meinungsfreiheit, denn, wie war das mit Rosa Luxemburg: »Freiheit ist immer die Freiheit der Andersdenkenden, sich zu äußern«. Sie bezahlte diesen Freiheitsgebrauch mit dem Leben, so, wie das heute noch unter dem »lupenreinen Demokraten« üblich ist. Wir sind zum Glück weit davon entfernt. Bei uns wird jemand, unter der Fadenscheinigkeit der politischen Korrektheit, nur öffentlich gedemütigt und mit dem Verlust seiner Ämter abgestraft; auf Veranlassung eines Präsidenten, dessen Weste befleckt ist. Man wünschte sich, er wäre so schnell abgetreten, wie er es für Thilo

Sarrazin angeordnet hat. All diese merkwürdigen Ungereimtheiten bei den Regierenden führen bei den Bürgern zur sogenannten Politik-Verdrossenheit. Politiker predigen für uns Wasser und trinken selbst Wein.

Das von den Medien inaugurierte Unwort »Urnengang« kann im wahrsten Sinne des Wortes Wirklichkeit werden, wenn die Bundesbürger die Asche ihrer Politiker zu Grabe tragen. Womöglich schon bei der nächsten Wahl. Sie bieten keine guten Lösungen an, sind in ihren Aussagen austauschbar und versprechen, alle miteinander, das Blaue vom Himmel, wenn es darum geht, an die Macht zu kommen oder die Macht zu behalten. Deshalb sollte man sie an ihren Taten und nicht an ihren Worten messen. Wahllügen sind übrigens politisch korrekt und verstoßen nicht gegen die guten Sitten. Dieser Persilschein wurde so festgelegt. Bravo! Politik macht richtig Spaß.

Wir Bürger sollten mehr an Immanuel Kant denken: »Wer sich zum Wurm macht, kann nachher nicht klagen, wenn er mit Füßen getreten wird.«

Eine kleine Geschichte vom großen Ich

Jeder Mensch hat zwei Ichs. Ein kleines Ich, das ist das, mit dem wir gedankenlos durch das Leben gehen und geduldig hinnehmen, was so kommt. Es ist der Teil in uns, der sich gerne den Dingen anpasst. Der ewige Mitläufer, der der Herde folgt, ganz egal wohin. Irgendwann fällt dieses kleine Ich um und hört auf zu sein, ohne die geringste Spur zu hinterlassen. Man kann davon ausgehen, dass jedes Huhn, jede Ameise, ja sogar jede Schnecke ein solches kleines Ich besitzt. Es macht uns zum kritiklosen Konsumenten. Wir kennen sie alle, die Modegecken, die Ja-Sager, die Trendfolger.

Das andere Ich, das große Ich, schlummert in der Tiefe unseres Inneren und muss erst aufwachen. Wie das passiert und wann und ob überhaupt lässt sich nicht voraussagen. Nur eines ist sicher; wenn man irgendwann erkennt: Ich habe ein großes Ich, ist es erwacht. Das ist einer der wichtigsten Augenblicke in unserem Leben, vergleichbar allenfalls mit der Begegnung unserer einzigen großen Liebe. Wir scheren aus der unendlich langen Kolonne der Mitläufer aus und treten in eine ganz neue Welt. Plötzlich wird uns bewusst, dass wir nicht mehr die kleine graue Maus Nummer 1318 sind, sondern der Mittelpunkt unseres eigenen Groß-Ich-Universums. Wir spüren, dass wir alles, ja sogar mehr als alles sein können. Nur ist mit diesem Empfinden nichts getan. Die Arbeit liegt noch vor uns. Wir ahnen zwar, dass wir sind, dass wir sogar etwas Besonderes sind, müssen aber erst lernen, was das ist und welche Bedeutung dies hat. Nun könnte man sich die Sache mit dem Erkennen ganz einfach machen. Das Ich ist ja ein Teil von uns. Man müsste sich nur vor einen Spiegel stellen und sich lange genug betrachten. Irgendwann wird man dieses Ich schon sehen. Aber was sieht man? Entweder einen Menschen, der sich wahnsinnig gut findet, oder einen, der vor sich selbst erschrickt. Das passiert, wenn wir nur mit den Augen sehen.

Beide Erkenntnisse bringen einen früher oder später in die Psychiatrie. Wenn man Pech hat, baumelt man schon vorher an irgendeinem Ast. Das kann also nicht der richtige Weg sein.

Die zweite Methode wäre beispielsweise die Psychoanalyse. Weil mein großes Ich, wie im Spiegel zu sehen war, unsichtbar ist, muss es folglich in meiner Seele sein. Wenn ich die nun analysieren ließe, müsste es der Fachmann finden. Doch Vorsicht! Die Psychoanalyse führt ganz bestimmt nicht zur Selbstfindung, also zur Auffindung des großen Ichs, sondern höchstens zu dem, was der Analytiker dafür hält, immer aber zur Zersetzung der Psyche. Sein eigenes Ich findet man nicht, indem man sein Innenleben auf den Kopf stellen lässt, sondern nur, wenn man sich selbst um das Erkennen bemüht. Der eigene Blick in das Innere ist entscheidend, sonst nichts.

Also stellen wir uns nochmals vor den Spiegel. Diesmal versuchen wir aber nicht nur mit den Augen zu sehen, sondern bemühen zusätzlich unseren Verstand oder gar unser Gefühl. Was sehen wir nun? Zunächst das gleiche Bild: Irgendeinen Typen, der uns zusagt oder nicht, möglicherweise lässt er uns auch völlig kalt. Doch plötzlich kommt irgendetwas aus unserer Tiefe, das uns fragen lässt: »Bin ich das eigentlich wirklich, oder bilde ich mir das alles nur ein?« Ich weiß es nicht, bin mir unsicher. Es wäre ja möglich, dass der Spiegel gar kein Spiegel ist, sondern eine Glasscheibe und irgendjemand steht mir in einem identischen Raum gegenüber. Eventuell ist auch alles gar nicht wahr und das Bild existiert nur trügerisch in meiner Phantasie. Schon will ich mich enttäuscht abwenden, da meldet sich dieses Innere wieder und flüstert ganz leise: »Hei, du zweifelst, also bist du. Du denkst, also bist du.« So einfach ist das mit Descartes und seinem berühmten Satz. Unser großes Ich sind unsere Wahrnehmungen und unser Denken. Es existiert nicht im luftleeren Raum, sondern ist eine Funktion unseres Verstandes. Da keiner auf der ganzen Welt uns so gut kennt, wie wir, können nur wir selbst uns unter die

Lupe nehmen, um unsere Seele, unser großes Ich zu analysieren. » Erkenne dich selbst!« lautet die berühmte Inschrift des Apollo-Tempels in Delphi und Heraklit sagt: »Allen Menschen ist es gegeben, sich selbst zu erkennen und klug zu sein.«

Was bedeutet diese Botschaft? Ich muss mich selbst erkennen, muss wissen, wer ich bin, muss meine Rolle finden, die mir mein Schicksal zugedacht hat, damit ich sie lernen kann. Nur so, mit meiner subjektiven Selbsterkenntnis, komme ich ohne größere Blessuren über die Lebenshürden. Wenn ich etwas sein will, wenn ich meinem Leben einen Sinn geben will, muss ich mein großes Ich erkennen. Das ist viel Arbeit und fällt nicht immer leicht. Das tägliche Leben im Garten, der ständige Kontakt zur Natur mit all ihrem Zauber, ist auf diesem Weg eine wichtige Hilfe. Der Weg ist schwer, trotz aller Hilfsmittel, denn das große Ich ist mit Recht anspruchsvoll. Es langweilt sich in der Masse. Es wird krank, wenn wir es nicht richtig behandeln. Es verlangt Ruhe, Harmonie und Tiefe. Das Individuum, das auf dem Weg zu seinem großen Ich ist, lässt alles Oberflächliche hinter sich. Es sucht die Natur und damit die Wurzeln seiner Existenz, um hier in sein Inneres zu tauchen. Bei dieser Reise in sich darf man nicht vergessen eine Rückfahrkarte zu lösen, denn zu leicht entwickelt sich in der Einsamkeit eine schizoide Persönlichkeit. Die Isolation kann zu einer schicksalsbestimmenden Zwangsvorstellung werden. Man wird alles unternehmen, die scheinbare Freiheit und Unabhängigkeit zu bewahren, ja zu verteidigen. Die Persönlichkeitsstruktur wird wunderlich und verschroben. Der Lebensraum unserer Seele kann zu einer kargen Gefängniszelle werden, nur zum Sterben gut genug und unser großes Ich erlischt lange vor unserem kleinen. Die erwünschte und lang gesuchte Einsamkeit wird, wenn wir keine Rückfahrkarte haben, das heißt, wenn wir ihrer Faszination erliegen, zu einem körperlichen Leiden. Wir kommen in eine sogenannte Persönlichkeitskrise. Bei seelischen Krisen, man hat heute den Eindruck fast jeder steckt in einer, gibt es zwei richtige Lösungen und zwei falsche. Die beiden richtigen kommen aus uns selbst. Es ist entweder die Zurückbesinnung auf unser großes Ich oder der Weg vorwärts zu ihm. Beides erfordert die Eigenanalyse der Persönlichkeit. Heute ist es gängiger, seelische Probleme vom Psychoanalytiker oder in der »Nestwärme« der »Gruppe« lösen zu lassen. Das öffentliche Zerreden gilt als gesund, Schweigen als seelische Blockierung, hartnäckiges Schweigen als krankhaft.

Aller gängiger Psychologen-Meinungen zum Trotz stellen die, die ihr großes Ich gefunden haben, jedoch immer wieder fest, dass der Mensch nicht nur ein soziales Wesen ist und zwischenmenschliche Beziehungen kein Allheilmittel sind. Der Schlüssel zum wahren Glück ist die Liebe, die Liebe zu einem Menschen oder die Liebe zum Göttlichen, was manchmal das Gleiche zu sein scheint. Ich weiß, dass jetzt Materialisten und Psychoanalytiker mitleidig über diesen Aberglauben lächeln, aber wer ist sich denn sicher, nach allem, was wir erlebt haben, dass Freud und Marx nicht auf dem Holzweg waren, als sie alles bis dato Geglaubte für falsch erklärten. Orgasmus und Butterbrot sind nicht alles. Der Mensch kann mehr und er will mehr. Jeder Einzelne hat ein Potential in sich, das weit über Gruppentherapie und Massengebaren hinausgeht. Diese unsere Kräfte werden aber nur dann freigesetzt, wenn wir uns in die Ewigkeit unseres großen Ichs begeben, uns erkennen und akzeptieren. Wir haben in Buddha, Jesus, Nietzsche, Wittgenstein und vielen anderen leuchtende Vorbilder. Nicht die Masse ist kreativ, sondern das einzelne Individuum.

Sicher gibt es den krankhaften Rückzug aus der Gesellschaft, weil man sich von ihr unverstanden fühlt, es gibt auch die fruchtlosen Egotrips, dagegen steht aber die intellektuelle Einkehr in die Einsamkeit des eigenen Ichs, die bei ihrer Rückkehr einen spirituellen Schatz mitbringt, und sei es nur das Lächeln auf einem heiteren Gesicht.

Ich weiß nicht, warum mir bei Gruppentherapie und Massengebaren immer Fitness-Studio einfällt. Jedenfalls komme ich jeden Abend, wenn ich von der Arbeit nach Hause fahre, an einem solchen vorbei. Schon allein die Plakate und Transparente der Fitness Company, so heißt diese Einrichtung nämlich, sind merkwürdig genug und stimmen zum Nachdenken. Fit macht munter! Fit macht schön! Fit macht erfolgreich! Na, also wirklich! Unsinnigeres hat man wohl noch nie gehört. Wer munter ist, ist fit. Fit mag meinetwegen schön sein, aber doch nicht antrainierte Muskelpakete. Das erinnert mich immer so ein bisschen an den guten alten Bill Ramsey und seinen Hit aus den 60er-Jahren vom »Bodybuilding Bill aus Boston«. Da hieß es: »Wisst ihr, wie mein Wahlspruch heißt? Erst der Körper, dann der Geist! Ich bin der Bodybuilding Bill aus Boston.«

Warum fit allerdings erfolgreich macht, will mir so gar nicht einleuchten. Erfolg setzt doch Engagement, harte Arbeit und tatkräftigen Einsatz am Arbeitsplatz voraus. Das führt letztlich dazu, dass die Erfolgreichen gewöhnlich recht verbraucht und abgearbeitet wirken und überhaupt keine Zeit haben, ihre Oberschenkel- und Gesäßmuskulatur straff zu trainieren.

Gelegentlich, wenn der Straßenverkehr besonders zäh ist, sehe ich mir die Schönen und Erfolgreichen schon mal näher an. Da gehen sie in ihren modischen Outfits mit auffällig lässigen, federnden Schritten, die Sporttasche über die Schulter geworfen; braun gebrannt, wie frisch aus dem Urlaub, und trotz der Abgase meint man, der Wind wehe die neusten Düfte der Kosmetikindustrie herüber. Es ist schon ein herrlicher Anblick, allein wie man sich locker aus dem Cabriolet schwingt und cool die Tür zu schlägt. Man ist eben fit. Fit for fun im Kollektiv. Die Nonkonformistenkleidung, die einst den Individualisten zierte, gibt es längst nicht mehr. Von New York über London und Paris bis Tokio trägt man bunte, hautenge Stretch-Outfits. Es ist noch nicht lange her, dass wir über das Volk der blauen Ameisen gelacht haben!

Ich komme mir oft recht beschissen vor, wenn ich diese modernste Stufe der Evolution sehe. Da läuft sie, schön, sportlich, fit, und ich sitze im Auto, erschöpft von der Arbeit und weiß nicht, woher ich die Zeit nehmen soll, Hanteln zu schwingen. Sie reicht ja eben gerade mal für die Gartenarbeit. Warum ich niemals wie die anderen fit for fun sein werde, muss ich mich nicht fragen. Ich weiß die Antwort schon. Ich arbeite zwölf Stunden konzentriert, kümmere mich um kranke Menschen, natürlich auch um die, die fit for fun sein wollten und sich Muskeln gezerrt oder Knochen lädiert haben. Deshalb werde ich wohl nie zu dem schönen, schillernden Massenauflauf der Fitness Company gehören. Ich gebe es zu: Ein bisschen Neid klingt da schon an. Es gibt Augenblicke, da möchte man schon gern dazugehören. Doch irgendwie scheint mir doch das Wesentlichste hierfür zu fehlen. Ich frage mich nicht, wie ich noch fitter und noch schöner werde. Ich denke lieber über Wahrheit nach, oder warum wir auf der Welt sind. Fragen, die mich beschäftigen, ja sogar quälen. Die Fitness People haben ihre Antwort auf meine Probleme. Wahrheit ist die digitale Kilo-Angabe an den Kraftmaschinen, Wahrheit ist die Zahl der durchgeführten Sit-ups. Und warum wir leben? For fun natürlich, Junge, just for fun. Lohnen sich mein Nachdenken und meine Bemühungen um das Verständnis dieser Zeit? Wohl nicht! Die Evolution macht mit uns sowieso, was sie will. Wer hätte denn vor 40 Jahren gedacht, als die so genannten Achtundsechziger bestehende Gesellschaftsordnungen ändern wollten, dass etwas, was als besonders bourgeois galt, nämlich fit, schön und oberflächlich zu sein, mal die größten Tugenden werden würden?

Na ja! Jede Zeit hat ihre speziellen Tugenden. Alles ist ständig in Fluss. Die klassischen Tugenden waren Gerechtigkeit, Tapferkeit, Weisheit und Maßhalten. Sie wurden später von den christlichen Grundprinzipien: Glaube, Liebe und Hoffnung abgelöst bzw. ergänzt. Heute gilt fit, schön und oberflächlich. Was morgen sein wird, wissen wir nicht. Vielleicht wird es in 30 Jahren die Fitness-Studios nicht mehr geben. Sie werden womöglich von großen Computerhallen abgelöst, in denen dann die Onliner auf ihren Tastaturen rumhämmern und auf die Flachmattscheibe starren. Irgendeinem besonders begabten Softwareexperten wird es dann gelingen ein Computervirus zu schaffen, das per Bildschirm auf den Menschen überspringt und innerhalb kürzester Zeit die Großhirne zum Absturz bringt. Einige unserer Gattung werden vielleicht, dank eines ausgeklügelten Antiviren-Programms, die Katastrophe hirngeschädigt überleben, in ihrer geistigen Entwicklung aber um Jahrtausende zurückgeworfen. Und so beginnt alles wieder von vorn. So ist nun mal die Evolution. Es wird wieder einmal einen todmüden Autofahrer geben, der bei einer Fitness Company vorbeifährt und nicht verstehen kann, dass es wichtig ist, schön und fit zu sein. Na ja! Es lebe das kleine Ich! Das macht das Leben so schön bequem, so leicht und locker.

Die Suche nach den Inhalten des großen Ichs ist da schon schwieriger. Es bedarf dazu vielen Mutes und innerer Freiheit. Vor allem muss man dort suchen, wo man auch finden kann. In diesem Zusammenhang fällt mir dieser saudumme Witz ein: Ein Betrunkener kriecht nachts auf allen vieren im Schein einer Straßenlaterne herum, die Augen auf den Boden gerichtet, mit der Hand vor sich herumtastend. Ein zufällig vorbeikommender Polizist fragt ihn, ob er etwas Bestimmtes suche. »Ja, meinen Haustürschlüssel«, lallt der Betrunkene. Der hilfreiche Polizist kniet sich hin und sucht mit. Nach einer Weile fragt er: »Sind sie sich denn sicher, dass Sie ihn hier verloren haben?« – »Nein,« sagt der Betrunkene, »Ich habe ihn dort drüben verloren, aber hier ist es heller.«

Der Mann mit dem Schlüssel ist wie der moderne Mensch. Er sucht ständig dort, wo nichts zu finden ist; sei es das Glück, sei es die Liebe, sei es sein großes Ich. Er tappt in Oberflächlichkeiten unverdrossen hin und her. Das, was er braucht, liegt irgendwo im Dunklen. Dort zu suchen ist nicht so bequem, wohl auch nicht so einfach, also lassen wir es lieber. Hanteln stemmen ist leichter, als das Gehirn anzustrengen. Apropos Gehirn, diese wunderbare Festplatte unter unserer Calvaria, mit der ausgefeilten Software.

Wenn alles richtig initialisiert ist, funktioniert es wie am Schnürchen, ohne Maus und Keyboard. Das Verteufelte ist, dass wir nicht hinter sein Betriebssystem kommen. Auch wenn jede einzelne Zelle isoliert, vermessen, gewogen und analysiert werden kann, auch wenn jeder Impuls, jede chemische Reaktion der Hirnaktivität erfassbar ist, auch wenn wir wissen, in welchem Abschnitt welche Informationen und Algorithmen gespeichert sind, die Frage, wie aus Materie Geist wird, wie ein Einfall entsteht, wie es zum Gefühl der Liebe kommt, kann wohl nie gelöst werden.

Vielleicht gibt es Parallelen zwischen Bewusstseinsphänomenen und der Quantenmechanik. Es wäre auch möglich, dass das Gefühl von Freiheit mit der Heisenberg'schen Unschärfetheorie verwandt ist. Eventuell ist der freie Wille irgendwo zwischen den Quarks und Gluonen angesiedelt. Wer weiß das schon? Ich weiß nur, dass allen Theorien zum Trotz der Mensch über einen Willen verfügt, dessen Entstehung keiner kennt. Dieser kleine, glückliche Umstand ist der Garant unserer Freiheit.

Freiheit wird heute oft mit Freizeit verwechselt. Dabei ist sie etwas völlig anderes. Freizeit ist frei von Verpflichtungen, Freiheit bringt Verpflichtungen. Die Freizeit flieht vor den Aufgaben des Lebens. Die Freiheit ist eine Lebensaufgabe. Da jeder Mensch seine eigene Lebensaufgabe hat, hat er auch seine eigene, individuelle Freiheit. Diese Freiheit ist der unumstößliche Besitz eines jeden. Sie darf nicht angetastet werden, bis sie sich eines Tages einem größeren Willen beugt und wir wie ein welkes Blatt vom Baum des Lebens fallen. Wohin wir dann gehen? Wer weiß das schon? Der Logiker wird es anders sehen als der Emotionale. Man kann vermuten, hoffen, glauben, nur so recht wissen tut keiner. Mit diesem Problem fertig zu werden ist ein besonders schweres Stück Lebenskunst. Der Logiker ist hierin dem Emotionalen möglicherweise überlegen, verfügt er doch, aus Mangel an Herzenswärme, über eine übermenschliche, unmenschliche Distanz zu seiner Umwelt. Diese Distanz ist die Geheimwaffe des Logikers. Mit ihr erreicht er alles; na, sagen wir mal, fast alles. Er kann mit ihr einen Menschen nach seinem Willen formen, aber nicht sein Herz gewinnen. Er kommt mit ihr auf den Mond, aber nicht in den Himmel. So gesehen ist es wirklich schwer zu beurteilen, wer wem überlegen ist.

Für uns selbst, für unseren Seelenfrieden, ist das auch ganz ohne Belang. Alle Lösungen liegen in unserem großen Ich. Wir müssen nur richtig suchen. An dieser Stelle müsste ein gewichtiger Einwand kommen, nämlich: »Was heißt hier richtig suchen? Das ist leichter gesagt als getan!« Das stimmt. Man muss nicht nur wissen, wie man sucht, sondern auch, was man finden will. Der entscheidende Punkt ist, was man finden will. Dabei kann man davon ausgehen, dass dies wohl individuell grundsätzlich verschieden ist. So kann man beispielsweise Wahrheit suchen wollen. Doch was ist Wahrheit? Es gibt doch so viele Wahrheiten, wie es Kulturen gibt, ja, wenn man will, so viele, wie es Menschen gibt. Jeder hat seine eigenen Vorstellungen davon. Man kann Moral suchen wollen. Doch welche? Meine oder deine? Die einer Gesellschaft zu einer bestimmten Zeit? Die Moral wechselt ihr Gesicht so rasch und so oft wie ein Chamäleon seine Farbe. Der Vergleich ist nicht einmal schlecht, denn die Moral wird den jeweiligen Bedürfnissen ebenso angepasst, wie sich das Chamäleon seiner Umwelt anpasst. Sollen wir Zerstreuung suchen? Das wäre doch was! Sie ist, so meint zumindest Blaise Pascal, »das Einzige, was uns in unserem Elend tröstet.« Das Gefühl habe ich auch immer, wenn ich an der Fitness Company vorbeifahre. Doch Vorsicht! Pascal hat seinen Satz noch nicht zu Ende: «... und dabei ist sie die Spitze unseres Elends, denn sie ist es, die uns grundsätzlich hindert, über uns selbst nachzudenken, die uns unmerklich verkommen lässt. Sonst würden wir uns langweilen, und diese Langeweile würde uns antreiben, ein besonderes Mittel zu suchen, um sie zu überwinden. Die Zerstreuung aber vergnügt uns und geleitet uns unmerklich bis zum Tode.« Um es kurz zu machen: Blaise Pascal meint, dass es besser ist, an seiner Bildung zu arbeiten, als sich zu zerstreuen. Jetzt denkt sicher so mancher: »Recht hat er, der gute Blaise! Bildung ist wichtig, damit man weiß, wie und was! In unserem multimedialen Zeitalter ist das doch auch gar nicht so schwer, ein Maus-Klick und – Website öffne dich und dann nichts wie rein ins Internet, da gibt es Bildung am laufenden Meter.« Ist es wirklich Bildung, was uns da von der Mattscheibe entgegengrinst? Ist es Bildung, was wir täglich in den Nachrichten hören oder in der »Bild«(ungs)-Zeitung lesen? Sicherlich nicht. Allein schon der Schreibstil und die bildlichen Darstellungen sorgen nicht für die Bewusstseinserweiterung, sondern verbreiten einen ganz bestimmten, pseudointellektuellen Stallgeruch. Deshalb sprechen die modernen Surfer auch nicht von Bildung, sondern von Information. Wir befinden uns nicht in einem Bildungszeitalter, sondern im Zeitalter der Informationstechnologie. Der Computer ist lebensnotwendig geworden; besonders für den hungernden Menschen irgendwo in der Dritten Welt. Der hat dann die schöne Möglichkeit, ins Internet zu gehen, um sich zu informieren, was es so alles zu essen gibt. Gute Kochrezepte findet er auch noch. Information hat nichts mit Bildung zu tun, auch wenn das lateinische Wort informare gestalten, bilden, unterrichten bedeutet. Für mich ist Information allenfalls mit dem Begriff Wissen zu vergleichen (das Wissen möge mir diesen Vergleich verzeihen) und Wissen war alle Zeit höchstens die Grundlage der Bildung. Information, das ist die kleine, quirlige, putzmuntere Stiefschwester der Bildung. Sie nimmt sich von jedem so ein bisschen und führt so ganz unbefangen an jeder Ecke einen Small Talk. Dabei wechselt sie ständig ihre Ansichten, ist aber stets up to date. Sie ist multimedial beeinflussbar, ist aber der Meinung, ständig am Puls der Zeit zu sein. Sie ist leicht zu handeln, vertritt sie doch nie eine eigene Meinung. Sie ist per Lifeschaltung überall präsent: bei den olympischen Spielen, bei den Opfern von Naturkatastrophen, ja sogar auf den Modelaufstegen in Paris und beim World-Wellness-Treff in New York. Sie nimmt ständig auf, was geboten wird, ohne eigene Reflexion, immer aktuell, mosaikartig und oberflächlich. Die große Schwester Bildung ist ganz anders geartet. Sie wächst langsam aus einem kleinen Pflänzchen, von Eltern und Lehrern behütet heran, um entweder einzugehen, wenn wir uns nicht um sie kümmern, oder ein großer stolzer Baum zu werden. Bei ihrer Entwicklung beschränkt sie sich keineswegs auf das Büffeln von Lehrsätzen und schlauen Büchern. Es reicht ihr auch nicht, Meyers Konversationslexikon und den Ploetz im Kopf zu haben. Für sie ist es wichtig, Methoden zu erarbeiten, mit deren Hilfe sie zu neuen Erkenntnissen kommt. Unverzichtbar für die Bildung ist ein hohes Maß an emotionaler Intelligenz, d.h. praktischer Verstand und Menschenkenntnis, vielleicht sollte man hier lieber sagen: Menschlichkeit oder Empfindsamkeit. Mathematische Intelligenz allein reicht der Bildung nicht aus. Die hält sie nur für Gelehrsamkeit im menschenleeren Raum, für etwas, was keinem Menschen nützt, was nur um seiner selbst willen da ist. Bildung befasst sich mit dem Menschen, denn sie kommt aus dem Menschen, nicht aus dem Computer. Wir müssen ständig an ihr basteln und feilen. Sie ist immer in Bewegung und in Umformung begriffen. Sie ist das Produkt des großen Ichs. Weshalb die Geschichte vom großen Ich in einem Buch über Geschichten aus dem Garten steht, ist ganz einfach. Ich habe mein großes Ich im Garten gefunden; beim Stachelbeerenpflücken. Ich wusste plötzlich, dass ich da bin, dass ich eine Aufgabe habe, dass ich für dieses Stückchen Erde der kleine Finger Gottes bin, der hegt und pflegt, betreut und behütet, und dass es meine Pflicht ist, das göttliche Urprinzip zu erkennen, auszubauen und weiterzugeben. Ich tue dieses in meinem Garten und in meinem Beruf als Arzt mit Hingabe, Einsatz und Leidenschaft. Ich habe erkannt, dass es meine Lebensaufgabe ist, Gutes für die Geschöpfe Gottes zu tun. Da man seinem Schicksal nicht aus dem Weg gehen kann, füge ich mich gerne. Schließlich wird man ja auch gebraucht. Heute mehr denn je, denn wir sind ja auf dem Gesundheitstrip. »Ich tu alles für meinen Körper, weil ich es mir wert bin.«

»... in der betäubt ein großer Wille steht«

Jedem kommt die Überschrift bekannt vor. Na, klar, sie ist aus den Gedicht »Der Panther« von Rainer Marie Rilke. Es ist das schönste Tiergedicht, das die deutsche Sprache hervorgebracht hat, und auch eines der Gedichte, die die Schönheiten der Sprache zeigen. Vergleichbar höchstens mit William Blakes »The Tiger« . Es steht stellvertretend für alle gefangenen Kreaturen; frei geboren und doch hinter Gitterstäben, oder an Ketten. Wo ist der Unterschied?

Ich liebe dieses Gedicht, so, wie ich Rilke liebe, nicht nur weil es wunderschön in Sprache und Komposition ist, sondern weil es hinter der vordergründigen Schönheit die brutale, gnadenlose Aussage fast vergessen lässt: die Qual der geschändeten Kreatur.

Es kommt für mich fast einem Sakrileg gleich, wenn ich die Bemerkung wage, dass sich Rilke an einer Stelle des Gedichtes täuscht. Ich habe sie deshalb auch als Überschrift genommen. Es heißt: »ist wie ein Tanz von Kraft um eine Mitte, in der betäubt ein großer Wille steht«. Ein Tier hat keinen freien Willen, der ist nur dem Menschen vorbehalten, denn nur er hat Ich-Bewusstsein, auch, wenn manche Hirnforscher das nicht so sehen. Ich komme auf Herrn R., weil er mir von meinen Mitarbeitern vorgehalten wurde, als ich, anlässlich einer Abteilungsbesprechung, sagte, dass ich an ihren freien Willen appelliere, der jedem Menschen gegeben wurde. Da meinten sie, ich sei da nicht auf dem neusten Stand der Forschung. Herr R. hätte gezeigt, dass es den freien Willen nicht gäbe. Normalerweise gebe ich auf solche Bemerkungen nichts, als aber meine Oberärztin in den Chorus einstimmte, wurde ich neugierig und habe im Internet seinen Artikel »Das Problem der Willensfreiheit« durchgelesen. Ich wurde an Georg Christoph Lichtenberg erinnert: »Was er spricht, spricht er gut, und wer kein Deutsch versteht, muss glauben, er habe etwas Gutes gesprochen.«

Herr R. ist Biologe, Hirnforscher und Philosoph. Nun, gut, als philosophische Spekulation kann man es durchaus gelten lassen, aber von einem Naturwissenschaftler erwarte ich den klaren Nachweis, wie, woher und mit welchen Verfahren er welche Ergebnisse gewonnen hat. Seine Werkzeuge sind immerhin die Naturgesetze, Logik, Zahlen, Formeln und nicht Vermutungen und gedankliche Rückschlüsse, die dann als bewiesene Tatsachen verkauft werden. Sehr anschaulich erklärt er, was wir schon lange wissen, den Erregungsablauf der Motorik und die Bedeutung der einzelnen Hirnareale. Welche Funktion dem Cortex, den Basalganglien, dem Thalamus, dem Hippocampus und der Amygdala zukommen und welche Folgen eine Veränderung an ihnen hat. Dann folgen philosophische Reflexionen, aus denen er folgert: »… unter normalen Umständen erleben wir nicht, wie Wünsche und Absichten aus dem Unbewussten (dem limbischen System) in die assoziative Großhirnrinde (vornehmlich das Stirnhirn) aufsteigen, denn erst dort werden sie bewusst. Sie werden dadurch automatisch dem Bewusstsein als Quelle zugeschrieben; wir erfahren sie entsprechend als Gründe und Motive, nicht aber als kausal wirkende Faktoren.« Das würde heißen: Wir bilden uns den freien Willen nur ein, weil uns das Hirn ihn vorgaukelt. Jo mei, wenn's schee macht! Es ist eine Hypothese, die es zu falsifizieren gilt. Schon die Feststellung, dass »Wünsche und Absichten aus dem Unbewussten (limbischen System) in die assoziative Großhirnrinde aufsteigen«… hat den Charakter des Märchenhaften, denn wenn der Mensch auf dem Bauch liegt, oder den Kopf hängen lässt, würden die Wünsche und Absichten in die Großhirnrinde hinuntertropfen. Und, lieber Herr R., dass die Wünsche so mir nichts dir nichts in das Großhirn aufsteigen und nun umgesetzt werden, stimmt doch wohl nicht. Das ist zu einfach gedacht. Ich möchte so manches. Es wäre schön, wenn etwas so wäre, wie ich es mir vorstelle, doch ich weiß, durch Überlegung, Analyse der gegebenen Umstände, das Durchdenken meiner Möglichkeiten, dass das, was ich möchte nicht umsetzbar ist. Aus diesen Überlegungen entwickelt sich kein Wille, etwas umzusetzen, auch wenn der Wunsch zum Großhirn aufgestiegen ist. Wenn ich etwas möchte, unbedingt will, muss ich Strategien entwickeln, wie ich mein Ziel überhaupt erreichen kann. Durch dieses bewusste Denken entsteht dann der Wille, es zu tun oder auch nicht zu tun. Mein Wille ist in dieser Entscheidung frei. Ich habe Hunger und wünsche etwas zu essen. Ich suche mir was. Im Gegensatz hierzu die Eingebung: Jetzt würde ich gerne ein schönes paniertes Schnitzel mit kleinem Gürkchen und Salatblatt essen. Die vom Metzger Schneider schmecken besonders gut. Ich überprüfe, ob ich genügend Geld bei mir habe, überlege, an welchen Tagen die Schnitzel frisch sind, welches der kürzeste Weg zur Metzgerei ist und ob ich es gleich dort esse, oder ob ich es mit nach Hause nehme. Mein Wille legt fest: kürzester Weg. Gleich dort essen. Dann erst in das Buchgeschäft, auch wenn es ein Umweg ist. Der Hunger ist vorrangig. Gesättigt bringt es im Buchladen viel mehr Spaß.

Das Willenlose gilt für Urinstinkte wie Angst und Sexualtrieb. Wie sind aber die Abläufe bei bewusst durchdachten Umsetzungen von Wünschen? Natürlich auch unter Berücksichtigung, dass nicht jeder Wunsch umgesetzt wird, weil uns beim bewussten Durchdenken seiner Verwirklichung vielleicht seine Unmachbarkeit bewusst wird.

Der Wille ist eine Resultante aus Verstand und Vernunft, wie Kant schon richtig feststellte. Das gilt so lange, bis das Gegenteil bewiesen und nicht nur vermutet wird.

Überhaupt stellt sich die Frage, ob man aus dem Wenigen, was wir bislang über die komplexen Vorgänge in unserem Hirn wissen, leichtfertig und voreilig folgenschwere Rückschlüsse ziehen darf.

Der menschliche Körper mit seinen anatomischen Strukturen, Stoffwechselvorgängen, Transmitter-Substanzen und Funktionsabläufen arbeitet wie eine Fabrik, die einen bestimmten Artikel produziert. Beim Menschen heißt das Produkt Überlebensstrategie. Eine Fabrik verfügt über eine fixe Hard- und Software. Das Ergebnis sind Toaster. Das System ist nicht in der Lage, festzustellen, dass es lieber Dosenöffner oder Brotschneidemaschinen herstellen möchte, könnte diesen Wunsch, wenn es ihn gäbe, auch nicht umsetzen. Würde die Produktionsstraße durch einen Hypergeist unter das Diktat einer neuen Soft-Ware gestellt werden, könnte es statt der Toaster Dosenöffner oder Brotschneidemaschinen fertigen. Der menschliche Organismus funktioniert ähnlich, nur dass er diesen Hypergeist in Form seines Gehirns in sich trägt. Der versetzt ihn in die Lage, sekündlich neue Artikel herzustellen.

Unser Stützgewebe, das Nervensystem, der Stoffwechsel, die Funktionsabläufe, alles bleibt gleich. Ein Schüler hebt die Hand, wenn er etwas sagen möchte, ein Politiker hebt eben diese Hand bei einer Abstimmung, ein Polizist, wenn er den Verkehr regelt. Es gäbe noch viele Gründe, die Hand zu heben. Alle haben eine andere Ursache und Bedeutung; Hardware und Software sind aber immer gleich.

Jedes Mal wenn die rechte Hand gehoben wird, zeigt das Hirn im Kernspintomographen die gleiche Aktivität in denselben Arealen. Der Fluss der Transmitter-Substanzen ist identisch. Es gibt anatomisch und neurobiochemisch keinen Unterschied, trotz unterschiedlicher Ursachen und Bedeutungen. Die von uns registrierten morphologischen und funktionellen Vorgänge sind Veränderungen im Makrokosmos, der uns zugängig ist. Was sich hinter diesen Abläufen verbirgt, quasi das zweite Gesicht, die Bedeutung, was wir zum Ausdruck bringen wollen, was uns zu einer Handlung bewogen hat, die Denkprozesse, die zu der Handlung geführt haben, lassen sich im MRT und durch die Analyse des Transmitter-Flusses nicht beurteilen. Daher ist die Meinung, dass es keinen freien Willen gibt, aus den wenigen bisherigen Erkenntnissen der Neurobiologie meines Erachtens ebenso wenig abzuleiten, wie man aus dem Stromverbrauch eines Computers Rückschlüsse auf sein Betriebssystem folgern kann. Der Mensch denkt, was er denken will, bevor er handelt. Natürlich denkt er mit dem Hirn, womit denn sonst? Obwohl, man sagt ja immer: Der Mensch denkt mit dem Körperteil, das das Licht der Welt zuerst erblickt hat. Bei kritischer Analyse der Umwelt muss man feststellen, dass es scheinbar viele Steißlagen gibt.

Ich weiß, dass der menschliche Organismus keine Fabrik ist, die Dosenöffner produziert. Seine Funktionsweise ist viel komplexer. Er verfügt, auch im Gegensatz zu Arbeitsrobotern, über die Funktionen Verstand, Vernunft und Wille. Er entscheidet nicht nur über Ja und Nein, sondern entwickelt bewusst Überlebensstrategien; und vor allem, er weiß, dass er das muss, weil er es will, weil er Ja zum Leben sagt.

Kant hat diese Zusammenhänge durchdacht und kam zu dem Schluss: »Alle Erkenntnis hebt von den Sinnen an, geht von da zum Verstand und endigt bei der Vernunft.« Das klingt heute vielleicht ein bisschen umständlich, der Inhalt ist aber verbindlich, sagt er doch nichts anderes, als dass alle unsere Wahrnehmungen zuerst von unserem Verstand analysiert werden. Wir verstehen, was die Information bedeutet, worum es geht. Es erfolgt nun ein bewusstes Durchdenken der Situation, ein Abwägen des Für und Wider und dann die bewusste, aus allem gefolgerte Entscheidung für ein überzeugtes Handeln. Das ist, in kurzen Zügen, die Freiheit, die der Mensch aufgrund seines Ich-Bewusstseins hat. Durch die beschriebenen Denkvorgänge werden Transmitter-Stoffe in den für die Reaktion nötigen Zentren freigesetzt, die dann beispielsweise zum Heben der rechten Hand führen; oder auch der linken, so wie ich das will. Die Freisetzung der Neurotransmitter ist Folge eines Ich-Prozesses und damit eine Reaktion auf mein Denken, meinen Willen. Ich bin die zwingende Ursache zum Heben der Hand. Ich entscheide auch, wann ich sie hebe, wie ich sie hebe und welche ich hebe. Es muss nicht unbedingt die rechte sein, nur weil es die Umwelt will.

Selbstverständlich ist und bedarf eigentlich nicht der Erwähnung, dass Aktionen, die der Mensch im Verlauf der Evolution vor der Ausbildung des Ich-Bewusstseins entwickelt hat, anderen Gesetzen folgen.

Der Mensch ist ein geistiges Wesen, ein Ich, eine Seele, die in einem Körper gebunden ist, der den Gesetzen der Naturwissenschaften folgt. Das bedeutet, dass die Naturwissenschaften alleine den Funktionsmechanismus des Gesamtmenschen nicht erklären können. Die Funktionen des Organismus können wissenschaftlich aufgearbeitet werden. Das Ich, die Seele, ist eine andere Dimension, für die es keine Messeinheiten gibt. Deshalb ist es unmöglich und naturwissenschaftlich auch nicht haltbar, gewonnene Erkenntnisse über den Körper auf den Geist zu übertragen. Das menschliche Gehirn kann komplett vermessen werden, doch welche Maßeinheit hat der Geist, hat die Seele, hat das Ich? Wie will ich Bewusstsein, Vernunft oder Weisheit objektiv fassen? Hierfür gibt es weder Mikroskope, Waagen, Geigerzähler oder Oszillographen, auch Schublehre und Logarithmentafeln bringen uns da nicht weiter, ebenso wenig wie die Kernspintomographie. Aus Erkenntnissen der Neurobiologie können daher keine Rückschlüsse über das Ich gefolgert werden. Das würde einer Gleichsetzung der Begriffe »sky« und »heaven« entsprechen, vielleicht auch von Sex und Erotik.

Die berühmte Aussage Kants: »Zwei Dinge erfüllen das Gemüt mit immer neuer und zunehmender Bewunderung und Ehrfurcht, je öfter und anhaltender sich das Nachdenken damit beschäftigt: der gestirnte Himmel über mir und das moralische Gesetz in mir«, sollte uns dazu verpflichten, die Werte des Menschen nicht durch leichtfertige Vermutungen, die auch noch mit »aufgeblähten Backen« vorgetragen werden, ins Wanken zu bringen. Die »selbstverschuldete Unmündigkeit« führt doch dazu, dass sich der größte Teil der Menschen, aus Mangel an Mut und Entschlusskraft, durch Worte und klüglich vorgetragene Meinungen führen und verführen lässt.

Der Mensch, der sich durch das Ich-Bewusstsein von den anderen Geschöpfen unterscheidet, hat grundsätzlich die Fähigkeit, zu werden, was er werden will. Er darf sich nicht begnügen, die Materie sein zu wollen, die ihn aufbaut, sondern er ist der Künstler, der aus der Materie sein individuelles Selbstbildnis formt. Diese Pflicht entsteht ihm aus dem Mensch-Sein. Er ist nur frei, wenn er aus der eigenen Überzeugung heraus handelt. Das setzt aber bewusstes Nachdenken und bewusste Entscheidungen voraus. Ein freies Handeln »aus dem Bauch« gibt es nicht; das kommt aus dem Unterbewusstsein. Natürlich hat er auch die Entscheidungsfreiheit darüber, ob er frei sein will oder nicht. Aus Gründen der Bequemlichkeit entscheiden sich viele für »oder nicht« und werden zum Spielball der Manipulationen; beeinflussbare Mitläufer.

Das Herz fühlt, der Verstand rechnet, beziehungsweise berechnet, wägt ab, analysiert und reagiert mit einer logischen Beweisführung. Das mag kompliziert und langwierig klingen, ist es aber nicht. Unser Hirn arbeitet schneller als jeder Computer. Der Computer-Vergleich hinkt natürlich. Für das Gehirn gibt es keine Gebrauchsanweisung, noch nicht einmal eine Gebruiksaanwijzing, wie für Handys oder Rasierapparate. Das Hirn wird mit zunehmendem Gebrauch schneller und man kann es nicht durch ein besseres ersetzen.

Der Emotionale ist oft schneller, weil er, das sagt man gar nicht zu Unrecht, »aus dem Bauch heraus« handelt. Er lässt die Denkprozesse aus und verlässt sich auf sein Gefühl, sein Unterbewusstsein, auf die Erfahrungswerte seiner langen Evolution. Damit ist er schneller, überraschend und nicht voraussehbar, aber, das ist der Nachteil, angreifbarer, weil er sich öfter täuscht. Er ist der Gefühlsmensch. Im Gegensatz dazu der Logiker. Das ist der nüchterne sachliche Denker. Er stellt fest, dass das Leben mit dem Tod endet. Punktum!

Ganz anders der Emotionale. Der empfindet das Leben als ein Inferno zwischen Freud und Leid, als ein ständiges Auf und Ab und ist sich sicher, dass alles noch viel schlimmer kommt. Um nicht der ungezügelten Wildheit seiner Gefühle ständig ausgesetzt zu sein, muss er lernen mit seinen eigentlich guten Gaben umzugehen, um nicht von einer Seelenkatastrophe in die nächste katapultiert zu werden, damit er nicht früher oder später das Beste, was er hat, ablehnt, bekämpft und unterdrückt. Er würde nur ein schlechter, ungeübter, depressiver Logik-Versager. So, wie ein guter Mann nie eine gute Frau wird, so wird aus einem guten Emotionalen nie ein guter Logiker, es sei denn, er hat als Gefühlsmensch zusätzlich einen IQ von 136 und darüber. Dann ist er eine Doppelbegabung. Die Umwelt fürchtet solche Typen, weil ihnen nie richtig beizukommen ist. Sie kennen sich an allen Fronten aus. Ihre Schritte sind nie voraussehbar. Sie agieren überraschend, oft sensationell. Es sind absolute Einzelkämpfer; verlassen sich nur auf sich selbst. Niemals stellen sie sich gegen ihre beste Waffe, die Emotion, sondern setzen sie gezielt in Selbstmotivation und Kreativität um. Sie lieben intensiv, aber sie hassen auch intensiv. Wer versucht mit ihnen zu spielen, hat schon verloren, bevor das Spiel beginnt, weil sie keine Schwachstellen haben, über die man sie aushebeln kann; davor beschützt sie die Logik ihres IQs. Mit Intelligenz analysieren sie den Gegner, jeder ist ein potentieller Gegner, erkennen seine Stärken und Schwächen und wissen genau, wohin sie den vernichtenden Pfeil schießen müssen. Das gibt ihnen Selbstvertrauen und Überlegenheit. Alles resultiert aus dem zielgerichteten Umgang mit der Waffe: Emotion.

Wer nur Emotion besitzt, ist, in der heutigen Gesellschaft der Macher, schlecht dran. Er muss seine Gefühlen akzeptieren und lernen mit ihnen umzugehen, damit er seine Verhaltensweise und die inneren Motivationen versteht und sie geschickt für seine Zwecke einsetzt. Der rechte Umgang mit der Gefühlswelt ist entscheidend.

Eines sollte sich der Emotionale immer vor Augen halten: Der Logiker wird vielleicht auf den Mond kommen, er, der Emotionale, kommt aber in den Himmel. Er lebt auf einer bunten Blumenwiese, während der Logiker seinen Garten eher betoniert und grün anstreicht, dabei aber peinlichst darauf achtend, dass ein gutes Gefälle vorhanden ist, damit das Regenwasser zügig abfließt.

Die Unterschiede zwischen dem Intuitiven und dem Geometer erkennt man gut beim Computer-Schach. Ich bin ein begeisterter, aber nur leidlicher Schachspieler. Meine Stärken liegen hier mehr in der Verteidigung als im Angriff; im Gegensatz zum richtigen Leben. Aus Ermangelung eines Gegners habe ich mir einen Schach-Computer zugelegt. Mephisto Master Chess. Kostete fast 200 Euro. Das fand ich ganz schön viel. Dafür hat er aber viele Vorteile: Er quatscht nicht nach jedem Zug, macht keine schadenfrohen Witze, hat verschiedene Schwierigkeitsstufen und man kann mit ihm auf Zeit spielen, ein Umstand, den ich besonders schätze. Ich spiele grundsätzlich schnell, auch beim Skat. Mein Schach-Computer muss genauso schnell spielen wie ich. Spiele ich mit dem Computer rational nach den Regeln, ohne Zeitlimit, verliere ich immer, ganz egal auf welcher Schwierigkeitsstufe. Er ist mir haushoch überlegen. Kein Wunder. Ich bin ein schlechter Spieler, »allein die Lust ist groß«. Spiele ich nun mit ihm auf Zeit, ist der Lustgewinn immens, denn ich gewinne zuverlässig. Für seine überlegten Züge benötigt er eine gewisse Rechenzeit, die ich ihm nicht gebe. Die Folge sind banale Verlegenheitszüge. In der Vorfreude auf den zu erwartenden Gewinn muss ich mich ständig hüten, in der Geschwindigkeit nachzulassen, denn dieser Kerl befreit sich ganz schnell und wendet das Blatt selbst in der hoffnungslosesten Situation. Meine Spontaneität zwingt ihn in die Knie, obwohl er so schlau ist.

Spontaneität ist die Chance des Emotionalen. Er hat sie, denn über den Bauch reagiert sich's schneller, als über das Hirn.

Ich habe mir oft Gedanken gemacht, welche Eigenschaften eine Führungskraft ausmachen. Ist mehr Logik oder mehr Emotion gefordert? Ich bin überzeugt, dass darüber viele unterschiedliche Meinungen bestehen. Sicher haben auch zahlreiche Soziologen und Psychologen ihre wissenschaftlichen Untersuchungsergebnisse in dicken Büchern verewigt, doch jeder hat da seine eigenen Erfahrungen. Ich versuche einmal meine darzulegen; dabei möchte ich zwei

Tatsachen voraussetzen, die für mich die Grundvoraussetzungen zum Führen sind: Ich werde führen, weil ich es will. Ich kann es, deshalb will ich. Mit dem Können ist es natürlich so eine Sache. Entweder man kann es oder man kann es nicht. Erlernen lässt sich so etwas nicht.

Ich war seit dem 15. Lebensjahr gewissermaßen in einer Führungsposition. In der Schule Klassensprecher, weil ich kein Obrigkeitsdenken habe und deshalb nicht devot bin. Ich habe mutig, nicht immer diplomatisch, die Interessen der Mitschüler vertreten. Dafür habe ich, zur allgemeinen Belustigung, oft eins auf die »Schnüss« gekriegt. Daraus folgere ich drei Eigenschaften: Selbstbewusstsein, Mut, Unterhaltungswert.

Als langjähriger Gruppen- bzw. Stammesführer bei den christlichen Pfadfindern war meine Gruppe 24 Mann stark, die von meinem Freund Hupe zählte 8. Wir waren »allzeit bereit«, der Starke half dem Schwachen und zusammen gingen wir durch dick und dünn. Ich war ihr Vorbild, weil ich sie begeistern konnte, schöne Geschichten erzählte und, was ganz wichtig war: die Eltern hatten zu mir Vertrauen, weil ich umsichtig, vorsichtig und zuverlässig war. Ich folgere vier Eigenschaften: Vorbild, Fähigkeit, andere zu motivieren, Vertrauenswürdigkeit, Zuverlässigkeit.

Im Zusammenhang mit der Pfadfinderei fällt mir noch ein wesentlicher Punkt ein. Bei Wettkämpfen, die fanden immer in unseren Pfingstlagern statt, waren wir stets die Gewinner, weil mir immer irgendein linker Trick einfiel, der uns auf die Siegerstraße brachte. Für mich eine wichtige Eigenschaft. Wer immer nur Loser ist, hält die Truppe nicht zusammen. Eine gute Führungskraft muss wissen, wann, wo, unter welchen Umständen und wie man Regeln beachtet oder bricht. Von den Prinzipien kann man nur sinnvoll abweichen, wenn man die Regeln genau kennt und der Bruch auch zum Erfolg führt; nur dann gilt man als geistig wendig und dynamisch. Wer dabei erfolglos ist, wird als rechtsblind, labil und ungehorsam verschrien. Man beschimpft ihn mit aufgeblähten Backen. Da es im Voraus nie feststeht, wie eine Sache enden wird, birgt das Abweichen vom rechten Weg um des Erfolges willen immer Risiken. Das rechte Maß dafür ist nicht erlernbar. Entweder man hat es oder man hat es nicht. Das ist wie mit der Intelligenz.

Bei der Bundeswehr war ich Führer einer kleinen, sehr erfolgreichen Gruppe, wobei mir meine Erfahrungen von den Pfadfindern und meine Schießqualitäten, bei uns im Norden war jeder mal im Schützenverein, hilfreich waren. Weil ich vom Schulabschluss her Offizier werden musste und »wer mal befehlen will, erst gehorchen lernen muss«, bestand meine Wehrdienstzeit im Gehorchen-Lernen. Neue Führungseigenschaften konnte ich daher nicht feststellen.

Im Studium hatte ich die beste Schallplattensammlung und veranstaltete super Partys. Das brachte mir das uneingeschränkte Wohlwollen der Kommilitoninnen und Kommilitonen. Ich war belesen und konnte schöne Geschichten erzählen. Ich habe bei Frauen mit Gedichten alles erreicht; Einladungen zum Essen waren nie nötig. Daraus folgt für die Führungsqualität: Guter Unterhaltungswert und Erfolg.

Im Beruf, als Assistenzarzt, war ich geschickt bei der Arbeit, fleißig, engagiert und habe mich nie gedrückt, was mir von Anfang an das Wohlwollen meines Chefs einbrachte. Er förderte mich. Ich kam gut voran, schrieb in meiner Freizeit ein paar Publikationen und wurde in jungen Jahren Oberarzt. In dieser Position bildete ich junge Ärzte zu Fachärzten aus, begeisterte im Unterricht Studenten für die Radiologie und publizierte weiter.

Als leitender Oberarzt vertrat ich meinen Chef in seiner Abwesenheit, kümmerte mich um die Organisation eines sehr großen Instituts und wurde mit 39 Jahren Chefarzt des Röntgeninstituts eines Akut-Krankenhauses der Regelversorgung. Ich war »The Youngest Chief-Radiologist in Town«.

Im Rahmen der verschiedenen Gesundheitsstrukturgesetze durchlief ich verschiedene Tätigkeitsbezeichnungen. 1985 begann ich als Leistungserbringer, 1993 wurde ich Verantwortungsträger und ab 2003 der Kostenverursacher.

Eigentlich war ich mal als Arzt angetreten. Durch die vielen Neuerungen im Gesundheitswesen allgemein und in der Radiologie speziell, lag ab irgendwann der Schreibtisch nur noch voller Schreibkram, der mit der authentischen Motivation eines Arztes nichts mehr zu tun hatte. Mag ein strukturierter Qualitätsbericht gerade eben noch eingesehen werden, so tun es Arbeitsanweisungen für jede Untersuchung an jedem Gerät schon nicht mehr. Noch überflüssiger fand ich ABC-Analysen der Verbrauchsgüter im Vergleich zum Vorjahr und dem Jahr davor, ohne dass parallel dazu die entsprechende Leistungsstatistik beigefügt wird. Der Computer hätte es gekonnt.

Benchmarking ist, aus meiner Sicht, dann der Gipfel. Stärken und Schwächen eines Unternehmens kennt jeder Angestellte, dazu muss man keine Herren in dunklen Nadelstreifen-Anzügen bemühen, die alle von unseren erwirtschafteten DRGs bezahlt werden. Wie eine Klinik bei der Bevölkerung ankommt, wird gut genug durch die Belegungsstatistik abgebildet.

Analysen zur Abklärung des dringenden Handlungsbedarfs und der besten Chancen sind auch so eine Sache, die den Arzt von seinen Patienten fernhält. So eine Analyse an sich ist schnell gemacht: ein Sonntagabend. Jeder Chefarzt weiß, wo in seinem Bereich Handlungsbedarf ist. Zeitaufwendig ist die Umsetzung. Zuerst müssen die Kollegen vom Handlungsbedarf überzeugt werden, d. h., ich muss ihnen erklären, dass mein Bedarf ihrem gegenüber vorrangig ist. Bei den Egoismen, die heutzutage unser Leben bestimmen, ein schier unmögliches Unterfangen. Schafft man es doch, kommen die medizinischen Laien: die Verwaltung. Die erklärt: »Das Erst wär so, das Zweite so, und drum das Dritt und Vierte so, und wenn das Erst und Zweit nicht wär, das Dritt und Viert wär nimmermehr.« So preisen's die Verwaltungen aller Orten, sind aber keine Ärzte geworden. Das bedeutet mit einfachen Worten: Es gibt Wichtigeres als den vorgetragenen Handlungsbedarf. Warum dann eine Analyse?

Man wünscht sich oft eine paritätische medizinische Geschäftsführung, damit auch unsere Interessen hinreichend berücksichtigt werden. Da ist zwar ein ärztlicher Direktor, der aber entweder das hohe Lied der Verwaltung pfeift, oder konfliktscheu ist. Heute nennt man das diplomatisch.

»Alles fließt«, alles unterliegt dem ständigen Wandel. Zum Besseren? Zum Schlechteren? Ich weiß es nicht; und wenn ich es wüsste, würde das etwas ändern? Können wir die Zeit zurückdrehen? Und wenn wir es könnten, würden wir es tun wollen? Wir älteren Ärzte schon, denn wir wissen noch, wie es früher war. Die jüngeren kennen es nicht anders und haben sich adaptiert. Es ist nur eine Frage der Zeit, bis sich das Neue, was nicht zwangsläufig das Bessere ist, etabliert hat, und ein jeder zufrieden ist.

Kaufmännische Geschäftsführungen übernehmen gerne Begriffe aus der Industrie, weil sie meistens Betriebswirtschaftslehre und nicht Medizin studiert haben. Ein Krankenhaus wird mit einer Fabrik gleichgesetzt und den dort geltenden Normen und Richtlinien unterworfen. Da tauchen plötzlich Begriffe wie Six Sigma, aus dem Schiffsbau im Japan der 70er-Jahre, auf. Ein statistisches Qualitätsziel; nicht mehr, aber auch nicht weniger. Die statistische Überwachung von Geschäftsvorgängen. Gut für Verwaltungen, damit sie ihre Effizienz täglich überprüfen können. Für die Patientenversorgung eher ungeeignet, wie fast alle Umsetzungen aus der Industrie in das Gesundheitssystem, denn der Mensch ist kein Schiff, sondern lebendige Materie aus Fleisch und Blut, mit Herz und Seele. Mit dem Heilen ist es auch nicht wie mit der Produktion von Handys, wo jeder Schritt präzise derselbe sein muss. Ganz anders bei unseren Patienten. Jeder Mensch ist anders. Jede Krankheit wird nicht nur individuell unterschiedlich empfunden, sie verläuft auch unterschiedlich. Hier gilt nicht Schema F. Wer das nicht begreift, ist fehl am Platze. Man darf ein solches Tun auch von keinem Arzt verlangen. Für ihn werden immer die Interessen seiner Patienten gegenüber den ökonomischen Interessen der Verwaltungen Vorrang haben. Wir sind nun mal für die Menschen und nicht für Benchmarking und Bilanzen angetreten. In jedem von uns schlummert ein Albert Schweitzer oder eine Mutter Teresa. Da Verwaltungen heute alles bestimmen, sind wir der Industrialisierung der Medizin ausgesetzt und müssen uns arrangieren. Wer das nicht will, kann oder muss gehen, denn die Ökonomie hat oberste Priorität, dann kommt der Patient, denn ohne ihn würden die Verwaltungen sich selbst verwalten. An dieser Stelle sage ich immer: Dann kommt lange gar nichts und dann das medizinische Personal. Das spürt die negativen Auswirkungen dieser Industrialisierung besonders. Man nennt es »Arbeitsverdichtung«; Achtung! Euphemismus! Dieser Begriff aus der Wirtschaft bedeutet übersetzt: »Skrupellose Ausbeutung der Ressourcen der Mitarbeiter«. Dabei wird gerne die ärztliche Ethik ins Feld geführt, weil sie genau wissen, dass hier unsere Achillesferse ist.

Anstatt Ärzte durch großzügige Fortbildungsangebote, öffentliche Belobigungen und Leistungszulagen an die Kliniken zu binden, knebelt man sie mit Zeitverträgen, nach dem Motto: Wenn du nicht haarscharf machst, was wir wollen, gibt es keine Vertragsverlängerung. Damit wird erreicht, dass der Angestellte dasLetzte aus sich herausholt, in die sogenannte Midlife-Crisis kommt und den ganzen Kram hinschmeißt, oder im Burn-out-Syndrom endet. Dann heißt es: Er war nicht belastbar. Schlaffes Weichei. So phantastisch unwahrscheinlich das alles klingt, es ist die Realität an vielen deutschen Krankenhäusern. Ich verstehe alle, die lieber ihre Heimat verlassen und die Brötchen im Ausland verdienen.

Als Chefarzt habe ich mehr als 60 Stunden pro Woche gearbeitet und jeden zweiten Tag Rufbereitschaftsdienst gehabt. Gekostet habe ich die Klinik weniger als ein leitender Oberarzt und füllte zudem, über die Abgaben aus meiner Nebentätigkeit, das Klinik-Säckel. So habe ich mich 26 Jahre bemüht, mit einem oft schmerzhaften Spagat, den in mich gesetzten Erwartungen nachzukommen. Es hat nie jemand »Danke« gesagt.

Als ich mich damals von meinem alten Chef verabschiedete, um nun selbst Chefarzt zu werden, sagte er: »Ich beneide Sie nicht. Vor Ihnen liegt ein sehr dorniger Weg. Vieles wird sich zum Nachteil der Medizin verändern. Die Verwaltungsdirektoren werden zu kleinen Landesfürsten aufsteigen und, glauben Sie mir, die werden ihr Territorium mit gnadenloser Hand regieren. Ich wünsche Ihnen viel Kraft und, vor allem: Bewahren Sie sich die Freude an Ihrem Beruf.«

Ich habe oft an diesen wunderbaren Chef in Dankbarkeit gedacht. Wie recht er doch hatte. Ich habe viel Kraft gebraucht, alle Nackenschläge aufrecht stehend einzustecken. Ich habe gekämpft, bin durch Höhen und Tiefen gegangen und habe trotzdem immer gute Arbeit abgeliefert. Ich sage bewusst nicht: einen guten Job gemacht, auch wenn es zeitnäher klingen würde, denn Arzt sein heißt berufen sein und ist daher ein Beruf und kein Job.

Ich hätte mir ein besseres Leben vorstellen können, aber gewiss kein nützlicheres. Ich hatte den schönsten Beruf der Welt und war mit Leib und Seele Arzt. Ich würde es immer wieder tun, aber, jetzt kommt die Erkenntnis: Neben dem Medizinstudium würde ich noch Jura und Betriebswirtschaft studieren, damit ich Verwaltungen Paroli bieten, sie aber auch nach bestem Wissen unterstützen könnte, denn sie haben einen harten und verantwortungsvollen Job. Sie müssen heute schon die Zukunft festlegen, d. h., jeder Fehler, den sie jetzt machen, wirkt sich später aus und kann dann nicht mehr korrigiert werden. Es ist daher von immenser Bedeutung, Verwaltungen in ihrem Tun zu kontrollieren, damit das Boot, in dem wir sitzen, nicht schon sinkt, bevor es auf den Eisberg gefahren ist. Die Kompass-Nadel zeigt immer nach Norden; doch ein guter Kapitän weiß, wie man trotzdem das Schiff in Richtung Ost-Süd-Ost steuert, wenn das die richtige Route ist. Wenn der Kompass ausfällt, kann er sich sogar noch nach den Sternen richten. Wer kann das heute noch? Wer kennt die Gefahren von Skylla und Charybdis und weiß dem Gesang der Sirenen zu widerstehen?

In der langen Zeit meiner Krankenhaustätigkeit habe ich nie gehört, dass ein Patient gesagt hat: Ich gehe in diese oder jene Klinik, weil die Verwaltung dort so gut ist. Die Motivation, in ein bestimmtes Klinikum zu gehen, war entweder unspezifisch, »weil dort eine gute Chirurgie ist«, oder, meistens, ich gehe zu Doktor Soundso. Die meisten Beschwerden gab es über zu lange Wartezeiten bei der Patienten-Aufnahme, unbequeme Betten, schlechtes Essen, na ja, das Übliche.

Einer großen Umfrage in Schleswig-Holstein zufolge beschwerten sich die Patienten hier über ständig gehetzte Ärzte und über Pflegepersonal im Laufschritt. Das wurde aber nicht dem medizinischen Personal angelastet, sondern den Arbeitsbedingungen. Trotz des sichtbaren Stresses fanden 90 % der Befragten das Behandlungsniveau gut bis sehr gut. 98 % würden wieder in dieses Krankenhaus gehen. Das ist ein tolles Ergebnis. Da kann ein gesamtes Team sehr zufrieden sein. Natürlich sehen wir hierbei nur die Patientenzufriedenheit, hinter der die Stresssituation des medizinischen Personals verblasst. Sie stellt aber das vorrangige Problem der Zukunft dar.

Unter dem Druck der vielen Gesundheitsreformen, die von Theoretikern am grünen Tisch gemacht werden, drücken die öffentlichen Träger ihre Hoheitsaufgaben ab. Krankenhäuser werden privatisiert. Was bedeutet das? Eine Investorengruppe verspricht sich gutes Geld und investiert in ein Krankenhaus. Dieses muss zunächst gekauft und saniert werden. Das kostet sehr viel Geld. Das wollen die Anleger natürlich wiedersehen, inklusive einer guten Rendite. Woher soll das Geld kommen, das der ursprüngliche Eigentümer ja nicht hatte? Natürlich aus den Gewinnen, die das Krankenhaus erwirtschaftet. Normalerweise ist eine Klinik kein gewinnorientierter Betrieb, sondern ist froh, wenn alles mit plus/minus null aufgeht. Viele Kliniken müssen sogar ständig subventioniert werden. Wo muss der nötige Gewinn erwirtschaftet werden? Natürlich! Sorgfältige Auswahl gewinnbringender Patienten und Einsparungen am medizinischen Personal, denn die Personalkosten sind nun mal im Krankenhaus der größte Kostenfaktor. Es entsteht ein von der Politik gewollter Wettbewerb der Kliniken untereinander um den Patienten mit der größten »Wertschöpfungsgarantie«. Auf der Strecke bleiben die Schwerstkranken. Die kosten die Klinik oft viel Geld. Das führt unvermeidlich zu Interessenkonflikten zwischen Medizin und Ökonomie, d. h. zwischen der Verwaltung und den Chefärzten.

Die Krankheit ist ein Problem zwischen Arzt und Patient. Wird es zufriedenstellend gelöst, kommt der Patient wieder. Dann kann es ihm aber passieren, dass der Arzt seines Vertrauens nicht mehr da ist, weil er die ökonomischen Vorgaben seiner Verwaltung nicht eingehalten hat. Gewinnmaximierung lautet deren Devise. Auf solchen Feldern wächst keine Zufriedenheit; bei allen Beteiligten nicht. Die Nutznießer sind Aktionäre und Verwaltungen. Sie verstehen nicht, oder wollen nicht verstehen, dass jeder Cent ihres Gewinnes an irgendeiner Stelle in der Krankenversorgung fehlt. Auch die horrenden Honorare der Berater, das sind die gestylten Herren in den Nadelstreifen-Anzügen, die bei Verwaltungen Schlange stehen, werden aus dem Solidarsystem der Versicherten bezahlt. Wer darüber ernsthaft nachdenkt und dazu noch ein Gewissen hat, möchte lieber das Handtuch werfen, als so etwas mitzumachen. Wettbewerb taugt nicht für das Gesundheitswesen. Noch kürzere Verweildauer, noch mehr Leistungen mit noch weniger Personal führen zu einem unüberwindbaren Interessenkonflikt zwischen Medizin und Ökonomie. Die Ökonomen kämpfen um Geld, die Ärzte um Ethik und Ehre. In dieser Situation setzen nun kaufmännische Geschäftsleitungen ihre Mittel ein: das Geld. Gewinnbeteiligung heißt das Zauberwort. Boni! Das funktioniert doch in der Wirtschaft so gut, warum nicht auch in der Medizin? Wohin das in der Finanzwirtschaft geführt hat, haben wir alle erlebt. Riskante, gewinnversprechende Geschäfte endeten in der jüngsten Finanzkrise, die bis heute nicht überwunden ist.

Dabei ging es nur um Geld. Trotzdem sind alle durchgedreht. In der Medizin geht es um die Gesundheit, ja um das Leben von Menschen. Da hätte man allen Grund, durchzudrehen, denn es geht um jeden Einzelnen von uns. Es ist eine Frechheit von Verwaltungen und zeigt ihre Verderbtheit, so etwas ernsthaft anzubieten. »Komm, komm, Du kannst Dir noch ein gutes Zubrot verdienen. Du wirst an deinen Umsätzen beteiligt. Je mehr du hereinwirtschaftest, desto mehr hast du in der Tasche. Wir meinen es nur gut mit dir.« Auf den ersten Blick klingt es, als hätten Verwaltungen plötzlich gemerkt, dass ihre Ärzte zu wenig verdienten. Was bedeutet das aber in Wirklichkeit? Ein Judaslohn!! Man will die Ärzte dazu verleiten, noch mehr Leistung aus ihren Mitarbeitern herauszupressen und, das ist das Ungeheuerliche, mehr zu machen, als notwendig ist: großzügigere Indikationsstellungen für Operationen, mehr Untersuchungen als nötig, lukrativere Diagnosestellungen, frühere Entlassungen, kurz alles, was die Gewinne steigert; auch mal die Grenze der Legalität überschreiten, wenn es dem Gewinn nützt. Geht die Sache schief, werden sie sagen: »Ja, Doktor, für das Medizinische sind wir nicht zuständig. Nun sehen Sie mal zu, wie Sie da wieder herauskommen.« Damit der Ruf des Hauses nicht beschädigt wird, schmeißt man ihn ganz schnell raus. Dass das Vertrauen der Patienten in die Ärzteschaft dadurch erheblichen Schaden erleidet, versteht sich von selbst. Das Zauberwort aus der Wirtschaft ist der Todesstoß für die anständige, ehrliche Medizin.

Statt solcher Selbstschüsse sollten Verwaltungen lieber für die Sicherstellung eines adäquaten Einkommens der Chefärzte sorgen und alle für eine gute Medizin nötigen Hilfsmittel zur Verfügung stellen. Die Medizin ist ein so angreifbares Fachgebiet. Wir erleben es jeden Tag. Eine saubere Trennung von Leistung und Gegenleistung ist daher besonders wichtig. Vor allem sollten Verwaltungen sich davor hüten, die Daumenschrauben der Gewinnmaximierung so lange anzuziehen bis das Krankenhaus nicht mehr für die Patienten da ist, sondern nur noch ein

Sanatorium für runtergewirtschaftete, ausgebeutete Mitarbeiter ist.

»In dieser Welt geht's wundersam.« Das liegt vielleicht daran, dass es nur vier Gruppen von Menschen gibt: Eine, die etwas tut, eine weitaus größere, die zusieht, wie andere etwas tun, eine riesige, die gar nicht daran denkt etwas zu tun und eine vierte, die alles Scheiße findet, was getan wird. Ich hätte so gerne noch eine fünfte, die sofort auf die Straße geht, wenn etwas Falsches getan wird.

Wie alle kreativen Beschäftigungen unterliegt auch die Gartenarbeit einer Dynamik. Ein Garten kann sorgfältig geplant worden sein und entwickelt sich dennoch zum Teil in unvorhergesehener Weise. Doch selbst, wenn er so wird, wie er gedacht war, schaffen immer wieder unerwartete Entwicklungen eine Menge neuer Möglichkeiten, neuer Ziele, aber auch neuer Probleme. Man sollte auch nie vergessen, dass alle Arbeit fehlbar ist, so auch die im Garten. Es gibt objektive Maßstäbe, die man nicht erfüllt, Maßstäbe der Wahrheit, des Gehalts, der Gültigkeit. Der Wille des Gärtners ist grundsätzlich frei zwischen Pflicht und Neigung, zwischen »was muss ich tun« und »was möchte ich tun«. Beide Triebfedern wirken oft entgegengesetzt und selten, ja man möchte sagen, fast nie, lässt sich ein Wunsch verwirklichen, der eigentlich nicht umsetzbar ist. Solche Experimente bedeuten Anstrengungen ohne Erfolg. Der Erfolglose gibt schnell auf. Er verliert die Lust und damit auch die Freude. Wer bei der Gartenarbeit keine Freude hat, der soll sie auch nicht tun. Der ist dafür nicht geeignet, der kauft seine Äpfel lieber auf dem Markt oder bei REWE.

Unsere Ansicht von dem, wie etwas sein sollte, oder anders gesagt, wie wir uns wünschen, dass es wäre, deckt sich, bei näherem Hinsehen, nicht immer mit dem, wie es wirklich ist. So kann sich der Mensch nur schwer damit abfinden, dass seine Existenz unwichtig, zumeist auch unerfreulich und zu alledem noch von kurzer Dauer ist. Er braucht für sein Seelenheil den Glauben an die Unsterblichkeit und die wunderbare Illusion, ein Ebenbild Gottes zu sein. Diese Vorstellungen verleihen selbst den Schwächsten die nötige Kraft, halbwegs ordentlich über die Runden zu kommen. Ob es Gott gibt, oder nicht, ist dabei völlig belanglos. Das festzustellen ist mir besonders wichtig, denn nicht Gott, sondern der Glaube an ihn ist der tragende Pfeiler.

Ohne diesen Glauben wäre der Mensch nur ein Tier. Die Gottesebenbildlichkeit ist seine Würde, aber auch seine Verpflichtung. Die Religion wird durch die Hoffnung groß, die die Menschen in sie setzen. Gott ist eine Idee, die der nackten, erbärmlichen Realität unserer Existenz den Zauber und die Hoffnung gibt, die uns das Leben einigermaßen erträglich macht. Hoffnung ist unsere stärkste Motivation. Solange sie in der Büchse der Pandora blieb, lebten die Menschen traurig und verzweifelt in der Ausweglosigkeit und warteten nur auf den Tod. Erst als Pandora, auf Geheiß des Zeus, die Hoffnung auch noch herausließ, blühten sie wieder zu neuen Leben auf. Deshalb ist sie auch eine der drei christlichen Tugenden: Glaube, Liebe, Hoffnung. Die Hoffnung ist eine lebensnotwendige Erwartungshaltung, dass etwas Gewünschtes eintritt, ohne dass darüber Gewissheit besteht. Der Wunsch, etwas erreichen zu wollen, ist die Hoffnung, ohne die nichts begonnen würde. Solange für einen Patienten noch Hoffnung besteht, ist er nicht verloren. Die Hoffnung stirbt als Letztes.

Eine wichtige Offenbarung für den Menschen ist die Stille. In den wesentlichen Augenblicken des Lebens umhüllt uns Schweigen. Wir schweigen, wenn wir einen Menschen liebend anschauen, wenn wir um ihn trauern, wir schweigen beim Zuhören, Lesen, Nachdenken und Beten. Wenn wir uns von allem täglichen Geschwätz und Getue befreit haben, fühlen wir nur noch eine wohltuende Stille. Diese Stille führt uns zu der größten und wichtigsten Erkenntnis: Man erkennt sich selbst. Nun ist man keine bloße Marionette, an deren Fäden immer irgendjemand zieht, denn wir haben uns selbst gefunden und wissen, was wir zu tun haben.

In der Losgelöstheit von allen Zwängen erkennen wir das, was wichtig ist: Heiligkeit. Heiligkeit ist in jedem Sonnenaufgang, ist der Regen, ist auf den Gipfeln der Berge. Heiligkeit ist in alten Bäumen, in Gesichtern, in einem Lächeln, in den Tränen der Trauer, im Lachen. Die Welt ist angefüllt mit den erstaunlichsten Wundern, und der Sinn des

Lebens ist es, diese Wunder zu erkennen. Im Garten finden wir die nötige Stille hierfür.

Hoffnung und Stille sind eng mit dem Garten verbunden. Der Gärtner lebt stets in der Hoffnung, dass es ein gutes Rosenjahr wird, dass viel Sonne und genügend Regen sein werden, dass die Pflanzen alle angehen und die Samen aufgehen, dass die Schädlinge sich zurückhalten, und, und, und.

Belohnt wird er für seine Mühen mit Stille und Abgeschiedenheit, mit Duft und Farben. Das ist sehr viel für unser Leben, in dem wir, wenn man es rein naturwissenschaftlich sieht, nur ein Häuflein Materie sind, das von Kausalitäten und Determinationen getrieben wird. Diese Zwänge können aber nicht verhindern, dass wir unser Handeln selbst bestimmen. Wir haben einen Willen, der in der Lage ist, entgegen aller Vorbestimmung, frei zu handeln. Auch wenn wir nur ein zerbrechliches Schilfrohr in dieser Welt sind, so sind wir doch, so meint Blaise Pascal, in der Lage, zu denken.

Denken sollte man beim Gärtnern, denn die Natur unterliegt einem ständigen Wandel. Man muss sich bei jedem Schritt fragen, wie es mal in fünf oder zehn Jahren aussehen wird, denn so lange dauert es etwa, bis die Pflanzen ausgewachsen sind und einen Verbund gebildet haben.

Das Pendel der Gartengestaltung schwankt. Früher im Laufe der Jahrhunderte, heute in der schnelllebigeren Zeit wesentlich rascher. So gibt es ein regelmäßiges Hin und Her zwischen freier Gartengestaltung und formaler Strenge. Ästhetische Gründe für solche Geschmackswechsel im Gartenbau gibt es nicht, wohl aber können Veränderungen des Klimas oder der lokalen Gegebenheiten Änderungen erforderlich machen.

Da ich der Meinung bin, dass jeder seinen eigenen Stil entwickeln und bewahren soll, kümmern mich Modeerscheinungen herzlich wenig. Ich trage einen Satz meiner Großmutter im Herzen. Die Natur ist die beste Gärtnerin, deshalb muss man sie gewähren lassen. Sie hat ihren eigenen Stil, ihre eigene Kreativität, ihre eigene Dynamik, die sicher nicht von Modetrends übertroffen werden kann.

Grundsätzlich erfolgt ein Stilwechsel durch die Entwicklung neuer Ideen oder durch Erkenntnisse aus jahrelangen Versuchen. Oft dauert es eine Ewigkeit, bis sie sich lokal durchsetzen und noch viel länger, bis sie sich über weite Regionen ausgebreitet haben.

Ein Wechsel der Gartenarchitektur vollzog sich früher über Jahrzehnte, ja sogar über Jahrhunderte. Heute, bei den raschen Kommunikationswegen, geht das bedeutend schneller, oft schlagartig. So wissen wir schon beim Durchblättern der neuen Pflanzenkataloge, welche neuen Tulpenzwiebeln in Holland gezogen worden sind und können sie, wenn wir wollen, im folgenden Frühjahr an fast allen Ecken der Erde kaufen. Bei Zwiebeln auf Holland muss man sich nach dem Stecken immer gut die Hände waschen: wegen der Pestizide.

Ich sehe mir gerne Gartenkataloge an und zähle die Menge der einheimischen Pflanzen. Nur wenige sind's und die sind auch noch veredelt oder umgezüchtet. Ich möchte keine Lanze für einheimische Ursprungsarten brechen. Wir sollten sie nur nicht vergessen, wenn wir unseren Garten anlegen. Selbstverständlich bin ich mir darüber im Klaren, dass die vielfarbige Pflanzenpalette aus fernen Ländern sehr, sehr wichtig ist, denn ohne sie würde alles recht trist und eintönig aussehen.

Grundsätzlich gilt: Wer viele Pflanzen hat, hat noch keinen Garten, sondern bestenfalls eine Sammlung. Das kritiklose Aneinandersetzen von Pflanzen führt dazu, dass sie eingehen oder wahllose Farbkleckse bilden, ohne jemals ein Bild zu sein. Erst die kreative Komposition, auch wenn sie noch so eigensinnig ist, ergibt ein individuelles Kunstwerk. »Erlaubt ist, was gefällt«; was dem eigenen gärtnerischen Empfinden gefällt. Man sollte niemals etwas tun, um anderen zu gefallen. Jeder muss hinter seinem »Werk« stehen, denn er wird nach ihm gemessen und bewertet.

Das richtige Gärtnern verlangt aber nicht nur ein hohes

Maß an Kreativität, sondern auch eine gehörige Portion an Fachwissen über Pflanzen, Bodenbeschaffenheit, Düngung und Schädlingsbekämpfung. Kommt dazu noch die Liebe zur Natur und die Eigenschaft, dass man schon als Kind mit Freude stundenlang Unkraut gezupft und Stachelbeeren gepflückt hat, kann eigentlich mit dem Gärtnern nichts mehr schiefgehen. Man wird ein Kunstwerk schaffen, einen sichtbaren Spiegel seines eigenen Innenlebens. Es werden sich Liebe und Hingabe ebenso zeigen wie verworrene Gedanken, Gleichgültigkeit und Abneigung.

Das Bild des Gartens wird jedes Jahr ein bisschen anders sein, denn kein richtiger Gärtner lässt einmal Zusammengesetztes so stehen, wie es gerade wächst. Pflanzen werden umgesetzt, ergänzt, erneuert. Eine einzige neue Idee kann zu einem kompletten Umgestalten eines ganzen Gartenabschnittes führen. Eine falsch gesetzte Pflanze hat oftmals jahrelange Umpflanzmanöver zur Folge. Das kann zur Sucht, aber auch zur Qual werden.

Zum gewaltigsten Erlebnis dieser Art führte bei mir der Kampf mit der »Rosa alba maxima«, der Jakobiterrose. Jeder kennt sicher dieses überwältigende, weiß blühende und gut duftende Naturereignis mit dem unbedingten Mittelpunktsanspruch im Frühsommer. Ein Meter fünfzig sollte sie werden, wurde mir beim Kauf versichert. Sie wurde drei Meter, aber nicht nur hoch, sondern auch ebenso breit, denn die Alba-Rosen haben die Eigenart, Nebentriebe zu bilden. Meine konnte das besonders gut. Das führte dazu, dass ich im Frühsommer eine duftende, gewaltige weiße Kugel direkt neben meiner Terrasse hatte, was sehr, sehr schön war, aber im Hochsommer und im Herbst einen graugrünen recht unansehnlichen Strauch, der den Blick in den Garten versperrte. Schweren Herzens entschloss ich mich, die Rose zurückzuschneiden und in ein entlegenes Eck des Gartens zu pflanzen, in eine Eibennische, die aber reichlich Sonne über den ganzen Tag bekommt. Die Umpflanzaktion verlief reibungslos und zu meiner vollsten Zufriedenheit, insbesondere, als sich herausstellte, dass meine optisch farblichen Phantasien völlig richtig waren. Der weiße Farbplacken macht sich besonders schön vor dem Dunkelgrün der Eibe und das graugrüne Laub stört hier überhaupt nicht.

Mittlerweile bin ich der Meinung, dass die Begrünungslücke nicht anders hätte geschlossen werden können.

Das Abenteuer, eine alte Rose so umzupflanzen, dass sie auch am neuen Standort wächst und blüht, war erfolgreich bestanden. Nun spielten mir des Schicksals gute Geister etwas zu, das für einen Gartenliebhaber allenfalls noch mit dem Gutschein einer Staudengärtnerei zum Geburtstag zu vergleichen ist: eine freie, neu zu bepflanzende Stelle im Garten! Das ist fast so, als hätte man sechs Richtige im Lotto! Was setze ich da am besten hin? Das ist jetzt die Frage. Klingt ganz einfach. Die Antwort ist es aber nicht. Da gehen einem tausend Gedanken durch den Kopf; vom Tränenden Herz bis zur Eiche ist alles drin. Eine »Hit-Liste« wird aufgestellt, sorgfältig eins gegen das andere abgewogen, Kataloge gewälzt, Rosenschulen und Staudengärtnereien besucht, kein Quadratzentimeter im Gartencenter ausgelassen, stundenlange Diskussionen mit Freunden geführt, nach dem Motto: »Stell dir mal vor, ich habe eine freie Fläche von gut zwei mal zwei Meter.« – »Mensch, Junge, Glückspilz, ich beneide dich. Das ist ja unglaublich. Ich könnte dich dafür glatt ermorden.«

Irgendwann ist man sich dann sicher: Kamelie oder Magnolie. Spätestens jetzt sollte der Rausch vorbei sein, denn nun muss die Ratio ins Spiel gebracht werden. Wenn ich eine Kamelie setze, wird es nichts. Sicher, sie ist wunderschön, passt aber nicht in die Komposition meines Gartens. Sie wird immer fremd aussehen, quasi auf der Durchreise und, was noch viel wichtiger ist: Es wird nichts, denn ausgerechnet diese Stelle hat die pralle Wintersonne. Bleibt die Magnolie. Warum habe ich eigentlich die »Maxima« umgepflanzt? Sie war zu groß, blühte nur einmal im Jahr und versperrte den Blick in den Garten. Eine Magnolie würde das Gleiche tun. Deshalb keine Magnolie, auch wenn ich gerne eine hätte. Was aber dann? Na klar, wieder eine Rose, oder, der Platz ist groß genug, gleich drei von der gleichen Sorte. Das gibt dann einen schönen, repräsentativen Strauch. Macht sich gut vor der Terrasse als erster Blickfang. Es muss natürlich eine ganz besondere Sorte sein. Nicht nullachtfünfzehn. Was meinen Sie, wie viele Rosen es auf der Welt gibt und jede ist etwas Besonderes. Welche nimmt man da? Ich habe mich für »Honorine de Brabant«, eine ganzjährig blühende Bourbonrose entschieden, die ich schon immer im Auge hatte, die aber nicht so einfach zu bekommen ist.

Solche Situationen sind für jeden Gärtner eine Herausforderung, die fast zur Qual werden kann. Es gibt so viele Rosenschulen allein in Deutschland und dann kommen noch die in Frankreich, England und Kanada dazu. Es dauert sehr lange, bis das Objekt der Begierde gefunden ist. Jetzt kommt der in der Menschheit schlummernde Traum von der großen Beute zum Vorschein. Mir rieselt ein Schauer über den Rücken beim Anblick einer möglichen Beute, ja sogar schon beim Gedanken daran. Das betrifft aber ausschließlich meine Leidenschaft als Gärtner. Die Mythen der Jagd auf Tiere sind für andere da. Für mich ist eine Jagd stets eine Hinrichtung. Dennoch habe ich den Jägern gegenüber kein Gefühl der moralischen Überlegenheit. Der Jagdtrieb ist etwas ganz Normales. Ich bin nur froh, dass ich hier so unnormal bin. Ich kann mich nicht in die Gefühle eines Jägers versetzen, wohl aber in die Situation des Gejagten, der noch unmittelbar vor seiner Hinrichtung glücklich auf der Erde herumläuft und an nichts Böses denkt. Er kann das Böse auch nicht erahnen, denn es ist ganz weit weg. Er wird es hell aufleuchten sehen und vielleicht denken, dass es die Sonne ist, und dann ist nur noch Finsternis. Ein schrecklicher Gedanke. Ich weiß nicht, warum ich so fühle, aber es ist in mir. Ich sehe immer den kleinen Hasen, der natürlich Mümmelmann heißt, wie er auf einer sonnigen Blumenwiese hockt und sein Gras heruntermümmelt. Dann macht es PENG! und ein Leben ist zu Ende. Wahrscheinlich habe ich zu viel Hermann Löns gelesen.

Wenn es um Pflanzen geht, die ich unter allen Umständen haben möchte, ist der Jagdtrieb da; Plant-Hunter. Die Objekte meiner Begierde werden mich wahrscheinlich, ich hoffe es wenigstens, überleben und irgendjemandem zeigen, was ich für ein Mensch war. Vielleicht wird er auch begreifen, was für mich ein Pflanzenkatalog, eine Gärtnerei und eine Sämerei waren: unerschöpfliche Jagdreviere!

Ich hab mich schon oft gefragt, ob ich auf der Jagd nach der »blauen Blume« bin. Mag sein. Ich werde sie finden, genügend Anhaltspunkte habe ich schon. Sie hat Dornen, grüne Blätter, duftet und ist nicht blau, denn es ist eine Rose: weiß oder rosa, vielleicht auch rot oder apricot.

Die Rose strahlt für mich Eleganz und Zerbrechlichkeit, Anmut und Geborgenheit aus. Das Gefühl der Geborgenheit mag vielleicht verwundern, aber auch Dornröschen war inmitten der kletternden, rankenden Rosen geschützt und sicher.

Während sich andere häufig an den Dornen verletzen, bleibe ich gewöhnlich unversehrt; selbst beim Anhäufeln oder Hacken. Nur die stark bewehrte »Conrad Ferdinand Meyer« zeigt mir gelegentlich, wer der Herr im Garten ist. Sie hat das eigentlich nicht nötig, überragt sie mich doch um gut einen Meter. Gezüchtet wurde sie um die vorletzte Jahrhundertwende von Müller und ist zu Recht stets im Handel erhältlich gewesen. Das liegt nicht nur an ihrem gewaltigen Wuchs, man muss sie jährlich um die Hälfte zurückschneiden, um sie halbwegs zu zügeln, sondern vor allem an ihren großen schalenförmigen rosa Blüten und ihrem wunderbaren Duft. Sie blüht reichhaltig und remontiert im Spätsommer zuverlässig. Hier in unseren Breiten bekommt sie leider Sternrußtau. Das trübt die Freude natürlich etwas. Trotzdem hat David Austin, für mich einer der bedeutendsten Rosenzüchter unserer Zeit, sie als Kreuzungspflanze für viele seiner »englischen Rosen« genommen. »Charles Rennie Mackintosh«, benannt nach einem der bedeutendsten Künstler des Jugendstils, ist ein schönes Beispiel.

Ich verzettel mich schon wieder in den Rosen und wollte doch eigentlich auf den Bauerngarten kommen.

Wenn man heute von der Renaissance des Bauerngartens spricht, meint man nicht den klassischen Garten mit seinen Kreuzwegen, am Treffpunkt der Wege ein kleiner freier Platz mit Brunnen oder Kugelbuchs, symmetrisch angelegten Beeten mit Buchsumrandung, mit Gemüse und bunten Blumen. Nein, ganz sicher nicht.

Wir meinen doch nur die sogenannten Bauernblumen, deren große Farbenpracht in uns immer wieder die romantischen Idylle des ländlichen Lebens wachruft, die Sehnsucht nach der verlorenen, scheinbar heilen Welt.

Ich sage bewusst scheinbar, denn Probleme und Nöte hatten die Bauern immer. Wie sonst lässt sich die seit der Industrialisierung ständig zunehmende Landflucht erklären. Keiner ist von den Launen der Natur so abhängig wie ein Landwirt. Es kann aber auch keiner so gut mit ihnen umgehen wie er. Das ländliche Leben ist täglicher Existenzkampf, ewiger Wechsel zwischen Bangen und Hoffen. Es ist aber auch das Wissen um den Wert des täglichen Brotes. Aus allem resultiert eine tiefe Gläubigkeit, wie ich sie immer wieder bei den Bauern der norddeutschen Küstenregion erlebt habe. Sie sind im Sprechen ebenso karg wie der Boden, den sie bewirtschaften, doch ihre schwieligen, abgearbeiteten Hände falten sich oft zum schweigsamen Gebet. Für sie ist Natur und Gott eins. Sie fühlen sich ausgeliefert und tief verbunden. Der alte Amandus Osterndorf redete nie viel, es war schon ein Wunder, wenn er jou, jou sagte, aber wenn es Probleme gab, wusste er immer, dass es schon in der »Schrift« steht. Er hatte noch einen richtigen Bauerngarten, den Amanda, seine Frau, pikobello in Schuss hielt. Eine Augenweide!

Diese Form des Gartens wird nicht wieder in Mode kommen, höchstens wenn die Zeiten wieder »schwer« werden würden. Schon die alten Germanen hatten Gärten, doch reine Nutzgärten. Hier wuchsen Bohnen, Erbsen, Linsen und Rüben. Mit den Römern kam Abwechslung in die Monotonie. Sie brachten viele bis dahin unbekannte Nutzpflanzen mit. Gurken, Spargel, Kürbis, auch Kräuter wie Thymian und Dill. Neben Obst und Wein kamen aber auch, was völlig neu war, Blütenpflanzen in die Gärten. Die neuen römischen Siedlungsgärten hatten Farbe. Rosen, Lilien, Goldlack und Levkojen dienten nur zur Augenweide. Für die Germanen, die um das tägliche Brot kämpfen mussten, etwas völlig Unverständliches. So war es auch nicht verwunderlich, dass die Zierpflanzen mit der Vertreibung der Römer aus Germanien wieder verschwanden.

Blumen in den Gärten waren immer ein Zeichen der Kultur – und Armin der Cherusker war, bei aller Tapferkeit und Klugheit, kein besonders kultivierter Mensch. Wie sollte er auch? Man war noch nicht so weit. In Norwegen ging gerade die Jungsteinzeit zu Ende, in Germanien hauste man in den Wäldern. Erst südlich der Alpen nahm die Zivilisation zu. Deshalb gab es da auch Zierpflanzen in den Gärten. Die Römer brachten die Kultur bis in die entlegensten Winkel ihres gewaltigen Imperiums. Natürlich sahen die Barbaren mit Neidgefühlen über den Limes oder sonstige Grenzen. Damit nimmt dann meistens das Übel seinen Lauf. Auch heute noch. Ich gebe mal ein Beispiel. In den 50er- und 60er-Jahren wäre es, bis auf Italiener und Spanier, die als Gastarbeiter willkommen waren, keinem Menschen eingefallen, nach Deutschland auszuwandern. Dann trugen wir unsere »Kultur« in ferne Länder, nach dem Motto: Willst du ferne Länder seh'n, stündlich oder täglich, wende dich an Neckermann, Neckermann macht's möglich. Ich bezweifle, dass Neckermann der Erde damit einen Gefallen getan hat. Der Tourismus, ein Milliarden-Geschäft, hat die Erde verändert. Das lauschige, idyllische Eiland mit den naiven, gastfreundlichen Eingeborenen, die immer lächeln, Aloha sagen und jedem Ankömmling Hibiskusblütenkränze um den Hals legen, gibt es nicht mehr. Hotelschluchten haben die Landschaft zersiedelt. Strände sind besetzt. Der Tumult hat Tiere aus ihren Lebensräumen vertrieben und die Vegetation zerstört.

Ich habe nie verstanden, warum Lieschen Müller nicht Urlaub an der Nordsee macht, sondern ihren Alabaster-Körper am Roten Meer einölen muss, oder irgendwo auf Bali. Afrika ist auch beliebt. Da ist es schön warm und regnet nie. Super! Dass die Einheimischen bettelarm sind, von Seuchen und Hungersnöten geplagt, interessiert beim Genuss der »schönsten Tage des Jahres« kein Schwein. Die Eingeborenen sehen die fettleibigen, wohlgenährten Leiber der Fremden und glauben, die kämen aus einem Land, wo Milch und Honig fließen, wo gut sein ist. Ihr Wunsch, dort auch sein zu wollen, ist verständlich und wird so groß, bis die Völkerwanderung einsetzt. Das ist für keinen gut, weder für die Benachteiligten dieser Erde noch für Lieschen Müller. Die aber fliegt nach 14 Tagen knackig braun gebrannt, möglichst nahtlos, was sowieso keiner sieht, wenn sie im Büro wieder hinter ihrem Computer sitzt, nach Hause und kriegt vielleicht irgendwann einmal Hautkrebs. Ihre einheimischen Gastgeber aber hungern weiter; jedoch nun mit der Sehnsucht nach dem »gelobten Land«. Das ist doppelt bitter.

Wenn irgendwann später im Fernsehen über Hungersnöte am Horn von Afrika berichtet wird sagt Lieschen Müller zu ihrem Lover: »Guck ma', Afrika, da war ich auch schon mal.« Der fragt vielleicht: »Wie war's 'n da?« Und sie antwortet: »Echt cool«, obwohl es doch eigentlich heiß war. Ja, und irgendwann setzt dann eine Völkerwanderung ins gelobte Land ein. Der Tourismus hat schon was.

In Rom war zur Zeit der Schlacht im Teutoburger Wald Marmor der wichtigste Baustoff. Die Wandmalerei hatte ihren Höhepunkt. Vitruvius Pollio schrieb eine zehnbändige Architekturlehre. Die chinesischen Seidenstoffe zeigten einen hohen technischen und künstlerischen Stand. In Sidon blühte die Glasbläserkunst. Die Germanen »saßen auf Bärenhäuten und tranken immer noch eins«. Blumen kümmerten sie gar nicht. Es gab ja Wildkräuter auf den Wiesen.

Doch mit der Zeit ging auch in Germanien die Kultur voran und der Sinn für das Schöne stellte sich ein. Zier- und Genusspflanzen kamen ein zweites Mal über die Alpen. Sie kamen mit den Mönchen. Die hatten nicht nur die Bibel, sondern auch den Kräutergarten mit all seinen Heilpflanzen, Blumen und Obstgehölzen im Gepäck. Es ist in erster Linie dem Kräuteranbau zu verdanken, dass im finsteren Mittelalter die Gartenkunst voranging. Kräuter wurden schon damals für kulinarische, medizinische und kosmetische Zwecke verwendet. Bei »finsteres Mittelalter« fragt man sich immer, wer damals wohl das Licht ausgemacht haben könnte. Oder? Die Römer sicher nicht, die brachten zwar politische Unterdrückung, zivilisatorisch aber Kultur und religiöse Toleranz. Die christlichen Missionare auf dem Weg nach Norden oder vom Norden nach Süden? Die brachten wenig Kultur, dafür aber religiöse Intoleranz. Sie wollten, ihrem großen Auftrag folgend, die Völker taufen. Da passierte etwas, was für die »Religion der Liebe und des Friedens«, aber auch für die bislang bekannten Religionen ungewöhnlich war: Die Unwilligen wurden mit Gewalt zum rechten Glauben »überredet«. Bonifacius schändete ein Heiligtum der Germanen. Ein Akt religiöser Intoleranz. Das stelle man sich mal auf die heutige Zeit umgesetzt vor. Ein fanatischer Christ sprengt ein Minarett in die Luft, oder ein fanatischer Muslim macht den Kölner Dom platt. Man male sich die Folgen aus. Bonifacius wurde heiliggesprochen. Die neue Religion, mit Feuer und Schwert verbreitet, erklärt nun den Gläubigen das Prinzip der Erbsünde, so was hört ja jeder gern, erzählt vom zürnenden Gott, der gleichzeitig ein liebender Vater ist, dass man in die Hölle kommt, wenn man nicht alles tut, was Mutter Kirche will und dass sie ewig leben, wenn sie erst einmal gestorben sind. Für den frisch bekehrten Germanen, der eben noch fröhlich in seiner Götter- und Heldenwelt gelebt hat, bricht eine Welt zusammen, nämlich seine. Es geht das Licht aus.

Ich weiß und es muss mir keiner sagen, dass diese Gedanken nicht der Political Correctness entsprechen. Ich finde sie aber trotzdem interessant.

Ihr Heidentum waren die alten Germanen nun los, dafür hatten sie jetzt den Kräutergarten und damit die Heilkunde.

Das Wissen über die Wirkung der Heilkräuter ist so alt wie die Medizin. Die ersten Kräuterbücher hatten die Chinesen etwa 3000 vor Christus. Hippokrates, der Vater der abendländischen Medizin, nennt 400 verschiedene nützliche Kräuter. Heute ist alles nützlich, Hauptsache BIO.

Zuverlässige Informationen über den mittelalterlichen Kräutergarten gibt es vom Kloster St. Gallen. Der Klosterküchengarten lag neben dem Hühnerstall. Er war in 18 rechteckige Beete aufgeteilt, wo zwischen Kohl und Rüben Dill, Koriander und Kerbel wuchsen. Der Heilkräutergarten grenzte direkt an das Arzthaus. Er umfasste 16 Beete, in denen unter anderem Salbei, Raute, Rosmarin, Lilien und Rosen wuchsen. Ich meine, dass das im deutschsprachigen Bereich der erste umfassende Bericht über den kombinierten Nutz- und Ziergarten ist, den wir heute, nostalgisch verklärt, Bauerngarten nennen. Wer Näheres über die damalige Gartenkunst und den Ackerbau wissen möchte, liest am besten die Landgüterverordnung Karls des Großen aus dem Jahre 812 n.Ch.

Der Thymian

Zu den stärksten Eindrücken, die ein gut angelegter Garten hervorrufen kann, gehört das Gefühl der Geborgenheit und der Hauch eines Traumes. Ein Garten, der nach einem akkuraten Schema angelegt ist, lässt sich mit einem Blick überschauen. Er mag prachtvoll und grandios erscheinen, vermittelt aber das Gefühl, dass es sich erübrigt, ihn näher anzusehen.

Für mich sollte ein Garten »Geheimnisse« haben; Verborgenes, das man erahnt, das der erste Blick aber nicht verrät. Ein Kübel aus Terrakotta, dieser gebrannten Erde, die ein Leben lang die Glut ihrer Entstehung auszustrahlen scheint, irgendwo versteckt unter den Zweigen einer Eibe. Das Kapitell einer Säule zwischen rankendem Efeu, ein Granit-Findling im hohen Gras, auf dem sich die Eidechsen sonnen, oder Pflanzen, die man nur riecht, aber nicht sieht, weil sie so klein sind, wie der Thymian. Er ist ja eine Pflanze des Mittelmeerraumes, der Thymus vulgaris, und daher zwar für die Küche, nicht aber für den Garten geeignet. Die Winterfröste setzen ihm sehr zu. Erst in diesem Winter ist mir ein toller Kaskaden-Thymian erfroren, obwohl er an einer sonnigen, windgeschützten Stelle stand und gut abgedeckt war.

Aber warum sich diese Mühe machen? Seine kleinen Brüder Thymus praecox, der Bergthymian, oder Thymus serpyllum gedeihen in unseren Breiten sehr üppig und haben einen wundervollen Duft, der nicht nur die Bienen anlockt.

Komischerweise erinnert mich der Geruch des Thymians an die Flower-Power-Bewegung und in meinen Ohren klingt die näselnde Stimme von Roger McGuinn und der schleppende Glockensound seiner 12-Saiten-Gitarre: »Wild Mountain Thyme.« »All the summertime is coming and the leaves are sweetly turning and the wild mountain thyme blooms across the purpel heather…«. Kein Song, der unvergessen in die Geschichte der Byrds einging, aber ein sehr, sehr schöner.

Ich habe mir damals die Frage gestellt, warum ein Lied über Bergthymian? Man muss ihn gerochen haben, um es zu verstehen. Sein Geruch weckt Fernweh und Heimweh zugleich. Er ist wie heile Welt. Sorglosigkeit. Traum. Emotion.

Schon die alten Griechen kannten und schätzten ihn. Der Berg Hymettos war dicht mit Thymian bewachsen. Bienen fanden hier die würzigste Nahrung. Da Honig etwas Wichtiges war, und der Bergthymian ein nahezu immerwährender Nektarspender ist, wurde er zum Symbol der Emsigkeit und des Fleißes.

Im Mittelalter stickten Burgfräulein ihren Rittern gern einen von Bienen umschwärmten Thymian-Zweig in die Schärpen. Eine Aufforderung: sei mutig, tapfer und emsig wie eine Biene.

Seit frühester Zeit wird der Thymian als Heilpflanze verwendet. Er kam bei Magenkrämpfen, Leibschmerzen, Rheumatismus, Nervenschwäche, Kopfschmerzen und Unterleibsschwäche zum Einsatz. Wenn eine Tochter sagte:

»Rosmarin und Thymian
wächst in unserem Garten,
Mutter gib' mir einen Mann,
ich kann nicht länger warten«,

so wird es wohl daran gelegen haben, dass sie zu viel vom Quendeltee getrunken hat und nun in Unterleibsnöte kam.

Als ich meinen Garten übernahm, habe ich als Erstes den Steingarten aufgelöst. Er war für mich zu problematisch; arbeitsintensiv und, man möge mir verzeihen, irgendwie zu kleinkariert. Mit den vorhandenen Steinen baute ich dann Terrassen und setzte auf jede Terrasse Rosen. Das war mir dann doch zu profan und eintönig. Kurzerhand pflanzte ich an den Rand jeder Terrasse Thymus serpyllum und Thymus praecox. Jetzt stehen meine Rosen auf einem rot-violett blühenden Perserteppich und ihr schwerer Duft mischt sich mit dem würzigen Aroma des Quendels. Der wächst mittlerweile über die schützenden Steinmauern und freut sich, wenn diese ihm abends die gespeicherte Mittagssonne abgeben.

So habe ich die Rosen mit dem schönsten »Mauerblümchen« vereint und hoffe, dass ich mich noch lange an ihnen erfreuen kann.

Die schönen Erinnerungen aus der Jugendzeit leben im guten alten Thymian weiter und können jederzeit abgerufen werden.

»Wild Mountain Thyme«, warum wurde er gerade in der Flower-Power-Bewegung besungen? War es der Duft? War es sein Liebreiz oder seine Emsigkeit? Ich glaube nicht. Seine ewige Wehmut, das stille Dulden, aber auch sein fröhliches Wachsen und Blühen prädestinieren ihn geradezu als Wappen-Pflanze für die Flower-Power-Bewegung.

Wer könnte wohl besser ein Lied über ihn singen als Simon und Garfunkel mit ihrer Sanftheit und Melancholie. Zum Glück sahen sie ihn zwischen Petersilie, Salbei und Rosmarin auf dem Markt von Scarborough und widmeten ihm eines ihrer schönsten Lieder.

Wer nach dem Gesagten meint, ich wäre ein Freund der Flower-Power-Bewegung, irrt sich. Natürlich habe ich die Zeit damals als Student miterlebt, war aber froh, als der ganze Spuk wieder vorüber war.

Es ist im Grunde eine kalifornische Bewegung gewesen. Die freundliche, einschläfernde kalifornische Sonne war für Theoriebildungen günstig. Was Thimothy Leary und andere an intergalaktischem Kauderwelsch zusammengetragen haben, würde heute nicht der Rede wert sein, hätte es nicht Zehntausende gegeben, die ihnen folgten. Der Slogan »Peace und Love; wurde vorwiegend in »Love« umgesetzt. Nebenbei gab es auch Musik, die die Top Forty selten erreichte.

Die Blumenkinder traten in Rudeln auf, denn die beruhigende Anwesenheit Gleichgesinnter verdrängt das Gefühl der eigenen Unsicherheit. Wie sollten sie auch sicher sein? Die Ideologie, wenn überhaupt vorhanden, war schwach und bestand letztendlich darin, dass das Leben am schönsten ist, wenn man nichts tut, berauscht ist und Musik hört. Zugegeben, das würde mir auch heute noch gefallen. Ist aber doch ein bisschen wenig als Lebensinhalt, geschweige denn als Lebenssinn.

»Easy Rider« ist ein richtig guter Film und die Filmmusik erst: Da ist alles drin, was Peter Fonda damals gerne hörte: Steppenwolf: Born to Be Wild; The Byrds: I wasn't born to follow; The Band: The weight; Jimi Hendrix: If six was nine; Roger McGuinn: It's alright ma und Ballad of Easy Rider. Der Film hatte und hat auch heute noch ebenso viele Fans wie Kritiker. Ich war sehr zwiegespalten. Die Musik war super. Kein Kunststück! Es gab keine spezielle Filmmusik, die ja meistens eine Zumutung ist, sondern, wie schon gesagt, erfolgsgekrönte Rocksongs. Peter Fonda ging damit kein Risiko ein. Mit der Handlung und der Aussage schon. Er zeigt das authentische Bild US-Amerikas der damaligen Zeit. Das wollten seine Landsleute natürlich nicht unbedingt sehen. Auch wenn er versteckt ab und zu etwas vom alten Pioniergeist aufblinken lässt, zeigt er doch ungeschminkt, dass Freiheit und Toleranz auf der Strecke geblieben sind. Voller Hass verfolgen die, die immer von Freiheit reden, jene, die die Frechheit besitzen, sie sich auch zu nehmen. Somit ist der Film eine offene Kritik an einer Gesellschaft, die in die Hoffnungslosigkeit führt. Hin und wieder glaubt man ganz hinten am Horizont noch einen Hauch von Freiheit und Abenteuer glühen zu sehen, doch ist nicht sicher, ob es der letzte Rest des Gewesenen oder wirklich das Aufkeimen des Neuen ist.

Die Hippies suchen Freiheit in der Landwirtschaft, in Drogen, Rockmusik und Motorrädern; typische Klischees der damaligen Zeit. Sie wirken lächerlich, abgedriftet und verloren in einer staubigen, kargen Wirklichkeit, die für ihre Probleme überhaupt kein Verständnis hat. Hier ist der Tragödie Höhepunkt. Der Individualist wird nicht überleben, selbst wenn er sich in die ländlichen Idylle zurückzieht und ganz für sich leben will. Es ist nicht möglich, weil er von der Realität auf Schritt und Tritt eingeholt wird. Born to be wild, welch eine schöne Illusion. » I wasn't born to follow.« Ja, lieber Roger McGuinn, ich auch nicht. Die Realität sieht aber leider ganz anders aus, doch die Melancholie des schleppenden Glockensounds deiner Zwölf-Saiten-Gitarre gibt uns Trost mit auf den Weg, den wir gehen müssen.

Des Gärtners Not

Mitten im Wald spüre ich den schweigenden Kampf rings um mich her. Dieses zähe, unerbittliche Ringen um den Boden. Ich erlebe das aussichtslose Aufbäumen des Schwachen gegen den Starken, das nie aufhört. Der Sieger von heute ist der Unterlegene von morgen. Man sieht diese Tragödien auf Schritt und Tritt und hat dennoch das Gefühl, was geschieht, ist gut, ist normal, ist Natur.

Im Garten greifen wir mit steuernder, schützender Hand ein. Wir können den Starken durch einen Rückschnitt vorübergehend schwächen und den Schwachen durch gezielte Düngung stärken. Dadurch wird aber der Garten zu einer Landschaft, die wir aus ihrer natürlichen Umgebung ausgeklammert haben. Der Gärtner wird zu einem kleinen Teil der Hand Gottes. Er kann Schicksal spielen. Im Garten wird mit seiner Hilfe der ewige innere Kampf der Natur für eine kleine Weile unterbrochen.

Wenn Goethe sagt: »Die Natur ist immer ernst, sie hat immer recht, die Fehler und Irrtümer sind immer des Menschen«, so hat er recht.

Doch wollen wir den Gärtnern verzeihen, wenn sie Fehler und Irrtümer begehen, haben sie uns doch beispielsweise die wunderbaren Rosen beschert, die heute in den Gärten stehen. Die Blüten, mit ihren vielen Blütenblättern, sind keine Züchtung im Sinne der Natur. Anfällig gegen Mehltau, Sternrußtau, Blattläuse, Frost und Nässe faulen die Knospen oft schon, bevor sie zur Blüte kommen. Andererseits gibt es wohl keine schönere Blüte als die der Centifolien. Sie haben sich aus der fünfblättrigen Urform teilweise selbst gebildet, teilweise wurden sie gezüchtet.

Die Hundertblütenblättrigen entstanden durch Umwandlung der Staubgefäße in Blütenblätter. Das führte dazu, dass keine Staubgefäß mehr da sind und die Pflanze unfruchtbar ist. Auf Dauer gesehen sind diese Rosen dem

Untergang geweiht, weil sie ihren fruchtbaren, einfach blühenden Konkurrenten unterlegen sind. Dennoch gibt es sie, weil der Mensch sie um ihrer Schönheit willen immer geschützt hat. Dieser Schutz währt das ganze Jahr hindurch.

Im Frühling, wenn der Rosenstrauch in der frischen Kraft rote und grüne Knospen trägt, ist der Rosenliebhaber noch voller Hoffnung. Die kräftigen Triebe, die auffallend rasch aus der dunklen Erde dem Sonnenlicht entgegenwachsen, lassen die Hoffnung aufkommen, dass alles gut wird. Dennoch wird mal prophylaktisch gegen die grünen Blattläuse gesprüht, sie werden auf jeden Fall kommen. Dann schon mal ganz fest die Daumen drücken, dass der Sommer trocken wird, denn dann bleiben die schwarzen Flecken des Sternrußtaus aus, gegen den scheint kein Kraut gewachsen zu sein. Da der falsche Mehltau so sicher kommt wie das Amen in der Kirche, muss alle 14 Tage der ganze Strauch von oben bis unten abgespritzt werden. Dabei darf man nicht vergessen, das Präparat zu wechseln. Es bilden sich Resistenzen. Na ja, als Arzt kennt man sich damit aus. Zum Glück gibt es noch keine multiresistenten Mehltauarten.

Im September ist es dann doch so weit, der echte Sternrußtau ist da. Ach Gott, ich hab's ja gewusst. Nach wenigen Wochen wird man sich schämen, die kahlen Rosensträucher dem Besuch zu zeigen. Nichts sieht blöder aus, als ein blattloser Rosenstrauch voller Blüten. Man wird mit allen Mitteln versuchen, die Blicke geschickt auf die Dahlien zu lenken. Das geht aber gewöhnlich schief und schon höre ich die mitleidigen Worte: »Na, deine Rosen hat es aber ganz schön erwischt.«

Dann steht der Winter vor der Tür. Das bedeutet anhäufeln und mit Reisig abdecken. Doch vorher ist die Frage zu klären: schneiden oder nicht? Ich entscheide mich für oder nicht. Wenn doch, dann nur auf 50 cm. Hat mir Walter Schultheis geraten. Der müsste es wissen.

»Einen großen Kuhfladen auf jede Rose« sagte meine Großmutter immer. Na ja, sie wurde 103 Jahre und hatte eine Menge Erfahrung. In ihrer Jugend gab es noch Kuhfladen auf den Weiden, die Tellerminen. Heute bei der Massentierhaltung ist der Kuhfladen selten geworden; also nur gut anhäufeln, aber um Gottes willen nicht mit Torf. Der saugt das Wasser auf, hält es fest, die Rosen schimmeln und erfrieren.

Endlich der erste Schnee, mit ihm kommt Ruhe in den Garten und in den Gärtner. Ruhe brauchen beide. Aus der Ruhe schöpft die Rose neue Kraft und der Gärtner neue Hoffnung, dass im kommenden Jahr alles besser wird.

Ich glaube, wenn Sie dieses stichwortartige Rosenjahr gelesen haben, werden Sie wissen, weshalb ich ein unverbesserlicher Rosennarr bin und das nächste Frühjahr nicht erwarten kann.

Es gibt aber noch einen Grund für die Bedeutung der Rose in meinem Leben. Es ist die Blume, die mich mit ihrem Liebreiz und ihrem Duft immer wieder erfreut, ebenso wie der Phlox. Manchmal tragen mich ihre schweren Duftwolken in die schönsten Tagträume, die so vieles vergessen lassen.

Schopenhauer hat sicher recht, wenn er sagt: »Jedes Lachen kommt aus der Wahrnehmung einer Inkongruenz zwischen dem Gedachten und dem Konkreten.«

Wenn ich durch meinen Garten gehe, beschäftigen mich meist zunächst meine Sorgen und Nöte. Ich denke oft über die bedrohlich erscheinende Zukunft nach, über die gequälte Natur, über die Ungerechtigkeiten des täglichen Lebens, oder über Patientenschicksale, die mich den ganzen Tag beschäftigt haben.

Plötzlich kommt ein Duft in meine Nase. Ein Rosenduft. Ich beuge mich hinunter und rieche. Der Duft ist die Seele der Rose. Zwei Seelen unterhalten sich für einen kurzen Augenblick. Ich lächle.

Wenige Meter weiter ist das Lächeln allerdings wieder verschwunden. Die Johannisbeeren sind voller Mehltau! Nun würde mich das ja wegen der Johannisbeeren gar nicht kümmern, wären nicht die Rosen. Mehltau verbreitet sich sehr rasch. Ich bin mir sicher, wenn ich nicht sofort etwas unternehme, sehen sie bald aus, als habe man einen Sack Mehl über sie ausgeschüttet. Also ab in die Garage und Baymatbrühe ansetzen. Ich gebe immer gleich noch etwas gegen die Blattläuse zu. Man hat dann zwei Fliegen mit einem Arbeitsgang geschlagen. Wichtig ist das sorgfältige Vorgehen beim Absprühen. Die Blätter auch von unten. Es ist eine fürchterliche Plackerei. Ging es nicht um die Rosen, ich würde es freiwillig nicht machen. So ungern ich die »Chemie-Keule« schwinge, so muss ich doch feststellen, dass es nichts Vergleichbares gegen die Rosenkrankheiten gibt.

Der Flieder

Flieder reimt sich auf bieder. Nichts anderes will er sein, der alte Türke. Er kam 1565 nach Wien. Nicht etwa mit den Türken. Die sind erst gute einhundert Jahre später da und werden von Graf Starhemberg 1683 vor Wien aufgehalten und 1697 von Prinz Eugen von Savoyen siegreich zurückgeworfen. Nein, er kam mit einem Gesandten aus Konstantinopel.

Damit begann eine Namensverwirrung, die bei keiner weiteren Pflanze bekannt ist. Die Türken nannten ihn Lilak. Warum man in Wien den Namen nicht übernahm, wo man doch von den Türken auch den Kaffee bereitwillig übernommen hatte, ist unbekannt. Die Wiener fanden wohl ganz offensichtlich eine Ähnlichkeit mit dem einheimischen Holunder, der bei ihnen auch Holler hieß, und nannten den Neuling türkischen Holler. Somit sitzen die drei Ringel-Ringel-Reihen-Kinder natürlich nicht unterm Holunderbusch, wäre ja auch unangenehm wegen der schwarzen Blattläuse, sondern unterm duftenden Fliederbusch, der sicher auch kein Busch, sondern ein Baum war; da ist ja dann auch mehr Platz.

Wenn Lolita, eine Österreicherin, vom weißen Holunder singt, der wieder im Garten blüht, so meint sie natürlich auch nicht den Holunder, sondern den Flieder, der weitläufig auch als Blume der Liebenden gilt. Der Texter musste ihn aber, obgleich er Flieder meinte, Holunder nennen, weil er sich ja auf das Wort Wunder reimen musste. Das geht mit dem Holunder, aber nicht mit dem Flieder. Da hätte er auf Mieder reimen müssen, was wiederum den äußerst anspruchsvollen Inhalt des Liedes verändert hätte, da der Geliebte, auf den sie bei der Fliederblüte wartete, nicht kam und daher ihr auch nicht ans Mieder konnte.

Wenn man bei einer Erkältung Fliederblütentee zum Schwitzen trinkt, ein ekliges Gebräu, so wird dieser nicht aus Fliederblüten hergestellt, das würde allenfalls zu Durchfall führen, was in Kombination mit Husten recht fatal ist, sondern aus Holunderblüten oder gar -beeren.

Wie kommt es nun zu dieser sprachlichen Verwirrung in Deutschland?

Also: der türkische Lilak wird leider in Wien bei seiner Ankunft zum türkischen Holler. Holler war aber der schwarze Holunder. In Deutschland hatte dieser zwei Namen, regional unterschiedlich, nämlich Holunder oder Flieder. Da man zwei Namen für ein und dieselbe Sache nicht braucht, machte Lilak dem Holunder den zweiten Namen streitig und sorgte somit für Verwirrung in Deutschland.

Es gibt aber noch eine Ungereimtheit. Botanisch heißt der Flieder Syringa vulgaris. Warum eigentlich? Wo doch die Nymphe Syrinx, die den Namen lieh, von Pan verfolgt, ihre Jungfräulichkeit dadurch bewahrte, dass sie sich in ein Schilfrohr verwandelte. Pan blieb nichts anderes übrig, als auf einer Schilfrohrflöte zu blasen, obwohl er es doch gern anders gehabt hätte, das mit dem Blasen. Jetzt wird mancher denken, Syringa ist ja der zweite Name für den guten alten Philadelphus. Stimmt! Der Pfeifenstrauch. Auch für Blasinstrumente gut.

Ich schweife jetzt zu sehr ab. Beim Flieder waren wir, der sich auf bieder reimt. Von Wien kam der Flieder nach Nancy in die Baumschule von Victor Lemoine. Er und seine Söhne Émile und Henri züchteten eine Vielzahl verschiedener Sorten, die sogenannten Edelflieder und verschafften somit der Pflanze den endgültigen Durchbruch in Europa. Sogar in England wurde er kultiviert und heißt hier French lilac, weil er für sie aus Nancy kam. Eine Sorte aus den Lemoine-Züchtungen steht noch in meinem Garten und ich erfreue mich jeden Mai an ihr; Mme Lemoine, die erste weiße Sorte mit gefüllten Blüten und einem unwiderstehlichen Duft.

In meiner Kindheit fehlte der Flieder in keinem Garten. Heute ist er aus der Mode gekommen. Er ist vielen zu altbacken, strahlt er doch den Charme der alten Bauerngärten aus. Moderne Gartengestalter lehnen so etwas natürlich ab, was ich auch verstehen kann. Eine Pflanze mit so viel Charme und Liebreiz passt nicht in die seelenlosen Anpflanzungen unserer Zeit.

Der Flieder weckt Erinnerungen. Nicht nur, dass sein Duft äußerst angenehm ist, man muss auch unwillkürlich an die Muttertage der Kindheit zurückdenken, an denen man, unter Inkaufnahme einer gehörigen Tracht Prügel, einen großen Fliederstrauch aus irgendeinem Garten »besorgt« hatte. Mutter freute sich immer riesig, und wenn Vater argwöhnisch fragte: »Wo hast' n den her?«, so sagte man immer schüchtern: »Hab ich geschenkt gekriegt.« Dann lächelte Vater immer verständnisvoll, weil er wohl aus eigener Erfahrung wusste, wie geschenkt zu interpretieren ist. Vielleicht war er auch ein bisschen stolz, dass sein Sohn sich nicht hatte erwischen lassen.

Meine Großeltern in Berlin hatten einen großen Fliederbaum vor dem Haus. Er hatte die Wirren des Krieges unbeschadet überstanden und wurde von uns Kindern als erstes Klettergerüst benutzt. Nachmittags tranken wir in seinem Schatten Kaffee und im Sommer wurde hier auch gefrühstückt. Das waren herrliche Familienidylle, wie es sie heute nicht mehr gibt und wie sie unter einem Holunderstrauch nicht möglich gewesen wären.

Der Flieder gehört in die Familie der Oleaceae, der Ölbaumgewächse. Wir denken dabei immer an den Olivenbaum, was ja richtig ist, aber nicht an den Flieder, die Forsythie, den Jasmin, den Liguster und die Esche. Eines wird aus der Familienzugehörigkeit aber klar, warum die Blüten der Forsythie denen des Jasmins so ähnlich sind. Man kann sie leicht verwechseln, was aber fatal sein kann. Eine Regel besagt nämlich, dass die Rosen geschnitten werden, wenn die Forsythien blühen. Wer die Blüten des Jasmins mit denen der Forsythie verwechselt, holt die Gartenschere schon im Winter raus, was absolut falsch wäre.

Da wäre noch der Sommerflieder. Der hat mit dem Flieder gar nichts zu tun. Er kommt aus Südamerika und gehört zur Familie der Buddlejaceae. Seine 40 bis 60 cm langen Rispen reichen in der Farbe von weiß über zart-rosa bis tiefviolett. Der starke Honigduft zieht, wie ein Magnet, Schmetterlinge an. Darum wird er auch Schmetterlingsstrauch genannt. Es ist ganz eigenartig, bevor ich einen Sommerflieder gesetzt habe, gab es in meinem Garten so gut wie keine Schmetterlinge. Höchstens ein paar Taubenschwänzchen, die wie kleine Kolibris vor den Phloxblüten stehen und mit ihrem langen Rüssel den Nektar heraussaugen. Gelegentlich verirrte sich auch mal ein Pfauenauge oder ein Zitronenfalter. Als ich einen Sommerflieder gepflanzt hatte, ich habe mich für »Ile de France« entschieden, weil mir das Violett seiner Blütenrispen so gefällt, waren sie alle da. Man hätte glaubten können, dass der Schmetterlingsstrauch sie hervorgebracht hat. Das ist natürlich Quatsch. Es gab in meinem Garten keine Schmetterlinge, weil seine Bepflanzung schmetterlingsunfreundlich war. Sie machten einen großen Bogen, weil ich keine Anziehungspunkte für sie hatte. Sie lieben Feuer-Lilien, Karthäusernelken, Frühlingsenzian, die rote Lichtnelke und Wiesenschaumkraut, aber keine Rosen, Eiben, Buchs-Rabatten und Efeu, auch Dahlien, Phlox und Stockrosen sind nicht ihr Ziel. Früher lebten Schmetterlinge in den Auwäldern und an Waldrändern. Die Auwälder wurden mit Luxusvillen und ganzen Bürostädten bebaut, die Wälder werden mehr und mehr gerodet, da müssen sich die Schmetterlinge eine neue Heimat suchen. Komisch, ausgerechnet jetzt muss ich daran denken, dass mich früher jemand »Schmetterling« genannt hat. Na ja, ich wische mal schnell die Erinnerungen weg und komme zur Pflege des Sommerflieders, bei der, im Gegensatz zum richtigen Flieder, der nicht nur anspruchslos, sondern auch pflegeleicht ist, doch einiges bedacht werden muss. Er blüht aus den Spitzen der einjährigen Triebe. Das ist wichtig zu wissen. Er muss kräftig zurückgeschnitten werden, um neue Triebe und damit neue Blüten bilden zu können. Man schneidet die Äste, auch wenn es noch so schmerzlich ist, im Frühjahr auf drei bis vier Augen zurück. Das fördert die Vitalität des Strauches, führt zu einem kräftigen Austrieb und im Sommer zu einem enormen Blütenflor. Die Pflanze wird immer wieder gezwungen, neu von unten auszutreiben, und bildet so einen wohlgeformten Strauch. Lässt man sie einfach wachsen, wird sie ein sperriger, lockerer Strauch, bis zu vier Meter hoch und blüht kaum noch. Er ist so richtig hässlich, dabei möchte er sich doch, so wie Frauen sich mit Designer-Klamotten schmücken, mit seinen Blütenrispen und Schmetterlingen zur Schau stellen.

Sofort nach dem Rückschnitt düngt man mit einem organischen Flüssigdünger, lockert die Erde gut auf und arbeitet noch etwas Depot-Dünger unter, denn wer blühen soll, braucht Kraft. Das reicht für ein ganzes Jahr.

Und immer daran denken: Schmetterlinge weinen nicht, sie fliegen weg. Wer keine Schmetterlinge mehr hat, wer also nicht mehr angeflogen wird, muss sich fragen warum.

Wiese und Rasen

In jedem kann irgendein Reiz Kindheitserinnerungen wecken: Es mag ein Duft sein, eine Berührung, ein Anblick. Für mich haben die Düfte und Blumen, die in den Gärten meiner Großeltern waren, diesen Triggereffekt. Man achtet sicher nicht bewusst auf die teils flüchtigen, teils schweren Düfte, wenn man durch den Garten geht. Doch jedes Mal, wenn mir eine leichte Brise den Duft vom Pfeifenstrauch oder Phlox in die Nase treibt, kommt dieses Déjà-vu-Erlebnis und ich werde in die Gärten meiner Kindheit versetzt. Meine Großmutter war noch mit 101 Jahren eine wunderbare Gärtnerin. Sie lernte im Laufe ihres Lebens die Natur zu schätzen und ließ ihr, hie und da vielleicht etwas ordnend eingreifend, ihren Lauf. Ihre stete Redensart war: »Die Natur ist die beste Gärtnerin.« Da stimme ich ihr aus vollem Herzen zu. Deshalb kann ich auch nicht verstehen, dass die Wiese vor den Zaun und der Rasen in den Garten gehört.

Für mein Auge geht nichts Erquickliches von einer in 2 bis 3 cm Höhe ständig kastrierten Rasenfläche aus. Möglichst noch im Schachbrettmuster geschnitten, hat das Ganze was Kleinkariertes. Es ist doch gerade die Inhomogenität der Grünfläche, durchsetzt mit Wiesenschaumkraut, Ehrenpreis, Gänseblümchen, Campanula, Wegwarte, und was es sonst noch alles gibt, die das Auge erfreut. Wie groß ist allein der Unterschied im Geruch, der von einer gemähten Wiese und einem kastrierten Rasen ausgeht. Mich hat noch nie das satte Gelb des Löwenzahns gestört, geschweige denn die weißen oder violetten Kleeblüten, über die sich jede Biene freut. Noch heute durchsuche ich jeden kleinen Kleeplacken nach den vierblättrigen Glücksbringern, auch wenn ich längst weiß, dass es mit dem Glück so eine Sache ist.

Man muss auf einer Wiese gelegen haben, im hohen

Gras, den Duft der Wildkräuter in der Nase, in den Ohren das emsige Summen von Hummeln und Bienen, und vor sich hin träumen. Bunte Schmetterlinge heben sich schemenhaft gegen den blauen Himmel ab. Die Luft flirrt und ein lauer Wind trägt das leise Rauschen der Baumwipfel zu. Wenn jetzt noch eine schöne Frau daneben liegt, ist die Brücke zu Walther von der Vogelweide perfekt:

»Under der linden
an der heide,
da unser zweier bette was,
da mugt ihr vinden
schöne beide
gebrochen bluomen unde gras.«

Nur eine Wiese kann so stimulieren, kein Rasen, der ist meist hart, weil gut gewalzt und stinkt, weil gut gedüngt. Eine Wiese ist ein Stück freie Natur. Wir sagen, sie ist schön, nicht nur wegen der Pflanzenvielfalt, sondern weil sie keine Zeichen der Unterdrückung zeigt: Weil sie frei ist. Der Rasen ist künstlich, ist unterjochte Natur. Ein Mal pro Woche wird ihm Gewalt angetan. Nur ganz bestimmte Menschen können sich an dieser geknechteten Natur erfreuen; aber es gibt sie. Wie sonst hätten wir solche Grünflächen. Ein Rasenfanatiker könnte sich theoretisch auch ein Stück grünen Kunststoff auf die Erde legen, dann müsste er sich nicht mit dem Mähen quälen, oder besser noch betonieren und grün anstreichen. Dann braucht er nur zwei Mal pro Jahr mit dem Hochdruckreiniger drüberzugehen.

Nur wer schon einmal auf einer Wiese lag, wird in dem Gedicht »Im Grase« von Annette von Droste-Hülshoff das traumverlorene Glück nachempfinden können:

»Süße Ruh, süßer Taumel im Gras,
von des Krautes Aroma umhaucht,
tiefe Flut, tief, tieftrunkene Flut,
wenn die Wolk' zum Azure verraucht,

wenn aufs müde, schwimmende Haupt
süßes Lachen gaukelt herab,
liebe Stimme säuselt und träuft
wie die Lindenblüt' auf einem Grab.«

Solche Assoziationen kann nur eine Wiese hervorrufen, nie ein Rasen, der immer ein wenig nach Kunstdünger riecht.

Ich weiß, dass ich wohl zu sehr ins Schwärmen komme und dadurch dem durch Unkrautvernichter strapazierten, abrasierten Rasen Unrecht tue. Es gibt aber für mich nichts Schöneres als eine blühende Wiese in der Sonne. Für den vielfach geschundenen Rasen empfinde ich natürlich Mitleid. Er hat das ja alles selbst nicht gewollt. Im Rasen gibt es nicht einmal Gänseblümchen. Sie rufen in mir früheste Kindheitserinnerungen wach. Wir pflückten sie als kleine Steppke in Massen und Mutter flocht uns daraus Kränze, die wir stolz wie die Brezeln im Haar trugen. Der Lorbeerkranz der Kindheit. Wir tragen das kleine Gänseblümchen im Herzen, da darf es sein: aber nicht im Rasen.

Glücklicherweise gibt es wirkungsvolle Unkrautvertilgungsmittel für alle, die ihren Rasen einfarbig grün haben wollen. Sie sind billig und wirkungsvoll. Zweimal mit der todbringenden Gießkanne besprengt, schon ist alles Bunte weg, auch die Gänseblümchen, und der frisch gemähte Rasen sieht wieder schön steril aus: Schachbrett-Muster. Als Sühne oder vielleicht auch aus Sentimentalität, wegen der Kindheitserinnerung, kann man sich ja dann die kultivierte Art des guten alten Gänseblümchens, Bellis perennis, im Frühjahr ins Fenster stellen.

Das Merkwürdige ist, dass der Rasen ursprünglich gar nicht der Rasen war, wie wir ihn heute kennen. Plinius der Jüngere beschreibt, vor etwa 2000 Jahren, im Garten seines Onkels eine große, ebene, mit Akanthus bepflanzte Rasenfläche. Was er wohl mit Akanthus gemeint hat? Zumindest war es eine homogene grüne Fläche, die nicht aus Grashalmen bestand. Es muss eine flächendeckende Pflanze gewesen sein, die trotz regelmäßigen Mähens eine gleichmäßige

Begrünung ergab. Vielleicht war es die anspruchslose Kamille, die noch gut auf kargen Böden gedeiht und auch während längerer Trockenperioden ihr grünes Aussehen nicht verliert. Die Annahme ist umso wahrscheinlicher, als man auch noch im Mittelalter, beispielsweise in den Klostergärten, Grünflächen aus Kamille anlegte.

Warum eigentlich grüne Flächen im Garten? Sie waren und sind wichtige Elemente der Gartengestaltung. Das Grün hat eine wohltuende Wirkung auf das Auge und bildet einen Kontrast zu den leuchtenden Farben und den unterschiedlichen Wuchshöhen der übrigen Gartenpflanzen.

Seit dem 12. Jahrhundert ist die Rasenfläche aus Gras ein fester Bestandteil der europäischen Gärten, allerdings nicht in der heutigen, für meinen Geschmack äußerst sterilen Form. Im Gegensatz zum »modernen Rasen« waren die früheren Grünflächen bunt. Das Bild wurde durch einige wenige Arten von Rasengräsern bestimmt, zwischen denen eine Unmenge Blumen und Wildkräuter wuchs, vergleichbar mit den heutigen Wildblumenwiesen. Der ursprüngliche Rasen war eine große Pflanzengemeinschaft und keine Monokultur. Boccaccio beschreibt in seinem Decamerone eine Wiese aus grünem Gras, übersät mit Tausenden von Blumen. Na ja, für die lasziven Momente ist der Gummi und die Applikation von Gleitgel schon ein echter Lustkiller, kommt dann noch der Geruch des Kunstdüngers vom Rasen dazu, kommt gar nichts mehr. Deswegen ist es klar, dass Boccaccio für seine Zwecke mit der Blumenwiese arbeiten musste. Ganz abgesehen davon, dass es damals noch keine Kunstdünger gab; aber Liebeskunst.

Warum diese Form des Rasens plötzlich nicht mehr »in« war, weiß ich nicht. Vielleicht lag es daran, dass Edwin Beard Budding 1830 den Spindelrasenmäher erfand. Mit Buddings Handmäher ließ sich ein feiner, gleichmäßiger Schnitt erzielen. Selbst große Rasenflächen konnten mühelos und schnell heruntergesäbelt werden. So kam es wohl, dass innerhalb von nur zwanzig Jahren der »gepflegte« Rasen mit seinem wellenartigen Schnittbild nicht nur in

Mode kam, sondern bis zum heutigen Tag zum traurigen Symbol des »gepflegten Gartens« wurde.

Als ich vor Jahren mal einen Mietvertrag unterschrieb, fand ich zu meinem Erstaunen besonders vermerkt, dass mir die Pflicht der Gartenpflege obliegt. Ich habe Gartenarbeiten nie als Pflicht, sondern stets als Freude empfunden und unterschrieb unbekümmert. Toll! Eine Mietwohnung mit Garten. Das ist doch was. Meine Freude, besonders auch meine Unbekümmertheit, war jedoch bald geschwunden.

14 Tage nach unserem Einzug erschien der Vermieter und machte mir lautstark klar, wenn ich das Adjektiv »lautstark« verwende, so beschreibt es keineswegs die Phon-Zahl der Lautstärke, dass ich gegen den Mietvertrag verstoßen würde. Ich versuchte ihm glaubhaft klarzumachen, dass ich kein Licht in das Dunkel seiner Rede bringen könne. Schließlich lüfteten wir täglich, putzten jeden Samstag die Fenster, wie er es uns aufgetragen hatte und, was mir irgendwie gewaltig gegen den Strich ging, würde ich jeden Freitag den Bürgersteig fegen. Da belehrte er mich, nun wohlwollender, ja fast väterlich, dass dies ein anständiges Haus sei. Das hatte ich nie bezweifelt, wohnten doch außer mir noch eine Juristen- und eine Flugkapitänsfamilie im Haus und im Keller drei Inder, die in einer Pizzeria arbeiteten. Er führte mich in den Garten: »Sie sind nach dem Mietvertrag verpflichtet, den Garten zu pflegen, und dem kommen Sie nicht nach! Wie das hier aussieht! Der Rasen ist viel zu lang. Sie müssen ja nicht zweimal in der Woche mähen. Aber gucken Sie mal hier. Da habe ich extra einen Gartenzwerg hingestellt, an dem können Sie sich orientieren, wenn das Gras bis zum unteren Rand seiner Schürze reicht, ist es höchste Zeit!«

Spätestens seit damals habe ich was gegen Gartenzwerge, die Vermietern gehören und Schürzen tragen.

Bei Großvater habe ich noch gelernt, wie man mit Sichel und Sense umgeht. Das Sensen ist gemütlich und macht einen Heidenspaß. Es gibt wohl kaum ein schöneres Gefühl, als an einem lauen Morgen eine Wiese mit der Sense zu schneiden. Ich bin da nicht perfekt und haue sie oft in die Erde, die Schnitte danach fallen dann grundsätzlich höher aus, doch zum Schluss ist man nicht nur fix und fertig, sondern auch mächtig stolz. Ein guter Gärtner konnte früher einen dichten Rasen gleichmäßig auf 3 cm runterschneiden. Er schaffte mit Manneskraft die gleiche Leistung wie heute die meisten Elektrorasenmäher.

Mit der Sichel konnte ich nie. Noch heute zeugt eine breite Narbe am rechten Zeigefinger von meinem Versuch, als Fünfjähriger, eine Sichel mit dem Wetzstein zu schärfen. Ich habe genauso geblutet, wie ich schrie und mein Opa kaufte mir eine Tüte Vanille-Eis für einen Groschen. Das waren damals zwei Kugeln; zumindest im Café Mohr.

Dicentra spectabilis

Die Dämmerstunde, die Zeit zwischen Tag und Nacht, zwischen Sein und Vergehen, bewegt unsere Herzen und Sinne immer aufs Neue und führt die Gedanken auf Bahnen, die wir bei klarem Bewusstsein zu beschreiten nie in der Lage wären.

Da erscheint, was zwischen Traum und Wirklichkeit liegt schemenhafter, nebulöser. Es ist eine seltsame Zeit. Sie ist plötzlich da, ohne dass man es bemerkt hat. Der Tag gibt der Nacht die Hand, sagt »Guten Tag« und geht. Die Nacht sagt »Gute Nacht« und bleibt. Beide verbinden sich, um sich zu trennen. Klares Denken wird zu beklommenem Sinnen, Heiterkeit zu Trauer. Wo noch vor Kurzem klare Gedanken waren, füllt nun Phantasie die leeren Räume.

Ich liebe diese Zeit, die wir Norddeutschen »Uhlenflucht« nennen. Sie macht frei von den geschäftigen Alltäglichkeiten. Das Herz öffnet sich für Dinge, die in der phantastischen Welt der Träume liegen. Ängste, Nöte und Sorgen steigen aus der Tiefe herauf, werden zu schemenhaften Wirklichkeiten und sprechen mit uns.

Ich sitze am Fenster hinter meinem Schreibtisch und durchdenke noch einmal den Tag. Das ist nützlich, waren es doch 14 Stunden der Lebenszeit. Gemessen am Universum wenig, bezogen auf die Zeit eines Menschen aber doch recht viel. Habe ich meine Zeit sinnvoll gebraucht? Da haben wir Ärzte es gut, weil die Antwort in der Regel »Ja« ist. Habe ich mein Bestes gegeben? Was hätte ich besser machen können? Was bringt der morgige Tag? Während ich so vor mich hin sinniere, merke ich gar nicht, wie das letzte Sonnenlicht in ein Meer roter Rosenblätter eingetaucht ist, um langsam zu welkten, über Gelb in immer dunkler werdendes Grau. Der Garten liegt in einer feierlichen Stille und wie eine Erlösung fallen ersten Regentropfen auf die Fensterscheiben. Sie rinnen und rinnen, wie die vielen geweinten Tränen, die über das Herz laufen und so wehtun.

Das Kaminfeuer wirft unruhige Schatten auf die Wand und an den Scheiben rinnt der Regen. Tropfen um Tropfen, Träne um Träne.

Der Schein einer kleinen Gartenleuchte, ganz dicht an meinem Fenster, fällt auf eine Blume, die mir ganz besonders am Herzen liegt. Ich hüte sie, wie meinen Augapfel, wie man so schön sagt. Sie hat eine merkwürdige Blütenform, dass ich schon als Kind vor Staunen den Mund nicht mehr zubekam. Meine Mutter nannte sie »Tränende Herzen«, meine Großmutter sagte »Gebrochene Herzen«. Jeder kennt sie sicher. Im Frühjahr auf dem Blumenmarkt werden sie immer verkauft. Die relativ zarten zerbrechlich wirkenden Stängel tragen, hintereinander aufgereiht, pralle rosarote Herzen, aus deren Spitzen eine weiße »Träne« quillt. Dicentra spectabilis, nennt sie der Botaniker. Sie zählt zu den Fumariaceae. Obwohl sie pflegeleicht ist habe ich mit ihr wenig Glück. Die vielen Nacktschnecken fressen die jungen Triebe immer runter. Man kann Schnecken-Korn auslegen, denn die Igel schlafen zu dieser Zeit noch.

Diese Blume ist für mich, ebenso wie die Rosen, eine vollendete Schönheit. Sie hat Anmut und kann eine schöne Geschichte erzählen. Was bedarf es mehr? Das schöpferische Füllhorn der Natur hält so viele Überraschungen für uns bereit. Wenn ich mir überlege, wie wir mit diesem Geschenk oft umgehen, wird mir ganz anders. Weil ich möchte, dass unsere Kindeskinder das alles mit derselben Freude und Achtung einmal sehen können, habe ich, vor vielen Jahren, über die Dicentra spectabilis ein Entstehungsmärchen geschrieben. Dabei hielt ich mich an die orientalischen Märchen aus Tausendundeiner Nacht. Es sind Kunstwerke. So etwas wird mir nicht gelingen. Klar! Ich sehe diesen Versuch auch nur als die tiefe Verbeugung vor einer großen Kultur.

Als ich die ursprüngliche Fassung schrieb, kannte ich nur die für Kinder bearbeitete Märchenform. Zwischenzeitlich habe ich die »Erzählungen aus den Tausendundeinen Nächten« in der Übersetzung des arabischen Urtextes der Kalkuttaer Ausgabe aus dem Jahre 1839 gelesen und mein Märchen überarbeitet, weil die Erotik, die allen Märchen aus Tausendundeiner Nacht inne ist, bei mir viel zu kurz kam. In der überarbeiteten Form ist das gewisslich nicht der Fall.

Gegen den Vorwurf der Unsittlichkeit möchte ich mich schon jetzt verwahren. Dass hier und da einige laszive Stellen vorkommen, geht einzig und allein auf das Konto der Zeit, sowohl der heutigen als auch der, in der die Märchen aus Tausendundeiner Nacht entstanden. Ich habe mich bemüht, beiden gerecht zu werden. Natürlich ist mir bewusst, dass einige Moral-Apostel empört sein werden; zumindest vor der Tür.

In früheren Tagen, die weit in längst entschwundene Zeitalter ragen, lebte der große König Sachem. Er war Herrscher über unzählige Länder und Städte, kein Mensch kannte die Weite seines Reiches. Während in einem Teil die Sonne aufging, ging sie im anderen unter. Nie sah ein menschliches Auge solche Pracht, mit der er Hof zu halten pflegte. Sein Name wurde im ganzen Reich mit Ehrfurcht genannt, von Edelleuten gleichwie von Bettlern, denn er war freigebig und wohltätig, großmütig und huldreich, gerecht in seinem Urteil und weise in seinem Ratschlag. Er wurde geliebt von seinen Freunden, doch gefürchtet von seinen Feinden, denn es gab keinen, der ihm an Mut und Kühnheit gleichkam. So lebten alle in seinem Reiche glücklich und zufrieden, und da es keine Kriege und Streitereien gab, blühten Kunst und Wissenschaft.

König Sachem hätte allen Grund gehabt, zufrieden und froh zu sein, doch er war betrübt und seine Trauer nahm mit zunehmendem Alter zu. Es lastete schwer auf seiner Seele, dass ihm die Götter kein Kind geschenkt hatten, das dermaleinst die Herrschaft an seiner statt übernehmen konnte. Alles Flehen zu den Göttern, sie mögen ihm einen

Sohn schenken, war umsonst gewesen. Er hatte sich redlich bemüht, doch keine der vielen Frauen seines Harems bekam einen gesegneten Leib. Als er schon ein hohes Alter erreicht hatte, geschah das Unglaubliche: Seine Lieblingsfrau gebar ihm einen Sohn. Der Knabe war schon bei der Geburt so reich an Schönheit, dass man seinesgleichen auf Erden noch nie gesehen hatte. Die Freude des Königs war grenzenlos. Sogleich schickte er Reisige aus, um die frohe Botschaft im ganzen Reich zu verkünden. Es wurde ein Zeitpunkt festgelegt, zu dem seine Untertanen zum Freudenfest erscheinen sollten. Alle wurden geladen, es sollte keiner fehlen. Man begann die Festlichkeiten mit solcher Pracht, wie nur Götter zu feiern pflegen. Da gab es die edelsten Gerichte mit erlesenen Weinen, herrliches Backwerk und köstliche Naschereien. Wer wollte all die Köstlichkeiten aufzählen, die serviert wurden, um verspeist zu werden. Die Fröhlichkeiten währten so manchen Monat. Schließlich entließ der König die Gäste, nicht ohne sie vorher reich beschenkt zu haben.

Nachdem glückliche und unbeschwerte Jahre ins Land gegangen waren, Prinz Ahmed nahm an Schönheit und Liebreiz immer mehr zu, wollte es das Schicksal, dass ein Magier aus fremdem Land in die Stadt kam. Es hatte sich bald herumgesprochen, dass er neben allerlei verblüffender Zauberei auch in die Zukunft zu sehen verstand. Sogleich ließ der König den Fremden zu sich kommen und sprach: »Wisse, weiser Mann, der du aus fremdem Land zu uns gekommen bist, ich habe einen Sohn. Er ist die Freude meines Herzens, das Licht in der Dunkelheit des Alters. Doch meine Tage sind gezählt und bald wird der zu mir kommen, der die Freuden schweigen heißt und die Freundesbande zerreißt. Ich werde sicher nicht mehr sehen, was aus meinem Sohn wird. Deshalb bitte ich dich, gewähre mir durch deine Kunst einen Blick in die Zukunft, damit ich mich noch meines Sohnes erfreue und beruhigt aus dem Irdischen scheiden kann.«

Der Weise sah ihn lange nachdenklich an und sprach mit

trauriger Stimme: »Wisse, mein König, mein Leben war lang, mal mühsam, mal leicht und fröhlich. Ich habe viele Menschen gesehen, ihre Leiden, ihre Freuden, Barmherzigkeit und Schlechtigkeit.Wohin ich auch kam, ich wurde immer gebeten, die Zukunft vorauszusagen. Ich weiß nicht, warum die Menschen so begierig sind, ihre Zukunft zu erfahren. Ist es Angst vor dem Ungewissen, Hoffnung auf Glück, oder ist es nur Neugierde? Was sie hören wollten, war immer das Gleiche: eine angenehme Zukunft, ohne Arbeit und in Freuden, Reichtum und Glück. Keiner dachte je daran, dass ihm die Zukunft auch etwas Negatives bescheren könnte. Die Bittenden gingen oft traurig von dannen, denn der Mensch kann nicht in der Hoffnungslosigkeit leben, er braucht ein Ziel, Illusionen, den Glauben an das Glück. Glaube mir, nie hätte der Wettlauf zwischen Hase und Igel auf der Buxtehuder Heide stattgefunden, hätte der Hase gewusst, er würde verlieren, und die Menschen würden freud- und hoffnungslos leben, gäbe es nicht den Glauben an das Paradies. Ich habe es wieder und wieder erlebt, dass das Wissen um die Zukunft Trauer und Elend mit sich brachte. Darum lebe mit dem, was dir der Augenblick beschert, gehe im Glück der Gegenwart auf und trachte nicht danach, die Zukunft zu erfahren. Lebe die Glückseligkeit des Augenblicks, das Leid kommt von ganz allein. Ist es aber Dein unabänderlicher Wille, zu wissen, was in den Sternen steht, so werde ich Deinem Befehl gehorchen, denn siehe, wir sind alle in Deiner Hand.«

Obwohl der König weise und klug war, hörte er nicht auf die mahnenden Worte des Alten, sondern befahl ihm, die Zukunft wahrzusagen, und der Alte gehorchte.

Darauf holte der Magier einen kleinen Beutel aus der Tasche mit Weihrauch, Blättern und sonstigem Rauchwerk, räucherte und zauberte, murmelte unverständliche Worte, machte geheimnisvolle Zeichen, bis er ganz in Rauch eingehüllt war und den Blicken entschwand. Man hörte ihn murmeln und beschwörend reden, dann wurde es vollends finster, es bebte und brodelte und mit einem Donnerschlag war der Spuk vorüber. Die Anwesenden saßen still, gebannt vom übernatürlichen Schauspiel. Der König fand die Sprache als Erster wieder: »Nun tue uns kund, weiser Mann, was du im Zwiegespräch mit den Göttern erfahren hast!«

»Oh, mein König«, sprach der Magier, »hättest du nie danach getrachtet das Verborgene zu ergründen. Du warst ein Glücklicher, doch jetzt wird Deine Freude getrübt werden. In den Nebel der Trauer wird Dein Alter gehüllt sein, denn das, was ich zu sagen habe, ist nicht das, was Du zu hören erhofft hast. Euer Sohn wird ein glücklicher Mensch werden, wie es einen glücklicheren wohl nie gegeben hat, weise und gerecht, tapfer im Kampf, von Menschen und Göttern gleichermaßen geliebt und geachtet. Doch er wird durch sein Glück, wie es noch nie einem Sterblichen vergönnt war, zum Unglücklichsten des weiten Erdenrunds werden. Er wird lange Zeit mit seinem Leid leben und die Zeichen seiner Trauer über die ganze Welt tragen.«

Betroffen starrte der König den Zauberer an, er konnte das Gesagte nicht fassen. »Wie kann so etwas geschehen?« fragte er verzweifelt. »Wie kann Glück Unglück bringen?«

»Gnädiger König und Herr«, sprach der Alte, »ich kann Dir nichts Näheres sagen, was hülfe es Dir, Du könntest es ohnehin nicht ändern, denn die Wege der Götter sind wundersam, vom Menschen nicht zu fassen und unabänderlich. Nur sei Dir noch so viel gesagt: Die Ursache für das Unglück wird eine große Freude des Menschen sein, die schon oft Leid und Schmerz gebracht hat.«

Da wurde der König sehr traurig und mit ihm trauerte das ganze Volk. Die fröhlichen Reden verstummten, das Lachen erstarrte und wich den Tränen, denn alle liebten den Prinzen von ganzem Herzen.

Der König versammelte die Weisen seines Reiches um sich, damit er mit ihnen eine Lösung fände, das Schicksal von seinem Sohn abzuwenden, denn er konnte nicht verstehen, dass etwas so Furchtbares mit einem unschuldigen Kind geschehen sollte. Er wollte alles versuchen, das Unabwendbare doch abzuwenden.

Seine Ratgeber, kluge und weise Männer, kamen zu folgendem Schluss: Für den Fall, dass der Zauberer die Wahrheit gesagt hatte, sei es zwar tragisch, doch unabwendbar und der Prinz müsse seinen Leidensweg gehen, doch solle man ihn in den Gebeten morgens und abends bedenken, um die Götter milde zu stimmen. Weiterhin wäre es ratsam, den Knaben in aller Abgeschiedenheit fern von den Menschen aufzuziehen, auf dass er nicht deren Schwächen und Unarten, aber auch deren Freuden sähe.

Traurig fügte sich der König dem Ratschluss. Er ließ ein altes Jagdschloss nicht weit vom Palast umbauen und für des Prinzen Belange einrichten. Es wurde an nichts gespart. Der Fußboden war aus rotem Marmor, die reich verzierten Decken wurden von Alabastersäulen getragen, die Wände waren mit feinem Leder verkleidet, worauf mit Gold, Perlen und Edelsteinen Paradiesblumen gestickt waren. Die Böden waren mit weichen Teppichen aus dem Kaukasus und Isfahan belegt, aus Samt und Seide waren Kissen und Decken, vor den Fenstern hingen Gardinen aus golddurchwirktem Brokat. Große Alabasterschalen zierten die Wände und wurden täglich mit frischen Rosenblüten gefüllt. Goldene Leuchter erhellten die Räume. In jedem Gemach stand eine Voliere aus feinstem Gold- und Silbergeflecht mit bunten Paradiesvögeln, deren lieblicher Gesang die Sinne betörte. Kessel mit Ambra und Moschus verbreiteten einen fast überirdischen Duft.

Das Schloss lag in einem großen Park, der von einer dicht bewachsenen Mauer umschlossen war. Hier wuchsen die schönsten Blumen, wie sie in ihrer vollen Pracht das menschliche Auge wohl noch niemals sah. Ihr Duft erfüllte die Luft und verführte zu süßen Träumen. Wundersame Bäume mit Früchten aus Perlen so groß wie Haselnüsse, kostbaren Smaragden, Diamanten und anderen Juwelen verwirrten die Sinne. Sie strahlten einen solchen Glanz aus, dass der Sonnenschein verblasste. Große Zedernhaine spendeten des Mittags wohltuenden Schatten. Die Luft war erfüllt vom Gesängen seltener Vögel. Im Schatten der mächtigen Bäume war eine Laube aus Wacholderholz mit einer Kuppe aus Elfenbein, in deren Mitte ein riesiger Karfunkelstein strahlte. Nicht weit entfernt sprudelte kristallklar ein Quell und ergoss sein erfrischendes Nass in ein verziertes Alabasterbecken, reich mit goldenen Mosaiken besetzt.

Ganz im Gegensatz zu dieser überschwänglichen Pracht war der alte, halbverfallene Turm; ein Überbleibsel vergangener Zeiten. Seine Mauern waren dicht mit Efeu bewachsen, die Stufen im Laufe der Zeit verwittert und zerfallen. Im seinem inneren Rund war ein alter Brunnen. Sein Rand war im Laufe der Jahrzehnte auseinandergefallen. Die großen Marmorblöcke lagen ringsumher, dicht bewachsen und boten den Smaragd-Eidechsen Platz und Schutz. Klares Wasser perlte über das Moos und die Steine. Es kam aus unergründlichen Tiefen, in die es sich auch wieder verlor. An heißen Tagen lockte es zu erquickendem Bade und des Nachts spiegelte sich der Mond darin. Dieser Teil des Parks hatte seit unendlichen Zeiten keine pflegende Hand gesehen und war dadurch ein Ort wilder Romantik, eine Stelle zum Verweilen und Entspannen; mystisch und märchenhaft zugleich. Man glaubte, dass hier die Geister und Dämonen leben. Es war nicht zufällig, dass der junge Prinz sich hier besonders gerne aufhielt. Er liebte diese Fülle der Natur, deren Unberührtheit ihm so echt und wahr erschien. Unverfälschtes Leben ohne Zwang und Gesetz; nur ehrliches Sein. So oft ihm seine Unterrichtungen Zeit ließen, saß er im weichen Moos vor dem Brunnen und betrachtete, in sich verloren, das Spiel der Wellen oder sah sinnend in die Tiefe. Er empfand den Frieden, der ihn umgab, und wusste, dass ihm hier kein Leid geschehen würde. Eine gute Seele wachte über ihn, dessen war er sich sicher. An heißen Tagen legte er seine Kleider ab und erquickte sich durch ein erfrischendes Bad. Er genoss das Eintauchen in das klare Nass. Es gab ihm das Gefühl, als würden ihn liebevolle Arme aufnehmen und liebkosen. Nicht selten entstieg er dem kalten Wasser mit einem erigierten Glied und einem wohligen Gefühl im ganzen Körper. Er liebte die wunderschönen Reize des Brunnens. Bald gab es keinen Tag, an dem er sich nicht in die Umarmungen dieses zärtlichen Nasses begab.

Die Jahre gingen in Ruhe und Beschaulichkeit dahin, ohne dass etwas Ungewöhnliches geschah. Längst hatte der alte König das unheilvolle Orakel vergessen. Er erfreute sich seines Sohnes, der an Schönheit der Lilie im Morgentau glich und dessen Gelehrsamkeit und Klugheit im ganzen Lande gerühmt wurde. Prinz Ahmed begann mit viel Umsicht, seinem Vater bei den Regierungsgeschäften zu helfen. Sein Rat war stets weise und sein Urteil gerecht. Obwohl sein Vater ihn drängte, das einsame Domizil mit einer luxuriösen Zimmerflucht im Schloss zu tauschen, hielt ihn eine unsichtbare Kraft davon ab. Nun muss man wissen, dass in dem Brunnen die Nymphe Adrakkir, die Tochter des Geisterkönigs, wohnte, die in heißer Liebe zu Prinz Ahmed entflammt war. Sie dachte an nichts anderes, als sich mit dem wunderschönen Sterblichen zu vermählen. Doch das ist Feen und Nymphen verboten. Sie dürfen sich nur mit ihresgleichen verbinden. Adrakkir verfiel in große Trauer. Sie hatte es schon öfter mit alten Geistern versucht, doch nie war sie so richtig glücklich gewesen. Die waren starrsinnig und selbstsüchtig, dachten nur an ihr Vergnügen und erdrückten sie fast mit ihrer Missionarsstellung. Sie hasste diese Gewichte auf sich. Diese schweren Männer hatten für sie nichts Reizvolles, nichts Befriedigendes. Eine Verbindung mit der Fee Nur en-Nahar hatte sie aufgegeben; irgendwie war das nicht ihr Geschmack. Dieser schöne Prinz, seine Anmut und Unschuld, sein ganzes Wesen, weckte in ihr heiße Begehrlichkeiten. Ach, wie liebte sie es, wenn er in ihrem Brunnen badete und sie seinen schönen Körper berühren konnte. Wie oft schon hatte sie sich mit ihm vereinigt, dieses wohlgeformte Teil in sich gespürt. Ein wohliger Schauer lief über ihren Leib, wenn sie nur daran dachte, und zwischen ihren Schenkeln brannte es wie Feuer. Er war es, der sie glücklich machen könnte und nicht irgendwelche Windgeister oder Dämonen, die ihr Vater für sie ausgesucht hatte. Nach einem uralten Brauch der Überirdischen haben Feen und Nymphen bei der Wahl ihrer Gatten alle Freiheiten. Keine darf gegen den eigenen Willen vermählt werden. Darauf hatte Adrakkir immer verwiesen. Sie wollte den Mann ihrer Liebe selbst erwählen. Das hatte sie nun getan, doch das half ihr wenig, weil er ein Sterblicher war. Adrakkir weinte bittere Tränen. Sie weinte lange. Ihre Tränen flossen bis zu ihres Vaters Füße. Der ließ die Tochter zu sich kommen und fragte sie nach dem Grund ihrer Trauer. Da erzählte die Nymphe ihm all ihr Herzeleid, und weil er seine Tochter sehr lieb hatte, sah er sie gnädig an. »Gott ist groß und Mohammed sein Prophet, wie soll ich dir da nur helfen. Es ist ein Verstoß gegen unsere Gesetze, die selbst ich, als Geisterkönig, nicht brechen darf. Der einzige Ausweg wäre höchstens das geborgte Glück. Das muss aber sehr teuer erkauft werden. Der Sterbliche wird es bezahlen. Pass mal auf, ich will es dir erklären: Ich kann dir für 20 Jahre Menschengestalt geben. Nur für 20 Jahre. Danach musst du zurück in die Geisterwelt und bist wieder die Nymphe deines Brunnens. Ich schicke dich quasi auf Urlaub in die irdische Welt. Du bekommst von mir alles mit, was du brauchst und noch viel mehr. Aber vergiss niemals: Es ist alles nur geliehen! So, mein Kind, nun geh mal schön und überleg dir alles sorgfältig. Den Beginn deines Abenteuers kannst du selbst festlegen. In dem Moment, wo du aus deinem Brunnen steigst, beginnt der erste Tag. Von da an hast du noch 20 Jahre. Adrakkir fühlte sich wie im siebten Himmel. Sie umarmte den Vater, bedankte sich für seine Güte und entschwand. Voll des Glückes stellte sie sich vor, wie sie in Zukunft leben würde. Was mit dem Prinzen ist, wenn sie plötzlich nicht mehr da wäre, kam ihr dabei nicht in den Sinn. Wenn sich solche Gedanken dann doch einmal einstellten, dachte sie, dass ja schließlich alles mal zu Ende ist und ihm die schönen Erinnerungen an eine wunderbare Zeit bleiben würden. Dass es gute, traumhafte Erinnerungen sein würden, dafür wollte sie schon sorgen. Eines Abends, es begann schon dunkel zu werden, der Mond schien hell, die silbernen Strahlen glitten über den Brunnen und spiegelten sich im Wasser, da saß der Prinz in Gedanken versunken am Brunnen. Das Wasser murmelte leise und ruhig. Er liebte diese Stille über alles. Das war nach den Turbulenzen der Staatsgeschäfte so wohltuend für die Seele. Versonnen glitt seine Hand über die bemoosten Steine. Wie schön sich das doch anfühlte. So weich und glatt, wie die Scham der paradiesischen Jungfrauen. Mit einem Mal begann sich die Wasserfläche zu regen, bildete sanfte Wellen und als sie sich teilten, entstieg eine traumhafte Gestalt den Wassern. Ein heller Schein umgab die Erscheinung und verlieh dem Unwirklichen Himmlisches. Er glaubte zuerst, es wäre das Trugbild einer der paradiesischen Jungfrauen, an die er gerade gedacht hatte, doch war es mehr, viel mehr. Als sich seine Augen an das Licht gewöhnt hatten, sah er eine Maid, die in dünnstes Voile gehüllt war. Der feine Stoff war mit Blumen aus Goldfäden bestickt und reich mit Perlen und edlen Steinen besetzt. Die Feuchte des Wassers schmiegte es dicht an den Körper und gab ihn den Blicken frei. Der schlanke Leib weckte nie gekannte Sehnsüchte. Er war makellos und rein, wie ihn menschliche Augen noch nie vorher gesehen hatten. Den zierlichen, nackten Füßchen folgten schlanke, wohlgeformte Beine, die im Schritt ein wunderbares dunkles Dreieck frei gaben. Eine magische Sogwirkung von unfassbarer Stärke ging von diesem Feld aller Lüste aus. So fein und zierlich verdeckte das Geflecht der gekräuselten Haare die das Geheimnis schützend bedeckenden Lippen, dass die verlangenden Sinne betört wurden. Alle weibliche Pracht widerspiegelte sich in schwungvollen Hüften und der Harmonie des gerundeten, festen Pos. Eine sanfte Taille und wohl gerundete Schultern, denen Arme folgten, für deren Beschreibung die Sprache noch keine Worte gefunden hat, vollendeten das Bildnis, das seinesgleichen auf Erden nicht hat. Ihr Gesicht war das eines Engels mit allem Liebreiz und aller Anmut. Das Lächeln betörte und versetzte in lustvolle Träume, in denen nur das Licht ihrer beiden Augen strahlte. Doch all das wurde übertroffen von etwas Einzigartigem, etwas völlig Unfassbarem, ja Unglaublichem: Es waren die Brüste, die den vollendeten Leib zierten. Ein Gruß paradiesischer Fülle und Schönheit. Nur Göttern war es je vergönnt, eine solche Pracht zu schauen. Zwei Hände waren zu klein, auch nur eine von ihnen aufzunehmen. Sie ruhten wie zwei übergroße Granatäpfel in sich und nur wenn sie schritt, wogten sie auf und ab, wie ein Kornfeld sich wiegt, wenn der laue Sommerwind hindurchgleitet. Langsam, majestätisch, ihrer beeindruckenden Fülle folgend, stiegen sie am Körper hinauf, um, ihrer harmonischen Schwere folgend, wieder in die sichere Ausgangsposition zurückzugleiten. Dieser Vorgang verlieh ihr die Würde, die das Himmlische für sich in Anspruch nimmt. Es war die Weichheit, die Größe und das wohlige Wiegen, das die Sinne schwinden ließ. Wer sie sah, dem war, als würde es nichts weiter geben, als diese zwei himmlischen Augen, die in dieser Vollendung tiefstes Verlangen wecken. Die majestätische Größe mit den kräftigen Knospen, die sich rosa-braun gegen ein samtenes Weiß absetzten, würden über die tastenden Hände alles Glück dieser Welt bis in das innerste Mark fließen lassen. Ihr Anblick versetzte in eine verlangende feierliche Sprachlosigkeit, wie in schmachtenden Fieberträumen.

Ihm war, als böte sie ihm zwei Schalen mit reifen Früchten dar; paradiesische Früchte, weich und süß. Eine jede gut über zwei Pfund. Sie würden den Händen nicht flüchtig entgleiten, wirkten sie doch ungewöhnlich straff, fest und rund.

Liegend würden sie nur wenig seitwärts gleiten und dann wie zwei große Paradiesäpfel liegen, bereit, gepflückt zu werden. In der Time-Bomb-Position würden sie fest vom Körper abstehen, wie zwei weiche Kissen, und einen breiten Körperkontakt herstellen; weich und warm.

Wie erstaunt war Prinz Ahmed, als diese himmlische Gestalt ihn ansprach. Dabei klang ihre Stimme lieblich und sanft, mit einem dunklen Timbre, das seinen Weg direkt ins Herz findet.

»Sei gegrüßt, Prinz Ahmed, strahlender Held und Mann meiner Sehnsüchte. Ich habe dich in der Fülle meiner Liebe beobachtet. Ich habe dich gesehen, wenn du versonnen auf diesen Steinen saßt oder durch den Rosenhain gewandelt bist, und je länger ich dich sah, desto mehr sehnte sich mein Herz nach dir. Wenn du im Brunnen badetest, sah ich deine schöne Gestalt und es überkam mich heißes Verlangen, mit dir die Freuden und Wonnen des Lebens zu teilen. Unsichtbar war ich immer um dich, streckte verlangend die Arme nach dir aus, berührte deinen Körper, streichelte und küsste ihn. Des Nachts, im Traume, wünschte ich mir, du würdest in mich dringen, und ich erwachte auf feuchtem Lager; voll Liebe zu dem Mann, der in mir so große Sehnsucht geweckt hat. Ach, wie lange habe ich auf diesen Augenblick gewartet, voller Hoffen und Sehnen.«

Der Prinz war von dem Götterbild so betört, dass er keine Worte fand. Er starrte diese unwirkliche überirdische Erscheinung fassungslos an und meinte, er müsse gleich aus einem Traum erwachen, denn was er erlebte, existiert nur in Träumen, in wunderschönen lieblichen Träumen.

Da hörte er Adrakkir sagen: »Du schweigst. Gefalle ich dir nicht? Schickst du mich fort, mein Geliebter?« Da streckte er, wie in Trance, die Arme aus und zog sie fest an sich. »Oh! Du!« Mehr konnte er nicht sagen. Seine Beine wurden schwach und er sank, die wunderbare Frau mit sich ziehend, in das weiche Gras. Adrakkir lächelte und schmiegte sich an ihn. Sie war in seinem Herzen angekommen, dort, wohin sie sich immer gesehnt hatte. So lagen sie, in ihr Glück versunken, fest ineinander verschlungen, bis die Sonne begann, ihre goldenen Finger auszustrecken. Sie sah vorsichtig über die Efeumauer und strahlte dem sich liebenden Paar vorsichtig in die Augen, und als sie die Braut betrachtete, da staunte die gute alte Sonne. Sie hatte schon viel gesehen, aber solchen Glanz und solche Schönheit war ihr noch nie begegnet. Prinz Ahmed erwachte zuerst. Er rieb sich die Augen, als wolle er prüfen, ob er wachte oder träumte. Doch es bestand kein Zweifel. Er war wach, hellwach, und alles war Wirklichkeit. Neben ihm lag die schönste Frau, die Menschenaugen je gesehen haben. Er griff vorsichtig ihre Brüste und glühende Hitze durchzog seinen ganzen Leib. Dann fuhr seine rechte Hand an den Oberschenkeln hinauf und drückte sich ganz, ganz zart in den Schlitz, der von zwei pulsierenden Wächterinnen, rechts und links, bewacht wurde. Adrakkir wachte mit einem leisen Stöhnen auf. »Oh, mach weiter, Geliebter, mach weiter. Ich liebe das. Es ist wunderschön.« Prinz Ahmed küsste die geliebte Frau tief und innig, während seine Hand über den samtenen Mooshügel strich, bis sie den kleinen Granatapfelkern erreichte. Kaum hatte er ihn berührt, bebte ihr Körper und sie stöhnte leise. Er rieb ihn, mal sanft, mal fester und ihre Sinne gerieten in Wallung. »Komm, setze dich auf den Stein, ich will es dir machen. Ich kann das gut«, hauchte sie. Er setzte sich, wie sie ihn geheißen hatte, und erlebte ein Märchen aus Tausendundeiner Nacht. Wäre er viele hundert Jahre alt geworden, nie wieder würde er solche Glückseligkeiten erleben wie an ihrer Brust und in ihrem Schoß. Sie liebte, wie nur Nymphen lieben können, mit einer so zarten warmen Feuchte, gegen die Samt wie Sandpapier wirkte. Sie strich die Saiten langsam und vorsichtig, jeden Millimeter in sich aufsaugend; dann wieder fest und schnell. Die Lust bestimmte das Tempo und der zarte Duft ihrer großen Brüste betörte ihm die Sinne. Sie liebte diese Time-Bomb-Position, hatte sie dabei doch alle Freiheiten, den Zauber der Lust zu genießen. Jedes Mal durchzog es sie bis in die Zehenspitzen, wenn das lange feste Wunderrohr tiefer in sie drang und mit jedem Zentimeter größer und stärker wurde. Sie meinte, vor Lust zerspringen zu müssen, und je tiefer sie dieses Glück empfand, desto fester und unruhiger wurden die Warzen ihrer Brüste. Sie stellten sich auf, wie zwei reife saftige Kirschen, und sie fühlte die große Freude, die Ahmed an ihnen hatte. Wenn er an ihnen saugte, lief es feucht aus ihr heraus. Fast ohnmächtig zuckend presste sie sich gegen sein Becken, rieb sich fest daran, bis sie vom Himmel in den Überhimmel kam; rhythmisch im Takt des reinen Lustgefühls. Sie wusste nicht, was geschah, sie wusste nur, dass es gut war und hoffte, es würde nie enden. Bevor sie in den totalen Traum hinüberglitt, merkte sie noch, wie sich ihr ganzer Körper zusammenzog. Sie hielt ihn fest, ganz fest und spürte, wie es sich warm in sie ergoss. Was für ein Geschenk des Himmels, dachte sie. Was für ein Geschenk. Und dann war nur noch das Zucken in der Tiefe ihres Leibes.

Sie erwachten gegen Mittag. Um sie herum war nur Glück, Sonne und Zufriedenheit. Ahmed streichelte ihre Brüste, die mit einer Erektion zeigten, dass es schön war. Als ihre Hand vorsichtig an ihm hinabglitt, erschrak sie. Da stand er schon wieder fest wie ein Mast. Ihre Hand umschloss ihn und wieder überkam sie dieses tiefe Sehnen. »Komm setze dich auf den Stein. Ich will es dir machen. Ich kann das sehr gut«, flüsterte sie, und im Gehen hauchte er: »Ich weiß.«

Als der Abend anbrach, badeten sie im Brunnen. Das klare Wasser sollte ihre Glut kühlen, doch er merkte, wenn er sie ansah, wie hungrig er war. Da schwamm er zu ihr, küsste ihre schönen Brüste und streichelte über das Moos vor der Tür. Da machte sie das Tor weit auf, um ihn willkommen zu heißen, und beim Eintreten merkte er, das alles vorbereitet war.

Der Vorgang wiederholte sich Tag für Tag und jeder war schöner, als der vorherige. Adrakkir erfand immer neue Zärtlichkeiten und Ahmed eiferte ihr nach. Ihr Erfindungsreichtum war unerschöpflich. Jede Minute, jede Stunde, ja jeder Tag war ein Aneinanderreihen größter Glücksgefühle.

Ahmed und Adrakkir verlebten Jahre des Glücks. Niemals wieder gab es Liebende, die so innig und friedvoll das Leben teilten. Es gab nur Sonnenschein. Niemals trübte eine Wolke ihr gemeinsames Glück. Ahmed stellte sie irgendwann einmal seinem Vater vor. Dem alten König gefiel die Maid sehr und er drängte seinen Sohn zur Heirat. In ihrem gemeinsamen Glück hatten die Verliebten gar nicht daran gedacht, weil sie eigentlich auch keine Notwendigkeit sahen, doch folgten sie gerne dem Brauch. So wurden die Vorbereitungen für die Hochzeit getroffen und das Ereignis mit großer Pracht und viel Gepränge gefeiert. Das Volk eilte herbei, die Großen und die Kleinen. Keiner fehlte, denn alle wollten das junge Paar sehen.

In dem Jubel und der Freude dachte keiner mehr an das unheilvolle Orakel aus früherer Zeit. Man feierte, war fröhlich und diskutierte die Frage, ob nun der junge Prinz seine Frau oder sie ihn an Schönheit und Edelmut überträfe.

So gingen glückliche und sorgenlose Jahre ins Land. Der alte König Sachem übergab seinem Sohn das Reich, als er der Amtsgeschäfte müde wurde, und Ahmed, den das Volk liebte, bestieg den Thron. Die Reichshauptstadt wurde zum Mittelpunkt des gesellschaftlichen Lebens. Es blühten Kunst, Handel und Wissenschaft. Der junge König regierte mit weiser Hand, Übersicht und Milde. Am Abend, wenn er müde war, fand er bei seiner Gemahlin Ruhe und alle Freuden, die sie zur gegenseitigen Wonne immer wieder aufs Neue übten und vervollkommneten. Eins blieb aber immer gleich. Sie saß auf seinem Schoß, denn Nymphen liegen nicht unten. Dazu war sie auch in der menschlichen Gestalt nicht bereit. Nur sie wusste, was für sie gut war und was für sie die Krönung war.

Sie genoss ihr irdisches Glück und vergaß die Zeit, wie es denn bei glücklichen Menschen so zu sein pflegt. Als sie einmal in einem Bett lagen, aus Wacholderholz mit Edelsteinen besetzt, überdacht mit einem Baldachin aus rotem Atlas, glitt seine Hand an ihrem schönen Körper entlang nach unten. Er hatte sich sehr viel Zeit für ihre göttlichen Brüste gelassen und wollte nun hinab ins süße Moos, wo der Granatapfelkern voller Sehnsucht auf ihn wartete, da stutzte er. Merkwürdig, es war ihm nie aufgefallen: Sie hatte keinen Bauchnabel, in den er seine Zunge hätte stecken können. Da wusste er, dass sie nicht ein Kind irdischer Eltern war. Er liebte eine Göttin, einen Engel, eine Überirdische. Welch eine Wonne, welch ein Glück. Er sprach nie mit ihr darüber, aber von diesem Moment an liebte er sie noch inniger, hungriger und heißer. Noch nie war einem Menschen so viel Lust und Wonne zuteil geworden, wie ihm. Er war der glücklichste Mensch der Welt.

Eines Tages, man saß gerade bei Tanz und Spiel, erschien ein Bote mit der Nachricht, dass der Feind in eine entlegene Provinz eingebrochen war und Städte und Dörfer verwüstete. Sogleich ließ Ahmed ein Heer rüsten, um mit den besten und tapfersten Kriegern die Eindringlinge zu verjagen. Adrakkir und Ahmed liebten sich drei Tage und drei Nächte, dann zog er einen ehernen Harnisch an und gürtete sein Schwert. Die Pferde wurden vor die Kampfwagen gespannt. Die Ritter saßen auf und hinaus brauste die Reiterei. An der Spitze ritt ein trauriger König. Er saß auf einem schneeweißen Ross, das Zaumzeug aus edlem Metall gewirkt und reich mit Diamanten und Edelsteinen verziert. Die Satteldecke war aus dunkelrotem Purpur, der Sattel aus feinstem Leder. Er trug ein weißes Tuch aus Samarkand am rechten Arm. Ein Gruß der geliebten Frau. Er wusste nicht, dass es der letzte war.

Der Abschied war sehr schwer gewesen. Sie wollten sich gar nicht loslassen. Er versprach, schnell wieder zurück zu sein. Dann eilte er den Feinden entgegen. Sie hatte lange gewunken und bitterlich geweint. Es überkam sie eine Trauer, dass sie glaubte, ihr Herz würde zerspringen. Im Rausche des Glücks hatte sie ihre Menschentage nie gezählt, doch waren schon viele vergangen, sehr viele. Zu viele?

Prinz Ahmed zog mit den Truppen dem Feind entgegen. In vielen Schlachten warf er die Eindringlinge zurück und ritt dann, von den Schwingen der Liebe getragen, eilends zurück. Die Sehnsucht nach seiner geliebten Frau wurde immer größer; auch beunruhigte ihn, dass er nie eine Nachricht von ihr erhalten hatte.

Sofort, nachdem er vom Pferd gestiegen war, eilte er in ihre Gemächer. Doch er fand sie leer. Alles war unberührt.

Er rief nach der Kammerzofe. Die eilte jammernd und klagend herbei. »Ach, gnädiger Herr, großes Unglück ist über uns gekommen. Die Herrin Adrakkir ist verschwunden. Anfangs hatte sie nur geweint, ging immer zum Brunnen im Park und saß dort stundenlang allein. Keiner durfte sie stören. Eines Tages, es ist schon eine Weile her, war sie einfach nicht mehr da. Wie vom Erdboden verschluckt.«

König Ahmed stand bleich und starr, wie eine Marmorsäule, der man eine Rüstung angezogen hatte. Dann ging er wortlos, ohne auch nur einmal stehen zu bleiben zum alten Brunnen. Er wünschte sein Ende herbei und stürzte sich mit der schweren Rüstung in das Wasser, das er so sehr geliebt hatte. Er sank tiefer und tiefer. Doch plötzlich geschah etwas Merkwürdiges. Eine unsichtbare Hand ergriff ihn und warf ihn zurück ans Ufer. Ohne Besinnung blieb er lange Zeit liegen. Er merkte nur, wie seine Brünne gelöst wurde und sich zwei Lippen auf die seinen legten.

Als er wieder zu sich kam, fand er sich in weiches Gras gebettet. Neben ihm lag ein Zettel. Die Schrift war verwischt, wie von Tränen, die darauf getropft waren. Da las er: »Lebe wohl, mein geliebter Mann. Ich muss gehen und werde niemals zurückkommen. Alles hat mal ein Ende. Du musst dich damit abfinden. Ich weiß, du wirst es schaffen.«

König Ahmed stand wie betäubt. Er konnte das alles nicht verstehen und wollte es auch nicht. Alles, was ihm etwas bedeutete, hatte er verloren. Seine Sonne war untergegangen. Selbst das Wasser hatte ihn nicht haben wollen. Kälte, Leere, Schmerzen. Er setzte sich auf einen Stein und weinte bitterlich. Er weinte sieben Tage und sieben Nächte. Dann stand er auf, verwandelte sich in eine weiße Taube und stach sich mit einem Rosendorn tief ins Herz. Als sein Herzblut zu rinnen begann, stieg er in die Lüfte und flog davon. Er wollte die Geliebte suchen. Sie musste irgendwo da draußen in der Welt sein. Er flog und flog und überall, wo ein Tropfen seines Herzbluts hinfiel, wuchs eine Dicentra spectabilis aus dem Boden, als Zeichen eines gebrochenen Herzens.

Mittlerweile ist es draußen dunkel geworden. Ein kräftiger Sturm hat die Gewitterwolken weitergetrieben und klare Sterne funkeln am Himmel. Die Kerze geht langsam zur Neige; es wird Zeit fürs Bett.

Ich liege noch lange wach. Märchen sind doch etwas Schönes, selbst wenn sie traurig sind. Zum Glück sind sie ja nicht wahr, aber irgendwie ist doch was dran.

Eiche weiche, Buche suche

Wenn ich gefragt werde, was für mich der schönste Baum ist, sage ich spontan: die Eiche.

Ich verehre sie, wenn sie in großen Hainen zusammenstehen. Ein starkes, störrisches Völkchen, Wind und Wetter trotzend.

Mehr noch liebe ich die Einsiedler. Es sind eigentlich keine Einsiedler, die sich aus Schwäche davongestohlen haben, sondern sie sind wie große einsame Menschen. In ihren Wipfeln rauscht die Welt, während ihre Wurzeln in der Unendlichkeit der Erde ruhen. Sie streben mit Kraft nach dem einen: ihre eigene Gestalt auszubauen, sich selbst darzustellen.

Wen wundert es, dass die Eiche der heilige Baum der Germanen war. Erdverbunden, stark und unkompliziert, mit dem Hang zum Mystischen, der allen Naturvölkern eigen ist, mussten sie die Eiche verehren. Sie war Donar geweiht, dem Donnergott, der in den Sturmnächten über den Himmel brauste und seine Funken sprühenden Pfeile auf die Erde schmetterte, die so oft die Eiche zum Ziel hatten.

Das fiel schon den alten Germanen auf. Von allen Waldbäumen wird die Eiche am häufigsten vom Blitz getroffen. Wir kennen heute noch die Warnung: Eiche weiche, Buche suche.

Wenn wir als Kinder unsere Großmutter darüber befragten, sie war ein Kind des Waldes, sagte sie immer, dass die Eiche als höchster Baum der Blitzableiter des Waldes sei.

Im Laufe des Lebens hat man viel dazugelernt. Heute könnte ich ihr sagen, dass ganz andere Bäume die Blitzableiter sind, nämlich die mit der glatten Rinde wie Rotbuche, Hainbuche und Birke. Das Regenwasser bildet auf der glatten Rinde einen homogenen Wasserfilm, durch den der Blitz in die Erde geleitet wird. Er schlägt hier genauso oft ein wie in die Eichen, allerdings ohne Spuren zu hinterlassen.

Bei Bäumen mit einer rauen, rissigen Rinde ist der Wasserfilm immer wieder unterbrochen, sodass die Energie des Blitzes nicht in die Erde, sondern in das Holz geleitet wird. Die Äste brechen, der Stamm wird gespalten, es brennt. Die Eiche ist nicht der einzige Baum, auch Pappeln, Birnenbäume, Fichten, Kiefern und Tannen sind davon betroffen. Dass die Eiche bevorzugt wird, liegt daran, dass der Blitz nun mal in den höchsten Punkt einschlägt.

In habe keine Eiche in meinem Garten, auch wenn die Eichhörnchen ständig Eicheln verscharren, die ich als Trieblinge immer wieder rausziehen muss. Für eine Eiche ist mein Grundstück zu klein. Außerdem bin ich schon viel zu alt, um jetzt noch eine zu setzen. Ich würde es nicht erleben, dass aus dem kleinen Setzling ein Bäumchen wird, denn die Eiche besteht bis zu ihrem sechsten bis achten Lebensjahr hauptsächlich aus einer bis zu zwei Meter langen Pfahlwurzel. Erst ab dem dreißigsten Jahr beginnt sie ihre Krone auszubilden. Ich würde also niemals in ihrem Schatten liegen können und süße Träume träumen.

So bewundere ich sie dort, wo sie seit Jahrhunderten stehen. Jedes Mal überzieht mich ein Schaudern vor ihrer Mächtigkeit, vor ihrem unbändigen Drang nach oben.

Friedrich Hölderlin hat ihre ganze Größe und Faszination so wunderbar beschrieben:

Die Eichbäume

Aus den Gärten komm ich zu euch, ihr Söhne des Berges!
Aus den Gärten, da lebt die Natur geduldig und häuslich,
Pflegend und wieder gepflegt mit dem fleißigen Menschen zusammen.
Aber ihr, ihr Herrlichen! steht, wie ein Volk von Titanen
In der zahmeren Welt und gehört nur euch und dem Himmel,
Der euch nährt' und erzog, und der Erde, die euch geboren.
Keiner von euch ist noch in die Schule der Menschen gegangen,
Und ihr drängt euch fröhlich und frei, aus der kräftigen Wurzeln,
Unter einander herauf und ergreift, wie der Adler die Beute,

Mit gewaltigem Arme den Raum, und gegen die Wolken
Ist euch heiter und groß die sonnige Krone gerichtet.
Eine Welt ist jeder von euch, wie die Sterne des Himmels
Lebt ihr, jeder ein Gott, in freiem Bunde zusammen.
Könnt ich die Knechtschaft nur erdulden, ich neidete nimmer
Diesen Wald und schmiegte mich gern ans gesellige Leben.
Fesselte nur nicht mehr ans gesellige Leben das Herz mich,
Das von Liebe nicht lässt, wie gern würd' ich unter euch wohnen.

Bäume, insbesondere Eichen sprechen ihre eigene Sprache. Wer sie versteht, erfährt Wahrheiten. Sie predigen keine Verhaltenslehren und Kleinkariertheiten. Sie lehren das Urgesetz des Lebens. Die Eiche rauscht des Abends mit ihrem Wipfel, wenn wir Angst vor unseren eigenen Gedanken haben. Sie spendet tröstenden Schatten in der Hitze des Lebens. Knorrig und dunkel, manchmal etwas kantig, zeigt sie uns, dass das Leben nicht leicht ist, ja sogar schwer, doch ihre Blätter rauschen: »Du musst durchhalten. Kraftvoll nach oben streben.«

Fürchterlich sind für mich Bonsai-Eichen. Zu welcher Größe war sie bestimmt und was hat der Mensch aus ihnen gemacht. Sie wollte von oben heruntersehen und mit mächtigen Armen beschützen. Der Mensch aber hat sie klein gemacht, wie alles in der Natur.

Das Laub der Eiche zierte einst den siegreichen Helden. Für die heroischen Taten unserer Tage genügt Bonsai-Eichenlaub.Was juckt es eine alte Eiche, wenn sich die Wildsäue an ihr wetzen?, habe ich mir oft gedacht. Doch auch die kräftigste Eiche kann zu Fall gebracht werden. Es kommt einer Hinrichtung gleich.

Sind Sie schon mal dabei gewesen? Ja? Na, dann sage ich nichts Neues. Trotzdem will ich mal versuchen, das Trauerspiel zu beschreiben: Zuerst erscheint ein Trupp Arbeiter. Sie haben nicht nur eine fest entschlossene Miene, sondern auch mehrere Motorsägen. Die legen sie am Fuße des Baumes ab, um zunächst mal im Schatten der Eiche Brotzeit zu machen, was ja irgendwie verständlich ist, denn wenn sie ihr »Werk« vollbracht haben, gibt es hier keinen Schatten mehr. Sie trinken ein Bierchen, rauchen und lesen die »Bild«. Zum Schluss geht der Vorarbeiter noch mal austreten und nimmt die Zeitung, um sie einem guten Verwendungszweck zuzuführen. Nach kurzer Zeit erscheint er wieder auf der Bildfläche. Sein Gesicht spiegelt Stolz und Zufriedenheit. Er hat gerade etwas produziert. Wahrscheinlich das Einzige an diesem Tag; aber immerhin, etwas Eigenes. Er knöpft die Hose zu und sagt: »So, Männer, nun wollen wir mal, damit wir bis Feierabend fertig sind.«

Soweit der Prolog. Wer meint, es hätte sich mal einer der sogenannten Naturschützer sehen lassen, der irrt sich. Die sieht man bei solchen Lappalien nicht. Es liegt schon gut 25 Jahre zurück, da fuhr bei uns die Feuerwehr vor und wollte eine 20 bis 25 Meter hohe Pappel fällen. Ich habe diesen Baum nicht geliebt, ich hasste ihn sogar, weil ich unter ihm parken musste. Wissen Sie, was das heißt? Diese Ungeheuer sondern zu jeder Jahreszeit irgendwelche widerlichen, klebrigen oder staubigen Exkremente ab, die den ganzen Lack verderben. Das viele Laub im Herbst war nicht schlimm. Das wehte immer ein kräftiger Wind zu meinem Nachbarn. Wenn der sich lautstark darüber ärgerte, sagte ich immer: »Nicht ärgern. Der Herr hat's gegeben.« Er war Diakon. Nun lassen wir den Herrn mal aus dem Spiel. Die Feuerwehr war da und wollte die Pappel plattmachen. Ich rannte sofort zu ein paar Mitgliedern der »Grünen«, die in einer WG schräg gegenüber wohnten. Wir wussten das, weil sie immer diese schönen Transparente mit den Sonnenblumen an ihr Balkongeländer hängten. Ich klingelte Sturm, allerdings morgens um halb acht. Nach längerem Zuwarten erschien »ein Vollbart mit einem Menschen dran« und fauchte: »Was iss'n?« – »Leute, kommt schnell her, die wollen die Pappel fällen.« Mit einem *»freundlichen«*: »Leck mich am Arsch« knallte er die Tür zu. Die Pappel fiel. Sie gehörte meinem Nachbarn, dem Diakon. Er hat das Geschenk des Herrn nicht zu würdigen gewusst.

Während die Waldarbeiterkolonne anfängt, dem Baum zu Leibe zu rücken, passiert etwas typisch Deutsches. Zwei treten abseits, um bei dem Trauerspiel zuzusehen. Der Vorarbeiter trägt würdevoll die Verantwortung. Weil er nicht so recht weiß, wohin mit den Händen, vergräbt er sie tief in die Hosentaschen und beobachtet von Weitem die Szene. »Arbeit ist wunderschön. Ich könnte stundenlang zuseh'n.« Bleiben übrig um zu arbeiten: zwei. Die lassen nun wahrhaftig die Motorsägen an und sofort stinkt der ganze Wald. Die Sägen schneiden langsam in das Fleisch des Baumes. Bei der ersten Berührung des tödlichen Metalls mit der knorrigen, zerfurchten Haut geht ein ahnendes, trauriges Zittern durch das Blattwerk. Mensch und Säge kennen kein Mitleid. Immer tiefer dringen die Zähne in das Mark und reißen große Keile aus dem Stamm. Irgendwann stößt die Eiche einen klagenden, spitzen Schrei aus. Sie gibt nach und fällt voller Würde krachend zu Boden.

Wissen Sie, wenn man einen Menschen zu Grabe trägt und sieht, wie der Sarg in einem nassen, dunklen Loch verschwindet, trägt man den Trost mit sich, dass einer nun seine Ruhe gefunden hat. Er ist dieser Welt entrückt. Aus einem Leben voller Kampf und Sorgen ist er nun an ein anderes Ufer getreten. Insgeheim denkt man vielleicht: Er hat es gut. Eigentlich ist er zu beneiden.

Bei einer Eiche kann man das nicht sagen. Sie wollte gar nicht sterben, hatte sie doch bis ins hohe Alter überreichlich und zuverlässig ihr Laub getrieben und stets eine Unmenge Früchte hervorgebracht. Niemals war ein Zeichen von Schwäche und Müdigkeit an ihr zu sehen gewesen. Nun liegt sie da und wird ihrer herrlichen Krone beraubt. Die mächtigen Arme werden zerkleinert und beiseitegeräumt, bis nur noch ihr stolzer, gerader Leib zurückbleibt. Irgendwann, wenn er ausgetrocknet ist, wird ein Tieflader kommen und ihn ins Sägewerk bringen.

Zurück bleibt der große nackte Stumpf: die Todeswunde. An den Jahresringen lässt sich ihr ganzes Leben ablesen, ihre Geschichte: alles Leid, alle Krankheiten, gute und schlechte Jahre, überdauerte Stürme und Blitzeinschläge. Wer sie sorgfältig liest, wird erkennen, wie nahe Freud und Leid, Not und Wohlergehen beieinanderliegen.

Eiche war das Lieblingsholz meines Vaters. Er schätzte die Festigkeit und Beständigkeit; Eigenschaften, die er auch hatte.

Für mich war er sowieso immer wie eine Eiche: zuverlässig und gradlinig. Ein bisschen zu hart vielleicht, innerlich aber ein fester, guter Kern.

Ich wollte, er wäre wie sein Lieblingsbaum viele hundert Jahre alt geworden; es war für ihn so eine große Lust zu leben. Aber man fällte ihn, wie eine Eiche. Er konnte sich nicht gegen die Säge wehren.

Jetzt ruht er in einem Eichensarg, und ich hoffe, das Holz schützt ihn über die Zeit der ihm nicht vergönnten Jahre.

»Glühwürmchen, Glühwürmchen, schimm're ...«

Am 30.06.1995 hatte ich die meisten Glühwürmchen in meinem Garten. Ich lag nach getaner Arbeit im Liegestuhl. Es wurde langsam dunkel, die Nacht kam auf, da waren sie plötzlich. Man beobachtet sie ja oft in lauen, trockenen Spätjuninächten um Johannis, aber so viele wie an diesem Abend hatte ich noch nie gesehen. Das heißt, doch, damals bei der Bundeswehr. Wir waren mit unserer Ausbildungskompanie nach Osnabrück verlegt worden und machten den ersten Orientierungsmarsch durch den Teutoburger Wald. Eigentlich wurden wir mit LKWs in die Pampa gefahren und irgendwo ausgesetzt. Unser Leutnant sagte: »So, Männer, diese Richtung 25 Kilometer liegt die Kaserne«, und wies mit der Hand irgendwohin. »Es ist Vollmond. Ihr werdet den Weg gut sehen können.« 25 Kilometer! Das ist viel für Abiturientenfüße. Wenn man sich verläuft, können leicht noch viel mehr daraus werden. Doch was soll's. Watt mutt, datt mutt. Also dackelten wir los, angespornt von dem Versprechen, dass die erste Gruppe zwei Tage Sonderurlaub bekäme. Wie es so ist, wenn viele Menschen mehr oder weniger lustlos zusammen sind: Einer geht los und die anderen trotteln hinterher. Nach vielleicht zwei Kilometern ließ ich lagern und rundum sichern. Dann wurde die Karte zur Hand genommen: Die Generalstabskarte der Gegend, die es zu »erwandern« galt. Als guter Pfadfinder hat man so etwas bei sich. Die gibt es in fast jedem Buchladen zu kaufen. Einen Kompass hat man sowieso. Den braucht man im Gelände ebenso wie ein Schweizer-Taschenmesser.

Nachdem die Karte eingenordet war, versuchten wir unseren Standort zu bestimmen. Das war natürlich schwierig, doch hatte einer beim Vorbeifahren das letzte Ortsschild gelesen: Borgloh. Danach waren wir von der »Hauptstraße« nicht mehr abgebogen. Damit kann man was anfangen. Schnell hatten wir die Marschzahl bestimmt und ab ging's, querfeldein, immer der Marschzahl nach. Warum ich das so gemacht habe? Das hatten mich meine Kameraden damals auch gefragt. Die Marschzahl wird aus der direkten Verbindung vom Standort zum Ziel ermittelt. Sie gibt den kürzesten Weg an. Man spart dadurch oft viele Streckenkilometer. Das war wichtig. Schließlich wollte ich doch mit meiner Gruppe gewinnen! Zwei Tage Sonderurlaub!

Anfangs kamen wir zügig voran, doch dann wurden Wald und Unterholz zunehmend dichter und der Weg immer beschwerlicher. Die Stimmung war auf dem Nullpunkt, als sich der Wald plötzlich auftat und auf der vor uns liegenden Lichtung Hunderte von Glühwürmchen durch die Luft flogen. Ich glaube keiner von uns hatte vorher je eins gesehen, und nun dieses gewaltige Naturschauspiel. Wir blieben eine ganze Weile andächtig stehen, dann setzten wir uns auf einen Baumstamm, rauchten eine. Keiner redete ein Wort. Nach einer halben Stunde flüsterte ich: »Kommt, Jungs, wir wollen doch zwei Tage Sonderurlaub gewinnen.« – »Müssen wir nicht. Wir haben doch etwas viel Schöneres gewonnen.« Das fand ich auch. Sonderurlaub gibt es immer wieder, doch so ein herrliches Schauspiel erlebt man nicht alle Tage. Ich habe über dreißig Jahre warten müssen. Bis zu dem Tag, als ich im Liegestuhl in meinem Garten lag. Es war toll, großartig, allein schon, weil es so überraschend war. Nie hätte ich damit gerechnet, dass es in meinem Garten Glühwürmchen gibt.

Natürlich habe ich das Ereignis allen erzählt und war nicht wenig erstaunt, dass viele an diesem bewussten Freitag das gleiche Erlebnis gehabt hatten. Alle waren sich einig, dass wir so viele Glühwürmchen noch nie gesehen hatten.

Eine Woche später las ich in einer namhaften deutschen Zeitung: »Die Glühwürmchen sterben aus.« Nun ist das ja mit den Zeitungsartikeln gewöhnlich so, dass man recht herzlich über den Unsinn lacht und sich dann wieder den wichtigen Dingen des Lebens zuwendet. Doch diesmal habe ich das nicht geschafft. Ich ärgerte mich über die Unwahrheit. Wir waren Augenzeugen gewesen. Was sollte mit dem Artikel bezweckt werden? Ich ging der Sache auf den Grund und las den ganzen Bericht.

Grundsätzlich sollte man davon ausgehen, dass in einer gesellschaftlich und politisch kaputten Welt wie der unseren die Existenz der Glühwürmchen von untergeordneter Bedeutung ist. Man wird ihnen, ohne Grund, keine Schlagzeile in einer Tageszeitung widmen. Beim Lesen fiel es mir dann wie Schuppen von den Augen. Die Begründung für das Aussterben der Glühwürmchen war, dass die Menschen zu viele Insektizide in ihren Gärten verspritzen. Aha! Daher wehte der Wind. Die verantwortungslosen Kleingärtner, denen die Erhaltung der Arten nicht heilig ist, vernichten mit der chemischen Giftkeule die armen Glühwürmchen. Na bravo! Wir haben wieder einen Schuldigen! Wie die armen Rindviecher auf der Alm, die mit ihren Flatulenzen die Klimakatastrophe herbeiführen.

Also, um es ehrlich zu sagen, ich vermisste richtig die Erwähnung der Marienkäfer, die ja auch dem Tode geweiht sind, wenn es keine Blattläuse mehr gibt. Das wäre ein genialer journalistischer Schachzug gewesen. Die Kleingärtner vernichten heimlich, aber systematisch, die deutschen Glücksbringer: Glühwürmchen und Marienkäfer. Das wär's doch gewesen.

Wahrscheinlich sind wir deshalb augenblicklich in allem, was wir machen, so glücklos. Die Glücksbringer sterben aus.

Je länger ich darüber nachdenke, umso größer werden meine ohnedies schon bestehenden Zweifel an der Redlichkeit des Journalismus. Wie kann es nur möglich sein, dass eine kleine Truppe wortgewaltiger Kämpfer die Massen täglich so an der Nase herumführt? Was aber noch viel schlimmer ist: Wir lassen uns das alles gefallen! Wahrscheinlich weil wir der »vierten Macht im Staat«, die auch noch die stärkste ist, hoffnungslos ausgeliefert sind.

Wenn ich mich bei Freunden darüber beklage, werde ich meistens nur mitleidig belächelt. Vielleicht sagt mal einer:

»Du bist ein Idealist und Romantiker.« Man achte auf die Reihenfolge, zuerst kommt Idealist, das geht ja noch, aber dann kommt der verbale Todesstoß: Romantiker. Um es ganz ehrlich zu sagen: Ich bin ein Romantiker und ich bin stolz darauf. Ist Romantik etwas Minderwertiges? Hat die Romantik nicht die besten deutschen Geister hervorgebracht?

Novalis, Hölderlin, Brentano, Fouqué, Eichendorff, Tieck, die Musiker Beethoven, Lortzing, Chopin, Mendelssohn-Bartholdy und Liszt? Ist nicht auch Wagner ein verspäteter Romantiker? In der Architektur gab es Schinkel, in der Malerei Caspar David Friedrich, Philipp Otto Runge, Ludwig Richter, Moritz von Schwind, es ist müßig, sie alle aufzuzählen. Niemals gab es so viel Kreative im deutschsprachigen Bereich.

Waren die Sehnsüchte und Visionen von Schopenhauer und Nietzsche oder die Träumerei von Schumann eine flüchtige, von uns zu belächelnde, glücklicherweise nun längst ausgestorbene Marotte? Bei dieser Marotte ging es, deshalb verstehen wir das heute nicht mehr, nicht um Mode, um banale Oberflächlichkeiten und stilistische Bagatellen. Nein! Es war die Auseinandersetzung mit Geist und Seele. Der Satz: »Was hülfe es dem Menschen, wenn er die ganze Welt gewänne und nähme doch Schaden an seiner Seele?«, ist der Ausdruck dieser Zeit. Natürlich muss das alles bemitleidenswert überholt in den Ohren derer klingen, die sagen: »Was hilft mir meine Seele, wenn ich nicht genug Geld habe?«

Gewiss hat auch das heutige Leben positive Seiten. Es ist der Versuch zu Neuem. Man darf das nicht verkennen. Ist es aber insgesamt wirklich nur so wenig wert, dass alles Bisherige als dumm, altmodisch, sentimental und belachenswert abgetan werden muss?

Der Gärtner im Urlaub

Wenn ich mich streng und kritisch analysiere, stelle ich fest, dass ich in vielen Dingen sehr widersprüchlich bin. So hasse ich beispielsweise nichts mehr als die bürgerlichen Normen, bin jedoch ein entschiedener Verfechter meiner eigenen Grundsätze.

Einer dieser Grundsätze ist, dass ich keine Zeitung lese, eine Tatsache, die, erwähnt man sie zufällig im Bekanntenkreis, auf erstauntes Unverständnis stößt.

Aber was soll ich machen? Ich mag nun mal Zeitungen nicht und empfinde ihre Lektüre als verlorene Zeit. Dabei lese ich wirklich extrem gern, aber eben keine Zeitung.

Das hat verschiedene Gründe: Einmal interessiere ich mich nicht für Politik, wie sie mir vorgesetzt wird, »Sport ist Mord« und Börsenberichte interessieren mich schon gar nicht, weil ich keine Aktien habe und Börsianer als der Übel größtes ansehe. Weil mit dem Journalismus die Halbwahrheiten geboren wurden, mit denen Meinungen gemacht werden, informiere ich mich lieber über das Internet, was natürlich auch nicht frei von Fehl ist. Hier kann ich aber die Themen aussuchen, die mich interessieren und im selben Zug weiter recherchieren. Dadurch hat man die Möglichkeit zur eigenen Meinungsfindung. Eine große Tageszeitung fordert uns sogar dazu auf: »Bild Dir Deine Meinung.« Warum tun wir es eigentlich nicht?

Der Massenmensch ist leichtgläubig und beeinflussbar. Das wissen die Presse-Mogule natürlich. Sie wissen auch, dass die schlechte Nachricht für sie immer die schönste Nachricht ist, weil die Leute das viel lieber lesen als das Gute.

Der eine macht Geld indem er Akkord arbeitet und Überstunden kloppt, der andere mit guten Ideen. Journalisten haben gute Ideen. Die wissen genau, wie man's macht. »Wissen ist Macht. Ich weiß nichts. Macht nichts«, ist ein

Spruch, der absolut ins Schwarze trifft, der aber auch die ganze Tragik zeigt. Der Journalismus weiß, wie man's macht und hat deshalb Macht. Wenn man sich heute fragt, wer der Mächtigste im Lande ist, kommt man doch nicht auf den Bundespräsidenten oder die Kanzlerin. Oder? Mir fällt spontan der Chefredakteur einer großen Tageszeitung ein, die ich nicht gerne nenne. Das ist eine blöde Marotte von mir, die ich überhaupt nicht begründen kann, denn ich halte deren Chefredakteur für einen der schlausten Köpfe dieses Landes, vor dem ich größte Achtung habe. Er weiß, wie man's macht und verfügt über den nötigen Background, es auch umzusetzen. Eine solche Position bekommt man nicht geschenkt, die muss man sich verdienen. Das schaffen nur wenige. Klar ist aber auch, dass wir kritiklosen Konsumenten dabei sehr behilflich sind. Wenn uns diese Zeitung schon zuruft: »Bild Dir Deine Meinung«, und wir kaufen dieses Blatt trotzdem, darf man dem Herausgeber keine Vorwürfe machen, sondern den Lesern. Es ist doch völlig normal, dass jeder so weit geht, wie man ihn gehen lässt. Zeitungen, die Halbwahrheiten verbreiten, oder sich haarscharf an der Unwahrheit entlanghangeln, wären mit einem Schlag kaputt, wenn sie keiner mehr kaufen würde. Doch das passiert nicht. Warum? Weil die Journalisten uns ganz genau kennen und wissen, was wir lesen möchten und wie sie uns damit manipulieren können.

Doch Zeitung hin, Zeitung her, einmal im Jahr werden die guten Grundsätze gebrochen: im Urlaub. Nach wenigen Tagen Sonne regt sich in mir immer die bange Frage, wie es wohl zu Hause im Garten aussieht. Ob die ausgeklügelte und mühevoll installierte Sprinkleranlage, die vor der Abreise sorgfältig programmiert wurde, ob diese Bewässerungsanlage auch funktioniert und die Pflanzen genügend Feuchtigkeit haben.

Um diese Sorge zu beruhigen, muss der Wetterbericht von zu Hause her: also eine Zeitung. Da gibt es gewöhnlich nur eine, die immer schon da ist, ganz egal wo man hinkommt, allerdings mit 24 Stunden Verspätung, aber was macht das schon im Urlaub, wo die Zeit nicht zählt. Ich meine die Zeitung, die uns unsere Meinung bildet, beziehungsweise die, die dafür sorgt, dass wir im Bilde sind. Das Blatt kennen wir alle, zumindest werden wir täglich auf dem Weg zur Arbeit mit ihm konfrontiert. In den öffentlichen Verkehrsmitteln hält unser Gegenüber seine Zeitung immer so, dass wir kostenlos die meisten Horrormeldungen mitlesen müssen. Fährt man mit dem Auto, so wird sie uns an jeder größeren Ampel, zumindest in Frankfurt, von einem lächelnden Inder bis zum Fenster gebracht, und man kann im Vorbeifahren lesen, wer von unseren Sport-Heroen den »Bild«-Reporter enttäuscht hat und wer es wert ist, hochgejubelt zu werden. Die Ergebnisse der Fußballspiele stimmen immer.

Manchmal liest man auch, dass die Ärzte Menschen sind, die sich am Leiden anderer bereichern. Diese Nachricht ist besonders für die erquicklich, die gerade auf dem Weg in die Klinik sind, um hier zwölf Stunden zu arbeiten und sich möglicherweise die anderen zwölf Stunden des Tages im Bereitschaftsdienst um die Ohren zu schlagen. Die breite Masse kümmert das nicht, sie übernehmen gern die Meinung der Zeitung, denn da steht es schwarz auf weiß, folglich muss es stimmen.

Wer meine Meinung eigenwillig oder gar eigensinnig findet, hat völlig recht. Der Eigenwille und der Eigensinn sind zwei Grundsätze, denen ich stets bemüht bin, treu zu sein.

Einen eigenen Willen zu haben ist in der heutigen Zeit ein echter Luxus, wo doch für gewöhnlich der Wille der Masse oder der einer kleinen radikalen Minderheit zählt, dem sich alle anderen beugen müssen. Ich habe meinen eigenen Willen, den ich mit meinen eigenen Sinnen durchdenke, ehe ich versuche, ihn für mich in die Tat umzusetzen. Ich habe es nie fertiggebracht und auch nie einen Sinn darin gesehen, die Meinung der Masse oder der sogenannten Gesellschaft zu akzeptieren oder gar anzunehmen. Die geistigen Unterschiede sind da einfach zu groß.

Ich habe nichts mit Menschen gemeinsam, die den Begriff Quartett lediglich mit einem Kartenspiel oder den der Fuge mit einer Verbindung zwischen zwei Backsteinen assoziieren. Alle ihre stets gelobten Tugenden basieren letztlich auf dem Gehorsam gegen Gesetze, die von Menschen gemacht wurden.

Der Eigensinnige gehorcht ebenfalls einem Gesetz, dem Gesetz in sich selbst, dem Sinn des eigenen, denn was heißt Eigensinn überhaupt: Es bedeutet, dass etwas einen eigenen Sinn hat. Nun hat aber jedes Ding auf Erden einen eigenen Sinn. Jeder Baum, jede Blume, jeder Stein, alles hat seinen eigenen Sinn; nur zwei Wesen auf Gottes Erde scheinen keinen zu haben oder zumindest zu haben dürfen: der Mensch und die von ihm domestizierten Haustiere. Weil für den Menschen der Eigensinn etwas Ungewöhnliches ist, zumindest hat ihn die Gesellschaft nicht legitimiert, besitzt der Begriff einen negativen Beigeschmack. Sich auf seinen von der Natur gegebenen eigenen Sinn zu berufen ist schlecht. Die Masse bestimmt, was Sinn hat oder nicht, das einzelne Individuum muss sich fügen. Es gibt zwei Ausnahmen. Ein Mensch, der sich brav den Vorschriften der Masse fügt, aber doch gelegentlich durchblicken lässt, dass er zu verschiedenen Dingen eine eigene, andere Meinung hat, kann das Glück haben, dass man ihm Charakter zubilligt. Künstlern oder anderen »eigenartigen Kauzen« wird mitleidig Originalität zugestanden. Eine Bezeichnung, die sich tunlichst bemüht, die Wahrheit, nämlich, dass hier Eigensinn vorliegt, zu umgehen. Im Geschichtsunterricht wurde uns viel über Helden erzählt, die eigenwillig und eigensinnig Taten vollbrachten und dadurch ihr Volk retteten oder eine neue, bessere Zeit herbeiführten. Wir haben ihre Namen und Leistungen lernen müssen, weil sie ungewöhnlich waren. Sie wurden uns als Vorbilder hingestellt. Doch wie unsere Lehrer und mit ihnen die Gesellschaft über Eigeninitiative wirklich dachten, merkten wir spätestens, wenn wir eine Gedichtinterpretation eigensinnig und eigenwillig schrieben, so ganz frei von Benno von Wiese. Die schlechte

Note war vorprogrammiert. Die Schlussfolgerung, die wir daraus ziehen müssen, ist ganz simpel: Unsere Gesellschaft bestraft, was früher Vorbildcharakter hatte. Eigensinnige wissen, dass sie sich mit dieser Tugend keine Freunde machen. Wer trotzdem seinen Grundsätzen treu bleibt, hat Charakter.

Ich weiß, dass meine Meinung auf Kritik stoßen wird, aber um es ganz deutlich zu sagen: Ich liebe Kritik. Bedeutet sie doch, dass man anders denkt, sich von der Masse wenigstens in diesem Punkt abhebt.

Es ist das legitime Recht eines jeden, seine eigene Meinung zu haben. Nur Mut. Es ist gar nicht so schwer.

Solange ich mich erinnern kann, haben Gebote eine negative Wirkung auf mich gehabt, mochten sie noch so richtig und noch so gut gemeint sein, ich habe mich schon als Kind widerspenstig gezeigt. Jeder Satz, der mit den Worten »du sollst« beginnt, ruft meinen Protest hervor. In meiner Kindheit und Jugendzeit hatte dieses Verlangen Folgen und war mir oft zum Nachteil. In den späteren Jahren bekam ich das besser in den Griff und ließ meinen Widerwillen nicht mehr so raushängen. Jetzt, im Alter, gibt es eine erneute Wende. Ob es die Reife ist, die sich im Laufe der Jahre eingestellt hat, oder die Enttäuschungen, Resignation vielleicht, ich weiß es nicht, zumindest habe ich das Gefühl, ja sogar die Gewissheit entwickelt, dass ich es nicht nötig habe, mich nach dem »du sollst« zu richten, egal von woher es kommt.

Wenn sich der Mensch stets an das: »Das gehört sich nicht. Das tut man nicht. Das darf man nicht«, gehalten hätte, würden wir heute noch in Höhlen hausen und Bären mit Steinen erschlagen, oder als Aasfresser durch die Steppe ziehen.

Dank der wenigen, die sich nicht an Gesetze und Gebote hielten, ist die Menschheit vorwärtsgekommen, nie durch die Masse der geduldigen Lämmer, die unter Blöken der Herden folgen. Die Schäferhunde sind es, die die Richtung angeben.

Die Gesellschaft spricht ein »du sollst« aus. Sie will damit etwas in einem einheitlichen Sinne verändern, gestalten, ordnen. Ihr Glaube daran und an das Recht dazu ist unerschütterlich. Sie befiehlt und verlangt Gehorsam. Das heißt bei ihr Moral, Machtanspruch, Richtung, Wirkung in die Ferne und die Vorstellung der allgemeinen und dauerhaften Gültigkeit. Wer anders denkt, lehrt, will, ist sündhaft, abtrünnig, ein Feind. Er wird ohne Gnade bekämpft. Die Masse soll, der Staat soll, das einzelne Individuum muss. Das ist eine moralische Dynamik, die ich bis tief in mein Innerstes ablehne, ja, es wird mir übel, wenn ich nur daran denke. Wer ist denn die Gesellschaft, dass sie sich in solcher Art erdreistet, in unser Leben einzugreifen? Mir ist diese Moral herzlich gleichgültig. Es ist mir auch völlig egal, was andere müssen und tun. Eine beeinflussende Umgestaltung der Menschheit – daran verschwende ich keinen Gedanken – das sollen die tun, die sich dazu berufen fühlen, und wenn sie es tun, bitte, nur für sich. Ich bin zufrieden, dass ich so bin, wie ich bin. Der Lauf der Welt interessiert mich nicht im Geringsten. Ich stehe für ein friedfertiges Nebeneinander aller Menschen ein, ohne jegliche gegenseitige Beeinflussung. Das ist recht einfach zu erreichen. Wir müssen nur erkennen, dass die anderen Menschen nicht besser und nicht schlechter sind als wir selbst, dass wir alle Menschen mit Fehlern und Schwächen, aber auch mit äußerst liebenswerten Seiten sind; nicht perfekt oder programmierbar; dann wären wir Computer. Wir sind aber, zum Glück, individuelle Wesen mit dem legitimen Anspruch auf ein eigenes Leben. Der moralische Imperativ, der Moralfinger der Gesellschaft, ist für mich als Formel der Moral unmoralisch.

Woher nimmt der Mensch das Recht, einem anderen zu befehlen, was er tun und was er lassen muss? Dieses Recht gibt es nicht. Und dennoch fühlt sich die Masse durch Begriffe wie Freiheit, Gleichheit, Brüderlichkeit und den sogenannten »gesunden Menschenverstand« legitimiert. Wir sind weder frei noch gleich und mit der Brüderlichkeit ist es doch auch nicht weit her. Wo bleiben denn die Schwestern? Der gesunde Menschenverstand muss immer herhalten, wenn die Sachargumente ausgegangen sind. Die Moral ist uns von Gott gegeben, sozusagen in die Wiege gelegt worden. Sie ist die Basis des friedlichen Nebeneinanders der Menschen, ohne die Individualität des Einzelnen zu beeinflussen. Sie sorgt dafür, dass jeder mit sich selbst und mit seinem Wirken im Umgang mit den Mitmenschen zufrieden sein kann. Jede aufgezwungene Moral ist unnatürlich und bewirkt nur das Gegenteil.

Es gibt so viele Moralauffassungen, wie es Kulturen gibt, nicht mehr und nicht weniger. Jede Kultur hat dafür ihren eigenen Maßstab, dessen Gültigkeit mit ihr beginnt und mit ihr endet. Es gibt keine allgemein-menschliche Moral. Es gibt auch im tiefsten Sinne keine wahre Bekehrung. Jede bewusste Art des Sich-Verhaltens aufgrund von Überzeugungen ist ein Urphänomen. Es ist die zur »zeitlosen Wahrheit« gewordene Grundrichtung des Daseins.

Eine Moral ist wie eine Plastik, Musik oder Malerei, eine in sich geschlossene Formenwelt, die ein Lebensgefühl zum Ausdruck bringt, in der Tiefe unveränderlich, aber von innerer Notwendigkeit. Sie ist für einen Menschen oder Kulturkreis immer wahr, für Außenstehende fast immer unwahr. Zwischen der Moral, die man hat, und der, die man zu haben glaubt, besteht ein schwer aufzufindendes und sehr schwankendes Verhältnis.

Solange der Mensch sein Leben als natürlich und selbstverständlich betrachtet, hat er eine wahllose Haltung. Das ist seine instinktive Moral, die sich in tausend umstrittene Formeln verkleiden lässt, die man aber selbst nicht bestreitet, weil sie da ist.

Tritt das Individuum in die künstliche Welt der Masse ein, braucht es für das Leben und für die Moral eine Theorie, um beides zweckmäßig in Szene zu setzen. Das Leben wird zum Objekt der Betrachtung, die Moral zum Problem. Die Moral des Kulturmenschen ist die Moral, die er hat, die Moral der Masse ist die, die gesucht wird. Die eine ist zu tief, um auf logischem Weg erschlossen zu werden, die andere ist eine Funktion der Logik. Die natürliche Moral begreift die Schwere des Seins. Daraus resultiert das Gefühl des Stolzes, sie zu tragen. Die Moral der Masse ist der Schlachtplan, das Schicksal zu umgehen. Daraus resultieren Armut, Kälte und Leere. Die Tiefe fehlt, das, was man Gott nennt.

Man hat sehr häufig den Eindruck, als fühle sich der moderne Journalismus als Seelsorger der Moral der Massen. Er wendet sich an die meisten, nicht an die besten. Die eingesetzten Mittel werden nur nach der Zahl des Erfolges, also nach der Auflageziffer, nicht nach der Qualität und dem Wahrheitsgehalt bewertet. Das alte US-amerikanische Motto: »Nur ein toter Indianer ist ein guter Indianer«, wird vom modernen Journalismus in »nur eine schlechte Nachricht ist eine gute Nachricht« umgewandelt.

Wenn man sieht, mit welcher Hingabe Journalisten sich der Verdauung, Ernährung und der Hygiene zuwenden, kommen einem rechte Bedenken an der Ernsthaftigkeit dieser Branche. Hier werden Meinungen gemacht und folgsamer Gehorsam gefordert. Alkoholfragen und Vegetarismus werden mit religiösem Ernst behandelt. Frühere Kulturen hätten es unter ihrer Würde gefunden, zu Fragen dieser Art auch nur einen Augenblick herabzusteigen. Im Gegenteil! Von so manchem großen Denker, wie beispielsweise Georg Christoph Lichtenberg, ist bekannt, dass er ein Gegner der übertriebenen Hygiene war und Johann Wolfgang von Goethe war, nach der heutigen Definition, Alkoholiker.

Die allgemeine Wandlung im Denken lässt sich am besten an der modernen Veränderung von Sokrates' Ausspruch »Wissen ist Tugend« aufzeigen. Der moderne Mensch meint: »Wissen ist Macht«. Welches Wissen denn? Sokrates meint das Wissen im Sinne der allgemeinen Bildung. Was meint der moderne Mensch?

Wendet man den kategorischen Imperativ Kants auf unsere moderne Zeit an, so müsste man sagen: »Handle so, als ob die Maxime deines Handelns durch deinen Willen zum Allgemeingesetz werden.«

Ich bin überzeugt, mancher merkt den Unterschied gar nicht.

Manchmal ist es schwer, den Faden zu behalten. Ich war ja eigentlich im Urlaub und habe mir eine Zeitung gekauft, weil ich sehen wollte, wie zu Hause das Wetter ist. Ich hoffe dabei natürlich auf die »schlechte Nachricht«. Doch bei uns scheint die Sonne. Kein Regen in Sicht! So ein Ärger. Man kann sich noch nicht einmal mehr auf die schlechten Nachrichten verlassen.

Der Beifuß

Die schönste Jahreszeit ist für mich der Frühsommer. Die Luft ist mild und mit den zarten Winden treibt der Duft des falschen Jasmins (Pfeifenstrauch) und der vielen Rosen durch den Garten. Vor allem verstehen es die Bourbonica, die Nase zu verführen. Es ist ein Blühen bis in den entlegensten Winkel. Wenn man sich, was nur selten passiert, in den Liegestuhl legt und die Augen schließt, wecken diese Düfte wunderbare Träume.

Ich weiß nicht warum, aber ich träume dann oft vom schönsten Tag im Jahr: von Heiligabend. Er ist deshalb so schön, weil alle Erinnerungen an das Glück und die Unbeschwertheit der Kindheit wachgerufen werden. Glück ist für mich eines der schönsten Worte der deutschen Sprache. Im Sprachklang zeigt sich die ganze Bedeutung. Die ersten drei Buchstaben »Glü«, langsam ausgesprochen und leicht in die Länge gezogen, quasi auf der Zunge zergehen lassen, strahlen die Wärme und Seligkeit aus, die ein glücklicher Mensch empfindet. Die Assoziation mit Glühlampe, Glühwürmchen oder Glühwein ist schnell hergestellt. Dieses würzige Getränk, das wohlig durch den ganzen Körper zieht und bis in die Zehenspitzen für Wärme sorgt. Welch Glück an kalten Dezembertagen. Doch jeder weiß, dass diese Wärme unvermittelt in Kälte übergeht, wenn die Wirkung nachlässt, wie das Wort Glück auch mit dem kurzen »ck« abbricht. Glück ist nicht von Dauer. Es ist nicht mehr da, wenn uns die Realität wieder eingeholt hat. Das Glück ist vorbei, aber man trägt noch, für kurze Zeit, das angenehme Gefühl der Wärme im Herzen. Wer das Glück nicht in einem solchen Augenblick fühlt, für den ist das Leben zu kurz, es zu finden. Wenn ich mich zurückbesinne, muss ich feststellen, dass die Momente des Glücks in der Kindheit häufiger waren und sich im Laufe des Lebens immer rarer gemacht haben.

Um das Glück kann man sich nicht bemühen. Glück wird geschenkt; man erlebt es. Wir sind alle Glücksritter. Was versteckt sich aber hinter dem Glück, das wir haben wollen? Geld, Macht, Karriere! Eigentlich würde Geld allein genügen, denn wer Geld hat, hat Macht, und um Geld zu haben, muss man normalerweise zuerst Karriere gemacht haben. Glück ist eine Gnade, ein Gefühl. Anatol France hat es so schön in seiner Erzählung »Das Hemd eines Glücklichen« beschrieben.

Das letzte Glück wurde mir an einem Sonntagmorgen im letzten Sommer zuteil. Ich wurde, was so gar nicht meine Gewohnheit ist, sehr früh munter. Mein erster Blick fiel auf den tiefblauen Himmel. Die Sonne begann ihre Rosenfinger durch die Blätter der Hainbuche vor meinem Fenster zu schieben. Eine friedliche Stille lag über dem Garten. Ich trat hinaus. Der feuchte Morgentau benetzte meine Füße. Kein Laut war zu hören. Ich konnte förmlich sehen, wie sich die Blumen langsam öffneten. Da war es plötzlich: das Glück. Ich trug es in dem Moment in mir, als ich den Morgen erwachen sah. Kurze Zeit später zwitscherten die Vögel. Das Glücksempfinden verließ mich. Ich trage aber heute noch die Wärme und die Faszination dieses Augenblicks in mir.

Was ist noch Glück? Ein Wintermorgen im knirschenden Schnee, ein Kirschblütenzweig, Regentropfen auf einer Rosenblüte, der Anblick eines geliebten Menschen. Bilder, die das Schicksal von Zeit zu Zeit für uns bereithält. Erinnerungen an das verlorene Paradies.

Ich sehe und erlebe die schönen Dinge des Lebens mit dem Herzen; ich fühle sie. Vielleicht weiß ich deshalb, was Glück ist. Logik ist hier eine Bremse. Jeder Autofahrer weiß, wie holprig es sich mit angezogener Handbremse fährt und wie weit man hinter den anderen zurückbleibt, außerdem stinkt es bald nach verschmorten Bremsbelägen.

Ich habe diese merkwürdige Betrachtungsweise der Dinge, weil mir die Eltern hierfür die Augen geöffnet haben. Nichts ist selbstverständlich. Alles ist ein Geschenk. Deshalb falte ich auch oft die Hände und danke dem Schöpfer.

Ich empfinde die einmalige Schönheit des blühenden Mohnes, ohne dabei an Morphin und Heroin zu denken. Beim Hören der Matthäuspassion entsteht eine tiefe innere Ehrfurcht vor dem »Haupt voll Blut und Wunden«, und wenn ich singe: »Verschon uns Gott mit Strafen und lass uns ruhig schlafen, und unsern kranken Nachbarn auch«, tue ich es aus tiefster Überzeugung.

Ich weiß, dass ich aus der Sicht der Zeit hoffnungslos altmodisch bin. Ich sollte meine Gedanken und Gefühle für mich behalten, laufe ich doch nur Gefahr, zum Gelächter und Gespött meiner Umwelt zu werden. Aber ich bin ein hoffnungsloser Romantiker und trage Novalis im Herzen: »Hätten die Nüchternen einmal gekostet, alles verließen sie und setzten sich zu uns an den Tisch der Sehnsucht, der nie leer wird.« Novalis, der Neuland Bebauende, schuf mit seinem Werk, den Zaubergarten der Romantik und setzte die »blaue Blume« mitten hinein. Ich möchte das einfach allen zeigen, damit jeder sieht, wie wunderschön diese Erde ist und wie glücklich wir eigentlich sein sollten. »Warum in die Ferne schweifen, wenn das Gute liegt so nah.« Man muss nur mit offenem Herzen durch das Leben gehen.

Wie komme ich eigentlich jetzt, wo ich über den Beifuß schreiben will, auf solche Gedanken? Ja richtig, über Heiligabend. Da liegt ein kleines Glück der Kindheit. Draußen ist es kalt und verschneit, im Zimmer kuschelig warm, der Weihnachtsbaum steht im vollen Lichterglanz und überall riecht es wunderbar. Ich glaube, der Duft weckt die Erinnerungen in mir. Der Geruch des frischen Tannenbaums, vermischt mit Gänsebraten und natürlich Beifuß, Artemisia, nach Artemis, der Göttin der Jagd.

Was hat der Beifuß, den man zwischen Boskop-Äpfel in die Weihnachtsgans steckt, mit Artemis, der Schwester Apolls, zu tun? Auf Griechisch bedeutet artemisia »Unversehrtheit« und im weitesten Sinne gute Gesundheit. Artemis ist die Beschützerin der Frauen, besonders der unberührten Jungfrauen. Im heutigen Sprachgebrauch würde man sagen, sie ist die Schutzpatronin der Frauenbewegung. Wir kennen sie alle, die griechische Diana, die Tochter des Zeus und der Leto. Sie ist die Gottheit der ländlichen Fruchtbarkeit, sowohl der Saaten und des Waldes als auch des Viehs und besonders des Wildes, deren Beschützerin sie zugleich ist. Als Mondgöttin ist Artemis die Beschützerin des weiblichen Geschlechtslebens und die Geburts- und Ehegöttin.

Wer mal in Gustav Schwabs »Die schönsten Sagen des klassischen Altertums« blättert, wird bald feststellen, dass sie auch ihre unangenehmen Seiten hat. So fordert sie beispielsweise Menschenopfer, man denke an Iphigenie. Offenbar scheint sie etwas gegen das Geschlecht des Tantalos zu haben, denn beleidigt bringt sie zusammen mit ihrem Bruder Apoll Niobe und ihre 14 Kinder um, ohne dabei auch nur das geringste Gefühl des Mitleids zu haben.

Die Artemisia ist ein Geschenk der Göttin an die Frauen. Vielleicht sagen sie deshalb zu ihren Männern so gern: »Bei Fuß.«

In seiner alten medizinischen Bedeutung diente der Beifuß nicht der Weihnachtsgans, sondern zur Erleichterung der Geburt und zur Regulierung des Menstruationszyklus. Ebenso wie der Wermut (Artemisia absinthum) löst er die Regel aus, wenn sie, aus welchen Gründen auch immer, mal auf sich warten lässt.

Noch im Mittelalter wurde Beifuß als Abtreibungsmittel verwendet. Im Englischen nannte man ihn deshalb Motherworth, »gut für Mütter«; hilfreich bei der Geburt und bei der Abtreibung.

Der Beifuß, insbesondere sein Bruder, der Wermut, galt jahrhundertelang als das Wurmmittel schlechthin. Es waren auch belebende und Magen stärkende Eigenschaften bekannt.

Die Verwendung des Wermuts als Aperitif ist also schon sehr alt. Durch Missbrauch wurde der Wermutwein (Absinth) zu einer schlimmen Geißel der Menschheit, schlimmer noch als alle Drogen der heutigen Zeit. Der übermäßige Genuss führt zu einer irreversiblen Schädigung des zentralen Nervensystems und schnell zur Verblödung. Deshalb wurde die Herstellung 1914 verboten. Aufgrund einer der vielen unverständlichen Regelungen der EU ist der Absinth heute wieder zu neuem Leben erwacht und gilt zurzeit als In-Getränk.

Der Beifuß in der Weihnachtsgans hat diese Wirkungen nicht. Ganz im Gegenteil: Allein schon sein Geruch führt zur fröhlichen Regung aller unserer Sinne, fördert die Produktion der Magensäfte und damit den Appetit.

Alle Artemisia-Arten sind sehr genügsame Pflanzen. Man findet sie an den unwirtlichsten Stellen: an Eisenbahnstrecken, zwischen Schutt und entlang staubiger Feldwege. Ich habe vor Jahren einen kleinen Container Beifuß gekauft und in meinen Garten gesetzt, um immer eigenen BIO-Beifuß zu haben. Ich weiß nicht, warum, aber das Pflänzchen ging ein. Wahrscheinlich war der Boden zu gut. Es ging ihm wie einem Rotkehlchen, das man in einen goldenen Käfig setzt, ihm täglich reichlich Futter und Wasser gibt, doch es stirbt, weil es lieber jeden Tag aufs Neue in Freiheit um sein Leben kämpfen möchte.

Ein Sonntagnachmittag im Garten

Ich liebe die Ruhephasen am Wochenende. Man sitzt nach getaner Arbeit im Garten und liest. Die großen Stockrosen nicken zustimmend mit ihren Köpfen und die kleine »Eye-Paint« guckt mit ihren leuchtenden roten Augen herüber, als wollte sie sagen: »So ist es recht. Du hast es dir verdient.« Der Phlox untermalt die Szene mit seinem betörendem Duft.

Nun schnell bequem machen. Liegestuhl, Sonnenschirm, wenn es besonders heiß ist für jeden Fuß einen Eimer mit kaltem Wasser und das sorgfältig ausgesuchte Buch.

Diesmal habe ich mir aus Platons Werken »Kritias« ausgesucht. Ich habe es schon mal in der Schule lesen müssen und fand es fürchterlich langweilig. Aber wie es so ist, heute verfolge ich Platons Gedanken mit größter Aufmerksamkeit. Merkwürdig, dass mir ganz andere Passagen wichtig erscheinen als unserem Lehrer damals. So beeindruckt mich beispielsweise die Beschreibung der Landschaft um Athen: »So sind denn, im Vergleich zu dem damaligen Lande in dem gegenwärtigen gleichsam wie von einem durch Krankheit dahingeschwundenen Körper nur noch die Knochen übrig geblieben, in dem die Erde, soweit sie fett und weich war, ringsherum abgeflossen und nur das magere Gerippe des Landes zurückgeblieben ist. Damals aber, als es noch unversehrt war, waren seine Berge hoch und mit Erde bedeckt, und ebenso waren seine Ebenen, welche jetzt als Steinboden bezeichnet werden, voll fetter Erde; auch trug es viel Gehölz auf den Bergen, von welchem es auch jetzt noch deutliche Spuren gibt. Denn von den Bergen bieten zwar einige jetzt nur noch den Bienen Nahrung; es ist aber noch nicht gar lange Zeit her, als noch Dächer, welche aus den Bäumen verfertigt waren, die man dort als Sparren Holz für die größeren Gebäude fällte, unversehrt dagestanden. … Ferner genoss es einer jährlichen Bewässerung von

Zeus und verlor dies auch nicht wieder, wie jetzt, wo sie von dem dünnen Fruchtboden ins Meer abfließt; sondern wie es diesen damals reichlich besaß, so sog es auch den Regen in ihn ein und bewahrte ihn in einer Umschließung von Tonerde auf, in dem es das eingesogene Wasser von den Höhen in die Tiefen hinab fließen ließ, und bereitete so an allen Orten reichhaltige Quellen und Flüsse …«

Na? Ist doch richtig spannend. Das ist kein Lagebericht über die deutschen Alpen 2012, sondern eine Beschreibung Attikas vor 2400 Jahren. Ungezügelter Raubbau hatte die Landschaft verwüstet, für den Menschen fast unbewohnbar gemacht. Platon erkannte Ursache und Wirkung ohne kostenaufwendige Forschungsprojekte. Er beschrieb, was er sah, und machte daraus seine Diagnose. So, wie es jeder Radiologe mit seinen Röntgenbildern macht.

Im Gegensatz hierzu die katastrophengeilen Dramatiker, die uns mit ihren gefärbten Berichterstattungen oft genug in die Nähe einer Apotheose des Misthaufens führen, wobei es von Fall zu Fall zu klären gilt, was der Misthaufen ist: das Machwerk, oder die »wissenschaftlichen Erkenntnisse«, auf die sich der Artikel beruft.

»BILD« Dir doch Deine Meinung. Nicht wie ein gläubiger Adept an der Druckerschwärze oder der Fernsehmattscheibe kleben. Selbst mal ein bisschen nachdenken. Das ist nicht schwer. Man muss sich nur trauen.

Jeder kennt das Schlagwort, oder wenn man so will, die Drohung »Klimakatastrophe«. Na? Sehen Sie! Sie können es auch nicht mehr hören. Sehr angenehm. Ich auch nicht. Aber dennoch brauchen wir es jetzt zum Durchdenken der beiden verheerenden Folgen: 1. der Temperaturanstieg um 2–3° Celsius, 2. die Pole schmelzen ab. Der Meeresspiegel steigt. Angaben über die Höhe schwanken; man ist sich nicht so recht einig. Bis zu 50 Meter sind denkbar, wenn »Der Spiegel« den Kölner Dom bis zur Hälfte in Wasser taucht. Zwei Theorien konkurrieren um die Gunst der Paniker: Die Pole schmelzen ab, oder der Golfstrom kühlt ab. Egal was greift, in jedem Fall droht Überschwemmung.

Ganze Völker ertrinken. Nichts mehr mit Malediven und Seychellen. Südsee-Paradiese, wie das Bismarck-Archipel, die Korallenmeerinseln und die Marshallinseln, von denen das Bikini-Atoll eine traurige Berühmtheit erlangte, sind dem Untergang geweiht. Das haben Wissenschaftler festgestellt und der Weltklimarat hat es bestätigt. Solche Horror-Szenarien müssen natürlich die Politiker auf den Plan rufen. Ein Weltklimagipfel jagt den nächsten. Man redet miteinander. Es kommt wenig dabei raus, aber der Steuerzahler, der das ganze Spektakel finanzieren muss, ist beruhigt. Man tut etwas gegen das drohende Unheil, selbst wenn es nur reden ist. Widersprüchlichkeiten in den Aussagen will man nicht sehen. Eiszeit oder Warmzeit? Das ist doch hier die Frage, worauf man eine Antwort haben möchte. Denn, sollte der Golfstrom abkühlen, schmelzen die Pole nicht und der Meeresspiegel sinkt. Schmilzt der Nordpol, können alle beruhigt sein, denn es ist Eis im Wasser. Auch das Whisky-Glas läuft nicht über, wenn die Eiswürfel geschmolzen sind. Beim Südpol ist es was anderes. Das ist Eis auf dem Land. Da würde es bedenklich werden. Zum Glück ist aber von der Antarktis nicht die Rede, weil es dort immer kälter wird.

Wir müssen uns kein Haus im Harz kaufen, damit wir 2014 vom Brocken aus bequem in der Nordsee angeln können. Keine Panik! Bleiben Sie, wo Sie sind und bewahren Sie Ruhe.

Warum keine Panik? Nicht etwa weil es auf dem Umschlag des Reiseführers »Per Anhalter durch die Galaxis« steht, sondern: Wenn bei uns die Durchschnittstemperatur um 2–3° C zunimmt, wird es ein bisschen wärmer, was ich persönlich als angenehm empfinden würde. Unsere vermutete Wiege stand in Afrika, folglich sind wir für wärmere Regionen geradezu geschaffen. Wir zeigen Wärmeanpassung. Bei Kälte müssen wir uns warm anziehen, da funktioniert das mit der Anpassung nicht. Schon immer flossen die Touristenströme nach Süden und nicht nach Grönland, auch wenn es dort lauschige, einsame, kilometerlange Sandstrände gibt. Bei dieser Vorgeschichte fragt man sich, warum wir solche Angst vor einem Temperaturanstieg haben.

Mit dem Anstieg der Temperatur erhöht sich automatisch die Verdunstung, das heißt, der Wasserdampf nimmt zu, es wird etwas mehr regnen, was unsere Landwirte freut, denn Wärme und Regen steigern die Erträge. Die prognostizierten Werte reichen natürlich nicht aus, um zukünftig in Norwegen Bananen wachsen zu lassen. Ich würde auch davon abraten, auf einen grönländischen Chardonnay zu warten, auch wenn das was von Eiswein hätte. Die schöne, frische Bio-Ananas vom Nordkap wird, trotz Klimawandels, nach wie vor aus der Dose kommen.

Klimaerwärmung heißt die Drohung. Dabei wird immer vergessen, dass sich der Begriff Klima aus Wind, Regen, Temperatur und Luftdruck zusammensetzt. Das bedeutet, dass eine Erwärmung nicht zwingend zu einer Klimaänderung führen muss. Die zweite Frage ist: Wenn wir von einer Erwärmung reden, welche meinen wir? Eine regionale oder eine globale. Im Zeitalter der Globalisierung natürlich eine globale. Da kommen aber schon Bedenken auf. Die Beurteilung einer globalen Klimaerwärmung ist problematisch, weil hierüber keine hinreichenden, verbindlichen Messungen vorliegen. So ist die Erwärmung der nördlichen Halbkugel deutlich höher als die der südlichen, die vorwiegend aus Wasser besteht. Die Messstationen, die die Daten für die Prognosen liefern, sind größtenteils auf dem Land stationiert, und da überwiegend im Wirkungskreis von Städten, die einen Wärmeinseleffekt zeigen. So ist beispielsweise Frankfurt am Main im Mittel zwei Grad wärmer als Bad Homburg und die Messstation auf dem Feldberg entsprechend kälter. Messstationen auf Schiffen sind nicht stationär, d. h., sie messen mal hier und mal dort, selten am gleichen Ort, was für ernsthafte Prognosen aber wichtig wäre. Zu allem kommt noch »Climategate«. Die abgefangenen internen E-Mails der britischen Climate Research Unit (CRU) belegen eindrucksvoll, wie fragwürdig die Prognosen des Weltklimarates sind. Ernsthafte Wissenschaftler, wie Svensmark, Shaviv und Veizer, die die Klimaschwankungen der Erde als eine Folge unterschiedlicher Sonnenaktivitäten sehen, aus denen Veränderungen der Magnetfelder resultieren, die ihrerseits die Wolkenbildung beeinflussen, werden ignoriert, obwohl sie eine gute Theorie für die erdgeschichtlich immer wieder auftretenden Klimaschwankungen anbieten.

Punkt 2: Was ist mit den Polen? Nein! Nicht unsere Nachbarn Nord- und Südpol sind gemeint. Da sollte man Meyer's Konversationslexikon zur Hand nehmen, wenn noch eins da ist, sonst tut es auch das Internet. Dort ist zu lesen, und ich habe keinen Zweifel daran, dass es stimmt, im Polarsommer, das heißt, in der »heißen« Jahreszeit herrschen an den Polen minus 30 °C, im Polarwinter bis zu –84 °C. Was passiert nun, wenn die Klimakatastrophe greift und die Temperaturen statt –30 °C nur noch –27 °C bzw. statt minus 84 °C nur noch –81°C betragen? Gar nichts, denn der Gefrierpunkt liegt bekanntlich bei 0 Grad. So hat es Herr Celsius festgelegt und ich glaube nicht, dass sich an dieser Konstellation, durch den Treibhauseffekt, etwas ändern wird.

Warum eventuell eine kleine Deicherhöhung? Es gibt die Überlegung, dass die Gletscher weitgehend zurückschmelzen, was dann zu einem Anstieg des Meeresspiegels um etwa 30 cm führen könnte. Wie es wirklich aussehen wird, wenn der nächste natürliche Klimaumschwung kommt, weiß letztlich keiner so genau. Man kann es auch getrost abwarten, denn ein Klimawandel steht nicht plötzlich, wie ein unerwarteter Besuch, vor der Tür, sondern entwickelt sich gewöhnlich über Jahrhunderte, ja sogar über Jahrtausende. Skandinavien lag mal unter einer 1,3 Kilometer dicken Eisschicht. Grönland heißt das grüne Land. Jetzt ist es weitgehend eisbedeckt und Skandinavien ist eisfrei. Schon immer haben sich Eis- und Warmzeiten abgelöst, auch ohne zivilisatorische Treibhausgase. Das ist normal. Wir können und wollen die Sonne nicht abstellen. Wir müssen die Dinge als gegeben hinnehmen. Was der Mensch beeinflussen kann, ist die Geschwindigkeit solcher Wechsel. Da kommt dem Begriff des zivilisatorischen Treibhauseffekts schon eine Bedeutung zu. Doch dafür ist nicht ausschließlich der Mensch verantwortlich. Jährlich wiederholen sich weltweit Wald- und Steppenbrände, Vulkanausbrüche, Fäulnisprozesse, Brandrodungen in Afrika, Australien und Südamerika, Reisanbau in stehenden Gewässern, um nur einige Gründe für Klimaveränderungen zu nennen, die mehr »Klimakiller« produzieren als der Mensch. Die Treibhausgase sind wichtig, machen sie doch das Leben auf der Erde erst möglich. Nur unter ihrem Schutz konnten wir uns entwickeln. Sie haben dafür gesorgt, dass auf der Erdoberfläche eine durchschnittliche Temperatur von 15 Grad Celsius herrscht. Ohne Treibhausgase wäre es etwa –18 Grad kalt. Sie schützen uns auch vor ionisierender Strahlung aus dem Kosmos und vor zu viel Ultraviolettstrahlung.

Wir alle könnten die Produktion von Treibhausgasen drastisch und schlagartig senken, wenn wir unsere Handys und PCs für immer ausschalten würden. Ich stelle das nur fest. Es ist kein ernst gemeinter Vorschlag.

»Auf der Alm, da kann man ruhig lieben, denn im Herbst wird abgetrieben.« Ja, aber was wird da abgetrieben? Treibhausgas produzierende Monster, die mit ihren methanhaltigen Flatulenzen die Klimakatastrophe herbeiführen. Seit ich das weiß, sehe ich diese schmackhaften Rindviecher mit ganz anderen Augen. Die so unschuldig aussehenden Tiere zerstören klammheimlich mit ihren Fürzen unsere Erde. Durch eine gezielte Steigerung des Verzehrs dieser Umweltsünder sollten wir ihrer ungezügelten Vermehrung Einhalt gebieten! Nun werden einige sagen: Nein, nein, so war das nicht gemeint! Nur keine Massentierhaltung mehr! Reduktion des Fleischkonsums! Gut! Okay! Doch was machen wir mit den vielen Wiederkäuern in den Nationalparks? Dort, wo die Einheimischen verhungern und gleichzeitig zusehen müssen, wie sich unter dem Schutz der WSPA die Tiere vermehren, die unsere Atmosphäre kaputt pupsen?

Sehen Sie, deshalb lese ich nicht gerne Zeitung. Das

Trennen von richtig und unrichtig ist so zeitaufwendig. Ich informiere mich lieber selbst. Das ist auch viel lustiger. Das Internet eignet sich hierfür besonders gut. Jeder Kritische hat hier die Möglichkeit, sich ein eigenes Bild von den Dingen zu machen und, glauben Sie mir, jede selbst erarbeitete Meinung, sei sie noch so falsch, ist mehr wert als eine falsche, die man oktroyiert bekommt. Und vor allem: keine Panik. Es wird nichts so heiß gegessen, wie es gekocht wird. Wir brauchen die Erde nicht zu retten, die rettet sich selber. Aber wir müssen uns retten, uns Menschen. Darum geht es doch. Der Homo sapiens, der denkende/weise, ist erst schlaffe 120.000 Jahre alt. Wenn wir mit den Neandertalern, die immerhin 250.000 Jahre existierten, gleichziehen wollen, müssen wir noch so manchen Klimawandel mitmachen. Die haben das damals geschafft; ohne zu jammern. Deshalb: keine Panik!

Alles wäre nur halb so schlimm, hätte es nicht den edlen Ritter im Kampf gegen den Klimawandel gegeben. Al Gore, zweiter Sieger bei der Präsidentschaftswahl in USA, suchte sich ein neues Betätigungsfeld, obgleich er das eigentlich nicht nötig hatte. Von Haus aus sehr betucht, ist er im Aufsichtsrat von Apple, Berater bei Google und Teilhaber hochrangiger Investmentfirmen. Mit einem geschätzten Aufwand von 300 Millionen Dollar machte er nun einen auf Klimakrise und Energiewende. Mit spektakulären Vorträgen, die er sich ebenso spektakulär bezahlen ließ, kämpfte er, unterstützt von einer beeindruckenden Multimediapräsentation, für das Phänomen der globalen Erwärmung. Dagegen ist grundsätzlich nichts einzuwenden, haben wir doch Meinungsfreiheit. Besonders öffentlichkeitswirksam wurde er aber, als er nicht nur einen Oskar, sondern auch noch den Friedensnobelpreis bekam. Da sagte sich jeder: Wenn er so hohe Auszeichnungen bekommt, muss es schon stimmen, was er sagt. Bald stellte sich aber heraus, dass sein hochgepriesener Dokumentarfilm »Eine unbequeme Wahrheit« neun gravierende Fehler und 35 unrichtige Recherchen enthielt, die für ihn dann zu einer unbequemen Wahrheit wurden. Seitdem hört man nichts mehr von ihm in Sachen Klima.

Es scheint das Schicksal des Menschen zu sein, dass ihm mit Untergangsszenarien gedroht wird, die Panikreaktionen hervorrufen. Dabei spielen die Elemente Feuer, Wasser, Luft und Erde stets die Hauptrolle. Wen wundert's, sind sie doch für uns essentiell. Das geht schon in der Bibel los. Ein Leben in Saus und Braus, Unzucht, damit meint die Bibel immer den offenen Umgang mit der Sexualität, und Gottlosigkeit führt entweder zu einer Sintflut oder zu Feuer und Schwefel, die vom Himmel regnen; auf jeden Fall zur Vernichtung. Seit Augustinus verlagert sich die Katastrophe in die Zeit nach dem Tod in Form des Fegefeuers.

»Eher geht ein Kamel durch ein Nadelöhr, als dass ein Reicher in das Reich Gottes gelangt« (Markus 10/25). Was für eine intelligente Drohung! Der Reiche, das arme Schwein, kommt nicht in den Himmel, weil er reich ist. Reichtum wird, ohne jegliche Begründung, mit Sünde gleichgesetzt. Was soll er nun machen? Er möchte natürlich in den Himmel. Richtig! Er muss arm werden. Wem gibt er also seinen Reichtum? Nein! Nicht seinen Erben. Dann kommen die ja nicht in den Himmel! Na klar! Der Kirche, denn: »Die Kirche hat einen guten Magen, hat ganze Länder aufgefressen und doch noch nie sich übergessen …« Die Drohung führt zum Machtgewinn. Sei es durch Steigerung der Furcht beim Opfer oder durch Anhäufung der Pecunia beim Drohenden. So wie früher die Religionen und Sekten durch Drohungen die »Schäflein« bei der Stange gehalten haben, so tun es heute die Medien. Ängste setzen wirkt immer.

Ich erinnere mich noch gut an das Schreckensgespenst »Waldsterben«, das »Der Spiegel« Anfang der 80er-Jahre geboren hatte. Ein Phänomen, das nur in Deutschland beobachtet wurde. Die Anrainerstaaten lachten über uns. Die Franzosen hatten eine ganz süße und ich denke sehr richtige Erklärung. Auch wenn die Romantik, »Eine deutsche Affäre«, als Epoche lange hinter uns liegt, so lebt sie doch in der deutschen Seele weiter. Wir sehen unseren Wald romantisch verklärt, das heißt mit ganz anderen Augen. Da sieht man schon kummervoll, wenn der eine oder andere Baum abstirbt, und findet das gar nicht normal. Wenn dann ein ernsthaftes Journal auch noch feststellt, dass der Wald in den nächsten fünf Jahren abgestorben sein wird, ist Panik angesagt. Da wurde gegen die Übersäuerung des Bodens Kalk in die Wälder geschleppt und untergebuddelt. Die Schuldigen waren schnell gefunden. Nein! Nicht die Raucher! Es waren die Autofahrer. Zur Strafe mussten sie Katalysatoren in die Abgasanlage einbauen lassen, was für viele finanziell sehr schmerzlich war. Zudem wurden alle dazu verdonnert, auf bleifreies Benzin umzusteigen, was sich positiv auf die Gewinne der Mineralölkonzerne auswirkte. Schließlich muss ja einer von der ganzen Geschichte profitieren. Aus Sorge um unseren Wald haben wir das alles mitgemacht, ohne uns zu fragen, warum die Grünanlagen großer Städte, ich denke da an den Central Park in New York, den Jardin de Luxembourg in Paris oder Kew Gardens in London, völlig gesund sind.

30 Jahre sind vergangen, der totgesagte Wald lebt noch. Es geht ihm gut. So gut, dass er als potentielles Opfer regenerierbarer Energie eingeplant wird. Ich habe da Bedenken, auch wenn das bei einer »guten Idee« nicht schicklich ist, aber so ein Baum braucht doch einige Jährchen, bis er verheizt werden kann.

Das »Waldsterben« hat die Steuerzahler viel Geld gekostet. Allein für entsprechende Forschungsprojekte wurden fast 500 Millionen DM investiert. Geholfen hat es nicht. Nötig war es auch nicht. Den »Grünen« hat es genutzt. Sie hatten mit diesem Thema ihren Aufschwung und 2003 erklärte Renate Künast, zwischenzeitlich Bundeslandwirtschaftsministerin, das Waldsterben für beendet.

Früher hat man immer von Zeitungsenten gesprochen. Heute findet man allein auf einer Seite wahre Entenrudel. Über die früheren Enten konnte man lachen. Sie waren witzig gemacht und leicht zu durchschauen. Die heutigen

Halbwahrheiten sind schlimm. Sie wecken Ängste oder machen ein schlechtes Gewissen. In jedem Fall bilden sie Meinungen, denn wir sind ein Volk der Konsumenten: Die glauben alles. Es muss ihnen nur oft genug eingetrichtert werden. Ich möchte jetzt nicht unseren ehemaligen Bundespräsidenten als Beispiel nehmen. Das hohe Amt wurde schon genügend geschunden: von allen Beteiligten! Ich greife da lieber auf Herrn zu Guttenberg zurück, der einst ein Vorbild unserer Jugend war. Trotz aller Plagiat-Vorwürfe ergaben Umfragen in der Bevölkerung lange Zeit ein Pro von 75 %. Ich frage mich immer, wer da eigentlich befragt wird und ob überhaupt, denn von den vielen, die ich kenne, hat noch nie einer an einer Meinungsanalyse teilgenommen. Wenn die Meinung des Volkes zählen würde, hätten Medien und Opposition meines Erachtens sagen müssen: Okay! Obwohl das und das so ist, möchte das Volk, dass wir die Klappe halten. Also, das Volk entscheidet, wir lassen alles, wie es ist. Doch nein! Die öffentliche Meinung wird von der vierten Gewalt des Staates durch ständige Berieselung so lange manipuliert, ich liebe die Standhaftigkeit der Menschen, bis die Meinung kippt. So wird dann ganz schnell aus 75 % Pro 75 % Contra. Die Medien stürzten ihre hausgemachte »Lichtgestalt«.

Aber, alles ist halb so schlimm. Wir werden trotzdem alle Katastrophen überstehen, so wie wir den nuklearen Winter, das Waldsterben, den sauren Regen, Tschernobyl, Harrisburg und das Ozonloch überstanden haben.

Neuerdings macht sich eine neue Horrormeldung breit: In der Bundesrepublik sterben jährlich 20.000 Menschen an den Folgen von Röntgenstrahlen. Es läuft alles wieder nach dem gleichen Schema. Man stellt eine Behauptung auf, mediengeile Wissenschaftler äußern, gegen gutes Entgelt, größte Bedenken, sogenannte Experten geben ihren Senf dazu und schon entsteht in der Bevölkerung Panik.

Ich hatte jeden Tag damit zu kämpfen, die teilweise blöden und falschen Behauptungen geradezubiegen. Irgendetwas Wahres ist ja immer dran, möglicherweise ist jeder der

20.000 Toten in seinem Leben geröntgt worden, aber jeder hat bestimmt auch mal Aspirin geschluckt.

Na, lassen wir das. Die Hauptsache ist doch, dass die Auflagezahlen der Zeitungen und Journale steigen, denn je größer die Auflage, desto mehr Geld kommt in die Kasse. Und Geld ist ja immer das Wichtigste, denn Geld bedeutet Macht.

So, jetzt ist es dunkel geworden. Die Stockrosen haben längst ihre Augen geschlossen. Ein paar Fledermäuse fliegen Zickzack durch den Garten. Dicke Tautropfen liegen auf der Wiese. Sicher wird morgen wieder ein schöner Sommertag.

Verschon uns Gott mit Strafen und vor Ozonalarm in Hessen.

Was haben Weihnachtsbaum und Dahlien gemeinsam?

Ich mag die Farbe Grün weder in der Mode noch im Kunstgewerbe. In der Natur liebe ich sie. Grün ist Hoffnung, Hoffnung, dass die Not bald ein Ende hat. Die hellgrünen Birkenblätter im Frühling erwecken die Hoffnung auf fröhliche, wärmere und bunte Tage. Ein grüner Zweig vom Ölbaum war für Noah das Symbol der Hoffnung. Die Sintflut war vorbei.

Diesen Symbolcharakter hat auch der Weihnachtsbaum. In einer Zeit der Hoffnungslosigkeit, in den Gärten gibt es nur die braune Erde, das nasse Laub des Herbstes modert auf den Beeten, da holen wir uns den grünen Tannenbaum in unsere Wohnungen, als Hoffnungsträger. Gerade zu diesem Zeitpunkt, an dem wir jährlich die Geburt Christi feiern, die für uns ja ebenfalls ein Zeichen der Hoffnung ist. Draußen ist es kalt und diesig. Man hat den Eindruck, als habe uns die Sonne für immer verlassen, da steht plötzlich der grüne Baum mitten im Raum. Ein wohlbekannter Duft verbreitet sich im Zimmer. In diesem Wonnegefühl leben plötzlich die glücklichen und unbeschwerten Bilder der Kindheit wieder auf. Licht kommt in unsere Herzen, obwohl es draußen noch genauso dunkel ist wie vorher. Das Grün des Baumes läutet bessere Zeiten ein.

Nicht ohne Grund wurde der alte heidnische Brauch, das Haus um die Jahreswende mit winterlichem Grün auszuschmücken, vom Christentum bereitwillig übernommen. Der Kerzenschmuck wird erstmals 1660 von Liselotte von der Pfalz erwähnt. Sie hatte ihn am Hannover'schen Hofe gesehen.

Den Weihnachtsbaum in seiner heutigen Form, mit buntem Glaswerk und Lametta, verdanken wir den Gebrüdern Humboldt.

Jetzt schlagen die Gärtnerherzen höher. Humboldt? Humboldt? Hat nicht Alexander-von-Humboldt die Dahlien in Deutschland eingeführt? Sicher! So habe ich es zumindest auf dem Alexander von Humboldt-Gymnasium in Hamburg gelernt.

Wir mussten schon als kleine Steppke im Frühjahr die Dahlien-Knollen in den Schulgartenboden setzen und sie im Herbst, vor dem ersten Frost, wieder herausholen. Alles zu Ehren unseres Namensgebers. Wir machten das gerne und ließen uns viel, viel Zeit. Nicht aus Liebe zu den Dahlien. Nein, ganz sicher nicht. Es fielen immer missliche Englisch- und Mathestunden aus. Da bringt die Gartenarbeit selbst Sextanern Spaß.

Was wir dabei lernten, kann ich heute noch gebrauchen: Dahlien sind äußerst anspruchslose, dankbare Blumen. Sie schätzen den freien Himmel über sich und lieben viel Sonne, ohne dass sie ausgesprochene Sonnenanbeter sind. Sie blühen auch bereitwillig in ausgesprochen schlechten Sommern.

Wählerisch sind sie in Bezug auf ihre Nachbarn. Am liebsten sind sie unter sich. Es ist daher sinnvoll, ein reines Dahlien-Beet anzulegen. Untereinander fühlen sie sich wohl. In Konkurrenz mit anderen Pflanzen ziehen sie sich bereitwillig zurück. Da fehlt ihnen das Durchsetzungsvermögen. Sie verkümmern, treiben nur einige wenige Stängel in die Höhe, auf der Suche nach Sonne, und knicken mit ihren schweren Blüten um. Da hilft auch kein Düngen. Die Blüten bleiben klein und unansehnlich.

Obwohl ich Dahlien liebe, weil sie das herbstliche Bild des Gartens prägen, setze ich sie nur als Lückenbüßer, allerdings in Container. Das tolerieren sie recht gut. Ich habe keinen Platz für ein Extrabeet, aber sie gehören einfach dazu. Es würde etwas fehlen ohne sie. Abgesehen davon machen sie sich gut vor den großen Strauchrosen. Man muss sie regelmäßig bewässern und gelegentlich, zusammen mit den Rosen, gegen Blattläuse spritzen.

Gegen die Ohrenschlipper, die in den Blüten leben, kann man meines Erachtens nichts machen. Sie sind vorwiegend in den Pompondahlien, vereinzelt auch in Schmuckdahlien. Die harmlosen Fluginsekten, die pulverisiert in der Antike gegen Ohrenkrankheiten und Taubheit verordnet wurden, daher der Name Auricula, von auris: das Ohr, sind einerseits nützlich, weil sie Blattläuse und kleine Raupen verzehren, andererseits lästig, weil sie die Blüten anfressen. Sicher ist, dass sie nicht in die Ohren schlüpfen, das Trommelfell zerbeißen und ihre Gelege in den menschlichen Gehirnen ablegen.

An den Boden, so habe ich es schon in der Schule gelernt, stellen Dahlien keine besonderen Anforderungen. Er sollte wasserdurchlässig sein. In unserem Schulgarten war er typisch norddeutsch: Sand. Wir hoben ein Loch aus, etwa 30 cm tief, warfen eine Handvoll Humuserde rein, setzten die Knollen vorsichtig ein und füllten mit Sand auf. Gut wässern. Fertig! Alles andere besorgt die Natur. Sie gibt Sonne und Regen, letzteres in Hamburg reichlich.

Das muss das Geheimnis für den Dahlienanbau sein. Der viele Regen. Ich habe trotz regelmäßiger Bewässerung und Zugabe von Dünger im eigenen Garten nie so schöne Dahlien gehabt, wie damals im kargen Schulgarten.

Die Dahlien gehören, wenn es jemanden interessiert, in die Familie der Compositen. Mit 900 Gattungen und 13 000 Arten ist es eine der größten Familien der Pflanzenwelt und macht mehr als ein Zehntel der Blumen weltweit aus. Sie reicht vom Gänseblümchen über Löwenzahn, Aster, Chrysantheme bis hin zur Dahlie.

Dahlien kommen aus Mexiko. Sie haben ihren Namen zu Ehren von Dr. Andreas Dahl, einem Schüler von Lenné, dem großen Landschaftsgärtner. Dahl sah in ihnen eine vortreffliche Futterpflanze. Zu kaiserlichen Ehren kam die Dahlie durch Joséphine de Beauharnais, der ersten Ehefrau Napoléons. Sie liebte Blumengärten und hatte in Malmaison die ersten Dahlien Frankreichs, die nur den kaiserlichen Anlagen vorbehalten waren.

Im Herbst müssen die Knollen aus der Erde. Sie sind sehr frostempfindlich. Ich schneide die Stängel 15 Zentimeter über dem Boden ab, versuche die Erde vollständig zu entfernen, trockne sie in der letzten Herbstsonne und verstaue sie in einem Drahtkorb in der Garage. Im Frühjahr treibe ich sie in Containern vor und setze sie, wenn nicht mehr mit Frost zu rechnen ist, im Container an ihren Bestimmungsort.

»Veilchen träumen schon, wollen balde kommen«

Matthias Claudius hat die kleine blaue Blume in seinem hübschen Gedicht als Frühlingsbote literarisch verewigt. Sie ist aber viel mehr. Wer die Blumensprache kennt, weiß, dass ein kleiner bescheidener Veilchenstrauß in seiner ganzen Unschuld heimliche Liebe bedeutet, also ein Bote der schönsten und ehrlichsten Gefühle des Menschen ist.

Das Veilchen weckt Hoffnungen, deckt Sehnsüchte auf, ist die zarte Offenbarung tief bewahrter Empfindungen. Fast möchte man meinen, das Veilchen ist die geheimnisvolle blaue Blume der Romantik.

Wer weiß in unseren nüchternen Zeiten noch, was Romantik ist? Längst ist der Tisch, der niemals leer wird, verlassen. Ich bin sicher, er steht in einer halbverfallenen Gartenlaube, von Efeu und Rosen umrankt, und träumt seiner Wiedererweckung entgegen. Es ist zu hoffen, denn nur im sicheren Schoße der Natur werden Novalis und Eichendorff, Tieck und de la Motte Fouquet unsere abstrakte, freudlose Zeit überleben.

Jedes Jahr, wenn die Veilchen blühen, muss ich an die verlorene geheimnisvolle blaue Blume denken. Deshalb sind Veilchen ein fester Bestand in meinem Garten. Sie dürfen wachsen, wo sie wollen, selbst zwischen meinen Rosen, und ich bin sicher, dass weder »Boule de Neige« noch »Mme. D'Ory« etwas dagegen haben; auch die »Souvenir de la Malmaison« bedeckt ihre Füße gerne mit ihnen.

Natürlich hat das Veilchen eine Entstehungsgeschichte: Apoll verfolgte einst eine der Töchter des Atlas, zu der er in heißer Liebe entflammt war. Die Schöne floh vor ihm, warum, wird wohl ewig ein Geheimnis bleiben. Sie lief und lief, musste aber bald einsehen, dass ihre Kräfte nicht ausreichten, sich dem liebestollen Gott zu entziehen. In ihrer Not rief sie Zeus um Hilfe an. Erstaunlicherweise machte sie damit nicht den Bock zum Gärtner. Zeus, mit Gewissensbissen wegen ähnlicher eigener Aventuren, hatte Erbarmen mit dem fliehenden Mädchen, vielleicht gönnte er sie Apoll auch nicht und verwandelte die Hilfeflehende in ein kleines, blauäugiges Blümchen. Um das Pflänzchen vor dem Strahlenschein des folgenden Gottes zu schützen, verbarg er es tief im Wald. Da steht die Schöne nun als Viola sylvatica.

Ein Strauß von Veilchen und Rosen: ein wunderschöner Gedanke, doch leider nicht zu verwirklichen. Es wäre eine Verbindung von Hoffnung und Erfüllung. Als Versuch einer Kombination der beiden Blumen sehe ich die Rose »Veilchenblau«. Nicht, dass man mich falsch versteht. Veilchenblau ist keine Kreuzung zwischen Rose und Veilchen, sondern eine Rose, die bläuliche Blüten hat. Sie wurde 1909 von, wie angenehm, J. C. Schmidt aus Crimson Rambler und einem unbekannten Sämling gekreuzt. Das Ergebnis ist eine Rambler-Rose, starkwüchsig, sehr blühfreudig, wie alle Rambler leider nur einmal, dafür aber sehr reich, extrem winterhart, fast stachellos und, das finde ich besonders gut, sie kommt auch im Halbschatten, was für die Sonnenkinder eher selten ist. Bei keiner anderen Rose findet man so eine Farbe, die im Halbschatten besonders schön zur Geltung kommt. Es ist ein sanftes Blau-Violett, das verblassend in ein Lilagrau übergeht. Merkwürdigerweise duftet sie nach Maiglöckchen; finde ich zumindest. Trotz aller gepriesener Vorzüge habe ich mich nie für sie entscheiden können. Sicher, Halbschatten hat man viel. Da sieht sie auch ganz gut aus, doch ist ihre Farbe eher vom Grau bestimmt und die Blüten sind mir zu klein, trotz der doldenförmigen Rispen. Da gibt es eine Menge schönerer Rosen mit den gleichen Eigenschaften. Fritz Nobis zum Beispiel, die in keinem Garten fehlen sollte, oder Alchymist, Apple Blossom, Bleu Magenta und Hiawatha, um nur wenige zu nennen.

Man muss mit den Pflanzen reden

Meine Großmutter war eine der wunderbarsten Gärtnerinnen, die ich je gekannt habe. Sie lehrte mich viel über Pflanzen und über die Natur. Den Ausspruch, dass die Natur die beste Gärtnerin ist, habe ich von ihr. Als ich sie zu ihrem 100. Geburtstag besuchte, haben wir uns mindestens zwei Stunden nur über Gartenarbeit unterhalten.

Mitten im Gespräch fragte sie mich plötzlich: »Redest Du eigentlich mit Deinen Pflanzen?«

Selbstverständlich rede ich mit meinen Pflanzen, jeden Tag, wenn ich vor ihnen stehe und sie nur betrachte, oder wenn ich sie dünge, wenn ich den Boden locker hacke, oder wenn ich sie gieße. Dabei mache ich ihnen nicht nur Mut zum Durchhalten und fordere sie auf, nun mal kräftig auszutreiben, ich erzähle ihnen auch alle meine Probleme, die sich über den Tag angesammelt haben. Diese Unterhaltungen laufen nicht in wohlgesetzten Worten ab, sondern sind ein inneres, gegenseitiges Austauschen. Mit Worten, das weiß ich, kann ich sie nicht beeindrucken. Ich denke mir, da sind die Pflanzen viel schlauer als die Menschen.

Wer mit Worten lügt, verrät sich mit seiner Gebärdesprache, weil er nicht auf sie achtet. Wer in den Gebärden heuchelt, verrät sich im Tonfall. Man muss immer darauf achten, dass die Sprache Mittel und Absicht trennt. Man kann mit der Sprache den beobachtenden Blick nicht täuschen. Der liest »zwischen den Zeilen«. Auf Dauer bleibt ihm nichts verborgen. Eine echte Seelengemeinschaft versteht sich auch ohne Worte. Man sitzt zusammen und unterhält sich schweigend. Jeder weiß, was der andere denkt und fühlt. Worte würden die Gemeinsamkeit nur verwirren.

Schon in unserer Kindheit haben wir das bei Karl May gelesen: Winnetou und Old Shatterhand ritten schweigend über die Prärie und jeder wusste vom anderen, was er dachte.

Besonders eindrucksvoll ist dieses reine Sinnbild des Einverständnisses, das die Sprache überwunden hat, wenn man oben an der Küste ein altes Bauern-Ehepaar beobachtet, das abends vor dem Haus sitzt und sich schweigend unterhält. Man spürt allein beim Beobachten, wie innig diese Unterhaltungen sind und würde es niemals wagen, zu stören.

Dieses sich schweigend verstehen, reicht sicher bis weit in unsere Urgeschichte zurück. Der Mensch braucht für seine reine Existenz keine Worte. Sie sind aber für die Kommunikation praktisch und äußerst produktiv.

Doch haben wir mit der Sprache etwas aufgegeben: das Verstehen durch Empfinden. Das Fühlen der Schwingungen, die ein Mensch aussendet. Dieses Empfinden wurde durch das durchdachte Wort ersetzt. Begriffe töten das Fühlen und fälschen die Wahrheit, weil es die Wahrheit der Worte gibt.

»Mit Worten lässt sich trefflich streiten, mit Worten ein System bereiten, an Worte lässt sich trefflich glauben, von einem Wort lässt sich kein Jota rauben«, sagt Mephisto abfällig über Worte, die sich immer dort einstellen, wo Begriffe fehlen.

Dennoch ist es gut, miteinander zu reden. Sich in die Augen zu sehen und Missverständnisse zu klären. Die heutige Form der Kommunikation per E-Mail ist das Aus des gesellschaftlichen Miteinander. Da werden schnell wenige unpersönliche Satzbruchstücke versendet, deren Beantwortung nicht von Interesse ist. Man muss sich noch nicht einmal bemühen, eine Schriftform einzuhalten. Alles ist uniform und austauschbar. Ich erkläre Menschen zu Freunden, obgleich ich sie gar nicht kenne, nur weil ich mit ihnen von Zeit zu Zeit lapidare Botschaften austausche. Wir haben ganz offensichtlich nicht mehr den Wunsch, uns gegenseitig kennenzulernen, wohl weil wir fürchten, Teile von uns preiszugeben oder Haltungen und Handlungsweisen des anderen zu verstehen. Wir schreiben etwas über einen Menschen und müssen ihm dabei nicht mehr in die Augen sehen. Sein Blick könnte uns ja eventuell in unserer vorgefassten Meinung eines Besseren belehren. Wir müssten gar unsere logisch durchdachte Meinung revidieren, weil wir im persönlichen Gespräch merken, dass wir falsch gedacht haben. Da gebrauchen wir lieber das Wort in Form der Schrift. Seelenlos und abstrakt. Der Gipfel aller Unpersönlichkeiten ist, dass elektronisch sogar angeboten wird, wie man etwas findet. Ein Mausklick genügt und ich habe gesagt: Finde ich gut, oder: Ist blöde. Ich muss nicht mehr nachdenken, um zu kritisieren. Das finde ich tragisch, denn der Mensch ist zu mehr geboren. Er kann das Leben genießen, kann leiden und kann dem Tod bewusst ins Auge sehen. Er hat Bewusstsein, er hat ein Ich, eine Seele. Er ist Zweck, nicht Mittel zum Zweck. Im Gegensatz zu seinem Computer. Aber er möchte seine Fähigkeiten nicht nutzen.

Es ist eine Erscheinung der Zeit, dass wir uns nicht mehr mit unserem Nächsten direkt befassen. Mir sagte mal ein Wirtschaftlichkeitsprüfer ganz erstaunt: »Ich verstehe gar nicht, warum sie sich so lange mit ihren Patienten unterhalten. Sie müssen doch als Radiologe nur Bilder machen und befunden.«

Ganz offensichtlich wird das gegenseitige Gespräch von solchen Menschen als überflüssig und deshalb als unwirtschaftlich angesehen. Heute zählen im Umgang miteinander nur Zahlen beziehungsweise Bilanzen. Wir haben vergessen, dass Vertrauen zueinander nur durch das Gespräch miteinander entstehen kann.

Ich muss zusammenfassend feststellen, dass wir in der Konversation drei Phasen durchlaufen haben: Die erste Phase ist die Kommunikation ohne Worte. Der schweigsame Austausch von Gefühlen, sozusagen das Gespräch von Herz zu Herz, oder wie man es sonst nennen mag. Die zweite Phase ist die Unterhaltung. Hier bekommt das Wort eine besondere Bedeutung. Doch wichtiger als das Wort ist dabei der Blickkontakt, die Gestik, die gegenseitige Nähe. Das heißt, hier ist die Phase eins noch vorhanden. Die dritte Phase ist die seelenlose, logische Schriftform. Hierbei geht es nicht mehr um die Person, sondern nur noch um Form und Inhalte. Diese Form der Kommunikation gipfelt in Standardbriefen, die im Computer gespeichert sind, die jederzeit auf Knopfdruck abgerufen werden können, in die man nur den jeweiligen Namen eintragen muss.

Diese Entwicklung ist für mich stellvertretend für die Entwicklung der Gesellschaft schlechthin. Vom Gefühl zum Computer! Nur schade, dass dabei die Seele auf der Strecke bleibt.

Analog dazu ist unser Verhältnis zur Natur. Der Wald, unsere ursprüngliche Heimat, ruft in mir heute noch die ganze Fülle meiner tief gehegten Gefühle wach. Hier bin ich zu Hause. Hier umgibt mich die Natur mit ihrer Ehrlichkeit, aber auch mit ihrer Härte.

Die, die heute pro Jahr Quadratkilometer Waldfläche abholzen, können dieses Empfinden nicht haben. Für sie gilt: Je mehr Bäume gefällt werden, desto mehr wird verdient. Die Käufer des Holzes überlegen, wie viel Papier sie aus einem Kubikmeter machen können und wie viel sie daran verdienen.

Doch ganz plötzlich erinnert uns die Natur an den Wert des Waldes. Sie lässt uns die Verschiebung des Klimagürtels erkennen. Dieses sanfte, diskrete Erinnern hätte nun eigentlich zur Folge haben müssen, dass wir mit der sinnlosen Roderei aufhören und mit dem Aufforsten beginnen. Doch weit gefehlt.

Zwischenzeitlich werden unsere Gedanken ja nur noch von Bilanzen bestimmt. Bilanzen, die dem allgemeinen Wohlstand, nicht aber dem Wohl der Allgemeinheit zugutekommen.

Wir haben den Bezug zu unseren Wurzeln verloren. Der Stadtmensch bestimmt unser Leben. Für ihn zählen Logik, Zahlen und Profite. Vernunft und Seele hat er als lästiges Überbleibsel einer alten, längst überholten Zeit abgelegt.

SOS war früher die Abkürzung für Save our Souls. Heute steht es für Save our Sales. Beides beinhaltet das

Wort Retten, aber nicht mehr die Seele, die ist Nebensache. Die lassen wir irgendwo baumeln. Die Sales, die Geschäfte, sind wichtig. Short Sale ist das Zauberwort, das uns vor einem erneuten Crash retten soll. In einer solchen Welt geht es nicht mehr um die Seele. Das war mal die Aufgabe der Kirchen. Heute geht es ums Geschäft. Das muss gerettet werden, denn gehen die Geschäfte gut, steigen die Dividenden und die Märkte sind zufrieden. Und, sind wir doch mal ehrlich, was ist schon unser Seelenheil gegen das Heil der Märkte? In einer Zeit des Geldes geht der Bezug zum Wesentlichen verloren. Der Bezug zum Wahren, Guten, Schönen, oder ist Geld das Wahre, Gute, Schöne?

Diese Zeit ist nicht kreativ. Wir legen ohne Not und vor allem ohne Gegenwehr unsere Kultur (Sprache, Geschichte, Kunst) ab und nehmen bereitwilligst fremde Strukturen an. Das Abendland hat Jahrhunderte gebraucht, um eine Tischkultur zu entwickeln. Damastdecken, Geschirr weltberühmter Manufakturen, Bestecke aus namhaften Silberschmieden, all das geben wir ohne Not auf, um Frikadellen im Brötchen mit Salatblatt und Ketchup aus einer Pappschachtel oder aus einem Stück Papier zu essen. Nicht, dass wir selber darauf gekommen wären; nein, wir haben es dem ehemaligen Volk der Trapper und Cowboys nachgemacht. Lagerfeuer-Romantik im neuen Gewand. Eine Esskultur, die in Europa zur Zeit der Völkerwanderung gepflegt wurde. Hier ist etwas Ungewöhnliches passiert. Nach Popper und Lorenz strebt alles Leben nach einer besseren Welt. Wir haben uns zurück entwickelt, während sich die US-Amerikaner sehr gerne mit europäischen Luxusgütern schmücken und Europas Kultur in sich aufsaugen.

Mein Freund Antonio

Wenn man fragt, was ist ein Garten, bekommt man von jedem eine andere Antwort. Die einen sagen, ein Garten ist was Wunderschönes, die anderen sehen mehr ein landwirtschaftliches Betätigungsfeld. Ein Jurist würde wahrscheinlich meinen, dass es ein in öffentlicher Hand oder im Privatbesitz befindliches, mit Flora unterschiedlicher Art versehenes, eng umgrenztes Terrain ist. Der Vermieter stellt fest, dass ein Garten derjenige Teil des Hauses ist, dessen Betreten den Mietern verboten, dessen Pflege aber Pflicht ist.

Will man eine ganz verbindliche, offizielle Definition haben, schlägt man Meyer's Konversationslexikon auf und liest: »Garten, umfriedetes Stück Land, auf dem Gewächse zu materiellem oder ästhetischem Genuss gezogen werden.«

Da fragt man am besten einen Gartenliebhaber. Auf die Frage: »Was ist ein Garten?«, wird er zunächst erstaunt sein, dann lächeln, seine Pfeife umständlich stopfen, ein paar kräftige, paffende Züge machen, den Rauch mit dem Handrücken in der Luft verteilen und langsam, ja zögerlich sagen: »Ein Garten, mein Lieber, – ja, also ein Garten ist – haben Sie meinen eigentlich schon gesehen? Ich habe da eine Sammlung englischer Rosen, also ich sage Ihnen, selbst Herr Austin hätte da seine wahre Freude. Bei mir blüht »The Squirre« regelmäßig dreimal im Jahr. Stellen Sie sich das mal vor, dreimal. Was sagen Sie dazu?«

Einem Menschen, der dazu nichts zu sagen hat, braucht man auch nicht zu erklären, was ein Garten ist. Er wird es sowieso nie verstehen.

Frage ich meinen Freund Antonio, was ein Garten ist, stutzt er erst, dann kommt ein seltsamer Glanz in seine Augen, sein Gesicht strahlt plötzlich die ganze Schönheit und den Charme seiner italienischen Heimat aus. Lachend streckt er die Hand aus, beschreibt mit ihr einen vollen Kreisbogen und sagt: »Das ist ein Garten.«

Sie merken es schon, mein Freund Antonio ist unser Gärtner. Er ist für die Hege und Pflege der Gartenanlage zuständig. Da war er auch, als ich ihn vor siebenundzwanzig Jahren kennenlernte. Ich war neu im Bürgerhospital, kannte mich in den vielen Gängen und Treppenhäusern so gar nicht aus und hatte diese tiefe Einsamkeit in mir, die man spürt, wenn man unter vielen Menschen fremd ist. In der ersten Mittagspause floh ich in den Garten, weil es kaum einen Ort gibt, wo ich mich wohler fühle. Hier bin ich zu Hause.

Ich sah mir die Anlage an, die damals längst nicht so schön war wie heute. Dabei kam ich mit einem freundlichen Herrn im blauen Drillichanzug ins Gespräch, der gerade ein Staudenbeet harkte. Es war die Sorgfalt, mit der er zu Werke ging, die mir auffiel. Er blickte von seiner Arbeit hoch und lächelte sein typisches Lächeln, in dem urplötzlich die ganze Sonne Süditaliens leuchtet. Ich ging auf ihn zu und sagte: »Entschuldigen Sie bitte, wenn ich Sie so einfach anspreche. Ich bin der neue Chefarzt im Röntgen.« Er sah mir nur ganz kurz in die Augen und sagte. »Ich bin Antonio.« Ich glaube, wir wussten sofort, dass uns eine Gemeinsamkeit zu Freunden gemacht hatte: die Liebe zum Garten.

Obwohl wir die Dinge sicher beide etwas unterschiedlich sehen, was den Garten betrifft sind wir uns einig. Im Garten möchten wir mit unseren Gedanken alleine sein. Im Garten wird auch nicht geredet. Erlaubt sind nur Bemerkungen wie »hm, hm« oder »ach ja«. Jeden, der mehr sagt, darf man mit Recht einen Schwätzer nennen.

Man ist auch nicht im Garten, man hält sich dort auf. Hier besteht ein feiner Unterschied. Jemand, der sich irgendwo aufhält, befindet sich in weiter, unerreichbarer, festlicher Ferne, so etwa wie, wenn man sagt, er ist nicht hier, er hält sich zur Zeit im Ausland auf. Damit ist er praktisch nicht erreichbar.

Der Garten ist kein Platz für Faulenzer, sondern er ist der einzige Ort auf Erden, wo man arbeiten darf, anstatt arbeiten zu müssen, zumindest sehen Antonio und ich es so.

Na ja, jedenfalls lernten wir zwei uns kennen. Ich wünschte ihm noch viel Vergnügen bei der Arbeit und er mir viel Glück am neuen Arbeitsplatz. Wenn ich so die Jahre Revue passieren lasse, er ist der Einzige der ganzen Klinik gewesen, der mir das gewünscht hat. Ich habe es ihm nie vergessen.

Wenn Sie jetzt neugierig sind, wer nun eigentlich dieser Antonio ist, gehen Sie einfach mal in der Gartenanlage des Bürgerhospitals spazieren. Sie finden ihn mit Sicherheit irgendwo zwischen den Stauden und Sträuchern, er hat eine Gartenschere in der Tasche. Wenn Sie sich mit ihm unterhalten, werden Sie eine Entdeckung machen: Mein Freund Antonio hat die Fähigkeit, die Dinge nicht nur anzuschauen, sondern auch zu sehen.

Da ist für mich ein großer Unterschied, man kann die »Dinge sehen, wie die Dinge eben sind«, man kann sie aber auch sehen und das, was hinter ihnen ist. Das ist für mich der Unterschied zwischen Anschauen und Sehen.

Nicht jeder hat die Fähigkeit, zu sehen. Jeder, der Augen hat, es sei denn, er ist blind, kann schauen. Sehen kann man auch ohne Augenlicht, es geschieht mit dem »inneren Auge« in ganz unterschiedlicher Form. Man kann mit dem Verstand sehen oder mit dem Herzen.

Die Perfektion des »inneren Sehens« hat für mich das Sehen mit der Seele. Man sieht dann die Dinge nicht, wie sie rein optisch sind, also morphologisch, sondern wie man sich wünscht, dass sie wären. Praktisch wie ein Traumreisender, in völlig anderen Dimensionen. Vielleicht so, wie mein Freund Antonio und ich.

Nehmen wir mal als Beispiel das Veilchen. Wir finden es im Frühling überall in unserem Garten. Der, der mit den Augen schaut, wird sagen: »Ein Veilchen.« Er wird es abbrechen, um es zu Hause in die Vase zu stellen, nicht wissend, dass es bis dahin verwelkt ist. Der Verstandseher wird denken: »Ein Veilchen. Viola sylvatica. Große Gattung. Viele Untergruppierungen. Blüht von März bis April.« Wer mit dem Herzen sieht, wird sagen: »Veilchen träumen schon, wollen balde kommen« und innerlich an die große, geheime Liebe seines Lebens denken, deren Sinnbild das Veilchen ja ist.

Der Seelensehende wird sich in einen Tagtraum stürzen: blaue Blume, Symbol der Romantik, schöne, heile Welt. Novalis: »Hätten die Nüchternen einmal gekostet, alles verließen sie und setzten sich zu uns an den Tisch der Sehnsucht, der niemals leer wird.« Seine Augen bekommen einen leichten, feuchten Glanz und er wird eine kleine Träne aus seinem Augenwinkel wischen. Vielleicht wird er sich auch ins Gras zur »blauen Blume« legen und im Traum weiterreisen, bis ihn die feuchte Kühle des Bodens weckt. Dann wird er aufstehen und weitergehen, ein verklärtes Lächeln im Gesicht, weil ihn der Traum vom Glück in einer heilen Welt noch gefangen hält.

Es liegen Welten zwischen dem Schauenden und dem Sehenden. Merkwürdig ist, dass jeder zufrieden zu sein scheint. Sicher ist aber auch, dass sie einander nie verstehen werden.

Über meinem Diktierplatz in der Klinik hing eine Postkarte. Ich habe sie irgendwann im Vorübergehen gekauft, weil mein Auge an ihr hängengeblieben war. Sie zeigte eine steile Himalayawand, in der ein ganz schmaler Steg bergauf führte. Rechts die Steilwand, links der ebenso steile Abgrund. Auf diesem Weg lief eine kleine Gruppe Menschen, die, verglichen mit der gigantischen Umgebung, nur winzig, fast punktförmig, dargestellt war. Ich habe sie immer als den Menschen in der Unendlichkeit des Universums gesehen. Am unteren Rand der Karte stand ein Aphorismus von Buddha: »Es gibt keinen Weg zum Glück – Glücklichsein ist der Weg«.

Ein junger Assistenzarzt klagte mir mal seine Probleme. Leben, Beruf, Freizeit, das alles brachte er nicht unter einen Hut und fühlte sich total unglücklich. »Sieh dir mal die

Karte an«, sagte ich, »vielleicht hilft dir das.« Er stand lange davor und man merkte, wie seine Gedanken arbeiteten. Dann sah er mich etwas verlegen an und bat mich, ihm den Sinngehalt zu erklären. »Weißt du, mein Junge, das Glück ist nicht etwas, das irgendwo deponiert ist und man muss es nur finden und aufheben. Nein! Nein! Du musst auf dem Weg durch dein Leben die Kunst erlernen glücklich zu sein. Versuch's! Es ist nicht einfach, aber es lohnt sich. Der Weg wird zum Glück, wenn du es willst.«

Jedes Mal, wenn ich ihn treffe lacht er und sagt: »Ich muss so oft an den Spruch von Buddha denken und an Ihre Ausdeutung. Das hilft.«

Auslegungen sind für mich das Salz in der Lebenssuppe. Je eigenwilliger, desto schöner. Man hat seinen eigenen Willen, plappert nicht alles nach und demonstriert Denkfähigkeit. Das ist doch richtig was wert. Man kann es vorzeigen. Wer auf dem Weg glücklich sein will, muss unbedingt wissen, was er will. Will man sich dem Augenblick hingeben, jede Sekunde ohne Nachdenken genießen, durch Höhen und Tiefen eilen, so wird man Dinge erleben, die unter Wahrung der bürgerlichen Vernunftkultur immer unbekannt geblieben wären. Man durchlebt quasi ein Egmont-Syndrom:

»Freudvoll und leidvoll, gedankenvoll sein;
Langen und bangen in schwebender Pein;
Himmelhoch jauchzend, zu Tode betrübt;
Glücklich allein ist die Seele, die liebt.«

Wann aber liebt die Seele? Wenn Logos mit dem Verstand auf ein Bier gegangen sind. Dann ist man ein Hasardeur, ein Marchand de Bonheur, ein Hans im Glück. Das Leben in den bürgerlichen Vernunftsregeln plätschert dröge dahin. Kein Auf, kein Ab. Immer so um die Nulllinie herum. Einmal im Jahr Mallorca. Samstags Auto waschen. Steuern zahlen. Malochen.

Das ist kein Glück. Das ist frustrierend. Das nervt. Das macht unglücklich. Glück findet nur, wer die Fähigkeit zur Unvernunft besitzt, wie mein Freund Antonio. Er versucht, die Dinge zu fühlen und nicht zu analysieren. Er weiß, dass alles, ob wir es nun sehen oder fühlen, vergänglich und für das Gesamtbild der Natur und damit des Menschen unwichtig ist.

Die Seele eines Sehenden ist etwas, das sich verwirklichen möchte, etwas Vollständiges und Vollkommenes.

Der systematisch sehende, vom Sinnlichen abgezogene – »abstrakte« – Geist ist eine Erscheinung unserer modernen Zeit: Reine Mathematik, nackte Logik. Zieht man von der Vernunft den Begriff Seele ab, bleibt die Logik übrig und dann wird es schwer mit dem Glücklichsein.

Vielleicht ist es das, was ich an Antonio so schätze: Er hat viel Seele. Das macht ihn zu einem ruhigen, nach innen lebenden Menschen. Er fühlt den Verlust seiner Heimat als Schicksal und sieht darin nicht einen Zusammenhang von Ursache und Wirkung. Er lebt schon lange bei uns, hat eine zweite Heimat gefunden und dennoch bin ich sicher, dass er im Tiefsten seiner Seele fühlt, wo seine Wurzeln sind. Er ist bodenständig geblieben, weil er weiß, welche Bedeutung die Heimaterde für ihn hat. Nie wird er dieses Gefühl ablegen können. Das »ubi bene, ibi patria« wird für ihn in keinem Augenblick seines Lebens Gültigkeit haben.

Schon auf den ersten Blick sieht man, dass Antonio unseren Garten nicht angelegt hat. Er hätte mehr südländisches Flair eingebracht. Einen Kübel aus Terrakotta, dieser gebrannte Erde, die ein Leben lang die Glut ihrer Entstehung ausstrahlt. Er hätte ihn zwischen die Äste einer Eibe gestellt oder an den Weg; bepflanzt mit Oleander. Vielleicht auch irgendwo das Kapitell einer Säule mit Efeu berankt. Kleine Erinnerungsstücke an zu Hause.

So hat er eine Art gestutzten englischen Landschaftsgarten zur Pflege übernommen, und das macht er perfekt. Er lässt der Natur ihren Lauf und dennoch spürt und sieht man überall seine ordnende Hand.

Ich bin mir nicht sicher, ob er weiß, wie wichtig seine Arbeit für unsere Patienten ist. Die Stille und die ungeheure Lebenskraft, die über einem Garten liegt, hat einen wohltuenden Einfluss auf die Psyche des Kranken. Ich habe es selbst erlebt, als ich im Krankenhaus lag. Man hat den Eindruck, als gehe die ganze Vitalität der Natur in den eigenen Körper über. Der Anblick der Blumen und die Freude über sie lassen Sorgen und Ängste vergessen. Das Wachsen und Blühen, das immer wieder aus sich selbst entsteht, gibt Hoffnung auf das Gesunden. Der Gang durch den Garten schenkt Vertrauen in die Kraft der Natur, denn sie ist es schließlich, die heilt. Wir Ärzte versuchen, hilfreich zur Seite zu stehen.

Mein Freund Antonio starb ganz plötzlich, ohne dass er diese Zeilen jemals gelesen hat.

Ich liebe meinen Garten

Vielleicht liebe ich meinen Garten wegen der Einsamkeit, die man beim Gärtnern hat. Einsamkeit kann wehtun, sie kann aber auch eine wohltuende, heilende Wirkung haben. In der Einsamkeit ist man nur mit sich und seinen Gedanken allein.

Wer die Einsamkeit sucht, sollte sie in der Natur suchen. Die Natur hat Seele, ist großzügig, redet einem nicht in alles rein, lässt Gedanken keimen. Der Garten ist ein Stück Natur.

Jeder Garten gibt den Charakter dessen wieder, der ihn angelegt hat. Die wissenschaftlich-architektonischen Gärten haben für mein Empfinden keine Seele. Der Plan für einen Garten darf nicht am Reißbrett, er muss im Herzen gezeichnet werden, nur dann findet die Seele hier Einzug, nur dann bleibt er ein Teil der wunderbaren Natur. Der Garten ist der einzige Ort auf Erden, wo man arbeiten darf und nicht muss.

Er ist auch ein Ort, wo man abends sitzt und beobachtet, wie der Tag langsam schlafen geht. Die letzten Amseln sind verstummt, die Nachtigallen noch nicht aufgewacht. Ein paar Fledermäuse fliegen im Zickzackkurs durch die Luft, ihre Flugbahn mit Hilfe von Ultraschallwellen genau einhaltend. Ein wahres Naturwunder, das von Lazzaro Spallanzani vor etwa 200 Jahren an Fledermäusen aus dem Dom von Pavia erforscht worden ist. Die nahezu blinden Flieger haben ein Ultraschallsende- und ein Ultraschallempfängerorgan. Der Mensch hat aus der Natur gelernt und Ultraschallgeräte entwickelt, mit denen wir unsere inneren Organe untersuchen können. Das Prinzip ist das Gleiche, nur die Frequenzen sind anders. Solche und ähnliche Gedankenassoziationen entstehen im stillen Frieden des Gartens. Der Beruf verlässt einen nie. Man denkt an die Menschen, die sich voller Vertrauen in unsere Hände begeben, denen man helfen möchte, mal mit Worten, mal, indem man nur zuhört, Trost spendet, ermuntert, oder nur eine Untersuchung macht, von der man hofft, dass sie zur Genesung beiträgt. Alltagsprobleme, Schicksale, alles zieht über die Gedankenbahnen, und ehe man sich versieht, sind die letzten Sonnenstrahlen verschwunden. Die Nacht bedeckt die Erde mit ihrem schwarzen Kleid. Es ist friedlich und still und mit dem Lied der Nachtigall zieht der Friede auch in das eigene Herz. Aus der inneren Ruhe gehen die Gedanken durch die Nacht, Gedanken an die, die einem nahestehen. Wenige sind es nur. Sie sind aber wichtig. Wie einsam wären wir, selbst im schönsten Paradies, gäbe es nicht die, die unser Leben sind, für die wir alles tun, weil sie uns so viel bedeuten.

Ich habe mir immer eine Gartenlaube gewünscht. So eine, wie früher, um die Jahrhundertwende. Sie hatten eine besondere gesellschaftliche Bedeutung. Mitten in der Großstadt, in kargen Hinterhöfen waren sie Ausdruck bürgerlicher Ordnung, Sehnsucht und Sentimentalität; Erinnerungen an verlorene Vollkommenheit und Harmonie. Sie sind selten geworden, die Lauben; abgelöst vom Carport oder Gerätehäuschen von IKEA. Findet man mal eine, so zeigt sie noch heute, im Verfallen, das Verhältnis des Bürgers zur Natur. In ihr verbinden sich Mensch, Bauwerk und Pflanze. Die Lauben spendeten Schatten und Kühle, waren vom Duft umgeben und lagen meist am Ende eines eingefassten Gartenwegs, umringt von Obstspalieren.

Ihre Konstruktionen entsprachen keinen formalen Forderungen, sondern folgten in ihren Baugesetzen den Lebensgewohnheiten ihrer Erbauer. Künstlerische Qualität war sekundär. Trotzdem waren sie heiß geliebt; gaben sie doch den Bewohnern der Steinklötze für einen flüchtigen Moment das warme Gefühl, in der Natur zu sein.

Die Traurigkeit der eher schrulligen Architektur, das Schicksal ihres langsamen Zerfalls, das alles verläuft parallel zur Auflösung der heilen bürgerlichen Welt.

Im Laufe der Zeit stelle ich fest, dass ich all das liebe, was den vergangenen Zeiten angehört. Ich habe für mich Lebenswerte entwickelt, über die ich in der Öffentlichkeit nicht gerne rede. Man möchte das heute nicht gerne hören, leben wir doch in der besten aller Welten. Das ist normal. Das war immer so.

Aber ich liebe nun mal die Welt des sich Versenkens, die Welt des Meditierens, des Trostes, der vollständigen Seligkeit in Demut. Diese Welt findet man nur noch in der Natur. Vielleicht fühle ich mich deshalb mit ihr so verbunden.

Ich weiß nicht, wieso ich jetzt ausgerechnet darauf komme, aber in der Toilette meiner Großeltern hingen an der Wand zwei Sinnsprüche. »Ruhig atmen, tief Luft holen, nicht aufregen« (irgendwie sinnig für eine Toilette), der andere, ein Aphorismus von Schopenhauer: »Seit ich die Menschen kenne, liebe ich die Tiere.« Da ist viel Wahres dran. Ich würde sogar »Pflanzen« sagen. Eine Pflanze lebt und weiß es nicht. Ein Tier lebt und ist sich dessen bewusst. Der Mensch lebt, ist sich dessen bewusst und fragt sich warum. Eine Antwort kann er sich nicht geben und wenn, kann er nur an deren Richtigkeit glauben. Wir leben in einem unermessbaren Universum, das aus einem leblosen Raum mit wenig Materie besteht, der mit Strahlung ausgefüllt ist. Die Materie ist in ständiger Veränderung. Nimmt man es genau, so ist jeder Augenblick anders, als der gerade vergangene. Ein winzigster Bruchteil dieser wenigen Materie ist lebende Materie, von der wiederum ein kleinster Teil Bewusstsein hat. Molekularbiologen sind der Meinung, dass die Entstehung des Lebens aus lebloser Materie ein Ereignis von extremer Unwahrscheinlichkeit gewesen ist. Der Nobelpreisträger Jacques Monod meint: »… wir waren nicht voraussehbar, bevor wir erschienen …« – »Das Leben ist auf der Erde erschienen; wie groß war vor diesem Ereignis die Wahrscheinlichkeit dafür, dass es eintreffen würde? Fast null!«

Die Entstehung des Lebens ist eine nahezu unendliche Ursache-Wirkungskette. Man kann sie nicht vom Ende her auffädeln, um zum Ursprung zu kommen, weil jeder Schritt einer Erklärung mit der Wahrscheinlichkeit von praktisch null arbeitet. Alles ist Spekulation. Das Einzige, was wir wissen, ist das, dass wir nichts wissen. Diese Tatsache quält natürlich und ist total unbefriedigend; lässt sich aber nicht ändern. Die Frage nach dem Warum des Lebens und ihrer Beantwortung ist eine furchtbare Mitgift des menschlichen Verstandes. Er will unbedingt verstehen, will in alle Tiefen der Umwelt dringen, will wissen »was die Welt im Innersten zusammenhält«. Das ist ein Albdruck, von dem sich der, der ihn hat, nur durch Wissen befreien kann. In seinem Wissensdrang zerstört er mit der Logik der Wissenschaft die ihm angeborene Ehrfurcht vor dem Leben. Das Schaudern vor der überirdischen Größe wird demontiert und an die Kette der Ratio gefesselt. Der Geist hat erst dann gesiegt, wenn er das Schöne und Erhabene zerstört hat. Das Gefühl des Ahnens wird durch leblose Erkenntnisse ersetzt, die Halbwahrheiten sind. Die Vernunft wird zum Verstand, aus dem Verstand resultiert Kritik. Doch kann der Verstand die großen Fragen des Lebens lösen? Am Anfang mag es so scheinen, doch je mehr man weiß, umso unsicherer wird man, und im Alter hat so mancher erkannt, dass »wir nichts wissen können«.

Hierin ist wohl der Grund zu sehen, dass weise Menschen sich im Alter wieder dem Begriff Gott zuwenden. Es ist der Ausdruck des Erkennens des Überirdischen oder aber auch des Nichts.

Der Mensch unterscheidet sich von Pflanzen und Tieren, dass er ein individuelles Ich hat mit Gefühlen, Hoffnungen und Ängsten, Sorgen und Freuden, Furcht und Träumen, und er entwickelt im Laufe des Lebens die Fähigkeit, zu denken. Diese Eigenschaft macht ihm das Leben schwer.

Die Natur gab uns das Empfinden. Damit erfassen wir die Dinge in ihrer ganzen Größe, Schönheit und Einmaligkeit. Wir verdanken ihm die glücklichsten Augenblicke unseres Lebens.

Die Naturmenschen haben versucht, die Phänomene ihrer Umwelt in Mythen zu kleiden und sie waren glücklich damit. Die Denker konstruieren Formeln. Macht das glücklich? Für mich hat ein Märchen noch heute mehr Inhalt als eine mathematische Formel, und die Schöpfungsgeschichte der Bibel ist mir lieber als der Gedanke, dass alles nur zufälligerweise aus dem Zusammenwirken verschiedener Gase und Energien entstanden ist. Natürlich ist es interessant, zu wissen, dass tote Materie mehr hervorbringen kann als tote Materie. In langsamen Schritten erschafft sie Gehirn mir dem menschlichen Geist, schafft das Bewusstsein des eigenen Selbst und das Wissen um das Universum. Doch was helfen uns all diese Erkenntnisse bei der Bewältigung der Probleme unseres Lebens? Wenn der Mensch weiß, »was die Welt im Innersten zusammenhält«, wie alles funktioniert, wird er auch wissen, welche Möglichkeiten es gibt, alles zu zerstören. Irgendeiner würde der Faszination unterliegen und es tun, da bin ich mir absolut sicher.

Hobbes, der englische Gelehrte und Philosoph, vertritt die Ansicht, im Gegensatz zu Rousseau, dass der Mensch von Natur aus böse ist. Er begründet seine Theorie mit drei Konfliktursachen: Konkurrenz, Missbrauch und Ruhmsucht. Das sind auch die Gründe für scheinbar unerklärliche, hoch pathologische Verhaltensweisen von Menschen. Nachgeordnete Mitarbeiter, mit denen man sich immer gut verstanden hat, die man förderte, zu denen man stets gute menschliche Beziehungen pflegte, mit denen man vertraut war, lösen plötzlich den Bund, distanzieren sich und stellen fest, dass sie immer nur unter dem Druck der Führungsdominanz gelitten und alles nur aus Angst gemacht hätten. Konkurrenzdenken und Ruhmessucht haben in den Tiefen dieser Seelen das Positive verdrängt und den Ehrgeiz geweckt. Ehrgeiz ist zerstörend. Er reißt den Menschen brutal aus der Harmonie des Lebens und zwingt ihn, unaufhörlich zu streben, mit allen zu wetteifern und gleichzeitig die zu beneiden, die irgendetwas haben, was man selbst nicht hat. Ehrgeiz richtet sich nach außen, wendet sich gegen jeden im Umfeld. In diesem Wahn wird selbst der beste Freund zum erbitterten Gegner. Diese fatale Eigenschaft richtet sich gegen die Welt, in der man ist, nicht aber gegen die Welt im eigenen Inneren. Das führt dazu, dass das Sein in der äußeren Welt zur schmerzvollen Qual wird. Man drängt sich in die Isolation, weil keiner mehr etwas mit einem zu tun haben will. Es entsteht eine unsichtbare Mauer. Die bösen Geister des Ehrgeizes und der Selbstüberschätzung, die aus den unbewussten Tiefen des Ichs aufgestiegen sind, zerstören alles, was einmal lebens- und liebenswert erschien. Irgendwann, in einer ruhigen Stunde, wird man sich der ehemaligen Freunde erinnern, doch es gibt kein Zurück mehr, man hat die Brücke zu ihnen zerstört. Ohne Freunde wird das Dasein eine Folter, freudlos und einsam. Ehrgeiz: Geizen mit der Ehre, ist gleich ehrlos. Zum Schluss wird aus dem geliebten Freund allenfalls noch ein Mentor. Der menschliche Durchschnittsgeist ist negativ ausgerichtet, wie Hobbes richtig sagt.

Was soll man also erwarten, wenn ein großer Geist das Geheimnis des Lebens lüftete? Nichts Gutes fürchte ich.

Die medizinische Forschung hat die Möglichkeit der künstlichen Befruchtung entwickelt. Für viele Menschen ein Segen. Nun wurde eine alte Frau, 65 Jahre, künstlich befruchtet, die dann auch mit 66 Jahren das Kind auf die Welt brachte. Was hat sich dieser Mediziner, ich sage bewusst nicht Arzt, dabei gedacht? Das nur zum Gebrauch des Wissens um das Geheimnis des Lebens.

Das Leben regeneriert sich immer wieder. Es scheint auf den ersten Blick grenzenlos zu sein; jenseits von Ursache und Wirkung, von Gesetz und Maß. Dennoch unterliegt es, wie alles Sein, den Naturgesetzen. Werden diese aufgehoben, ist es das Ende. Innerhalb der vorgeschriebenen Grenzen aber ist die Natur und damit auch das Leben ewig. Die lockenden Versprechungen der Religionen vom ewigen Leben haben mich nie sonderlich reizen können. Das Leben ist ewig, wenn wir es nicht in einen irreparablen Zustand bringen; zum Beispiel durch atomare Gewalt. Ohne unser Dazutun regeneriert es sich ständig aus sich heraus. Das Leben des Individuums ist endlich. Das Leben allgemein aber ewig.

Ob das Leben einen Sinn hat, weiß ich nicht. Wenn, dann hat es nur den Sinn, den wir ihm geben. Wir müssen mit der Tatsache, auf Erden zu sein, etwas anfangen, müssen aktiv sein; nicht als blinder Passagier über das Weltmeer segeln. Wir sehen dann nicht die weißen Schaumkronen auf den Wellen; das Symbol der ungezügelten Freiheit. Als blinder Passagier lebt man im Dunklen. Man darf nicht gesehen werden, weil man dann bezahlen muss. Wer so denkt und handelt, macht sich etwas vor. Man muss für alles im Leben bezahlen, am meisten für die Passage. Wie wir es auch anstellen, keiner kann sich ungeschoren durchmogeln.

Wer die Zeit hat, als Arzt hat man sie, mit alten Menschen zu reden, mit denen, die kurz vorm Ziel sind, wird feststellen, dass alle Narben und Schrunden auf ihrer Seele haben. Jeder musste seine Passage bezahlen, nur die nicht, die immer lauwarm waren. Das sind die, die auf die Frage nach dem Sinngehalt ihres Lebens auch keine Antwort wissen.

Würde ich gefragt werden, welchen Sinn ich meinem Leben gegeben habe, würde ich spontan sagen: die Liebe. Die Liebe zur Natur, die Liebe zu den Menschen. Ich gebe meine Liebe den Pflanzen und sie erwidern meine Mühe, indem sie mich jeden Tag erfreuen. Sie nehmen mich in ihren Schoß, beschützen mich und lassen mich träumen, träumen von einer guten, heilen Welt. Und die Menschen? Die liebe ich, weil sie genauso armselige Geschöpfe sind wie ich.

Der Garten im Herbst

Eines Tages ist es so weit. Mitten im goldenen Glanz des Spätsommers erscheinen dunkle Wolken am Himmel. Die hellen, sonnigen Tage weichen, schwere dunstige Luft liegt über dem Garten. Der Herbst meldet sich an. Kurze Zeit später verjagen raue Winde die lauen Sommerlüfte. Sie schütteln das Laub von den Zweigen. Blatt für Blatt löst sich und flattert sterbend und rot durch den weiten, leeren Raum. Doch taumeln sie nicht lange, sondern fallen alle in meinen Garten. Ärgern lohnt nicht. Das ist das Los des Gärtners im Herbst.

Jedes Jahr um diese Zeit erheben sich, scheinbar ohne äußere Ursache, dunkle Wellen. Sie laufen wie Schatten über das Gemüt. Melancholie herrscht. Der Wunsch zu sterben ist stärker als der zu leben. Es ist, als läge die dunkelste aller Wolken auf dem eigenen Herzen. Ein typisches Zeichen des Herbstes.

Es beginnt mit innerer Unruhe, einer Angst, deren Ursache man nicht kennt. Menschen, denen man sich verbunden fühlt, werden zweifelhaft. Diese Stunden sind es, wegen denen man keine Schusswaffe besitzen sollte; sie sind es aber auch, in denen man sie vermisst. Zorn, Leid und Anklage richten sich gegen jeden und alles. Man fühlt sich nicht wohl in seiner Haut; ist unglücklich. Die Seele wird zum Spielball der Emotionen. Dabei durcheilt man in kürzester Zeit die Skala der Gefühle, von den höchsten Höhen bis in die tiefsten Tiefen. Dem schönsten Glücksgefühl folgt unvermittelt die düstere Depression. Man wird zur Last für alle; auch für sich selbst. Der Befreiungskampf, der Aufstieg aus der Talsohle, verlangt viel Kraft und Selbstdisziplin. Keiner braucht solche Verstimmungen, aber man hat sie. Beklagen hilft nicht, man muss einfach durch.

Das Leben hat uns alles Wichtige und Wertvolle mitgegeben. Wir verfügen über wache Sinne, auf die wir uns verlassen können, die uns alle Freuden bescheren, die wir für das Leben brauchen. Die Gedankenwelt ist bunt, auch dort, wo sie abstrakt und nüchtern erscheint. Es ist nie langweilig oder eintönig. Dass solche Gaben mit melancholischen Phasen erkauft werden müssen, ist ein fairer Preis.

Der normale Lebensstrom fließt eintönig dahin. In den frühen Kindheitstagen mag er noch ganz lustig vor sich hin plätschern, wenn wir mit unbeholfenen Schritten, sorgfältig mit den Ärmchen ausbalancierend, mehr dahintaumeln als gehen. Sorgenvoll wachen die Eltern über uns und räumen vorausblickend alle Hindernisse aus dem Weg. Später, den Kinderschuhen entwachsen, durcheilen wir Schul- und Studienzeit und finden uns, kaum bemerkt und unverhofft, im wahren Leben wieder.

Die Unbeschwertheit fällt wie ein weißes Kleid von den Schultern und der Ernst des Lebens zwingt uns in seine eherne Rüstung. Sorglosigkeit weicht einem ernsten Druck. Der Weg wird dunkler, steinig und klebrig. Gelegentlich sorgen kurze Erinnerungen oder ein schemenhafter Traum für Licht in der Finsternis, doch flüchtig ist ihr Glanz und schnell zerfallen Illusionen.

Unaufhaltsam fließt der Schicksalsfluss und zieht uns mit. Die Arme werden müde, die Kraft lässt nach. Wo sind die Kameraden? Wer hilft? Ist da keine bunte Wiese, die zur Rast einlädt? Nur dunkle, drohende Wasser, die uns ziehen. Wir schwimmen und schwimmen, bis uns der letzte Strudel mit gewaltigen Armen packt und in die Tiefe reißt. Der Schicksalsstrom quetscht uns ein, bis der Atem aufhört und das Herz stillsteht. Die Mächte, die uns einmal gepackt haben, lassen uns nicht mehr los. Es gibt keinen zweiten Frühling, der zu neuer Blüte treibt. Ohne Wiederkehr fallen wir in das tiefe, dunkle Loch des Nichts. Dort strahlt kein Stern und keine Sonne bringt Wärme. Die Leere der Einsamkeit weicht nicht mehr von unserer Seite.

Herbstgedanken: Jedes Jahr neu empfunden, neu durchlitten. Jedes Jahr der Gewissheit ein kleines Stück näher. Man sucht die Einsamkeit, ist des Lebens überdrüssig. Eine unendliche Müdigkeit legt sich auf die Sinne. In diesem Zustand würde man ewig dahindämmern, gäbe es nicht das Unerwartete: eine Begegnung, ein Ereignis, ein Gedanke. Urplötzlich fühlt man den Blutstrom wieder in den Adern pulsieren. Die mühsam gewonnene Einsamkeit erscheint plötzlich wie ein entsetzliches Elend. Das oft herbeigesehnte Schweigen wird zur drückenden Last. Die kraftlosen Lippen bewegen sich wieder. Erstickungsgefühle, die nur der kennt, der stundenlang hat schluchzen müssen, hören auf, Wärme durchströmt den Körper und mit ihr kommt der Wunsch, nicht mehr ein leerer Spiegel sein zu wollen, sondern wieder das große bunte Bild. Jetzt ist der Moment, auf Phantasiereise zu gehen. Das ist schnell gemacht, denn man braucht keine Vorbereitungen. Der Traumreisende hat sein Gepäck immer bei sich. Er muss seine Gedanken nur konzentrieren, um in die Halluzination, den Traum, einzutauchen. Wie von Zauberhand schwindet die Dunkelheit und eine schöne neue Welt erscheint. Die Welt, in der wir immer leben wollten. Sie ist für jeden anders, denn jeder hat eigene Träume und Wünsche.

Wie komme ich nur auf Phantasiereisen? Ach ja, weil es Herbst ist. Der Sommer hat sich verabschiedet und die Zeit der feuchtkalten Nebel und der Regengüsse beginnt. Die Singvögel haben uns längst verlassen. Sie sind auf Reisen gegangen. Diese Vorstellung war wohl der Trigger zu meinem Gedankensprung.

Der Herbst ist eine Jahreszeit mit unendlichem Zauber und tiefster Traurigkeit. »Wer jetzt kein Haus hat, baut sich keines mehr, wer jetzt allein ist, wird es lange bleiben …«, beschreibt Rilke seinen herbstlichen Abschiedsschmerz.

Als Norddeutscher kenne ich natürlich auch meinen Theodor Storm ganz gut und weiß, dass er nicht nur das »Oktoberlied« schrieb, sondern auch die wunderbaren Zeilen: »Über die Heide«.

Es hat mir schon als Schuljunge sehr gut gefallen, nicht weil es kaum jemand kennt, sondern weil es mit einfachen

Worten das Gefühl der Verzweiflung und der Trauer beschreibt:

»Über die Heide hallet mein Schritt,
Dumpf aus der Erde wandert es mit.

Herbst ist gekommen, Frühling ist weit ?
Gab es denn einmal selige Zeit?

Brauende Nebel geistern umher,
Schwarz ist das Kraut und der Himmel so leer.

Wär ich hier nur nicht gegangen im Mai!
Leben und Liebe, – wie flog es vorbei!«

Ich habe selbst viele Herbstgedichte geschrieben. So eins habe ich nie fertiggebracht.

Wie alle Gedichte von Storm besticht es durch einfache Verse. Es drängt sich nicht auf, will kein Pathos, will nur eine schlichte Beschreibung der Hoffnungslosigkeit und der Trauer. Norddeutsche Romantik.

Für den Gärtner ist der Herbst allerdings alles andere als Romantik. Es ist die Zeit der größten Arbeit und gleichzeitig eine der wenigen Gelegenheiten, wo man sich so richtig streiten kann. Da tauchen nämlich zuverlässig zwei wichtige Fragen auf: Was wird mit dem Laub? Werden die Rosen beschnitten oder nicht? Das Problem mit dem Laub habe ich für mich eindeutig geklärt: Es kommt weg, und zwar überall, auch wenn meine Großmutter ganz anderer Meinung war. Für sie bedeutete Laub »wahres Gold«. Man darf es der Natur nicht entreißen, bildet es doch als Humus die Basis neuen Lebens. Sie warf sich noch im hohen Alter für das Laub mächtig ins Zeug. Als sie 96 war, ging ich mit ihr im Herbst durch eine städtische Anlage. Eine Menge Leute war damit beschäftigt, überall das Laub zusammenzurechen; damals gab es noch keine Laubbläser. Meine Großmutter war empört. Sie sprach sofort einen Herrn an, der wie der Vorarbeiter aussah, zumindest tat er nichts und hatte die Hände tief in den Taschen vergraben. Er rauchte und sah den anderen interessiert zu. »Was machen Sie da mit dem Laub?« Der sagte nur lässig: »Wird verbrannt.« Da war sie total von der Reihe und fauchte: »Ja, guter Mann, wissen Sie nicht, dass Sie da reines Gold verbrennen? Es muss kompostiert werden.«

»Gute Frau«, war die Antwort, »dazu haben wir keine Leute.« »So«, meinte meine Großmutter, »wir haben drei Millionen Arbeitslose und Sie sagen, wir haben keine Leute für diese nützliche Tätigkeit.« Ich gebe zu, dass mir der großmütterliche Einsatz in Sachen Laub peinlich war, musste aber innerlich zugeben, dass irgendwo auch was Wahres dran war.

Bei so einer Großmutter schäme ich mich natürlich, dass ich das Laub nicht liegen lasse, aber, das ist mir Trost genug, ich bringe es, in mühseliger Arbeit, in eine Kompostieranlage.

Ich rate keinem, es mir gleichzutun. Jeder muss das selber entscheiden. Es gibt eine ganze Menge Pro- und Kontra-Argumente. Außerdem weiß ich nicht, ob das richtig ist, was ich da mache. Ich bin damit aber immer gut gefahren. Der Rasen leidet im Winter unter dem nassen Laub und braucht eine lange Rekonvaleszenzzeit. Nachteilig ist es auch für die vielen Frühlingsblumen, die über die Wiese verstreut sind. Die müssen sich mühsam durch die Laubschicht bohren. Das Gleiche gilt für die Rabatten. Stauden schimmeln sogar durch die Feuchtigkeit. Gibt es dann noch einen strengen Winter, kann es passieren, dass selbst Rosen unter dem Laubteppich erfrieren. Deshalb gehört das Laub in die Kompostieranlage und nicht zum Verrotten in den Garten.

Daran ändert auch die Tatsache nichts, dass sich namhafte Gärtner für das Verbleiben des Laubes starkmachen. Sie spielen dabei immer auf den Wald an. Hier würde man sehen, was mit den Blättern geschieht. Sie bilden am Boden einen Teppich und nach und nach modern die untersten

Blattschichten und werden durch die Würmer in den Boden gezogen. Somit entsteht die natürliche Nahrung des Waldes.

Das ist alles gut und recht, doch darf man den Wald nicht mit dem Garten vergleichen. Im Wald, je nachdem, was es für einer ist, zeigt sich eine jeweils spezifische Pflanzenpopulation, die durch das natürliche Recycling nicht zu Schaden kommt. Der Garten ist aber ein künstliches Biotop, das ohne unsere ständige Hilfe gar nicht überleben würde. Wir sind hier so ein bisschen der kleine Finger Gottes. Lässt man im Garten der Natur ihren Lauf, wird man ihn in wenigen Jahren nicht wiedererkennen. Das ist Natur. Der Stärkere siegt. Kein Rittersporn, kein Phlox, keine Dahlien, auch die meisten Rosen dürften umgekommen sein. Es wächst nur noch das, was in der Gegend, in der man wohnt, von der Natur ursprünglich vorgesehen war; aber, auf bestem Humus-Boden.

Den habe ich übrigens auch, denn ich kaufe meinen Humus von der Kompostieranlage, wenn er fertig ist. Meine Pflanzen danken es mir. Humus ist für die Erhaltung der Bodenfruchtbarkeit wichtig. Das weiß jeder Gartenbesitzer. Alle Gartenabfälle, die im Laufe des Jahres anfallen, werden natürlich in einer »Schwarzwälder Kompoststiege« verkompostiert und so dem Gartenboden verfügbar gemacht. Dadurch bleibt die Bodenfruchtbarkeit erhalten; auch ohne Kunstdünger. Die Komposterde dient zudem noch der Lockerung und Durchlüftung des Bodens.

Ich kann um diese normalen Dinge nicht so viel Worte machen, andere können besser. In den meisten Gartenbüchern kommen die Autoren ins Schwärmen, wenn sie über ihre Abfallhaufen schreiben. Für mich ist das Schönste am Komposthaufen der Kürbis, der hier besonders üppig wächst. Man kann aber auch Pech haben. Bekanntlich verlangt der Kompost einen ausgesprochenen Schattenplatz, während der gemütliche Herr Kürbis die Sonne liebt. Das muss man sich von vornherein gut überlegen. Ich entscheide mich sehr gerne für die mächtigen, haarigen Blätterschirme mit den großen goldenen Mondkugeln. Sie erinnern mich an meine frühe Kindheit.

Der Kürbis war etwas Besonderes. Allein schon, dass er nach der Ernte sofort verarbeitet werden musste. Das Fleisch wurde in fingerbreite Scheiben geschnitten und in siedendem Wasser kurz blanchiert, danach kochte man es ein zweites Mal in einer Zucker-Weinessig-Lösung wenige Minuten auf, ohne dass es weich werden durfte. Über Nacht wurden dann die Kürbisstücke mit einer Zimtstange und Gewürznelken in eine Porzellanschüssel gelegt. Am nächsten Tag mussten sie noch mal in der Zucker-Essig-Lösung aufgekocht werden, bevor man sie in Gläser oder Töpfe einlegte. Wir »durften« dann den ganzen Winter das süß-säuerliche, nach Zimt und Nelken schmeckende »Kompott« essen. Das war nach dem Krieg, da war man froh, wenn was zu essen da war. Trotzdem: Seit dieser Zeit hasse ich den Geschmack. Den Kürbis liebe und bewundere ich aber genauso wie früher.

Die Kürbiskerne aß mein Großvater übrigens keineswegs wegen der Prostata, sie wurden auf dem Herd getrocknet, entkernt und zu Weihnachten als Mandelersatz in den Christstollen gebacken.

Wer unbedingt mal Kürbis essen möchte, sollte das in Form einer Suppe tun. Das ist ein schönes Zeremoniell und auch noch schmackhaft; weil kein Zimt dran ist. Man braucht einen Kürbis, etwa 3 kg schwer, 250 g geröstete Weißbrotwürfel (man kann auch Toast nehmen), 200 g geriebenen Gruyère, Salz, Pfeffer und 2 l süße Sahne. Der Kürbis wird am Oberrand so aufgeschnitten, dass eine Art Suppenschüssel mit Deckel entsteht. Dann höhlt man ihn aus, das heißt, alle Kerne werden entfernt. In die Höhle schichtet man abwechselnd Weißbrot und Käse, gibt Salz und Pfeffer dazu und füllt den ganzen Kürbis mit Sahne auf. Die gut verschlossene »Suppenschüssel« gart nun zwei Stunden im heißen Ofen.

Zum Servieren wird der ganze Kürbis aufgetragen. Man löst mit einem scharfen Löffel das Kürbisfleisch ab und verrührt alle Zutaten mit einer Kelle so lange, bis die Suppe geschmeidig und cremig ist. Besser und schneller geht es mit einem Pürierstab. Meistens muss nachgewürzt werden. Da die ganze Angelegenheit relativ fett ist, empfiehlt es sich, eine Flasche Klaren mit auf den Tisch zu stellen. Versuchen Sie es mal. Es ist ein echtes Herbsterlebnis und hat nichts mit Kürbis-Kompott zu tun. Was das Tollste ist, dieses wunderbare Gebilde ist auf dem eigenen Komposthaufen gewachsen, oder bei REWE.

Ich kann mir denken, dass jetzt so mancher beim Lesen dieses »Geheimtipps« die Nase rümpft. Das ist normal. Ich kenne das selbst gut. Das Beste an einem Rat ist, dass man ihn nicht befolgt. Aber nicht unter Gartenfreunden. Hier kann man sicher sein, dass weder Eigennutz noch Schabernack im Spiel sind. Die Ratschläge und Tipps entspringen einem reinen Helferwillen. Gartenfreunde sind eine Verbindung, die auf einer gemeinsamen großen Liebe aufbaut. Der geheime Bund, der uns vereint, ist uneigennützig und frei von den Übeln, denen wir täglich begegnen.

Der Gedankensprung vom herbstlichen Laub zur Kürbissuppe war gewaltig, das muss ich zugeben. Solche Assoziationen sind nur im Herbst möglich, solche Früchte aber auch.

»Gewaltig endet so das Jahr / mit goldenem Wein und Frucht der Gärten …«, beginnt Georg Trakl sein wunderbares Gedicht »Verklärter Herbst«.

Eines der schönsten Herbstgedichte. In kleinen Bildern lässt Trakl das Leben und die Vergänglichkeit aufleuchten. Im Vordergrund steht nicht das Sterben, kein melancholisches Hadern mit dem Schicksal, sondern die gewaltige Schönheit dieser Jahreszeit. Beim Lesen hört man die Abendglocken in der Ferne lang und leise zum Abschied frohen Mut geben. Sicher, der Herbst bedeutet Tod, aber hier wird er fröhlich und hoffnungsvoll gesehen. Weil ein neuer Frühling winkt oder ein neues Leben?

Ich muss mich jetzt mal ein bisschen kürzer fassen, gilt es doch noch die wichtige Frage zu klären: schneiden oder nicht schneiden? Den Streit der Gärtner, welches die beste Zeit zum Rosenschnitt ist, gibt es seit eh und je. Am gebräuchlichsten ist die Meinung, dies habe in der zweiten Märzhälfte oder im frühen April zu geschehen, sicher aber wenn die Forsythien blühen. Warum weiß eigentlich keiner so recht. Wahrscheinlich sind da Messer und Scheren besonders scharf. Jedenfalls fallen in dieser Zeit bewaffnete Heerscharen über die Rosen her, um das Schlechteste zu tun, was man nur tun kann. Sie schneiden ihre Zöglinge fast bis zum Boden zurück, lassen höchstens zwei bis drei Augen stehen, damit sie mit dem ersten Austrieb möglichst große Blüten bekommen.

Meiner Ansicht nach sollte die Rose als ein wildblühender Busch betrachtet werden. Der wird auch nicht runtergemetzelt, sondern darf wachsen, wie er will. Warum soll man die Rosen nicht wachsen lassen, selbst wenn sie ein, zwei Meter hoch werden und ihre Zweige unter der Blütenlast überhängen. Das sieht doch super aus. Fast alle historischen Rosen haben eine überhängende Wuchsform. Zum Beispiel »Félicité Parmentier«, ein wunderbarer, buschiger Strauch. Wenn sie blüht, legen sich ihre Zweige fast bis auf den Boden, dicht mit zartrosa Blüten besetzt. Weil ich diesen wilden, ungezügelten Wuchs so liebe, schneide ich nur die Spitzen und das tote Holz, entferne ein paar schwache Triebe und lasse sie im Übrigen in Ruhe. Die Pflanzen danken solches Mitempfinden durch kräftigen Wuchs und außerordentliche Blühfreude. Es ist meine Lebensphilosophie alle großzügig gewähren zu lassen. Das Knausrige, Kleinkarierte ist nicht meins. Pingeligkeit hat in meinem Leben keinen Platz und natürlich ganz und gar nicht in meinen Garten. Mir blutet das Herz schon genug, wenn ich einmal im Jahr die Buchs-Hecke schneide. Was tue ich da eigentlich? Ich kappe die Starken, die sich aus der Masse entfernen wollen, die dem Licht zustreben, und gleiche sie der Masse der Schwachen an, so wie es im Leben auch ist. Jeder wird kleingemacht, wenn er sich von der Menge absetzen will. Wir leben in der Diktatur der Masse, was ja eine Demokratie zwangsläufig mit sich bringt. Sie ist beleidigt, wenn einer etwas Besseres ist oder sein will. Nach Karl Popper und Konrad Lorenz strebt aber jedes Individuum nach einer besseren Welt. Das beinhaltet zwangsläufig, dass sich jeder bemüht, besser zu werden. Ein fairer Wettbewerb. Stellt sich einer nun als etwas Besseres heraus, weil er sich vielleicht mehr ins Zeug gelegt hat, wird er dafür gerügt, nach dem Motto: Der will was Besseres sein. Wir sind doch alle gleich.

So ein Unsinn. Der Gedanke, dass alle Menschen gleich sind, ist wunderbar, aber völlig realitätsfremd. Man muss da schon mit den Füßen auf der Erde bleiben. Jean Jacques Rousseau sagte: »Alle Menschen sind gleich geboren« und nicht: Alle Menschen sind gleich. Was der Einzelne aus seinem Leben macht, hängt von vielen Faktoren ab. Der Staat gibt jedem die gleiche Chance. Wir starten alle von derselben Nulllinie. Die Hindernisse auf der Lebensstrecke werden aber von jedem unterschiedlich überwunden, denn die »reinen Strahlen der Weisheit erhellen nur wenige Köpfe«. Deshalb gibt es Gewinner, Verlierer und »unter ferner liefen«. Das ist genauso normal, wie der Umstand, dass es Arme und Reiche gibt, Schlaue und Dumme, Fleißige und Faule, Menschen, die in ihrer Arbeit aufgehen und solche, die nur in der Freizeitbewältigung ihre Aufgaben sehen. Wir sind nicht von vornherein durch die Natur festgelegt, wir werden, was wir werden wollen und der Staat gibt uns die Möglichkeiten hierfür. Wer wirklich will, der schafft es auch. Wer lernen will, der soll es tun. Keiner hält ihn davon ab. Er muss natürlich, wie alle anderen auch, auf vieles verzichten. Koma-Saufen und Lernen passen nicht zusammen. Auch Schuleschwänzen und Abitur geht nicht. Nur »wer immer strebend sich bemüht«, kann erlöst werden. Es ist normal, dass die Fleißigen, die, die entbehrt haben, von den Faulpelzen irgendwann einmal beneidet werden.

Aber ich war beim Rosenschnitt, den man mit aller Zurückhaltung durchführen sollte. Geschnitten wird, mit scharfer Schere, wenn die Forsythien blühen. »Conrad Ferdinand Meyer« muss tüchtig eingekürzt werden. Ihr Wuchs ist hoch und aufrecht. Die ungewöhnlich langen Triebe schießen förmlich aus der Erde. Ohne Rückschnitt erreichen sie leicht eine Größe von 3,50 Metern. Man kann sie deshalb auch gut als Kletterrosen ziehen. Um diesem ungezügelten und kraftvoll wachsenden Strauch eine passable Form zu geben, schneide ich ihn immer bis zur Hälfte zurück. Das hat den Vorteil, dass man den Kopf nicht immer so weit in den Nacken nehmen muss, um die großen, schalenförmigen Blüten zu sehen. Man muss sich auch nicht auf die Zehenspitzen stellen, um an ihnen zu riechen.

Teehybriden werden nach einem festen Schema geschnitten. Im ersten Jahr bis auf 8 oder 12 cm über dem Boden, damit sie fest wurzeln und einen dichten Strauch bilden. In den folgenden drei Jahren entfernt man das schwache alte und tote Holz, um dann den ganzen Strauch auf 30 cm einzukürzen. Danach schneide ich nicht mehr.

Kletterrosen benötigen einen sorgfältigen Schnitt. Man sollte dies im Winter tun. Der Winterschnitt ist vernünftig, weil die Pflanze im Ruhezustand ist. Wenn die Säfte steigen, blutet es aus den frischen Wunden und die Pflanze wird geschwächt. Der Schnitt ist einfach. Eine Kletterrose besteht aus langen Haupttrieben, die die Aufgabe haben zu klettern, und aus Seitentrieben, die die Blüten hervorbringen. Alles, was man tun muss, ist alle paar Jahre ein paar Haupttriebe zu entfernen. Möglichst dort, wo man auf sie verzichten kann. Dabei beschränke man sich auf die schwachen unproduktiven. Anschließend kürzt man die Seitentriebe auf 10 cm ein.

Bei den Rambler-Rosen ist es noch einfacher. Die werden lediglich wenig im alten Holz zurückgenommen, um die Bildung neuer Triebe anzuregen. Rosen, die in Bäume klettern, lasse ich völlig in Ruhe. Nur so erreichen sie ihre natürliche Wuchsform. Letztes Jahr habe ich kurz vor Weihnachten geschnitten, alle haben es bestens vertragen. Mag sein, dass es daran lag, dass wir einen milden Winter hatten.

Der Gärtner im Herbst ähnelt der Hausfrau im Frühling. Er veranstaltet einen Generalputz, und weil er mal fertig werden möchte, macht er eines viel zu früh: das Anhäufeln. Dabei hätten Luft und Sonne noch viele Wochen den Pflanzen geholfen, ihr grünes Holz auszureifen. Man häufelt, wenn überhaupt, Rosen erst an, wenn anhaltender Frost zu erwarten ist; also in den meisten Gegenden ab Mitte Dezember. Ich schütze die Rosen ab der dritten Januarwoche, wenn der Weihnachtsbaum ausgedient hat. Dann lege ich die abgeschnittenen Zweige locker über die Rosenbeete. Wer unbedingt anhäufeln möchte, sollte dazu auf jeden Fall die Erde vom Rosenbeet nehmen. Auf keinen Fall Torf. Torf saugt die Feuchtigkeit auf, hält sie und die Rosen faulen oder erfrieren bei starkem Frost.

Unter der übergroßen Arbeit im herbstlichen Garten vergeht die Zeit wie im Flug. Die Tage sind viel zu kurz, um alles zu schaffen, was man sich vorgenommen hat.

Die nur der Besinnlichkeit dienenden Gänge durch den Garten werden immer seltener. Wo früher eine Fülle an Farben und ein Übermaß des Blühens war, wird es immer trostloser. Es fällt schwer, sich an die Kälte und Nässe zu gewöhnen. Der Modergeruch in der Luft wird zur Beleidigung des Geruchssinns. Der Garten wird größer, weil die schützenden Bäume und Hecken fast ihr ganzes Laub verloren haben. Man kann nun wieder für die nächsten Monate die Nachbarhäuser sehen.

Jetzt ist die Zeit, in der ich mich entschließe, noch eine Eibe zu pflanzen. Die ewig Grünen wachsen selbst im tiefsten Schatten und dichtesten Unterholz. Sie haben etwas Mystisches, Unheimliches und sind voller Erinnerungen. Wenn wir als Kinder Nadelbäume aufzählen sollten, kamen Tanne, Fichte und Kiefer immer ganz fließend, auch die Lärche fiel uns noch ein. Das war es dann auch. Dass die Eibe dazugehören sollte, haben wir unserem Vater nie so recht geglaubt. Sie hat zwar Nadeln aber keine Zapfen, sondern rote Beeren. Wir Kinder hatten da doch unsere Bedenken. Hinzu kam, dass wir uns immer sorgfältig die Hände waschen mussten, wenn wir mit Eiben in Berührung gekommen waren, weil sie giftig sein sollten.

Als wir größer wurden, bekam die Eibe eine besondere Bedeutung. Es war der Baum der Mutprobe. Der Mutigste war der, der die meisten Eiben-Beeren aß. Man darf das eigentlich gar nicht schreiben, damit die Kinder es nicht lesen. Es stimmt aber. Die Eibe ist durch und durch giftig, nur die süßen Beeren nicht, wohl aber ihre Kerne. Nadeln, Zweige, Rinde und Fruchtkerne enthalten das Atemgift Taxin. Die amerikanische Eibe enthält Taxol, das wir heute erfolgreich in der Tumor-Therapie einsetzen. Wer mal seine Eibenhecke selbst geschnitten hat, wird festgestellt haben, dass er kurzatmig wurde. Das war nicht wegen der schweren Arbeit, sondern wegen des Taxins.

Kein Wunder, dass sich um die Eibe ein wahrer Kranz von Mythen und Sagen rankt.

Unsere Vorfahren hätten sich niemals in den kühlen Schatten einer Eibe zum Schlafen gelegt. Das war absolut tödlich, genauso wie die Lanzenspitzen der Gallier, die, wie Julius Cäsar berichtet, in Eibensaft getränkt wurden.

Alles ist Geschmackssache, so auch die Eiben. Viele sehen sie lieber auf dem Friedhof im Verbund mit Lebensbäumen als im Garten. Für mich ist das anders. Der stattliche Eibenbestand war seinerzeit für mich ausschlaggebend für den Kauf meines Grundstücks. Ich hätte niemals erlebt, so große und alte Exemplare in meinem Garten zu haben, wären sie nicht vor 35 Jahren gepflanzt worden. Ich hege und pflege sie, denn im Gegensatz zu den anderen Nadelbäumen bedürfen sie unserer Mühewaltung. Lässt man sie ungezügelt wachsen, brechen ihre ohnehin schweren Äste im Winter gern unter der Last des Schnees. Man muss sie immer wieder leicht zurückschneiden. Sie nehmen das nicht übel und werden dadurch nur dichter. Deshalb werden sie gerne für blickdichte Hecken verwendet.

Wer die heute üblichen offenen Gärten nicht liebt, sollte

es mal mit Eiben als Grenzbewuchs versuchen. Das ist zwar eine teure Angelegenheit, die Investition lohnt sich aber. Vergessen Sie nicht, zusätzlich ein paar Pflänzchen wilden Wein dazwischen zu setzen oder zwei bis drei Kletterrosen. Solche Zusatzpflanzen setzen Glanzpunkte und machen sich besonders schön im dunklen Grün.

Wenn ich über das mystische Dunkel von Eiben und Lebensbäumen ins Schwärmen komme fällt mir automatisch die Geschichte »I had a dream« ein. Sie beginnt im Dunkel von Eiben und Lebensbäumen auf dem Friedhof:

Wirklich! Gestern Nacht hatte ich einen Traum. Ich bin gleich aufgestanden und habe alles aufgeschrieben.

Als ich so dasaß, morgens um drei Uhr, erlebte ich den Traum noch einmal. Es war wunderbar. So unwirklich und doch genial.

Also, das war so: Ich lag in meinem warmen, weichen Bett und schlief, als mich eine mysteriöse Stimme aus dem Nichts weckte. »Sag mal, mein Sohn, warum bist du mit dem Leben, das ich dir geschenkt habe, so unzufrieden?« – »Ach«, sagte ich erschrocken, »im Großen und Ganzen ist es ja ganz gut. Ich beklage mich nicht wirklich. Doch, ehrlich, eigentlich und insgesamt gesehen, ist es quasi, ääh … so prima vista, will sagen … also hör mal: Ich bin noch so verpennt, dass ich zu keinem vernünftigen Gedanken fähig bin. Das mit dem Leben ist so eine Sache. Der erste Abschnitt vergeht zu schnell, der zweite ist beschwerlich und oft kaum zu ertragen. Ich denke immer, dass man den Lebensverlauf hätte besser anlegen können.« – »Wieso?«, fragte die Stimme. »Habe ich es dir nicht durch Erfolg, Weisheitsgewinn und Lebenserfahrungen von Jahr zu Jahr zunehmend versüßt?« – »Na ja, das schon, aber …« – »Was, aber …?«, fragte er scharf. »Nicht immer nur meckern! Mach mal konstruktive Vorschläge!« – »Na ja«, stotterte ich, »um mal ein ganz banales Beispiel zu nennen: Als Junger hättest du gerne einen Porsche, um die zentnerschweren Weiber abzuschleppen. Du hast aber das Geld nicht. Als Alter hast du es, hast auch einen Porsche, doch tun dir nur sämtliche Gräten weh, wenn du aus- und einsteigst. An die Weiber denkst du schon lange nicht mehr. Du weißt ja, als Junger möchtest du treu sein und kannst es nicht, als Alter möchtest du untreu sein und kannst es auch nicht. Das nennt man zwar den Lauf der Dinge, aber befriedigend ist das nicht. Das könnte man sich doch alles ganz anders vorstellen.« – »Wie denn?« – »Ja, also, wenn du mich so direkt fragst – . Pass mal auf: Unser Leben geht doch von A nach B, das heißt: es beginnt mit der Geburt und endet mit dem Tod. Da gehen wir doch konform. Ja, ja, ich weiß, danach kommt dann das ewige Leben. Okay! Nur darüber wissen wir normalen Sterblichen nichts. Deshalb lass ich diese Unbekannte mal weg. Du weißt ja, das Rechnen mit Unbekannten lag mir schon in der Schule nicht besonders. Wenn wir jetzt die beiden Buchstaben einfach umdrehten, würde es folgerichtig von B nach A verlaufen. Das wäre dann etwa so: Du liegst *six feet under*. Es ist dunkel, riecht modrig, du fühlst dich eingeengt, unbehaglich. Dafür wirst du aber auch nicht ständig mit Ultraschall beäugt, ob an dir auch alles dran ist oder vielleicht sogar zu viel. Langsam fängst du an, dich aus der dunklen Kühle ans Licht der Welt hinaufzuarbeiten. Das geht relativ gut, denn dank der chronisch rheumatoiden Arthritis sind deine Hände ja wie die Schaufeln eines Maulwurfs deformiert. Du arbeitest dich aus dem Schoß der Erde: Du wirst geboren; das heißt, du gebärst dich selbst. Ist doch ein toller Gedanke. Keine Hebamme, kein Geburtshelfer, kein Cephalhämatom durch die Saugglocke. Keine Prügel, weil du nicht atmen willst. Man sticht dich auch nicht mit hässlichen Nadeln, um dir von deinem ohnehin wenigen Blut auch noch was für die Laborwerte abzuzapfen. Nein, alles ist ruhig. Du interessierst keinen. Der Wind streicht durch Eiben und Lebensbäume und heißt dich willkommen. Sonst regt sich nichts. Du spürst nur den zuverlässigen Rhythmus deines Schrittmachers. Das leise Klappern, das dich auf Schritt und Tritt begleitet, soll dich nicht stören. Es ist deine Zahnprothese, die keinen rechten Sitz hat. Kieferkammatrophie. Früher oder später wirst du sie deinem Zahnarzt bringen, kriegst auch noch Geld dafür, weil deine zweiten Zähne kommen, die du in weiter Ferne gegen das Milchzahngebiss austauschen wirst. Doch wir wollen nicht vorgreifen.

Vom Friedhof gehst du sofort ins Altersheim. Vornehm nennt es sich Seniorenwohnheim oder auch Seniorenresidenz. Dort wirst du nun residieren. Dein Thron ist der Nachtstuhl, wenn du den Stuhl noch halten kannst, eventuell auch die Bettpfanne, oder, wenn es ganz dick kommt, eine schöne warme Windel, die du von Zeit zu Zeit selber nachwärmst. Später, wenn du dichter bist, wird man sie dir wegnehmen.

Der Weg zum Heim ist beschwerlich, denn deine künstlichen Gelenke wollen nicht so richtig. Das ist auch gut so, denn wegen deiner chronisch obstruktiven Lungenerkrankung geht dir schnell die Puste aus. Zum Glück wirst du diese leidige Geschichte im Laufe der Zeit loswerden, weil du den Rauchkonsum ständig steigerst. Auch das lästige morgendliche Abhusten schwindet von ganz alleine. Durch das Rauchen verbessert sich auch kontinuierlich deine Gehstrecke, die bei deiner Geburt etwa 200 Meter beträgt. Nachteilig ist, dass du mit zunehmenden Jahren häufiger zum Friseur gehen musst. Such dir also von vornherein eine hübsche Friseurin aus.

Bei deiner Ankunft im Pflegeheim machst du erst das große Geschäft, dann das kleine und legst dich ins Bett. Ist doch besser als umgekehrt, wie es gewöhnlich ist. Wenn du noch halbwegs gut zu Fuß bist, bekommst du dein erstes Auto: einen Rollator! Marke Quatro Marathon oder, bei weniger Kapital, ALDI comfort. Die Extras, breite Sitzfläche, Stockhalter, höhenverstellbare Griffe und Einkaufskorb, sind im Preis inbegriffen. Das wird auch das einzig Gute sein, was dir in deiner ersten Bleibe zuteilwird. Man kümmert sich wenig bis gar nicht um dich. Du hast immer Hunger und Durst, denn keiner füttert dich und deine Windeln sind ständig voll. Die einzigen Abwechslungen sind die OPs in denen sie dir deine schönen Titangelenke gegen welche aus Knochen austauschen. Anfangs kannst du nur unter Schmerzen laufen, aber wenn sich der Gelenkknorpel schön aufgebaut hat, geht alles wie geschmiert. Is' übrigens ein guter Tausch. Der Schrittmacher wird auch rausgefriemelt, weil deine Pumpe langsam auf Touren kommt. Plötzlich hast du auch viel mehr Zeit, weil du sie nicht mehr beim stundenlangen Pinkeln vertrödeln musst. Die Hosen bleiben vorne schön weiß. Hinten wirst du auch bald dicht.

Irgendwann, meistens dauert es gar nicht so lange, entdeckst du an dir ein Phänomen. Du lernst nicht mehr täglich neue Menschen kennen. Du erkennst sie alle wieder. Leider wird dir aber auch deine missliche Lage im Heim bewusst. Mach dir nichts draus. Die behalten dich sowieso nicht mehr lange.

Eines Tages, wenn die im Altersheim merken, dass du zu jung bist, schmeißen sie dich einfach raus. Da stehst du nun –. Ach nee, du sitzt in deiner Villa im Sessel und liest ein Buch. Das Peter-Prinzip, denn du möchtest gerne wissen, warum alles im Leben schiefgeht. Verärgert schlägst du das Buch zu, weil du erkennst, dass du es besser später lesen solltest, doch da wirst du keine Zeit haben. Die Philosophie oder der Buddhismus, mit denen du dich als Zeichen deiner Lebensweisheit beschäftigt hast, öden dich an. Du fährst lieber in deinem Porsche zum Golfplatz. Du hast ja 'ne fette Rente und kannst dir eigentlich alles leisten. Über kurz oder lang ist das schöne Rentnerdasein allerdings zu Ende, denn du musst zur Arbeit, um dir mit Nichtstun, aber mit einem Bombengehalt, den Tag um die Ohren zu schlagen. Gelegentlich rufst du nach der Sekretärin, der du den einen oder anderen unwesentlichen Brief diktierst, und bei dieser schweren Arbeit bemerkst du allmählich, dass es Männer und Frauen gibt und, dass sich in deiner unteren Etage was rührt. Früher hast du immer gedacht: Da war doch was! Da war doch was! Jetzt weißt du plötzlich, was da ist. Dieser Erkenntnis gehst du nun mit größtem Eifer nach. An Weiblichkeit ist kein Mangel, du hast ja Mordsknete. Übrigens: Wenn du anfänglich übereifrig bist, kannst du dir den ersten Herzinfarkt holen. Deshalb: Langsam steigern.

Du triffst dich mit zwei, drei Typen einmal im Jahr im Gasthof Zum Roten Löwen, weil da die Toiletten ebenerdig sind. Später werden es immer mehr. Man trifft sich nach wie vor im Roten Löwen, weil da das Essen gut ist. Dreißig Jahre später, du weißt mittlerweile, dass es deine zukünftigen Schulkameraden sind, trefft ihr euch immer noch im Roten Löwen, jetzt aber weil die Kellnerinnen besonders hübsch sind.

Manches in deinem Leben wird dir merkwürdig vorkommen. Da gehst du als Gesunder in ein Krankenhaus. Dort wird dir mit Hilfe einer Schlinge über die Harnröhre, durch die Blase in den Harnleiter ein Stein eingebracht, und wenn du dann so richtige Schmerzen hast und Blut pinkelst, wirst du entlassen. Mache dir darüber keine Gedanken, denn du kannst sicher sein, dass sich der Stein ganz von alleine auflösen wird und die Schmerzen von selber weggehen. Bevor du aber das Krankenhaus verlässt, schleifen sie dich noch in eine andere Abteilung. Schließlich bist du Privatpatient und damit bares Geld. Man legt dich auf einen Tisch, deckt dich schön mit grünen Tüchern ab und popelt dir in der rechten Leiste herum, zieht dann mit einem Katheter ein gitterartiges Röhrchen aus deinem Herz, und schon hast du die schönsten Druckschmerzen hinter dem Brustbein. Du denkst, du gehst hopp, aber, nichts da, sie ziehen den Katheter wieder aus deiner Leiste, sagen, ›nun woll'n wir mal‹, und verschwinden. Irgendeiner sagt, ›Troponin positiv‹ und du darfst nach Hause gehen.

Da du mit zunehmendem Genuss des Lebens deine Arbeit immer mehr vernachlässigst, wirst du in der Hierarchie langsam zurückgestuft und landest schließlich auf der Uni.

Jetzt geht das Leben erst richtig los. Du hast ja genug Geld, um in Saus und Braus das Studentenleben zu genießen. Du fängst an zu kiffen, hast nichts als Weiber im Kopf und säufst dir ständig die Hucke voll. Wenn du davon so richtig malle geworden bist, wird es Zeit für die Schule. Du hast nichts als Unsinn im Kopf, wirst von Jahr zu Jahr blöder, bis du schließlich rausfliegst. Zum Abschied schenkt man dir noch eine Zuckertüte. Danach spielst du ein paar Jahre im Sandkasten mit Schäufelchen und Förmchen, scheißt die Windeln voll und entwickelst dich zu einem Ernährungsschlauch mit einer Quäke dran. Schließlich landest du für neun Monate in einer Gebärmutter, um dein Leben mit einem Orgasmus zu beenden.

Das wär's doch! Oder?«

Wir haben vom Sommer Abschied genommen. Nächtelang rauschten die Wildgänse »mit schrillem Schrei nach Süden«. Den riesigen Vogelschwärmen habe ich mit Fernweh nachgesehen. Nun ist es still im Garten. Die Schwermut des Abschieds hockt im kahlen Geäst.

Ach Gott, der Abschied. Er ist für mich das Schwerste im Leben. Man bleibt zurück und muss warten. Warten ist viel schwerer als Weggehen. Das Weggehen ist etwas Aktives, man könnte ja auch bleiben, doch man geht aus freien Stücken. Warten ist passiv, es wird aufgezwungen, man muss es erleiden, ob man will oder nicht.

Wir Gartenfreunde werden nun den ganzen Winter sitzen und auf das Frühjahr warten. Das ist fast unerträglich. Es ist nichts zu tun. Man sitzt stundenlang am Fenster und beobachtet die Vögel am Futterplatz. Gelegentlich schweift der Blick sehnsüchtig über Sträucher und Rabatten. Alles ist kahl und grau. Kein Punkt, auf dem das Auge länger verweilt. Nur der Jasmin mit seinen gelben Blüten lässt an die Forsythien denken, die im nächsten Frühjahr wieder blühen werden.

Die Gänge durch den Garten sind selten; höchstens, um neues Vogelfutter auszustreuen. Dabei sucht das Auge ganz heimlich den Boden ab; schließlich weiß man ja, wo die Winterlinge, die Schneeglöckchen und die Märzenbecher kommen werden. Doch keine Anzeichen. Die gefrorene Erde scheint alles in ihrem Schoß behalten zu wollen.

Das Warten wäre noch trauriger, gäbe es nicht die Christrosen.

Sie werden mich ewig an meine zweite Großmutter erinnern. Sie gab mir immer ein Stück Wurst oder den Riegel Schokolade, den ich zu Hause nicht bekam, weil ich gerade eine Magen-Darm-Verstimmung hatte. Sie tröstete mich, wenn Mutter mal berechtigt mit mir geschimpft hatte. Doch das ist nicht der Grund, weshalb mich Christrosen an sie erinnern. Sie war übrigens keine gute Gärtnerin. Ihr fehlte nicht nur der Sinn für das Schöne, sie hatte auch keine Geduld. Was nicht kam, wie sie wollte, wurde kurzerhand rausgerissen und weggeworfen. Dafür konnte sie gut und schnell umgraben und unermüdlich ernten.

Das Schönste in ihrem Garten war ein großer Placken Christrosen, der geschützt in einem Winkel ihres kargen Vorgartens wuchs. Sie blühten schon ab Mitte Dezember. Solange sie lebte, schickte sie mir zum Geburtstag einen dicken Strauß, sorgfältig in feuchtes Papier und einen Plastikbeutel eingepackt. Neben den üblichen Glückwünschen stand stets als letzter Satz: »Das sind Deine Blumen. Sie blühten das erste Mal, als Du geboren wurdest.«

Ich habe neulich, viele Jahre nach ihrem Tod, das großelterliche Haus besucht. Das bescheidene Anwesen interessierte mich dabei wenig, obgleich ich dort herrliche Kindertage verlebt habe. Ich wollte mir nur einen kleinen Teil von der Christrose abstechen, weil es doch meine Blume war. Doch sie waren nicht mehr da. Der jetzige Besitzer hatte an der Stelle einen Parkplatz angelegt. Schade! So zerbrach ein Stück in das Erwachsenenalter herübergerettete Kindheit. Ich werde wohl auch nie Christrosen haben, die am 20.12. blühen. Die in meinem Garten geben sich erst zu Ostern die Ehre. Sie treten dann mit den Narzissen in den direkten Schönheitswettbewerb, den sie natürlich immer gewinnen.

Trotzdem hat die Christrose ihren Namen, weil sie zur Geburt unseres Herren blüht. Es ist sicherlich nicht die Rose, die aus einer Wurzel zart entsprungen ist, denn sie treibt weder als zarter Stängel aus der Erde, noch sind ihre

Wurzeln zart, sondern kräftig und schwarz. Daher auch ihr botanischer Name: Helleborus niger: schwarze Nieswurz. Grund des botanischen Namens ist also nicht die weiße Blüte, sondern ihre schwarze Wurzel. Nieswurz ist irreführend, denn nur die Wurzel der weißen Nieswurz enthält das nieserregende Veratrin.

Die schwarze Wurzel der Christrose wird in den alten Pflanzenbüchern als Abführmittel und gegen den Wahnsinn gepriesen.

Die Christrose wünscht sich einen kühlen Standort oder ein von Sträuchern beschattetes Versteck. Sie liebt schweren Boden, je feuchter, desto besser. Obwohl sie sehr anspruchslos ist, verlangt sie uns sehr viel Geduld ab, weil sie sich, frisch gesetzt, erst mal eingewöhnen möchte und dazu braucht sie Ruhe. Mit dem Blühen lässt sie sich gewöhnlich viel Zeit. Mit den Jahren mausert sie sich aber immer mehr heraus und blüht zuverlässig und reichlich, wenn auch oftmals erst zu Ostern.

Die Dinge, die erledigt werden mussten, sind getan. Gartengeräte repariert und gewartet. Die Frühbeete angelegt, Staudenringe gebogen, die Gartenscheren gut eingeölt. Jetzt hockt man nur noch in den Startlöchern und wartet fiebernd auf das erlösende Zeichen, doch es kommt und kommt nicht.

Ich habe mich oft gefragt, warum das Warten auf den Frühling so qualvoll ist. Es ist die Schwere des Wartens an sich und die Sorge, es könnte etwas nicht gut über den Winter gekommen sein.

Das sorgenvolle Hoffen legt sich erst, wenn alles wieder aus dem braunen Schoß der Erde treibt. Dann zeigt sich, ob die im Herbst neu gepflanzten Rosen angegangen sind, oder ob ihnen der Frost zu sehr zugesetzt hat. Ich habe oft Pech mit der Herbstpflanzung und weiß nicht so recht weshalb.

Spätestens im Februar hält einen richtigen Gärtner nichts mehr im Haus. Plötzlich kommt, wie durch einen inneren

Wecker wachgerufen, Aktivität auf. Dick eingepackt, bewaffnet mit Säge, Schere und Baumwachs geht es an die Obstbäume und im neu erwachten Rausch der schönsten Beschäftigung, die es gibt, wird gleich die Buchenhecke und was da noch so rumsteht mit geschnitten.

Wenn dann nach zwei, drei Stunden das erste Reisigbündel des Jahres geschnürt ist, geht man voller Zufriedenheit, mit klammen Fingern und roter Nase, aber einem Herz voller Wärme ins Haus und setzt sich zufrieden an den Kamin.

Der Anfang ist gemacht. Das Warten hat ein Ende, denn zwischen den Sträuchern sah man schon ganz deutlich die zarten Spitzen der Schneeglöckchen.

Muss ich mich eigentlich entschuldigen, dass meine größte Freude das Leben im Garten ist? Hier finde ich Ruhe und Frieden. Der Zaun und die Hecken schützen vor den Fluten des Lebens.

In meiner Heimat, in Norddeutschland, an der Küste, würde man sagen: »He leevt achter'n Diek. Ganz still un geruhig un ganz aleen.«

Die Wegwarte (Cichorium intybus)

»Es steht eine Blume,
wo der Wind weht den Staub,
Blau ist ihre Blüte,
Aber grün ist ihr Laub.«

Diese schlichten Worte sind von einem Dichter, der auch für die kleinen, scheinbar unbedeutenden Dinge am Rande des Lebensweges ein offenes Auge und ein liebevolles Herz hatte: Hermann Löns. Er beschreibt in seinem Gedicht die Wegwarte als das Sinnbild der den Tod überdauernden Liebe und Treue. Er kannte sicher die Lieder von Hans Vintler, der schon um 1410 die Wegwarte als eine »plumen der tugent« bezeichnete. Er vermenschlichte die Wegwarte als eine Jungfrau, die auf den Geliebten wartet, der nicht aus dem Krieg zurückgekehrt ist.

Andererseits wird auch gesagt, dass sie einst eine untreue Jungfer war, die der Fluch des Vaters in eine Blume verwandelt hat. Deshalb heißt sie auch manchen Orts »Verfluchte Jungfer«.

Wenn ich eine Wegwarte sehe, kommt mir stets ein Märchen in den Sinn, das ebenfalls die Entstehungsgeschichte der Wegwarte zum Inhalt hat. Ich hörte es vor vielen Jahren. Sicher habe ich manches vergessen und muss jetzt, wenn ich es erzähle, einiges dazuerfinden. Es hat mir aber so gut gefallen, dass ich es einmal versuchen möchte:

»In längst entschwundenen Zeiten, als die Menschen noch jenseits des großen Waldes wohnten, lebte in einem kleinen Dorf zwischen den sonnigen Hügeln ein Mann. Er war irgendwann einmal gekommen und dageblieben. Keiner wusste, warum, aber letztlich war es jedem egal.

Zuerst fiel er nicht sonderlich auf, denn er sah ganz normal aus und tat wie alle seine täglichen Pflichten. Einzig, dass er immer bemüht war, es jedermann recht zu tun. Er hatte sich seine Hütte abseits des Dorfes gebaut und betrieb eine Schmiede. Darüber waren alle froh, denn nun musste man nicht mehr den langen Weg ins Nachbardorf gehen, um ein Pferd beschlagen oder eine gebrochene Pflugschar schweißen zu lassen. Er reparierte auch kaputte Töpfe und Pfannen, Radreifen und Achsen. Kurzum, er war für das Leben im Dorf zwar nicht wichtig, aber von Vorteil.

Ein merkwürdiger Kauz war er schon, der Fremde, wie sie ihn nannten, und, was viel schlimmer war, man wusste so wenig über ihn. Deshalb wurde er auch auf Schritt und Tritt beobachtet, denn im Dorf stehen die Häuser eng beieinander und hinter jedem Fenster kleben zwei neugierige Augen. Die Wände sind dünn. Es gibt keine Geheimnisse. Gewöhnlich weiß jeder von jedem alles. Der Fremde wanderte oft stundenlang durch die Felder oder verschwand im Wald, als ob er etwas zu verbergen hätte oder auf der Flucht war. Wer ihm begegnete und grüßte, merkte bald, dass er mit seinen Gedanken ganz woanders war. Wo, wusste keiner, es musste aber ein Land sein, das wunderschön war, denn er trug stets ein verklärtes Lächeln im Gesicht. Manchmal saß er auch stundenlang auf einer sonnigen Wiese und schien nur das Murmeln des Baches zu hören oder er grub sein Gesicht tief ins Gras, als sehne er sich nach der Tiefe der Erde. Doch wenn er aufstand, sah er voller Verlangen und Erwartung in den Himmel, der sich in seinen Augen spiegelte, als wollte er mit der nächsten Wolke in die Ferne ziehen.

Irgendwie kam er ihnen ungeheuer vor. Auf den Festlichkeiten des Dorfes, die er nie besuchte, wurde über ihn getuschelt. Das Ergebnis war immer das Gleiche: Er war einfach anders als sie.

Man wäre ihn schließlich gern wieder losgeworden, weil er, trotz aller Vorteile, die man von ihm hatte, nicht in ihr Leben passte. Es gab auch nicht den geringsten Anhalt dafür, dass er sich irgendwann einmal einfügen würde. Das machte ihn noch unsympathischer. Aber was sollten sie machen? Er ließ sich, objektiv gesehen, nichts zuschulden kommen, war freundlich und verstand sein Handwerk. Die Kinder liebten ihn, denn er konnte schöne Geschichten aus fremden Ländern erzählen. Ob er da schon überall gewesen war, oder ob er das alles nur erfand? Keiner wusste es. Man versuchte ihn, so gut es ging, zu tolerieren und ging ihm aus dem Weg. Er selbst erweckte übrigens den Eindruck, als wäre ihm das auch am liebsten.

So gingen Jahre ins Land, längst war er zur Gewohnheit geworden, auch wenn er nicht dazugehörte.

Er selbst fühlte die Dinge um sich herum kaum. In ihm brannte eine Unruhe, für die er keine Erklärung finden konnte. Oftmals wünschte er sich, er wäre ein Baum, eine Eiche zum Beispiel, und im Traum spürte er seine Haut rissig und knorrig werden. Seine Zehen spreizten sich und wurden zu kräftigen Wurzeln, die tief in das Innere der Erde drangen. Besonders hoffte er, die Ringe seines Lebens würden sich schützend um sein Herz legen, damit es nicht vor lauter Trauer zerspränge.

Eines Tages ging er, wie so oft, auf einem sonnigen Weg durch die Felder. Das Dorf lag weit hinter ihm. Er konnte noch nicht einmal mehr den Rauch aus den Schornsteinen sehen. Die Luft war lau. Er hörte das Zwitschern der Vögel und fühlte sich nach langer Zeit so richtig wohl. Er setzte sich auf einen Baum, den der letzte Herbststurm umgebrochen hatte, steckte sich eine Pfeife an und ließ sein bisheriges Leben Revue passieren.

Wenn er das Vergangene durchdachte, lief ihm eine Gänsehaut über den Rücken und er verzweifelte an der Unredlichkeit und dem Egoismus der Menschen. Die, die er geliebt hatte, hatten ihn ins Herz getroffen. Es waren nur wenige, aber umso schmerzlicher waren die Wunden. Sie hatten mit Arglist Leimruten ausgelegt und seine Aufmerksamkeit mit schönen Verlockungen abgelenkt. Die Falle ging zu, ohne dass er es merkte. Als sie das Licht löschten, sah er noch ihr kaltes höhnisches Grinsen. War es Schadenfreude oder Hartherzigkeit? Er wusste es nicht. Es war ja auch letztlich egal. Er musste an Palamedes denken, der, als er von seinen Landsleuten gesteinigt wurde, sagte: ›Freue dich Wahrheit! Du bist vor mir gestorben!‹ Zu leicht verliert man auf der Jagd nach dem Glück, das meistens nur im Geld gesehen wird, die guten alten Werte, die die Menschheit so unendlich weit gebracht haben: Glaube, Liebe, Hoffnung. Er hatte mit einem Schlag alles verloren. Der Glaube an das Gute im Menschen ist ein trügerischer, seichter Boden. Auch der scheinbare ›Gutmensch‹ ist ein Raubtier, nicht nur glatt und geschmeidig, sondern auch wandelbar, wie Launen und Leidenschaften. Die Sucht nach Erfolg verändert den Menschen. Er verliert nicht nur seine guten Emotionen, weil sie ihm auf dem Weg zum Erfolg im Weg sind, sondern auch seine Würde, denn Würde resultiert aus der Fähigkeit der Selbstbestimmung; der Süchtige aber wird fremdbestimmt. Er wusste, dass auf dem Jahrmarkt der Eitelkeiten Liebe und Hoffnung keinen guten Nährboden haben. Alles Gerede, dem er so vertraut hatte, waren abgenutzte Wortbilder und Sprachklischees, ein phantasiearmes Nachgeschwätze, ein Leerlauf der Gedanken, gerade gut genug, die Zunge zu beschäftigen, während der Geist schläft. Alles kam aus einem berechnenden, logisch denkenden Hirn, aber nie aus dem Herzen. Er war ein Opfer seiner Gutgläubigkeit geworden. Vielleicht hatte ihm auch seine bedingungslose Liebe den Blick getrübt. Systematisch wurde er nach dem Enneagramm ausgerichtet und benutzt. Das alles war ihm klar geworden. Doch er wollte nicht klagen wie ein altes Waschweib. So ist nun mal das Leben. Der Zahn der Zeit hat schon so manche Träne getrocknet; so würde es auch mit seinen sein. Seine Verachtung für die Menschen wuchs von Tag zu Tag. Er begriff, dass die Welt zum größten Teil aus Gaunern und Dummköpfen bestand. Ehre und Treue waren für sie unbekannte Begriffe. Er wurde nervös, unbehaglich und verärgert über die Leere, die ihn umgab. Seine innere Kraftlosigkeit zeigte er nie, weil er fürchtete, dann ein Opfer ihrer Brutalität zu werden.

Morgens, wenn er aus dem Haus ging, zog er sich einen Panzer um seine Seele und versah sich mit einer gehörigen

Portion Zynismus. Unbeobachtet flüchtete er sich in Tagträume. Wie jeder Sinnbegabte liebte er die Träume mit ihrem Licht, ihren Farben, den Strahlen und Wogen. Wie des Lebens innerste Seele kann man dann frei atmen und auf blauen Fluten dahinschwimmen. Die Welt liegt fernab in einer tiefen Gruft, wüst und einsam. In der Brust spürt man tiefe Wehmut und man möchte in ein Meer von Tautropfen versinken. Fern sind die Erinnerungen und die unerfüllten Wünsche. Der Traum quillt sachte und ahnungsvoll aus dem Herzen. Köstlicher Balsam träufelt in das Gemüt wie ein Bündel Mohn. Die schweren Flügel der Seele heben sich empor und eilen in die blaue Ferne.

Leider muss immer wieder das Erwachen kommen. Die täglichen unseligen Geschäftigkeiten haben eine zu große Macht, als dass man ewig träumen könnte. Aber in den kurzen Momenten, die ihm vergönnt waren, zog er als Phantasiereisender weit weg: in eine kleine, heile Welt, in der das Leben so war, wie er es sich immer gewünscht hatte.

So sprang er innerlich zwischen Realität und Traum hin und her, bis er merkte, dass sich seine Kräfte langsam verzehrt hatten. Ernüchtert, allein und schrecklich müde sehnte er sein Ende herbei, wünschte sich, dass die Dauer des Schlafes ewig sein möge. Aber irgendetwas hielt ihn vom entscheidenden Schritt zurück: Es war eine Sehnsucht, die nicht definierbar war, das Suchen nach etwas Unbekanntem. Er beschloss, der Welt zu entfliehen, und wanderte kurz entschlossen los. Wie auf der Flucht ging er viele Tage und Wochen, ohne sich auch nur einmal umzusehen. Schließlich sah er das Dorf zwischen den sonnigen Hügeln liegen. Er setzte sich auf einen Baumstumpf, stopfte langsam seine Pfeife, und indem der Rauch mit dem lauen Wind hinter ihm in das Gehölz zog, sog er die Landschaft tief in sein Herz ein.

Die sanfte Schwingung der Wiesen und Hügel verzauberte ihn. Er wusste, hier in der Einsamkeit, in der Harmonie der Seele mit der Natur, würde sein Herz wieder gesunden.

Nach einer kurzen Rast stieg er in das Dorf hinunter, mit dem sicheren Bewusstsein, am Ziel zu sein.

Er hatte sich bald an sein neues Leben gewöhnt. Es war eine Umstellung gewesen, die nicht immer leicht war. Er war fremd und man ging ihm aus dem Weg; aber es war gerade die Isolation, die ihm das nötige Maß an Freiheit gab. Er richtete eine kleine Schmiede ein. Hier war noch Bedarf, und er konnte seine manuelle Geschicklichkeit nutzen. Auf diese Weise verdiente er seinen täglichen Lebensunterhalt und machte sich gleichzeitig unentbehrlich. Das hatte er den jungen Assistenten immer geraten: Jungs, schafft euch ein Spezialgebiet, das ihr sehr gut beherrschen müsst, damit ihr unentbehrlich werdet.

Das Leben im Dorf war ohne jeden Glanz. Wenn er nachmittags vor seiner Schmiede saß und eine Pfeife rauchte, sah er sie von den Feldern kommen; gebückt mit schmerzendem Rücken. Auf den Schwellen saß die Sorge als steter Gast.

Oft ging ihm die Frage durch den Kopf, ob er in seiner neuen Welt glücklich war, ob es dieses Leben war, was seinen Schmerz kühlen würde. Er war sich nicht sicher. Irgendwie gab es in seinem Innersten etwas, das ihn rastlos machte, das ihn immer weiter suchen ließ. Möglicherweise suchte er den Kleber, der die Scherben seines Herzens wieder zusammenfügen konnte.

Heute war er wieder unterwegs. Weiße Frühlingswolken zogen wie die Segel stolzer Schiffe über ihn dahin, ihre Schatten legten sich kühlend auf seine Stirn.

Er leerte die ausgebrannte Pfeife, steckte sie sorgfältig in die Tasche und ging auf dem schmalen Pfad weiter. Staub wirbelte auf und er fühlte sich mit einem Mal müde; fürchterlich müde. Er blieb stehen. Ihm war, als wäre er gegen eine unsichtbare Wand gestoßen. Die Luft flirrte. Alles war verschwommen; glitzernd und blendend. Er verließ den Weg und lief querfeldein, die Arme ausgestreckt, als könne er so mehrere Richtungen auf einmal bewältigen. So rasch er auch lief, er konnte dem Unbekannten nicht ausweichen. Erschöpft, mit fliegendem Herzen, blieb er stehen und starrte in den Dunst. Zuerst sah er, wie eine Hand erschien, weiß wie Schnee. Diese Hand ergriff ihn und er spürte die Kraft, die von ihr ausging. Bevor er sich recht besinnen konnte, fiel helles Licht durch den Staub und eine schlanke Gestalt erschien. Er erschrak zutiefst über diese geisterhafte Erscheinung und ihn beschlich das Gefühl, als stünde ein Spukbild vor ihm. Doch als sich seine Beklommenheit gelegt hatte, sah er eine Frau von vollkommener Schönheit, von katzenhafter Anmut vor sich. Sie hob die weißen runden Arme und löste mit einer schweigenden Bewegung den Schleier um sich auf. Da bemerkte er, dass sie ein eng anliegendes Gewand trug, das ihre makellose Gestalt noch mehr hervorhob.

An ihren Füßen trug sie Sandalen aus weißen Lederriemen. Dann kamen ihre Knöchel, vollkommener, als sie je ein Bildhauer hätte erschaffen können. Um die Taille war ihr Kleid von einer einfachen Kordel gehalten. Darüber schwoll ihre Gestalt in Linien an, die ebenso rein wie lieblich waren, bis das Kleid über das schneeige Silber ihrer Brust um einen schlanken Hals endete.

Als sein Blick auf ihr Gesicht fiel, zuckte er zurück. Sie hatte graugrüne Augen, eine breite Stirn und auffallend schmale Lippen. Ihre Faszination lag in einer gequälten Miene, die von Falten durchzogen war; Spuren des Selbstzweifels, der Härte und des Ehrgeizes. Trotz der Hitze überlief ihn ein Kälteschauer.

Auch wenn das Gesicht dem einer Frau von Mitte fünfzig entsprach, war sie doch auf jugendlich getrimmt. Hinter dem aufgesetzten liebreizenden Lächeln dominierte ein zerkniffener Mund mit schmalen Ehrgeiz-Lippen. Sein Verstand rief: Warnung!Vorsicht! Doch was ist der Verstand gegen die Stimme des Herzens? Er blickte sie an und spürte, wie ein Strom von ihr in ihn floss, der ihn verwirrte und betäubte. Er verlor den Boden unter den Füßen und stürzte in die Unendlichkeit. Ihm war, als wären alle Motive, Willenstriebe und Träume seiner Seele, die bisher im Dunkeln ein geheimnisvolles Leben geführt hatten, plötzlich durch eine seltsame Befreiung ins helle Licht getreten.

Ohne dass ein Wort gesprochen wurde, fühlte er sich tief mit ihr verflochten. Sie schob alle Schranken lächelnd beiseite. Das Schicksal hatte es gefügt. Es gab keinen Irrtum und keine Täuschung. Es war das Mysterium einer beseelten Liebe.

Er sah sie durch den Tränenschleier seiner Augen an. In seinem Lächeln war Wehmut. Die Fata Morgana würde sich auflösen und ihn in unendlichen Schmerzen zurücklassen. Er wusste es und fiel in die Unendlichkeit eines süßen Traumes. Es war die Rückkehr in ein Paradies, an dessen Tor Engel stehen, um ihn willkommen zu heißen.

Die aus dem Dorf suchten lange nach ihm, doch er war nirgends zu finden. An der Stelle, wo er zuletzt gesehen wurde, wuchs aber eine seltsame blaue Blume, die sie hier noch nie gesehen hatten.

Seit dieser Zeit steht die Wegwarte überall an Weg- und Ackerrändern. Ihre Hauptblütezeit hat sie von Juli bis August, vereinzelt aber auch bis in den Herbst hinein.«

Als Kinder haben wir die Himmelblauen immer mit Kornblumen verwechselt, doch erkannte man spätestens am nächsten Morgen, wenn man den dicken Strauß in der Vase betrachtete, dass ein großer Teil der Blumen schon verwelkt war, nämlich die Wegwarte. Sie schlägt jeden Tag mit dem Sonnenaufgang ihre blauen Augen auf, um sie schon am frühen Nachmittag wieder zu schließen und zu welken.

Ein alter Volksglaube sagt: »Wenn die Wegwarte über Nacht offen bleibt, gibt es Regen.«

Ob das stimmt? Ich weiß es nicht. Nachts gehe ich nicht mit der Taschenlampe auf Schutthalden oder staubigen Wegen, um die Wegwarte zu suchen.

Ich habe mal versucht, eine auszugraben und in den Garten zu setzen. Es misslang völlig. Das lag wahrscheinlich daran, dass ich sie nicht, wie es im Volksmund heißt, mit einem Tuch angefasst und mit einem Silberstück ausgegraben habe. Die rechten Worte, die man dabei sprechen muss, wusste ich auch nicht.

Die seltene weiße Wegwarte darf nur an Mariä Himmelfahrt vor Sonnenaufgang ausgegraben werden. Sie ist was ganz Besonderes, da ihre Zauberkraft besonders stark ist. Gräbt man beispielsweise die Wurzel einer weißen Wegwarte aus, trinkt den gezuckerten Saft und uriniert dann in das Loch der ausgegrabenen Wurzel, dann verschwinden alle Krankheiten.

Die Wurzel der weißen Wegwarte einer Gebärenden untergelegt, bewirkt eine rasche, glückliche Geburt. Speziell hier soll auch die blaue Form ähnliche Wirkung haben. Gräbt man diese an Peter und Paul, an Jakobi oder an Palmsonntag, wo sie noch gar nicht blüht, aus, es muss übrigens bei Vollmond sein, führt dieses stets zur Gegenliebe dessen, an den man dabei denkt. Die Wegwarte ist eine äußerst lebenszähe Pflanze mit einer bis zu 60 cm langen Pfahlwurzel, aus der sich manchmal bis zu einem Meter hohe Stängel mit sperrig abstehenden, rutenförmigen Zweigen bilden. Diese sind so zäh, dass es kaum gelingt, sie ohne ein scharfes Messer abzutrennen. Doch Vorsicht! Nimmt man eine abgebrochene Blüte mit nach Hause, wird der Blitz einschlagen.

Nun, Aberglaube hin, Aberglaube her, die blaue Wegwarte birgt tatsächlich ein Wunder, das jeder ausprobieren kann. Das ist vielleicht auch der Grund, dass sich um dieses bescheidene Pflänzlein so viele mystische Gerüchte gerankt haben. Legt man nämlich eine blaue Wegwartenblüte in einen Ameisenhaufen, färbt sie sich rot. Der blaue Farbstoff Anthocyan reagiert auf die Ameisensäure mit Erröten.

Der botanische Name ist Cichorium intybus. Übersetzt man Cichorium wörtlich, so ergibt es: cio, ich gehe, und chorion, am Feld, also zu Deutsch: Wegwarte.

Die veredelte Form der Wegwarte ist uns allen gut bekannt. Sie zeigt sich schon in ihrem Namen, Cichorium: unser Chicorée. Manchen stört vielleicht der etwas bittere Geschmack. Man reicht ihn daher gern mit Mandarinen-Scheiben und einer süßen Sahnesoße.

Wenn ich an meine Kindheit zurückdenke, fällt mir zwangsläufig mein Großvater ein. Er war einer der besten Obst- und Gemüsegärtner. Keiner konnte so erfolgreich veredeln wie er. Wenn ihm der Kaffee nicht schmeckte, weil er zu bitter war, sagte er immer: »Das ist ja die reinste Zichorie.« Wir konnten nie was damit anfangen. Später fragten wir ihn und er erzählte, dass es zu seiner Zeit einen aus den Wurzeln des Chicorée gewonnenen Kaffeezusatz gab. Er wurde dem dünn aufgebrühten Kaffee als Geschmacksveredler beigegeben. Das war in einer Zeit, als die Kaffeebohnen noch teuer waren. Heute wäre alleine die Herstellung der Zichorie (Surrogat) teurer als die Kaffeebohnen selber. Deshalb darf die Chicoréewurzel auch im Boden bleiben, um im Winter im Dunkeln die bananenförmigen Chicorée zu treiben.

Eine Gattungsverwandte sollte nicht vergessen werden: Zichorium endivia, der Endiviensalat. Die Pfälzer Spezialität Schweinebraten mit Majoran-Kartoffeln wäre ohne den Endiviensalat unvorstellbar.

Ein hoffnungslos (verw)irr(t)er Brief aus dem Universum

Kürzlich traf ich unseren Briefträger. Weil ich nicht gegen die Political Correctness verstoßen will, muss ich wohl anders anfangen. Kürzlich traf ich unseren Brief- und Verbundzusteller. Er stand an seinem Auto und starrte auf ein merkwürdiges Gebilde, das einer Art Brief ähnelte. »Moin, Moin«, sagte ich. »Probleme?« – »Schon, Doktor. Wir müssen manchmal Sachen zustellen, die gar nicht zustellbar sind. Dieser Brief hier an einen gewissen Andromedanidis. Anschrift 12. Hölderlin-Spiralnebel A. Wahrscheinlich aus Amerika. Die haben ja solche Postanschriften. Ich dachte mir, dass es Hölderlinstraße 12A heißt. Aber hier wohnt kein Andromedanidis.« Irgendwie ritt mich der Teufel, denn ich sagte: »Doch, doch, der ist bei mir zu Besuch.« – »Na, da bin ich ja froh, dass ich Sie getroffen habe. Dann nehmen Sie ihn mal gleich.« Als ich ihn öffnete, sah ich, dass er in einer unbekannten Schrift geschrieben worden war. Kurz entschlossen scannte ich ihn erst mal ein, öffnete ihn in Open Word und gab unbekannte Schrift und Übersetzung ins Deutsche ein. Der Rechner machte zunächst gar nichts. Lediglich die Kontroll-Leuchten in meinem Netgear spielten Feuerwerk, bevor sie alle erloschen. Dann kam: Bitte starten Sie Ihren Computer neu. Gesagt, getan. Wir sind ja brave Bürger und machen sogar, was ein dösiger Computer von uns will. Der Rechner fuhr runter. Er fuhr wieder hoch und, siehe da, vor meinen Augen entstand der Brief eines gewissen Saturno Sanctus an seinen Freund Andromedanidis. Zunächst dachte ich an Katja Epstein: Wunder gibt es immer wieder. Beim zweiten Mal lesen kam mir die Idee, dass die Post schon immer Probleme hatte oder immer haben wird. Schließlich verwarf ich alle Überlegungen und kam zu dem einzig sinnvollen Schluss, dass sich jemand nur einen Scherz erlaubt hatte. Der völlig aus der

Luft gegriffene Inhalt war der beste Beweis. Weil ich die ganze Geschichte aber äußerst lustig finde und die Möglichkeiten unserer Computersysteme großartig, habe ich mich entschlossen, ihn meinen Aufzeichnungen beizufügen.

Lieber Andromedanidis,

ich bin im Universum unterwegs. Eigentlich wollte ich nur meine alte Freundin Wegaluna, die Vierbrüstige, besuchen. Ein Wahnsinnsweib. Zwei Brüste vorne und zwei hinten. Das ist was. Oh, dass ich vier Hände hätte! Na ja, Du kennst sie ja auch. Wohnt da hinten auf dem idyllischen Planeten Penisius Errectus in der Galaxis Popperia, ganz am Arsch der Welt. Dort, wo der Kosmos fast zu Ende ist. Doch allein die vier Brüste sind die weite Reise wert. Früher sind wir meilenweit für eine Zigarette gegangen, warum soll ich da nicht Billionen Lichtjahre für vier Brüste fliegen. Mit Hilfe dieses neuen Time Journey Travelling System (TJTS) schafft man die Strecke in kurzer Raumzeit. Auf dem Rückweg, wahrscheinlich war ich noch ganz im Rausch der Erinnerungen, habe ich einen falschen Knopf gedrückt und fiel von meiner Hyperlink-Stratosphäre jäh in den realen Raum und kurve nun recht orientierungslos in der »dunklen Materie« des intergalaktischen Raumes herum. Keiner da, den ich nach dem Weg fragen könnte. Das Position Finding System (PFS) vermutet, dass ich in einer der vielen Raumsackgassen irgendeines seitlichen Spiralarms bin, der seit Millionen Jahren nicht mehr beflogen wird. Aber, weshalb ich Dir schreibe: Ich vertreibe mir die Zeit, indem ich was Lustiges beobachte. Weit draußen, in der unergründlichen Einöde des seelenlosen Universums, versteckt in einem rüsselförmigen Ausläufers einer kleinen vergessenen Galaxie, die Du mit keinem normalen Teleskop auch nur erahnen kannst, gibt es einen kleinen gelben Fleck, um den ein klitzekleines blaues Pünktchen kreist. Hätte man noch viel größere Teleskope oder würde sich ein Raumschiff in diese entlegene Verzweigung verirren, was natürlich gar keinen Sinn machen würde, weshalb der Gedanke auch nur rein theoretisch, na, sagen wir mal, spaßeshalber, reflektiert wird, sähe man, dass dieser blaue Punkt die Form einer Kartoffel hat. Nicht die einer Süßkartoffel oder einer Vitelotte, woran man natürlich wegen der blauen Farbe denken könnte, nein, er hat etwa die Form einer Pfälzer Grumbeere, aus der die Chio Chips gemacht werden. Dieser Punkt ist so klein, dass mir das völlig aus der Mode gekommene Wort »Mückenschiss« im Kopf herumgeistert.

In den alten Mythen des Universums, man bekommt sie heute kaum noch in die Hand, selbst als E-Book sind sie schon lange gelöscht, wurde behauptet, es habe einen lauten Knall bei der Entstehung der ganzen Flecken gegeben. Ich glaube das nicht, doch andererseits kündigt sich das Banale oft mit Donner und Gepolter an, weil es sonst keiner bemerken würde.

Bei aller Belanglosigkeit und Überflüssigkeit dieses blauen Fürzleins, für Liebhaber von Kosmos-Kuriositäten lohnt es sich, diesen Winzling unter ein Mikroskop zu legen, um ihn aus der Nähe zu betrachten. Man muss dabei ganz, ganz vorsichtig zu Werke gehen, denn die dort lebenden Mikroben geraten wegen jeder Kleinigkeit in Panik. Sie haben vor allem Angst. Die einzige Spezies, die keine Angst hatte, lebte in einem uns allen bekannten gallischen Dorf in der Nähe von Kleinbonum und ist schon lange ausgestorben. Seitdem herrscht auf diesem blauen Pünktchen nur noch Angst. Angst vor Klimawandel, Angst vor Kernkraftwerken, Angst vor Erdbeben, Angst vor Vulkanausbrüchen, Angst vor jeder Form der Krise, sei es Finanz-, Wirtschafts-, Energiekrise und Ozon. Die meisten Katastrophen verursachen sie selbst, nur damit sie wieder schön Angst haben können. Angst hat für sie auch etwas sehr Nützliches. Sie entwickeln das beruhigende Prinzip der »Gutmikrobe«. Grundsätzlich sind sie zunächst über alles, was geschieht, entsetzt. Dann bemühen sie sich, durch bewusst gutes Tun das Geschehene wieder geradezubiegen. So betuddeln sie den kleinen blauen Flecken, auf dem sie leben, damit er nicht zerstört wird, wie wenn der sich nicht selbst helfen könnte. Sie sortieren zu seiner Rettung ihren Hausmüll, verzichten auf die schönen Plastiktüten wegen der Erdölreserven, zahlen Dosenpfand, aber fliegen zwei Mal im Jahr auf »die Mallorca«, um sich eine Auszeit zu nehmen und die Seele baumeln zu lassen. Was ehemals heilig war, haben sie abgeschafft und Banales dafür heiliggesprochen, denn ihre Seelchen können ohne eine Religion nicht sein. Sie betreiben einen wahren Götzenkult mit Schönheit, Jugend, Gesundheit. Das bin ich meinem Körper schuldig. Dass sie sich dabei verstümmeln und dennoch alt werden und sterben, wollen sie nicht sehen. »Ein Begriff muss sie erst vertraulich machen ...«, und so ein Begriff ist schnell gefunden; »denn eben, wo Begriffe fehlen, da stellt ein Wort zur rechten Zeit sich ein.« Ein griffiges Kürzel, meistens eine wichtig klingende englische Wortfolge, zum Beispiel: SPD-EEPROM, bedeutet: Serial Presence Detect-Electrically Erasable Programable Read-Only Memory, gibt ihnen ganz schnell wieder was zum Anbeten oder eine neue Apokalypse. Das führt zwar alles zu nichts, hilft aber der Seele der »Gutmikrobe«, denn man ist nicht nur gut, man fühlt sich dabei auch gut. SOS – Save Our Souls, heißt heute Save Our Sales.

Die Empathie ist bei ihnen weitgehend eingetrocknet, auch wenn sie ständig versuchen, das blaue Pünktchen zu betuddeln und ihren Mitmikroben in alles reinzuquatschen (Ich meine es doch nur gut. Ich will doch nur helfen.). Die »Gutmikrobe« meint es immer gut, zweifelsohne, aber mit sich. Das zur Schau gestellte »Gutsein« ist der Balsam für die eigene Seele. Den Heiligenschein, der der Religion entrissen wurde, setzt sie sich nun selbst auf. Weil der aber nicht für sie geschaffen wurde, wird sie von dessen Licht derartig geblendet, dass sie die Unsinnigkeit ihres Tuns nicht mehr sehen kann, und lullt sich mit dem Bewusstsein der »Gutmikrobe« im Schoß der trügerischen Selbstgefälligkeit ein.

Übrigens, drüben im intergalaktischen Großraum Gamma 1319 gibt es eine ähnliche Seinsform, die sind in der Entwicklung etwa tausend Jahre weiter, die sagen über die blauen Mikroben: »Pfff«, und fügen oft hinzu: »Geschissen drauf.« Was das auch immer heißen mag. Doch lassen wir Gamma 1319. Das war einmal und sind nur noch schöne Erinnerungen. Wenn man den blauen Punkt vorsichtig unter das Mikroskop legt, kann man die wunderlichsten Mikroben beobachten, die jemals das Universum bekrabbelt haben.

Du fragst Dich sicher die ganze Zeit, lieber Andromedanidis, warum der Blauling so klein ist. Das liegt daran, dass der gelbe Flecken auch relativ klein ist. Wäre er größer, würde der Blaue in ihn reinfliegen und verbrennen. Wäre das Verhältnis umgekehrt, d.h., der Blaue würde sich vergrößern, löste er sich von seiner Licht- und Wärmemaschine und verschwände irgendwo im All. Die Mikroben würden kurz blöde aus der Wäsche gucken und dann die Fliege machen. Natürlich mit einem Mordsgezeter, das machen sie bei allem. Die nehmen sich einfach zu wichtig; halten sich sogar für den Nabel des Universums. Ständig versuchen sie mit anderen »Intelligenzen‹ Kontakt aufzunehmen. Die Hypertrophen! Wer will schon mit diesen Zurückgebliebenen was zu tun haben? Sie suchen nach anderen Intelligenzen, das heißt ja, dass sie sich für intelligent halten! Hahaha! Hohoho! Hihihi! Ich könnte mich kringeln vor Lachen. Diese kleinen »Schlau-Würmchen«, bla, bla, bla, geben nur Blasen von sich und finden sich dabei noch ganz toll! Dabei war es von ihnen schon unendlich dumm gewesen, überhaupt aus dem Wasser zu steigen. Dann, das muss man sich mal vorstellen, stiegen sie auf die Bäume und kamen wieder runter. Sie wussten wohl noch nie so richtig, was sie eigentlich machen wollen. Eine Sache haben sie ganz gut hingekriegt, nämlich die Lösung des Problems, das wir alle haben: Was tun mit den Blöden des Universums? Für die haben sie kleine Maschinen gebaut mit einem Magneten drin. Der zieht die Jung-Mikroben mit einer ungeheueren Kraft an Kistchen und lässt sie nicht wieder los. Da sitzen sie nun ein Leben lang und verplempern sinnlos ihre Zeit, die ohnehin kurz ist, mit Spielen, und weil sie von den

Maschinchen nicht mehr weggehen können, um sich mit anderen Mikroben zu treffen, miteinander zu reden, zu lernen oder zu spielen, schreiben sie sich gegenseitig lauter doofe Sachen. Bla, bla, bla. Ob sie das machen oder Peng ist das Gleiche. Ich habe mich mal in ihr Netzwerk eingeloggt. Andromedanidis! Du glaubst es nicht. Das ist ein Niveau! Die sollten mal lieber in die Schule gehen. Das ist für mich übrigens das einzig Sinnvolle, was wir aus der Antike beibehalten haben. Bei den blauen (»schlauen«) Mikroben ist das anders. Sie haben den rechten Weg verpasst. Aber, die Hirnarmen sind von der Straße und beschäftigt. Du wirst es nicht glauben, aber sie kommen sich dabei auch noch unheimlich wichtig vor. Diese Magnetkistchen sind wahres Opium fürs Volk.

Manche halten sich auch krampfhaft kleine flache Platten ständig ans Ohr und reden mit ihnen. Auch nur Blabla. Was sie gerade machen. Wohin sie gerade gehen. Wie wenn das auch nur einen interessieren würde. Oft fragen sie auch: »Wo bist du?« Wo jemand gerade ist, ist doch auch so egal wie nur irgendwas.

Wenn man diese Mikroben längere Zeit beobachtet, stellt man fest, dass sie wunderlich sind, aber irgendwie lustig und harmlos. Man könnte sich ein paar unter einer Glasglocke halten und hätte immer was zu lachen. Natürlich darf man nicht die mit den Kistchen nehmen, oder solche mit Platten am Ohr. Das sind Langweiler. Die kommen von ihren Magneten nicht los und nehmen kritiklos alles hin. Sie haben keinen freien Willen und wissen tun sie wenig. Die können froh sein, dass sie in dieser einsamen Ecke im Schutze der Bedeutungslosigkeit vegetieren. Im freien Universum würden sie sich nicht halten. Viel zu einseitig, wenig wendig, enorm anfällig gegenüber Veränderungen, kleinkariert oder korrupt. Sehr viele, ja fast alle, sind auf der Jagd nach kleinen, unterschiedlich bedruckten Papierschnipseln. Um möglichst viele davon zu kriegen, bescheißt einer den anderen, ja sie bringen sich sogar deswegen gegenseitig um.

Die Konstruktion dieser Mikroben ist relativ einfach. Es

gibt im Prinzip nur zwei Modelle mit unterschiedlicher Farblackierung. Das eine Modell hat zwischen den Beinen einen Rüssel, der schlaff nach unten hängt und an der Wurzel zwei Kugeln. Die andere Serie hat an dieser Stelle gar nichts. Nur einen Tunnel mit einem Granatapfelkern an der Decke ganz vorne. Der Rest des Granatapfels ist halbiert und vorne am Corpus befestigt; rechts und links. Genau so wie bei Wegaluna, nur dass die vier hat. Ich glaube, die Mikroben finden diese Teile genauso irre wie wir. Je größer, desto besser. Mein Gott, wenn ich an Wegaluna denke, könnte ich gerade wieder zurückdüsen. Bei den Mikroben scheinen diese wohlig wabbelnden Gebilde auch eine Bedeutung zu haben, denn wenn einer der Serie eins sie lange genug betut, schwillt sein Rüssel und schiebt sich automatisch in den Tunnel. Und nun weiß er nicht, oder vielleicht ist es ihm auch zu dunkel, jedenfalls zieht die Mikrobe den Rüssel wieder zurück, überlegt es sich dann doch noch mal und schiebt ihn wieder rein. So geht das eine ganze Zeit; von Mikrobe zu Mikrobe ganz unterschiedlich. Schließlich zieht er den Rüssel raus, der schrumpft zusammen und die Mikrobe bleibt erschöpft liegen. Das geschieht ihr ganz recht. Sie hätte sich rechtzeitig entscheiden können, dann wäre die ganze Aufregung gar nicht nötig gewesen. Na ja, ich habe es Dir ja schon gesagt, diese Mikroben sind seltsam, sehr seltsam. Ganz oben an ihrer Karosserie, also entgegengesetzt vom Tunnel beziehungsweise Rüssel, haben sie ein eierförmiges Gebilde mit zwei Lichtsensoren. Im Inneren ist ein Hightechcomputer, der ihnen ständig Informationen zukommen lässt. Unterhalb des Empfängersystems ist eine Öffnung, die auch als Tunnel verwendet wird, vorwiegend aber zum Produzieren von Geräuschen, mit deren Hilfe sie kommunizieren, streiten und Strategien entwickeln, wie sie sich am besten betrügen oder umbringen können. Bei sehr vielen Modellen der Serie zwei bewegt sich diese Öffnung ununterbrochen, was die Serie eins nicht als besonders angenehm zu empfinden scheint, während die Verwendung als Tunnel offenbar viel Freude macht. Was für mich etwas ganz Neues war, ist, dass sie diese Öffnung auch als Ernährungsluke benutzen. Die Serie eins findet das prima, weil dann die Serie zwei vorübergehend keine Geräusche erzeugt.

Wenn Du mich jetzt nach den Extras dieser beiden Serienmodelle fragst, findest Du mich recht verlegen. Es scheint primär keine zu geben. Zwei identische Systeme mit den oben schon genannten Unterschieden. Was mir auffiel, ist, dass es offensichtlich viele unterschiedliche Betriebssysteme gibt. Die haben sicher ihren Aufpreis. Der normale Standard, also Idealstandard, ist serienmäßig. Typ Rüssel und Typ Tunnel mit Idealstandard ist die »Fabrikware« vom Band. Das macht bei den Mikroben etwa 87 Prozent. Der Rest hat Zusatzprogramme der unterschiedlichsten Art und Qualität. Manche Extras, vielleicht sind es auch Ersatzteile, werden von der Serie zwei benutzt. Wenn zum Beispiel die Granatapfelhälften zu klein sind oder sich in Richtung Tunnel bewegen, kann man mit noch einer Hälfte den Hänger so unterpolstern, dass alles wieder stimmt. Beulen und Knitterzonen werden auch in den Werkstätten geglättet. Die Serie zwei lässt sich diese Runderneuerungen eine ganze Menge kosten. Du wirst es nicht glauben: Das funktioniert. Die sehen hinterher wie neu aus. Wie die Raumschiffe von dem Gebrauchtschiff-Händler auf Stelle Nova 1318. Das ist ein Teufelskerl, der sogar das abgewrackteste Raumschiff wieder flott macht. Hat natürlich auch seinen Preis. Ich weiß nicht, wie Du das siehst, ich kaufe mir lieber ein neues, als so ein rundumerneuertes. Die sehen doch nur von außen neu aus. Das Innenleben pfeift auf dem letzten Loch. Wenn du da mal ordentlich Gas gibst, ächzt der Motor, die Achsen knirschen und du hast permanent Angst, dass sie liegen bleiben. Ständig muss man ölen, damit sich die Kolben nicht festfressen. Also, mich turnt ein solcher Flieger wenig bis gar nicht an.

Vor Kurzem habe ich noch was Irres bei ihnen bemerkt. Manche stilisieren für sich total Banales zu Problemen hoch und versuchen dann, mit zähem Fleiß, sie zu lösen. Stöhnen, wie schwer sie es haben, und schaffen dadurch ihre wirklichen Aufgaben nicht. Das sind die Versager, also praktisch unsere Rohrkrepierer, die nicht verstehen können, warum sie nichts zuwege bringen, wo sie sich doch so schön bemühen. Sie sind mit wenig Intelligenz gesegnet, weil sie das Wesentliche vom Unwesentlichen nicht trennen können. Konfus und hysterisch fragen sie sich am Ende ihres Lebens enttäuscht, ob das nun alles gewesen sein soll. Für sie schon, weil sie sich nicht bemüht haben, aus dem seichten Meer des Lebens als etwas Besonderes hervorzutreten. Sie haben kein Selbstbildnis erzeugt, das ihnen die nötige Zufriedenheit hätte geben können. Das aber ist Lebenskunst. Die will erarbeitet werden. Die Mühe lohnt sich, denn man tritt aus dem Heer der unbedeutenden grauen Mäuse heraus und ist anders. Die Menge derer, die einen dafür lieben, ist leicht zu überschauen. Da muss man sich gar keine Sorgen machen. Die Zahl der Neider ist immens, was den Erfolg jedoch doppelt so schön macht.

Das Selbstbildnis ist keine statisch-museale Skulptur, sondern dem steten Wandel unterworfen. »Alles fließt«; man muss sich ständig dem Zeitgeist anpassen, was nicht damit getan ist, jede Modeerscheinung mitzumachen oder seine Meinung zu wechseln, wie eine Ampel die Farbe.

So, mein lieber Andromedanidis, ich werde mal Schluss machen, denn mein TJTS hat einen Hyperspace-Flyway (HSFW) gefunden, der mich entweder wieder nach Hause oder zurück zu Wegaluna führt. Letzteres wäre mir natürlich bedeutend lieber. Ich muss Dir den Brief leider mit dem normalen Space-Mail-System (SMS) schicken, was nur zu oft mit Problemen verbunden ist. Ich hoffe, er wird Dich irgendwann erreichen. Mein Highspeed-Space-Mail (HSSM) ist leider defekt. Mir ist 'ne Pulle Bier reingefallen. Wird wohl einen Kurzen gegeben haben. Also dann, bis bald.

Es grüßt Dich herzlich vom Ende der Welt

Saturno Sanctus

Mir ist es doch ein bisschen peinlich, dass ich mir den Brief dieses Saturno Sanctus einfach ergaunert habe. Andererseits, wohin hätte man ihn denn schicken sollen? Wo wohnt dieser Andromedanidis? Wer ist für die Zustellung zuständig? Das Angebot ist ja heutzutage immens. Das bringt alles nur unnützen Ärger, und den braucht man nicht unbedingt.

Der Brief ist letzten Endes ja auch völlig unwichtig. Man weiß ja nicht einmal, worüber geschrieben wird. Alles ist so verworren und märchenhaft, wobei natürlich das Märchenhafte nicht ohne Reiz ist. Ich liebe Märchen und erzähle sie auch gerne. Sie sind schön und enthalten immer einen kleinen Funken Wahrheit.

Sollten Sie mal rein zufällig diesen Andromedanidis treffen, vielleicht beim Mousaka- oder Souvlaki-Essen, sagen Sie ihm doch bitte, beim gemeinsamen Ouzo, dass er seinen Brief bei mir abholen kann.

Gedanken im Winter

Der Garten ist eine Idealwelt, in der die verlorene Natur als Heimat des Menschen in die Realwelt hinein verwirklicht wird.

Wir träumen hier vom verlorenen Paradies, in dem wir noch Bauern sein durften, und beten zu den Ur-Göttern der ländlichen Ordnung und Beschaulichkeit. Im Garten legt auch der Stadtmensch das ganze Leid seiner Zivilisation ab und versucht wieder, den Wert der eigenen Hände-Arbeit zu erkennen. Er wird vom Konsumierenden zum kreativ Produzierenden. Dabei spielt es keine Rolle, ob er im sechsten Stock eines Hinterhauses auf dem Fensterbrett seine blauen Petunien gießt, ein bisschen an seinen Geranien herumputzt oder ob er im Hinterhof Studentenblumen oder Bergenien düngt. Er produziert und erfreut sich an der Natur.

Was ist denn mit der Freude zu vergleichen, die man empfindet, wenn die erste Blüte einer lange ängstlich umsorgten Pflanze erscheint? Doch nur das Gefühl beim Anblick der ersten blühenden Rose. Dieses Empfinden von Freude und Glück ist eine Mischung aus Zärtlichkeit, Sorge und Mühe. Das versteht nur, wer im Garten arbeitet, wer ihn selbst angelegt hat.

Der Plan für einen Garten muss im Herzen entstehen. Er wird aus dem Gefühl, nicht aus der Logik geboren.

Auch wenn der Garten keine reine Natur ist, sondern nur ein künstliches Biotop, muss er sich harmonisch in die Landschaft einfügen. Das Gegebene wird durch ihn nicht zerstört, sondern ergänzt. Das ist das Grundprinzip des Erdverbundenen. Er gräbt und pflanzt, nicht um die Natur zu plündern, sondern um sie abändernd zu erhalten.

Pflanzen bedeutet nicht nehmen, sondern erzeugen. Ihm wird die Natur zur Freundin, die Erde zur Mutter. Er versteht die tiefe Beziehung zwischen Pflanzen und Zeugen, Ernten und Tod, Frühling und Jugend, Herbst und Alter.

Erdverbundenheit bedeutet, mit dem Boden verwachsen zu sein; wie die Pflanze mit dem Erdreich zu verwurzeln. Die Menschen auf dem Lande haben diese Eigenschaft noch. Der Stadtmensch hat sie längst verloren. Der Bauer ist auch heute noch von den kosmischen Einflüssen abhängig. Sie bedeuten für ihn eine gute Ernte und somit Wohlstand, oder Missernte und Not. Der Stadtmensch sieht seine Abhängigkeit vom Lande nicht mehr. Seine Ernährung ist nicht die Folge seiner Hände Arbeit. Er hat den unmittelbaren Bezug zwischen Pflanzen, Pflegen, Ernten und Essen verloren. Sein Lebensunterhalt ist die Jagd nach dem anonymen Geld. Hierfür kauft er sich dann seine Nahrung. Es sind zwei völlig unterschiedliche Wesen entstanden, die sich nicht mehr verstehen, weil ihre Denkweise und ihre Bezugswerte zu stark differieren.

Ein friesischer und ein bayerischer Bauer stehen sich näher, als ein friesischer Bauer einem Stadtmenschen aus Hamburg; sicher nicht zuletzt deshalb, weil sie eine ganz andere Sprache sprechen. Es ist nicht nur die Umgangssprache, die sich auseinanderentwickelt hat: Der Landmensch fragt nach, der Stadtmensch hinterfragt, dem Landmann bereitet etwas keine Schwierigkeiten, der Städter hat mit etwas kein Problem, es ist auch der Unterschied zwischen der lauten Formsprache der Stadt und der leisen Sprache der Landschaft. Sehen Sie sich mal die sogenannte Skyline der großen Städte an, die von Frankfurt beispielsweise. In einer ehemaligen Flussniederung stehen heute statt der Auwälder riesige kantige Blöcke aus Stahl und Beton, und wenn die Architekten etwas kreativer sind, wird Beton durch Glas ersetzt. Wir sehen ein Meer von Schornsteinen, Fernsehantennen und Schießscharten ähnlichen Fenstern. Ganz unten, am Fuße der Bauklötze, stehen ein paar Cotoneaster und führen zwischen Asphalt und Sandsteinplatten einen entbehrungsreichen Kampf ums Dasein. Den gewinnen sie meistens, denn sie sind im Himalaya zu Hause.

Die Hochhausfluchten haben in der Natur nichts Verwandtes. Sie wollen es auch nicht haben. Der freie Blick zum Horizont wird durch eine kantige, gezackte Wand unterbrochen, bedrohlich, anonym, steril.

Früher wurde das menschliche Auge vom Landschaftsbild beherrscht. Es formte die Seele. Das Dorf mit seinen hügelartigen Dächern, dem Rauch am Abend, den Brunnen, Zäunen und Tieren war immer ein Teil der Landschaft. Es zerstörte nicht, es bettete sich ein.

Mit dem dynamischen Wachstum der Städte begann die Vernichtungsarbeit, zunächst der Landschaft, später der Natur.

Die Wege und Straßen, die früher mäanderförmig verliefen, passten sich den Gegebenheiten der Landschaft an. Heute werden vierspurige Autobahnen geradlinig in die Landschaft gefräst, denn kurze Wege sind in unserer schnelllebigen Zeit wichtig. Die Landschaft wird durchpflügt, Berge durchtunnelt und breite Schneisen durch die Wälder gerodet. Aus Wiesen und Wäldern werden bestenfalls Parkanlagen, heute aber eher Industriegebiete und Supermärkte. Alles im großzügigen Stil, denn unsere vielen Autos brauchen eine Menge Abstellfläche.

Die Stadt schafft sich ihre eigene Natur. Der Mond wird durch Neonlicht ersetzt. Man hat Fontänen statt Quellen, Blumenrabatten, Kanäle, beschnittene Hecken, statt Wiesen Teiche und Büsche. In den Schluchten hoher, lang gezogener, steinerner Straßen steht der Landmann verloren und fremd. Eine lächerliche Gestalt, die nichts versteht und von keinem verstanden wird, gerade noch gut genug, den großen Magen der hungrigen Städte zu stopfen. Er weiß nichts vom modernen Lauf der Zeit. Er wird auch nicht gefragt. Ein anonymes Parlament teilt ihm mit, was er zu tun und wofür er unter Umständen zu sterben hat.

Ich werde nie die ratlosen Gesichter der friesischen Bauern vergessen, als sie hörten, dass sie ihre Kühe, von denen sie immer so schlecht und recht lebten, schlachten sollten, weil Brüssel es so beschlossen hatte. Oder die Weinbauern bei Mainz, die mehr oder weniger gezwungen wurden, ihr Land zu verkaufen, weil die Stadt Baugrund brauchte und

Europa genügend Wein in den südlichen Ländern produziert.

Ob einer der Politiker jemals daran gedacht hat, dass dem Bauern die Lebensgrundlage und die Kultur genommen wurden?

Ich trage immer die beklemmende Angst in mir, dass eines Tages meine Vorväter fragen könnten, was wir aus ihrem Erbe gemacht haben. Sicher würde ich als Erstes sagen, dass wir auf den Mond geflogen sind und keine Existenzzeichen von Frau Luna oder vom Mann im Mond gefunden haben. Dass wir in der Lage sind, in kürzester Zeit mit dem Flugzeug jeden Punkt der Erde zu erreichen. Dass wir in Sekundenschnelle Nachrichten in jeden x-beliebigen Ort schicken können. Dass wir keine Bücher und Museen mehr brauchen, weil wir alles zu Hause per Computer konsumieren können. Dass wir Züge haben, die 300 Kilometer pro Stunde fahren. Frankfurt – Paris in weniger als vier Stunden.

Wir haben zwar drei bis vier Millionen Arbeitslose, dafür aber jeder ein eigenes Auto. Wir können zu jeder Jahreszeit Erdbeeren essen. Wir können zu Hause über den Fernsehschirm zusehen, wie Tausende von Kilometern entfernt die Menschen Krieg führen oder verhungern und dabei genüsslich Gin Tonic trinken und Chips essen. »Seid ihr damit glücklich?« werden sie fragen, und ich werde schweigen oder allenfalls ganz verlegen sagen, dass wir die mittlere Lebenserwartung durch den Fortschritt in der Medizin von 50 auf 84 Jahre angehoben haben. Ich habe ein bisschen Angst davor, denn ich weiß, sie werden mitleidig lächeln und fragen, warum wir eigentlich in einer solchen Zeit so lange leben möchten.

Ich werde darauf antworten wollen, aber meine Worte werden versagen. Ich werde mich falsch ausdrücken und in Wirklichkeit etwas anderes meinen. Ich werde viel reden, um möglichst wenig zu sagen. Sie werden nur lächeln, traurig und ein wenig enttäuscht. Sie hatten uns doch ein gutes Erbe mitgegeben. Wir haben nicht mit den Pfunden gewuchert, sondern uns dem technischen Fortschritt hingegeben. Wir haben mit immer mehr Maschinen die begrenzten Rohstoff-Reserven in minderwertige Produkte verwandelt, in deren Rückständen wir umkommen werden.

Hoffentlich fragen sie mich nicht, warum wir am Sonntag oder an Feiertagen nicht mehr sorgenlos Fleisch essen können, warum Salat und Gemüse mehr Gift dran als Vitamine drin haben. Wahrscheinlich werde ich versuchen, ihnen klarzumachen, dass wir die Einbahnstraße vom Landmenschen zum Stadtmenschen gegangen sind, dass wir nun in dieser Sackgasse versuchen, uns das verlorene ländliche Paradies auf unsere Balkons und in die Hinterhöfe zu holen, damit nicht das einzige Grün unserer Städte das Grün der Verkehrsampeln ist.

Ich bin mir der Schwäche meiner Argumente bewusst, denn ich glaube selbst nicht daran.

Hoffentlich werden sie erkennen, dass ich in meinem Herzen einer der Ihren geblieben bin. Ich sehe zwar die Notwendigkeit der modernen Entwicklungen, zumindest versuche ich es, aber ich kann sie weder gut finden noch kann ich zustimmen. Das ist ja auch gar nicht nötig. Der Einzelne wird ja sowieso nicht nach seiner Meinung gefragt.

Ich habe mich deshalb, so gut es geht, zurückgezogen und lebe ein heiles Scheinleben in meinem Garten. Er ist für mich eine Struktur und alles, was in ihm wächst, ist ein fester Bestand von ihr. Das gestaltende Element ist die Phantasie. Sie entwickelt eine sinnliche, begehrende Lebenslust, die kein Entsagen kennt. Der Garten wird durch sie zu einer Märchenwelt, deren Helden die verschiedenen Pflanzenformen sind.

Geht man mit offenen Augen durch einen Garten und vergleicht die Blumen, die innerhalb der schützenden Hecke wachsen, mit denen, die außerhalb stehen, so stellt man fest, dass der sorgfältig geschnittene Grenzbewuchs zwei Welten trennt. Wozu wäre er auch sonst da? Die Hecke bildet nicht nur die Grenze zwischen der heilen Welt des Gartens und dem anonymen, hektischen Leben, sondern ist ein

Schutz für alle die Blumen, die außerhalb nicht vorkommen.

Unsere Gartenblumen sind ja letztendlich die kultivierten Wildpflanzen fremder Länder. Die Reseden kommen aus Nordafrika, die Sommerastern aus China, der Phlox aus Texas, die Strohblumen aus Australien, Gladiolen vom Kap, Zinnien aus Mexiko, Balsaminen aus Indien, Dahlien vom Chimborazo, Sonnenblumen aus Peru.

Der Garten ist, wie ich schon eingangs gesagt habe, ein künstliches Biotop, ein Freilandgewächshaus, das ohne unsere Hilfe unweigerlich zugrunde gehen muss. Das muss man wissen, wenn man einen Blumengarten haben möchte. Wir müssen unseren bunten Fremdlingen schon tüchtig helfen, damit sie ihre ganze Pracht entfalten können. Unsere Sorgen und Mühen werden aber vielfach belohnt.

In der aufopfernden Sorge sehe ich die Ursache dafür, dass ich lieber viel Geld für Schnittblumen ausgebe, ehe ich auch nur eine einzige in meinem Garten abschneide. Wenn ich es gezwungenermaßen doch einmal tue, blutet mir schier das Herz.

Welche Bedeutung hat für mich eigentlich der Garten? Ich weiß es gar nicht so genau. Vielleicht kann es ein altes chinesisches Sprichwort erklären, das ich irgendwo einmal gelesen habe:

»Willst Du eine Woche glücklich sein, nimm Dir ein Weib; willst Du einen Monat glücklich sein, schlachte Dein Schwein; aber wenn Du Dein ganzes Leben glücklich sein willst, pflanze einen Garten.«

Mittlerweile ist es schon Mitte März. Seit Monaten quält uns eine fast unerträgliche Kälte. Nachts sinken die Temperaturen unter 10 Grad minus, um am Tage nicht über den Gefrierpunkt zu steigen. Verdrossen und mürrisch sitzen die »Gärtner« hinter ihren Fenstern und starren auf den tiefgefrorenen Boden. Wo bleiben sie nur, die kleinen Frühlingsboten? Es ist, als wollte Mutter Erde dieses Jahr alles in ihrem Schoß behalten. Wenn einem gelegentlich der Zufall eine Zeitung in die Hände spielt, sucht man verzweifelt nach einem neuen Artikel zum Thema Klimakatastrophe. Die prophezeien doch 2 Grad Temperaturanstieg. Das wäre jetzt sehr willkommen. Doch den Journalisten scheint zumindest zu diesem Thema die Tinte eingefroren zu sein. Nichts! Kein einziges Wort! Nur der Wetterbericht, und der sieht nach wie vor düster aus. Das tiefe Sehnen im Herzen wird immer stärker, es ist die Sehnsucht nach dem Grün der Schneeglöckchen, die in ihrem jungfräulich weißen Gewand den Frühling einläuten.

Fast möchte man doch an die heraufbeschworene Klimakatastrophe glauben, nur, dass sie nach hinten losgeht und nicht die versprochenen 2 Grad Erwärmung bringt, sondern eine neue Eiszeit. Das wäre ja auch gar nicht so unmöglich. Immerhin liegt die letzte schon 10 000 Jahre zurück. Der Grund für ihr Ende war eine Verschiebung des Klimagürtels, also quasi eine Klimakatastrophe. Warum sollte das nicht mal wieder so laufen. Ist doch schon oft genug passiert. Wer jetzt überheblich lächelt und meint, dass man das nun wirklich nicht so sagen kann, hat damit übrigens kein einziges Gegenargument gebracht. Ist ja auch gar nicht nötig. Es war nur so ein Gedanke angesichts der scheußlichen Kälte.

Eine Überlegung ist allerdings äußerst reizvoll. Würde wirklich statt des Temperaturanstiegs eine neue Eiszeit kommen, wie würde man die »stichhaltigen« Schuldbeweise für die FCKWs in die neue Situation einbauen? Es würde trefflich gelingen, da habe ich keinen Zweifel, verfügen doch die Medien über einen extrem großen Einfallsreichtum. Ich bin sicher, dass wir die neuen Erkenntnisse alle wieder glauben und auf Teufel komm raus Pelzmäntel kaufen würden. Ach nee, das geht ja nicht, wegen der Tierschützer. Also kaufen wir folgsam lieber Kleidung aus Hanf oder doppelter Jute.

Wie sagte Walther von der Vogelweide schon so schön? »In dieser Welt geht's wundersam.«

Wir sind nicht mehr in der Lage, Schicksalhaftes als gottgegeben hinzunehmen oder ihm mit Taten zu begegnen. Wir lassen uns viel lieber durch Worte berieseln und beeindrucken. Wenn ich tief im Nebel meiner Kindheit die »gute alte Zeit« sehe, werde ich einfach das Gefühl nicht los, dass die Menschen damals glücklicher waren. Sicher nicht alle, aber mehr als heute. Es gab wohl auch Sorgen und Nöte, die es zu bewältigen galt. Man krempelte aber gemeinsam die Ärmel hoch und packte es an.

Heute versuchen wir rein wissenschaftlich, die Dinge zu beleuchten und sind fürchterlich frustriert, wenn sie sich dadurch nicht beheben lassen. Frustration bedeutet aber immer Aufgabe, Resignation. Das führt im Laufe der Zeit zum Verlust des Glücksgefühls, zur Depression, zum Burn-out-Syndrom. Ich frage mich immer, warum es das Burn-out-Syndrom nicht nach dem Zweiten Weltkrieg gegeben hat, wo doch hierfür die Voraussetzungen besonders gut waren. Warum kriegen selbstständige Unternehmer kein Burn-out? Doch wohl, weil sie es sich nicht leisten können. Ich erinnere mich noch gut an meine Studentenzeit. Da gab es kein Burn-out. Da bekam man vom Nervenarzt eine »exogene Depression« bescheinigt, wenn man sich vor einer Prüfung drücken wollte, und hatte Aufschub, aber ausgebrannt waren wir nicht. Ganz im Gegenteil, wir strotzten vor Tatendrang. Ganz plötzlich schwappte etwas über den Atlantik, etwas ganz Neues. Die US-amerikanischen Studenten fanden es chic, einen Nervenzusammenbruch zu haben. Im Gegensatz zum Burn-out hat sich diese Mode damals bei uns nicht durchgesetzt. Burn-out ist allerdings »in«. Man merkt es nicht nur an der Zahl der Talkshows, sondern auch an der Zahl der mit dieser Diagnose Erkrankten. 2010 verzeichnete die AOK je 1000 Versicherte 72 Fehltage. 2004 waren es noch acht. Die Unglücklichen nehmen dynamisch zu. Eine Umfrage zum Thema »Was stresst die Menschen?« war erstaunlich. 50 % meinte es sei der Stress im Job. Nicht im Beruf! Im Job! Ein Selbstständiger würde nie vom Job reden, sondern immer vom Beruf. 42 % meinten es sei die Hektik und der Stress im Alltag. 40 % machten den Ärger in der Familie verantwortlich und 38 % sprachen von der Work-Life-Balance. Natürlich wurden bei der Umfrage auch mehrfache Angaben berücksichtigt.

Wenn man sich im Bekanntenkreis mal umsieht, wer ist denn eigentlich noch glücklich? Wer hat noch Ideale? Selbst die fröhlichsten Gemüter von früher wirken bedrückt. Ihr Lachen ist verstummt. Es ist wohl das Leben, das uns verändert hat. Der Traum von der großen Blumenwiese im ewigen Sonnenschein ist eben nur ein Traum. Die Wirklichkeit sieht ganz anders aus. Wir erkennen im Laufe der Zeit, dass das Leben kein Spiel ist, weil es keine Spielregeln, sondern nur Marschbefehle gibt. Möglicherweise ist es auch der Verlust des Miteinanders, des gegenseitigen Verstehens. Sie glauben es nicht? Ich schon. Kann denn heute, in unserer hochspezialisierten Zeit, ein Informatiker noch einen Bauern oder ein Politiker einen Arzt verstehen? Ich glaube nicht.

Wir erleben doch jeden Tag, wie unqualifiziert und bar jeden Sachverstands unser Gesundheitssystem ständig »saniert« wird. Da werden auf der einen Seite die Milliarden verpulvert, um eine neue Hauptstadt aufzubauen, obwohl wir doch bereits eine hatten, auf der anderen Seite spart man an der Volksgesundheit, obgleich doch deren Erhaltung die wichtigste und edelste Aufgabe einer Regierung sein sollte. Ein Politiker sieht das wohl alles ganz anders. Warum geht denn, trotz aller scheinbaren Bemühungen, unser Gesundheitswesen »den Bach runter«, wie man immer so schön zu sagen pflegt? Weil die, die es verhindern könnten, nämlich Ärzte und Politiker, gemeinsam kein Verständnis für ihre Argumente aufbringen können. Ihr geistiger Horizont ist so unterschiedlich, dass aus dem Sichmitteilen ein Aneinander-Vorbeireden wird.

Mit viel Mühe könnte der eine die Einstellung des anderen verstehen, aber die Fähigkeit, sich in die Denk- und Lebensweise des anderen so einzufühlen, dass man seine Gedanken, Nöte und Handlungen versteht, ist eine nur noch sehr selten erfüllte Forderung. Man bemüht sich erst gar nicht. Zwangsläufig entsteht eine tiefe seelische Einsamkeit der Menschen verschiedener Professionen, die durch nichts gemindert werden kann.

Schon immer gab es Dinge, die für einzelne Menschen eine unterschiedliche Bedeutung hatten. Es gab auch Streitigkeiten und Missstimmungen wegen verschiedener Ansichten. Man stelle sich mal ein Gespräch zwischen einem Schmied, einem Kind, einem Priester und einem Philosophen über das Feuer vor. Für den Schmied ist es ein Teil seines Werkzeugs, für das Kind etwas Verbotenes, für den Priester ein Zeichen der Gottheit und für den Philosophen ein Problem. Wie sollen die vier zu einer Einigung kommen? Wie sollen sie sich verstehen? Jeder erlebt das Feuer nur in Bezug auf sich selbst, das ist nun mal so und ganz normal.

Als ich im letzten Frühjahr einen Teil meines Rasens neu eingesät hatte, sah ich den Schwarm von Sperlingen auf der Saat auch mit ganz anderen Augen als ein Ornithologe oder die dicke schwarz-weiße Katze meines Nachbarn.

Wir leben in einer wissenschaftlichen Welt. Sie ist praktisch, seelenlos und rein extensiv. Das Leben wird nicht mehr unbewusst in wahlloser Selbstverständlichkeit gesehen und als gottgewolltes Schicksal hingenommen, sondern als problematisch betrachtet und aufgrund intellektueller Einsichten zweckmäßig und vernünftig in Szene gesetzt. Wir registrieren alles mit dem Verstand, weil die Seele abgedankt hat. Seele ist heute nicht mehr gefragt. Sie ist nicht mit dem Verstand fassbar, kann also nicht als ein Bündel von Empfindungen mit einem Hauch chemisch-elektrischer Energie abgetan werden. Wir modernen Menschen wollen lieber anstelle eines Organismus einen Mechanismus. Die Seele ist etwas Organisches, etwas Schicksalhaftes. Sie gibt dem Leben die wahllose Richtung. Sie ist es, die den Daseinsablauf verwirklicht. Assoziationen, Affekte, Triebfedern, Denken, Wollen sind nur tote Mechanismen, deren Topographie den belanglosen Inhalt der Psychologie bildet.

Ach Gott, die Psychologie, die Lehre von der Seele! Ich muss immer schmunzeln, wenn ich Psychologen ernsthaft über ihr Fachgebiet diskutieren höre. Wir alle wissen nicht, was die Seele ist und trotzdem wollen wir gern eine Lehre daraus machen. Die Seele ist doch letztlich, was sie ist: das, was weder gedacht noch sich vorgestellt werden kann. Sie ist das Geheimnis des reinen Erlebens und für mich auch die einzige Wahrheit des Lebens. Ihre Heimat ist die grenzenlose Einsamkeit, vielleicht ist es auch die Unendlichkeit, in der sie nach dem Tode weiterlebt.

Doch was nützen all diese Gedanken? Gar nichts. Das Leben geht dessen ungeachtet seinen eigenen Weg. Es kümmert sich nicht um das, was gedacht wird. Deshalb sieht auch der Mensch, der sich dem Leben stellt, der versucht, durch Handeln, Wollen und Kämpfen sein Schicksal zu meistern, verächtlich auf die sogenannten Wahrheiten herab. Er weiß, dass für das Leben nur Tatsachen zählen. Nur wer handelt, lebt in der wirklichen Welt.

Nietzsche hat nicht nur im »Zarathustra« das Problem vom Wert der Wahrheit, des Wissens und der Wissenschaft diskutiert. Seine Gedanken werden immer in den Augen der Denker und Wissenschaftler eine frivole Lästerung sein. Im Gegensatz zu allen Weltverbesserern vertritt er die Meinung, dass das Leben nicht um des Geistes, der Wissenschaften oder gar der Kunst willen da ist, sondern dass die Welt nur dem Handelnden gehört. Eine gute Tat ist stets mehr wert als ein guter Gedanke.

Ich weiß nicht, warum mir jetzt spontan Goethes »Faust« einfällt. Was war ihm denn das Wichtigste, das, was alles bewegt? Nicht das Wort, auch nicht der Sinn oder gar die Kraft. Nein, nein, er schrieb getrost: »Im Anfang war die Tat«, denn nur sie zählt, nicht die Worte. Die sind Schall und Rauch.

Jetzt habe ich so lange grübelnd am Fenster gesessen und dabei gar nicht gemerkt, wie ganz leise der Frühling über das Land zog. Fast hätte ich das Drängen der ersten grünen Spitzen aus der Wintererde verpasst. Ich liebe dieses Aufbrechen der Knospen, die Gewalt des Blühens,

Duftens, Leuchtens und Reifens. Hier offenbart sich Jahr für Jahr der Wunsch der Natur nach der Erfüllung ihres Schicksals.

Warum sind wir Menschen so weit von diesem natürlichen Weg abgerückt?

»Wenn Du eine Rose schaust, sag, ich lass' sie grüßen«

Mein Großvater, Walter Schmidt, wurde am 30.12.1894 geboren. Er gehörte zu der »beneidenswerten« Generation, die in zwei Weltkriegen für ihr Vaterland die Knochen hinhalten durften, wie er zu sagen pflegte. Als Kind habe ich dazu immer genickt, ohne zu wissen, warum, später war ich dann der Meinung, dass das Vaterland diese Menschen um die elf besten Jahre ihres Lebens betrogen hatte.

Mein Großvater hat mir übrigens nie zugestimmt. Der Erste Weltkrieg war für ihn immer eine Ehrensache gewesen, ging es doch darum, mit Gott für Kaiser und Reich zu kämpfen. Nur zu gern erzählte er von seinen »Kriegserlebnissen« aus dieser Zeit und wir Kinder hörten mit offenem Mund gebannt zu. Er ließ in unserer Phantasie fremde Länder entstehen, in denen er so manches Abenteuer bestanden hatte.

Über den Zweiten Weltkrieg erzählte er auffallend wenig, höchstens, dass alle beim Abschied auf dem Bahnhof weinten und dass er in den ersten Tagen des Polenfeldzuges einen Schuss durch den Kopf bekommen hatte. Die Kugel war ihm durch die Stirn eingedrungen und am Hinterkopf wieder ausgetreten. »Das hat mir der eingebrockt«, sagte er dann immer und erzählte nicht mehr weiter. Später lernten wir dann, wer »der« war und verstanden seine Missachtung.

Die große Narbe am Hinterkopf konnte man übrigens gut sehen, denn mein Großvater hatte sich mit 14 Jahren entschlossen, seinen Kopf scheren zu lassen, um bis zu seinem Tode eine Glatze zu tragen. Er war rothaarig und die Kinder hatten ihm immer »Giebelbrand« nachgerufen. Von diesem Tag an brannte bei ihm nicht mehr der Giebel, sondern eine Zigarre zwischen den Lippen. Ich kannte ihn gar nicht ohne.

Weswegen ich auf meinen Großvater komme, wenn ich

eigentlich über Rosen schreiben möchte, ist ganz einfach. Schon als kleiner Junge, auf seinen Knien sitzend, hat er mich durch wunderschöne Geschichten über den Garten und seine Pflanzen mit meiner späteren Leidenschaft vertraut gemacht.

Er konnte auf seine einfache und nette Art so wunderschöne Dinge über die Entstehung der Blumen, natürlich auch der Rosen erzählen, dass sie mir heute noch gegenwärtig sind. Da war die Geschichte von einer schönen Frau, die aus Meeresschaum geboren wurde. Als sie an Land stieg, es war eine Insel irgendwo im Mittelmeer, fiel der Schaum von ihr ab und sie stand nackt am Ufer. Weil ihr Vater ihre Unschuld bedecken wollte, ließ er weiße Rosen um sie ranken. Ich stellte mir damals nicht die Frage, was denn eigentlich ihre Unschuld war, die es zu bedecken galt, noch machte ich mir Gedanken darüber, wie sie wohl in dem stacheligen Rosenstrauch gelebt haben könnte, ich hatte nur das Bild der schönen Frau, meistens war es meine Mutter, vor mir, die über und über mit weißen Rosenblüten bedeckt war.

Später erzählte er, dass eine Göttin einen wunderschönen Jüngling liebte. Als sie ihn eines Tages zum Abendessen einlud, wurde er auf dem Weg dorthin von einem Wildschwein umgebracht. Die Göttin fand ihren Geliebten tot in seinem Blute liegen und weinte bitterliche Tränen. Die hellen Tränen vermischten sich mit dem roten Blut des Jünglings und es wuchsen aus ihnen rosarote Rosen.

Auch die Geschichte der roten Rosen war wunderbar: In einem Wald wuchs eine herrlich duftende weiße Rose. Ein kleiner grauer Vogel setzte sich auf einen Ast, um an den Blüten zu riechen. Er beugte sich nach vorn, dabei ritzte ein spitzer Dorn seine Kehle und ein Blutstropfen fiel auf die Erde, aus dem eine rote Rose wuchs. Der kleine graue Vogel aber behielt zeitlebens eine rote Kehle. So entstand unser Rotkehlchen.

Ganz offensichtlich musste ein roter Blutstropfen des Rotkehlchens auch in den Garten meiner Großeltern gefallen sein, denn dort stand eine rote Kletterrose, die wunderbar duftete. Ich habe mir später oft Gedanken darüber gemacht, was es wohl für eine gewesen sein mag, ich hätte sie mir gern wegen der vielen Erinnerungen in den Garten gesetzt. Leider habe ich es nie erfahren. Es war vielleicht »Excelsa«, die in den Nebelträumen meiner Kindheit ewig blühen wird. Diese Rose, so sagte mein Großvater, sei etwas ganz Besonderes. Wir Kinder konnten das nicht finden. Sie war alt und knorrig. Ihre Hauptäste hatten viele Wunden, die mein Großvater immer sorgfältig mit Lehm bepackte, damit sie sich nicht ausblutete, wie er sagte. Als ich ihn mal fragte, warum diese Rose so etwas Besonderes sei, erzählte er, dass sie seinem Vater das Leben gerettet habe. Während der Bombenangriffe der letzten Tage des Zweiten Weltkrieges erklärte mein Urgroßvater, dass er jetzt endgültig die Nase voll habe. Er weigerte sich, in den Luftschutzkeller zu gehen, und setzte sich auf eine Bank unter die bewusste Rose, um sich, wie er meinte, von den Bomben erschlagen zu lassen. Bei diesem Angriff bekam der Luftschutzbunker einen Volltreffer, alle waren tot, nur mein Urgroßvater überlebte im Schutze der großen roten Rose. Von diesem Tage an betrachteten wir sie mit großer Ehrfurcht. Meine Großmutter meinte bei der Erzählung nur, dass ihr Schwiegervater ein typischer Schmidt gewesen wäre, starrsinnig und dickköpfig. Wie sie darauf kam, war mir immer unbegreiflich, konnte ich meinen Urgroßvater doch sehr gut verstehen und würde in einer vergleichbaren Situation gerade ebenso handeln.

Mein Großvater hat in mir die Liebe zum Garten geweckt. Er gab mir mein erstes eigenes Beet, mit dem ich machen durfte, was ich wollte.

Ich weiß es noch wie heute. Ich säte Mohrrüben und Rote Bete. Die Mohrrüben wurden nicht so besonders. Lauter dünne rote Fäden, weil ich nicht wusste, dass man sie pikieren muss. Die Rote Bete hingegen war gewaltig. Es war übrigens das einzige Mal, dass ich Rote Bete zog, weil ich schon damals beim Essen vor lauter Ekel erbrechen musste. Alle hatten damals fürchterlich mit mir geschimpft, nur mein Großvater nicht, der verstand mich.

Trotz aller Verlockungen war ich nie wieder bereit gewesen, dieses »muffig-süßliche Zeug« zu versuchen. Und wie sie mich gelockt haben: Rote Bete macht rote Backen. Ja, wer will die denn! Lieber wollte ich blass wie ein Käse bleiben. Auch die Feststellung, dass Rote Bete Blut macht, verfehlte ihre Wirkung gänzlich.

Beim Nationalgericht meiner norddeutschen Heimat, Labskaus, mache ich allerdings teilweise eine Ausnahme. Die als Beilage gereichten Scheiben schiebe ich zwar immer verächtlich zur Seite, den mit untergemahlenen Anteil muss ich zwangsläufig mitessen. Man schmeckt es aber zum Glück nicht.

Ach ja, Labskaus, dieses alte Seemannsgericht ist wirklich eine Köstlichkeit. Man kann es nur an der Küste essen, denn nur hier wird es richtig zubereitet. Wer mal in Hamburg ist, sollte zu einer Kostprobe in den »Old Commercial Room« gehen. Es lohnt sich. Selbst die »Nordlichter« sind sich einig, dass es hier das beste Labskaus gibt. Wer nicht nach Hamburg kommt, was sicher sehr schade ist, entgeht ihm doch unter anderem ein Besuch in der weltberühmten Rosenschule von Wilhelm Kordes in Sparrieshoop, nordwestlich von Hamburg, oder bei Rosen Tantau in Uetersen, kann sich sein Labskaus auch selber machen. Es ist ganz einfach. Man braucht 500 g gepökeltes Rindfleisch, 4 Salzheringe, 500 g Kartoffeln, 2 Zwiebeln, 1 Esslöffel Schweineschmalz, 150 g eingelegte Rote Bete und 2 Gewürzgurken.

Das Fleisch wird 45 Minuten gekocht. In der Zwischenzeit die Salzheringe putzen, von den Gräten lösen und 20 Minuten wässern. Die Kartoffeln werden geschält, in Viertel geschnitten und in Salzwasser gekocht. Fleisch, Heringe, Kartoffeln, Rote Bete und Gewürzgurken durch den Fleischwolf drehen (feine Scheibe). Jetzt würfelt man die Zwiebel und lässt sie in Schweineschmalz glasig dünsten (wer kein Schweineschmalz isst, kann auch Butter nehmen). Nun wird die Labskausmasse dazugegeben und unter ständigem Rühren erhitzt. Ich mache gern zum Schluss noch eine Dose Corned Beef dazu, das rundet die ganze Sache ab.

Jetzt kommt ein tüchtiger Schlag auf den Teller, obendrauf ein Spiegelei und zwei halbe Gewürzgurken. Rote-Bete-Liebhaber können zum Garnieren drei dünne Scheiben dazulegen.

Eins sollte man nicht vergessen, nämlich den alten norddeutschen Snack: »Zum Labskaus holt man den Schnaps raus.« Der Schnaps ist immer ein »Klarer«, gewöhnlich ein eisgekühlter »Malte«.

Ich glaube, dass jetzt so manchem das Wasser im Munde zusammengelaufen ist und er schon den Fahrplan der Bundesbahn wälzt, um zu sehen, wann der nächste ICE nach Hamburg fährt. Von Frankfurt jede Stunde. Ich würde bis Hamburg-Dammtor fahren, dann kann man sich bei einem Spaziergang durch »Planten un Bloom« gleich den richtigen Appetit holen. Von Planten un Bloom Richtung »Michel«, den sieht man sehr gut, und fragt dort nach dem »Old Commercial Room«; ist ganz gediegen, so richtig hanseatisch. Grüßen Sie die Alster von mir, den Wind und den Regen.

Jetzt wären wir ja so richtig bei den Rosen, den Königinnen der Blumen. Wer sich Rosen in seinen Garten holen will, ganz egal wie groß er ist, muss eine grundlegende Tatsache bedenken. Mit den Rosen ist es wie mit einem Parfüm. Es kommt auf die Komposition der verschiedenen Düfte an. Erst das richtige Miteinander gibt das Erlebnis, den Zauber.

Fahren Sie also erst mal, bevor Sie sich Gedanken über die Sorten machen, in ein Rosarium. Lassen Sie sich fesseln vom Charme, vom Duft und von der Farbenpracht dieser einmaligen Pflanzen. Hier in einer großen Rosenanlage werden Sie verstehen, warum ich einen Rosengarten mit Parfüm vergleiche. Die einzelnen Sorten wirken mit ihren Farben, Blütenformen und ihrem Duft wie die Essenzen eines Parfüms. Jede vertritt eine andere Eigenart, zusammen bilden sie eine Komposition, ein Kunstwerk.

Deshalb, bevor Sie anfangen, fahren Sie nach Baden-

Baden, nach Dortmund oder nach Uetersen, meinetwegen auch nach Zweibrücken oder nach Eltville. Wer in Frankfurt wohnt, fährt natürlich nach Steinfurth, Deutschlands Rosendorf. Heinrich Walter Schultheis und Sohn Christian, die Besitzer der ältesten deutschen Rosenschule, haben auch sonntags von 14 Uhr bis 16 Uhr geöffnet. Sehen Sie sich auch den Schaugarten der Rosenunion an und unterhalten Sie sich hinterher mit H. W. Schultheis. Er ist für mich der kompetenteste Rosenzüchter in unserer »Kante«. Fragen Sie ihn alles, was Sie wissen wollen und er wird Ihnen erzählen, was Sie wissen sollten. Ich bin mir jetzt schon sicher, Sie werden begeistert sein.

Auf die Frage, wo Sie Rosen hinpflanzen sollen, wird er lächeln und garantiert sagen: »Wissen Sie, Rosen sind Sonnenkinder«, womit er natürlich grundsätzlich recht hat. Wenn Sie keine direkte Sonne im Garten haben, lassen Sie sich nicht entmutigen. Sie haben dennoch gute Chancen, einen schönen Rosengarten zu bekommen. Rosen brauchen nämlich nicht unbedingt die direkte Sonne, sondern nur viel Licht.

Ach, da wir gerade beim Fragen sind: Fragen Sie niemals einen Rosenzüchter nach der »Öko-Rose«, also nach der Rose, die resistent gegen Ungeziefer und Pilzbefall ist, die man also nicht mit »Gift« besprühen muss. Es gibt sie nicht und wird sie wohl auch nie geben. Bei den richtigen Lebensbedingungen sind die meisten Sorten sehr widerstandsfähig gegen Schädlingsbefall. Die »Müsli-Rose« ist problematisch. Fragen Sie am besten bei Bioland-Rosen nach. Die Rufs haben auch »Schwarzwald-Mädel«. Eine Züchtung von Karl Hetzel. Sie hat den schönsten Rosenduft, den ich je gerochen habe. Die jahrelange Suche nach ihr wurde bei der Rosenschule Ruf belohnt. Ich hatte sie leider nur zwei Jahre, bis sie mir erfroren ist. So ist das nun mal mit den Rosen. Man will wunderschöne Blüten, die herrlich duften und um Gottes willen keine Arbeit machen. Das gibt es bei Rosen nicht. Für mich ist »Rosen-Arbeit« ein Vergnügen.

Der Ruf nach der »Öko-Rose« erinnert mich immer an einen kleinen Vierzeiler von Goethe:

»Ein Hündchen wird gesucht,
das weder bellt noch beißt,
zerbrochene Gläser frisst
und Diamanten ...«

Frau Gönewein aus Steinfurth hat mal zu mir gesagt, als ich mich mit ihr über die Bekämpfung des Schädlingsbefalls unterhielt, der Gedankenaustausch mit einem Fachmann ist für uns Hobbygärtner immer sehr gewinnbringend: »Wissen Sie, ich weiß gar nicht, was die Leute wollen. Es gibt keine dankbareren Blumen als die Rosen. Sie blühen vom Frühsommer bis zum ersten Frost, teilweise in einer Fülle, die fast unbegreiflich ist. Eine Pflanze, die so viel gibt, laugt sich aus und wird anfällig gegen Erkrankungen, wie ein Mensch, der immer nur arbeitet. Es ist normal, dass der Mensch im Krankheitsfall eingreifen muss. Wenn wir eine Rose züchten würden, die kräftig ist, aber nur einmal im Jahr blüht, dafür aber keinen Befall bekommt, wäre es auch nicht recht.«

Doch zurück zu den »Sonnenkindern«. Es stimmt, sie wollen hell stehen und möglichst sonnig. Sie benötigen für ihr Gedeihen eine Lichtintensität zwischen 75.000 bis 100.000 Lux pro Tag. Wenn Rosen zu dicht im Schatten von Bäumen stehen, bekommen sie nur lange, dürre Triebe mit wenigen kleinen Blüten. Sie machen quasi lange Hälse, um nach dem Licht zu sehen. Doch auch die sengende Mittagssonne ist ihnen extrem unangenehm, vor allem in den Städten, wo die Luft mittags immer besonders trocken ist. Da ist es gut, das Rosenbeet in den Mittagsschatten eines lichten Baumes zu legen und regelmäßig zu gießen.

Natürlich ist das Gesagte Theorie, ebenso wie die Tatsache, dass eine Quecksilberdampfhochleistungslampe mit einer Intensität von 100.000 Luxstunden nur täglich eine Stunde brennen müsste, um die schönsten Rosenblüten zu erzielen. Im Experiment gelingt der Nachweis immer wieder, doch für uns »Gärtner« ist das alles nur komisch. Ich versuche jede Rose an jedem Platz, ob er hell ist oder dunkel.

Eine ausgewachsene »Alba maxima« habe ich in den Schatten einer großen Eibe umgepflanzt. Sie ist wunderbar gekommen. Der Flor ist allerdings etwas geringer, aber immer noch reichlich.

In jedem Garten gibt es Halbschatten. Ich fülle diese Plätze grundsätzlich mit Rosen. Edelrosen sind hierfür allerdings nicht geeignet. Gut sind für solche Lagen Alba-Rosen, bedingt auch Gallicarosen, Damaszenerrosen und Centifolien.

Wer eine Hauswand begrünen möchte, die nicht die pralle Sonne hat, oder gar eine Nordseite, wird sich wundern, wie gut »Félicité et Perpétue«, »Eva Harkness«, »Gloire de Dijon«, »New Dawn« oder »Zéphirine Drouhin« dieser Aufgabe gewachsen sind. Wer ganz auf Nummer sicher gehen will, pflanzt »Fritz Nobis«. Auch wenn sie nur einmal, dafür aber überreich blüht, sollte sie in keinem Garten fehlen.

Eine besondere Herausforderung wegen der extremen Bedingungen, aber ein Zauber, ist das Bewachsen von Bäumen, Büschen und Hecken. Selbst dieser schwierigen Aufgabe kommen manche Rosen spielend nach. Erfolg hat man immer mit der geradezu wachswütigen »Kiftsgate« oder mit »Paul's Himalayan Musk«. Auch »Cécile Brunner Climbing« vermag wahre Wunder zu vollbringen, und das sogar auf besonders kargem Boden. Man muss der Pflanzerde nur reichlich Humus, Stalldünger und Kompost beigegeben. Maulwurferde nicht vergessen! Sie ist von besonderer Qualität. Rosenliebhaber sollten immer einen Eimer und eine Schaufel im Auto haben.

Auf den Weiden gibt es oft diese wunderbaren großen Maulwurfshügel und so ganz zufällig sackt man noch den einen oder anderen Kuhfladen ein. Dieses Gemisch werden Ihnen Ihre Rosen lange danken. Damit sind wir schon beim Wichtigsten: der Bodenvorbereitung.

Ich halte mich nicht an den Grundsatz, nach dem man nie eine Rose dort pflanzen soll, wo gerade vorher eine gestanden hat. Der Boden ist einseitig ausgelaugt und bietet der neuen Pflanze nicht, was sie braucht. Deshalb entferne ich großräumig das alte Erdreich und fülle das Pflanzloch mit Maulwurferde und Stalldung auf, mische noch etwas Hornspäne unter und schon kann die neue Augenweide eingepflanzt werden.

Da ich vorwiegend Containerrosen setze, gebe ich noch eine Handvoll organischen Langzeitdünger dazu. Bei Pflanzungen im März oder April ist regelmäßiges großzügiges Gießen erforderlich, besonders bei Kletterrosen, die an eine Mauer gepflanzt werden. Die müssen übrigens schräg eingepflanzt werden, das heißt, mit den Wurzeln von der Mauer weg.

Wer Rosen pflanzt, braucht verschiedene Dinge: guten Boden, viel Wasser bei der Frühjahrspflanzung, wenig Dünger und viel Geduld. Letzteres etwa drei Jahre, denn erst dann haben sie gut gewurzelt und beginnen, ihre ganze Schönheit zu entfalten. Was man in dieser Zeit nicht haben sollte, ist eine Gartenschere. Lassen Sie die Pflanze erst mal ordentlich wachsen. Das Zurückschneiden ist schnell getan und schadet der Rose in der Anfangsphase mehr, als es nützt. Ich schneide Rosen, die ich nicht im Container kaufe, also wurzelnackt, in den ersten zwei Jahren nur einmal: beim Pflanzen. Zuerst werden die Ankömmlinge vorsichtig ausgepackt und 24 Stunden gewässert. Ich lege sie komplett in Wasser ein. Das ist die wichtigste Aufgabe. Die Rose saugt sich richtig voll, bevor sie in die Erde kommt. Das gibt ihr die nötige Kraft für alle zukünftigen Aufgaben. Ich nehme das Wässern sehr ernst und rate jedem, es ebenso zu tun. Einmal habe ich es vergessen beziehungsweise ich war in Eile. Das Opfer war »Ferdinand Pichard«, eine der schönsten panaschierten Rosen. Sie bildet gewöhnlich einen robusten, stattlichen Strauch, hat einen wunderbaren Duft und remontiert sehr zuverlässig. Ihre kugeligen Blüten sind rosa-karmesinrot-purpur gestreift: eine wahre Augenweide.

Nur nicht bei mir. Trotz intensiver Düngung und mehrfachem Standortwechsel bildet sie nur ein paar kümmerliche Triebe mit wenigen Blüten, die zwar schön aussehen und herrlich duften, aber letztlich immer im grau-grünen Blattwerk untergehen. Das Remontieren scheint sie auch verlernt zu haben. Nachdem ich mir keines Fehlers bewusst bin, denke ich, dass es nur am fehlenden Wässern vor dem Pflanzen liegen kann. Ich habe sie jetzt schon sechs Jahre. Na ja, vielleicht besinnt sie sich ja noch. Bei Rosen soll man die Hoffnung nie aufgeben.

Da wir gerade bei den gestreiften Rosen sind: Ich liebe sie. Sie sind durch ihre Farbenvielfalt so variantenreich. Die klassischen habe ich alle. Am schönsten ist »Variegata di Bologna« mit ihren großen schalenförmigen gefüllten Blüten in weiß, mit karmesinroten Streifen. Sie hat ein ausgesprochen frisches Aussehen. Bei gutem, buschigem Wuchs zeigt sie einen kräftigen Hauptflor, remontiert aber nur schwach. Ihr einziger Nachteil.

Im Gegensatz zu »Honorine de Brabant« mit ihren zartrosa, hellviolett und karmesinrot gestreiften und teilweise gepunkteten Blüten. Sie bildet, in einer Vierergruppe stehend, einen stattlichen Strauch, der sehr zuverlässig das ganze Jahr über blüht. Wer genau riecht, ist überrascht, weil sie einen zarten Duft nach Himbeeren hat.

Ich weiß noch, wie lange ich zwischen«Honorine« und »Commandant Beaurepaire« geschwankt habe. Vom Wuchs her hatte mich der »Commandant« tief beeindruckt. Er bildet einen stark wachsenden, dichten Strauch. Auch seine großen gefüllten, duftenden Blüten zeigen sich in den schönsten Farbtönen, von hellrosa über tiefrosa, purpur bis hin zu scharlachrot. Sie ziehen den Blick magisch an. Sein Nachteil ist die einmalige, wenn auch überreiche Blüte.

Ich entschied mich damals für die Dame. Sie ist ein kleines bisschen bescheidener als der Herr, was ihr nur zur Zierde gereicht, dafür aber zuverlässiger, emsiger und voller Überraschungen, man denke nur an den Himbeerduft.

Der Duft ist wichtig. Er verzaubert und weckt Erinnerungen. Wenn im Frühsommer, er darf nicht verregnet sein, meine Bourbonrosen blühen, ist es immer wieder ein Zauber, wenn ich morgens, bei Tagesanbruch, in den Garten trete und ihr schwerer Duft alles erfüllt. Da duften sie alle: »Boule de Neige«, »Bourbon Queen«, »Louise Odier«, »Reine Victoria« mit ihren Blüten, unwirklich, wie gemalt, und vor allem »Souvenir de la Malmaison«, meine Lieblingsrose. Sie ist von jungfräulicher, reiner Schönheit, wie keine andere Pflanze.

Die Bourbonrosen haben natürlich eine Entstehungsgeschichte. Französische Siedler pflegten auf der »Ile de Bourbon«, dem heutigen Réunion, einer Insel der Maskarenen-Gruppe, östlich von Madagaskar, ihre Felder mit Rosenhecken einzufrieden. Für diesen Zweck nahmen sie »Parson's Pink China« und die »Rose des Quatre Saisons«, eine Damaszenerrose, aus Frankreich mit.

1917 fand Monsieur Bréon, der Direktor des Botanischen Gartens der Insel, in einer dieser Hecken eine Rose, die ganz anders aussah als die beiden bekannten Sorten. Nach längerem Beobachten kam er zu dem Schluss, dass es sich um eine neue Sorte handelt, die rein zufällig aus der Befruchtung einer China-Rose durch eine Damaszenerrose entstanden war. Seine Erkenntnis wurde in Frankreich überprüft und bestätigt. Die neue Sorte wurde nach dem Fundort bezeichnet. Interessant an dieser Geschichte ist das Vorkommen von Spontankreuzungen und natürlich die Tatsache, dass Rosen nicht nur dem Auge und der Nase dienen, sondern auch dem Schutz. Rosenhecken wurden nicht nur auf Réunion als Schutz vor unliebsamen Nagern gezogen.

Dornröschen aus unserem Märchen wurde von einer undurchdringlichen Rosenhecke geschützt, damit sie ungestört ihre Pubertät durchleben konnte, und wer erinnert sich nicht an das schöne Lied »Guten Abend, Gute Nacht«? Da heißt es: »... mit Rosen bedacht, mit Näglein besteckt ...« Als Kind habe ich immer ein bisschen Angst vor dieser pieksenden Angelegenheit gehabt. Die stacheligen Rosen von oben und dann auch noch mit Näglein besteckt, also angenehm konnte das ja nun wirklich nicht sein. Irgendwann hatte mir meine Mutter erzählt, dass »Näglein« die alte Bezeichnung für Nelken ist. Damit sah natürlich alles ganz anders aus und ich assoziierte von nun an nur noch den herrlichen Duft. Dieses Lied, ein sogenanntes Schlaflied, hat mich später aus einem ganz anderen Grund nicht schlafen lassen, heißt es doch: »Morgen früh, wenn Gott will, wirst du wieder geweckt.« Ja, und was ist, wenn Gott nicht will??

Übrigens müsste Dornröschen eigentlich Stachelröschen heißen, denn Rosen haben keine Dornen, sondern Stacheln. Im Gegensatz zu den Dornen, die fest aus dem Holz herauswachsen, kann man die Stacheln mit einem leichten Druck von der Seite abbrechen. Das ist bei Schnittrosen ganz sinnvoll, um die Resorptionsfläche für Wasser zu vergrößern. Ich mache es nicht, weil ich finde, dass Stacheln zum Reiz einer Rose gehören. Sie ist ja eine Komposition aus Farbe, Blüte, Duft und dem teilweise stark bewehrten Stiel. Wer zufällig mal »Othello« oder »The Squire« sieht, wird von den Stacheln beeindruckt sein.

Selbstverständlich gibt es auch Rosen ohne Stacheln oder mit ganz wenigen. »Lykkefund« zum Beispiel, eine herrliche Lianen-Rose, die zuverlässig in Bäume klettert, oder ihre vermutliche Mutter »Zéphirine Drouhin«, eine Bourbon-Rose, die auch an einer Nordwand vortrefflich wächst. Obwohl sie schon 1868 eingeführt wurde, gibt es sie heute noch, weil sie von keiner modernen Kletterrose an Kontinuität und Reichtum der Blüte übertroffen wird. Leider ist sie etwas anfällig für Mehltau.

Die Frage nach einer besonders stacheligen, wehrhaften Rose kann ich sofort beantworten: »Conrad Ferdinand Meyer«, eine zauberhafte Strauchrose aus der Rugosa-Rosen-Gruppe. Es ist eine Hybride von »Gloire de Dijon«. Hybride bedeutet Bastard, das heißt, es ist nur ein Elternteil bekannt.

Häufig liest man auch in Katalogen und Büchern den

Begriff »Sport«. So ist beispielsweise »Marguerite Hilling« ein Sport von »Nevada«. Was bedeutet das?

Sports werden durch Veränderungen an den Chromosomen erzielt. Es sind Mutationen. Wie beim Menschen, so sind auch bei den Rosen alle Eigenarten im chromosomalen Erbgut determiniert. Durch Veränderungen an der Erbmasse können morphologische Merkmale, wie Blütenfarbe, Blattform, Wuchs, Blüheigenschaften, Winterhärte oder Resistenz, gegen Schädlinge verändert werden. Solche Mutationen der Ursprungspflanze werden im Gartenbau mit dem englischen Begriff »Sports« benannt. Es handelt sich also immer um ein und dieselbe Pflanze, der eine oder mehrere Eigenschaften verändert wurden. Während »Nevada« große cremeweiße Blüten mit gelben Staubgefäßen hat, zeigt »Marguerite Hilling« rosafarbene Blüten, sonst ist sie genau wie die Ursprungspflanze geblieben. Das Holz ist rotbraun und hat kleine hellgrüne Blätter. Beide bieten einen wunderbaren Anblick im Frühsommer, wenn ihre Zweige über und über mit Blüten bedeckt sind. Außerdem remontieren sie gut.

Das Interessante an den Sports ist die Tatsache, dass sie immer wieder ihren Ursprung durchblicken lassen. So ist es keineswegs selten, dass »Marguerite Hilling« gelegentlich auch mal eine cremeweiße Blüte treibt.

Es gibt natürliche Mutanten und künstliche. Die künstlichen werden ganz gezielt durch Bestrahlung mit radioaktiven Isotopen oder durch Chemikalien, wie dem Giftstoff Colchicin, hervorgerufen. Die Ursachen für natürliche Mutationen konnten bis heute noch nicht geklärt werden.

Ich bin kein Gartenexperte, noch weniger ein Fachmann für die Pflege und Anzucht von Rosen. Ich liebe aber die Natur mit all ihren Geschöpfen und bin der Faszination der Rose völlig erlegen. Sie ist für mich das Symbol der Liebe und der Zuneigung schlechthin. Neben Anmut und Grazie vermittelt sie mir auch das Gefühl des Geschütztseins.

So sitze ich auch heute in meinem Garten im Schutze der vielen Rosen und versuche, über sie zu schreiben. Es wird mir sicher nicht besonders gut gelingen. Das ist immer so, wenn man Gefühle in Worte fassen will. Außerdem ruhen meine Augen schon eine geraume Zeit auf einem kleinen, jungen Grünspecht, der emsig, aber noch sehr unbeholfen meinen Rasen nach etwas Nahrhaftem durchpflügt.

Mit den Gedanken bin ich auch weit weg. Ich denke an die Rose meines Lebens und an Steinfurth, wo gerade das Rosenfest ist. Ich wäre zu gern hingefahren, aber 30.000 Besucher in einem idyllischen Dorf sind mir eine zu fürchterliche Vorstellung. Ich bin mit den Rosen am liebsten alleine, vielleicht weil ich dann nicht teilen muss. Etwas teilen zu müssen, was man von ganzem Herzen liebt, gehört für mich zu den größten Qualen.

Vielleicht fahre ich nächste Woche mal hin, da ist der ganze Rummel wieder vorbei und ich kann mir in aller Ruhe bei H. W. Schultheis zwei »Fritz Nobis« raussuchen. Es ist so eine wunderbare Rose, die in keinem Garten fehlen darf. Ich habe sie natürlich, hätte aber gern noch zwei weitere. »Fritz Nobis« bildet einen vorzüglichen, wohlgeformten Strauch, der, wenn man ihn kaum zurückschneidet, großbogig überhängt und im Frühsommer über und über mit Blüten bedeckt ist. Sie sind in frischem Rosa mit dunklen Schatten, bilden große Dolden und im Herbst herrliche Hagebutten. Man verzeiht ihr gern, dass sie nur einmal überreichlich blüht. Ich habe da noch eine Ecke, wo was Buntes hingehört. Der Platz hat Halbschatten, aber ich denke, davon lässt sich »Fritz Nobis« nicht beeindrucken.

Doch zurück zu meiner Liebe zu Rosen. Die Ursache für eine Liebe ist wohl nie zu klären. Man hat sie oder man hat sie nicht.

In meinen Augen besitzt die Rose, wie keine andere Pflanze, eine unerreichbare Schönheit der Form, die von der schlichten Zartheit des Heckenröschens bis hin zu den gefüllten Blüten der Gallica-Rosen und ihrer Hybriden reicht.

Die Entwicklung gipfelt in den Centifolien mit ihrem unbeschreiblichen Zauber. In unseren Breiten überwiegen die Farben Weiß und Rot mit all ihren Mischvarianten. Weiß, das Sinnbild der Unschuld und der Reinheit, Rot als Zeichen der Leidenschaft und des Blutes.

Rosenblüten fühlen sich weich, zart und wohlig an und lassen ein warmes Gefühl in uns aufsteigen. Sie haben aber auch Stacheln, die kratzen, durchbohren und bis ins Blut verletzen können.

Die Rose ist eben in all ihren Eigenschaften das Sinnbild der Liebe schlechthin.

Es ist kein Wunder, dass sich um die Rose viele Christus-Legenden ranken. So gab es vor dem Tode Christi nur weiße Rosen. Erst sein Blut, das für die Menschen vergossen wurde zur Vergebung der Sünden, hat die roten Rosen hervorgebracht. Auch die Entstehung der gelben Rosen hängt mit dem Leiden Christi zusammen, denn sie wurden durch den Rost der Eisennägel verfärbt. Die Dornenkrone war übrigens aus Rosenzweigen gefertigt, von denen man die Blüten und Blätter entfernte. Das hatte symbolischen Charakter, trugen doch die Caesaren auch Rosenkronen, bei denen man allerdings die Stacheln entfernt hatte.

Christi Verbundenheit mit der Rose wird auch in Liedern immer wieder untermalt. So heißt es bezeichnenderweise: »Es ist ein Ros' entsprungen, aus einer Wurzel zart«, und nicht eine Dahlie aus einer Knolle dick.

Es gibt wohl keine andere Pflanze, die Dichter und Maler so inspiriert hat, wie die Rose. Die große Zahl an Sagen und Legenden, sie würden leicht 100 Seiten füllen, wollte man sie alle erzählen, demonstriert sehr eindrucksvoll die herausragende Stellung der Rose in unserem Garten und in unserem Herzen.

Jeder Rosenliebhaber hat eine Lieblingsrose. Für mich ist es Souvenir de la Malmaison. Diese Rose machte Geschichte, es ranken sich aber auch um sie viele Geschichten. Die schönste, die ich mal gelesen habe, steht, glaube ich, in K. H. Hanischs »Erlebte Rose«, ein Buch, das ich nur jedem Rosenfreund ans Herz legen kann.

Als Napoleon in Rußland geschlagen wurde, musste er

nach Elba in die Verbannung gehen, das war 1814. Während dieser Zeit besuchte Zar Alexander I. Napoleons erste Frau, Joséphine Beauharnais in »Malmaison«, einem kleinen Lustschloss am Stadtrand von Paris, das ihr Napoleon 1798 schenkte. Bald begann sie sich intensiv für Gärten zu interessieren und unternahm größte Anstrengungen, schöne und seltene Pflanzen aus aller Welt in ihrem Garten zu kultivieren. Insbesondere befasste sie sich mit Rosen. Sie ließ in Malmaison einen Rosengarten anlegen, der bald der größte und schönste seiner Zeit wurde.

Die Legende, dass Pierre-Joseph Redouté seine Rosen in »Malmaison« gemalt hat, ist eben Legende. Tatsache ist, dass die Kaiserin sein Werk finanziell unterstützt hat.

In diesem Lustschloss besuchte Zar Alexander I. die Kaiserin Joséphine. Beim Abschied brach sie eine Rose ab und gab sie dem Zaren mit den Worten: »Sire, nehmt dies als ein Souvenir de la Malmaison.«

Die Geschichte ist schön, doch ihre gärtnerische Pointe ist falsch. »Souvenir de la Malmaison«, die schönste aller Rosen, stammt aus dem Jahre 1843 und wurde von Béluze aus »Mme. Desprez« und einer Teerose gezogen. Die Kaiserin hat sie nie gesehen, denn sie war zu diesem Zeitpunkt schon 29 Jahre tot. Vielleicht ist die Namensgebung eine Verbeugung vor einer großen Frau, die so viel für die Rosen getan hat.

»Souvenir de la Malmaison« hat noch einen weiteren Namen: »Queen of Beauty«, Königin der Schönheit. Wie ich meine, zu Recht. In einem guten Sommer, heiß und trocken, ist sie, mit ihren großen, pastellfarbenen Blüten, ihren vielen seidenen Blütenblättern, weiß in muschelrot übergehend, mit einem zarten Hauch von Creme und Gelb, die Allerschönste im Garten. Jede Blüte ist in sich ausgewogen. Sie öffnet sich flach und geviertelt und bildet zur Mitte hin dichte Wirbel. Ihr voller, süßer Duft ist märchenhaft und an Lieblichkeit nicht zu übertreffen. Sie braucht Sonne, um ihre reine Jungfräulichkeit in aller Pracht zu entfalten. Wenn es zu viel regnet, sieht sie schrecklich aus. Sie hasst nasse

Witterung und weigert sich, unter so unwirtlichen Bedingungen ihre Blüten zu öffnen. Sie faulen meistens schon in der Knospe.

Es ist doch merkwürdig, dass sich um diese Rose so viele Geschichten ranken. Es gibt viel bekanntere, zum Beispiel »Gloria Dei«, die meistverkaufteste Rose der Welt. Sie hat Geschichte gemacht. Gezogen von F. Meilland, brachte sie 1945 die große Wende bei den Teehybriden. Es ist eine ungemein starkwüchsige Rose, kerngesund mit großen, fast majestätischen Blüten. Alles Eigenschaften, die man sich nur wünscht. Dennoch gibt es keine Legenden.

Oder »New Dawn«, den öfter blühenden Abkömmling von »Dr. W. van Fleet«. Sie hat hübsche, mittelgroße perlrosa Blüten und erscheint in großen Büscheln. Der erste Flor vermittelt das Gefühl, als bestehe dieses Kletterwunder nur aus Duft und Blüten. Sie gehört zu den widerstandsfähigsten Rosen überhaupt, aber – keine Legenden. Noch nicht mal das Dornröschenschloss war mit »New Dawn« bewachsen, was sie sicher gut fertiggebracht hätte.

Warum also so viele Geschichten um »Souvenir de la Malmaison«? Ich glaube, es liegt daran, dass sie einfach einzigartig ist. Sie besitzt die nötige Mystik, Anmut, Reinheit und Ehrlichkeit, um die Phantasie anzuregen. Im Garten wird sie nicht registriert, sondern bestaunt; sie wird bewundert. Zudem birgt sie das Geheimnis ihres Duftes.

Vielleicht ist er für mich das Entscheidende. Mein Geruchssinn ist stark ausgeprägt und verschafft mir mehr Assoziationen und Genüsse als das Gehör und das Auge. Für mich ist entscheidend, dass ich jemanden »gut riechen« kann. Der Geruch eines Menschen entscheidet darüber, ob man ihn anziehend oder abstoßend findet, das heißt, ob man sich gerne in seiner Nähe aufhält oder ihn meidet. Das Auge kann man mit dem Gehirn jederzeit betrügen und Hässliches sogar schön finden. Es ist ja alles eine Ansichtssache. Der Geruchssinn ist unbestechlich, und »Souvenir de la Malmaison« hat nun mal einen herrlichen einmaligen Duft. Es ist keine Mischung, wie wir es bei vielen Rosen finden: »Chaucer« hat zum Beispiel einen intensiven Myrrhe-Duft, wie so viele Englische Rosen, es gibt Geruchsbeimischungen nach Nelke oder Zimt. »Souvenir de la Malmaison« hat eine Dufteinheit, nämlich den klassischen Duft der Bourbon-Rosen, der ihre klare, unwiderstehliche Schönheit widerspiegelt. Eine Rose kann noch so schön sein, erst ihr Duft zeigt uns, was sie für eine Seele hat.

Die Rosenliebhaber, die sich für die modernen Polyanthahybriden und die Floribundarosen begeistern, werden wenig Verständnis für meinen Enthusiasmus aufbringen, haben sie sich doch für etwas Farbenprächtiges, Robustes, Anspruchsloses entschieden. Wilhelm Kordes schreibt über sie in seinen Erinnerungen, dass sie wie die Quecken wachsen.

Ich versuche mir den Hauch der Vergangenheit mit den Rosen in den Garten zu holen. Dabei begeistere ich mich weniger für die Farbenpracht der modernen Züchtungen, als für den Liebreiz, den Duft und den Zauber, der bereits seit mehreren tausend Jahren von den Menschen bewundert wird. Diese Rosen erwarten von uns Menschen Hege und Pflege, Liebe und Miterleben, und ich denke, sie sind es wert. Welche Pflanze zeigt für unsere Bemühungen schon so viel Anerkennung und Dankbarkeit wie eine klassische Rose? Vielleicht die »Englischen Rosen«. Was sind eigentlich »Englische Rosen«?

Allgemein könnte man sagen: Es ist eine Gruppe neuer Rosen nach alter Tradition. Nachdem jetzt jeder denkt, dass er es so genau nicht wissen wollte, sollte ich ein wenig weiter ausholen.

Gartenrosen, ich lasse bewusst die Wildrosen weg, lassen sich in zwei verschiedene Großgruppen unterteilen: Alte Rosen und Moderne Rosen. Als zeitliche Grenze wird etwa 1900 angegeben, das heißt, die meisten Alten Rosen wurden vor 1900 eingeführt, die Modernen Rosen in der Zeit danach. Wodurch unterscheidet sich eine Alte Rose von einer Modernen?

Da wäre zunächst die Blüte. Der Zauber der Alten Rosen

liegt zweifellos in der großen Vielzahl der Blütenformen. Grundsätzlich sind sie geöffnet und haben im Allgemeinen eine Rosettenform. Sie können schalenförmig sein oder eher pomponförmig mit zurückgezogenen Blütenblättern. Manche haben viele Blütenblätter, wieder andere weniger. Sie können locker aufgebaut sein oder dicht gefüllt. All das führt zu einer Fülle von Varianten.

Somit liegt die Schönheit der Alten Rosen in der geöffneten Blüte, die der Modernen Rosen in der sich öffnenden Knospe. Die modernen Blüten sind, sieht man mal von der Farbe ab, recht langweilig. Sie lassen alle ihre Urahne, die Teerose, erkennen.

Deutliche Unterschiede findet man auch in der Wuchsform. Während Alte Rosen hoch und buschig wachsen und stattliche Sträucher bilden, finden die Modernen Rosen wegen ihres niedrigen, aufrechten Wuchses mehr als Beetrosen Verwendung. Sie stehen eng zusammengepfercht auf wenigen Quadratmetern.

Was ist aus den »Sonnenkindern« geworden? Ihr Drang nach Luft, Licht und Platz wurde ihnen genommen. In den Katalogen der Anbieter Moderner Rosen finden wir regelmäßig Angaben, wie viel Stück man pro Quadratmeter pflanzen kann, das heißt, sie werden nach Menge verkauft, acht bis neun auf einen Quadratmeter. Eine Ausnahme bilden die sogenannten stark wüchsigen Sorten, hier braucht man etwas weniger. Na ja, Geschäft ist Geschäft und wer verkauft nicht gern viel?

Dieses extreme dicht-bei-dicht-setzen lassen sich die Alten Rosen nicht gefallen, ihr Freiheitsdrang ist viel zu groß. Die Modernen Rosen beugen sich und blühen trotz des geringen Raumangebotes zuverlässig. Sie sind ein typisches Produkt der modernen Zeit: schnellwüchsig, mit grellen, bunten Farben, pflegeleicht und Massenware. Sie haben den Alten Rosen gegenüber aber einen wesentlichen Vorteil. Während die Alten Rosen gewöhnlich nur einmal im Jahr blühen, zeigen die Modernen Rosen ihre Blüten vom Frühsommer bis zum ersten Frost.

Das führt allerdings auch zu Problemen. Einmal blühende Rosen bilden Triebe und blühen, um dann für den Rest des Jahres ihre gesamte Energie für den Aufbau und die Erhaltung des Strauches aufzubringen. Dadurch entsteht eine deutliche Widerstandskraft.

Öfter blühende Rosen bilden ständig neue Triebe, um immer neue Blüten hervorzubringen. Die Krankheitserreger, die vorwiegend junge Triebe befallen, können sich also ständig vermehren.

Dennoch haben die Modernen Rosen die Alten Rosen verdrängt.

Es ist das große Verdienst von David Austin, dass die Alten Rosen in einem neuen Gewand wieder in den Garten Einzug halten. Seine Vorstellung war es, Rosen zu züchten, die den feinen Charme und den Duft einer Alten Rose mit dem breiten Farbspektrum und der Blühdauer einer Modernen Rose kombinieren. Dadurch wich er von dem Motto »Immer größer, immer bunter« der Züchter von modernen Teehybriden und Floribunda-Rosen ab. Ich würde die Ergebnisse seiner Arbeit als immer schöner, immer mehr Charakter beschreiben. Er erhält uns die Alten Rosen, indem er sie den Bedürfnissen unserer Zeit anpasst.

Eine klassische Rose ist für die kleinen Gärten, wie wir sie heute finden, ungeeignet. Der einmal blühende große Strauch steht zwar im Frühsommer ganz im Mittelpunkt, ist aber für die restliche Zeit des Jahres eher störend. Englische Rosen kann man eng zusammensetzen. Dadurch geben sie auch dem noch so kleinen Garten deutliche Akzente. Sie blühen in der Regel üppig den ganzen Sommer nach und verzaubern ihre Umgebung mit dem vollen Duft der Alten Rosen, gemischt mit dem Duft der Teerose oder dem frischen, fruchtigen Geruch der Rambler-Rosen. Sie sind die lebendig gewordene Erinnerung an das Alte und verstehen es geschickt, Anmut und Grazie mit der modernen Zweckmäßigkeit zu verbinden. Dank der geschickten, geschmacksicheren Hand ihres Züchters David Austin kann man sicher sein, dass man sich mit ihnen ästhetisches

Flair in den Garten holt. Seine Rosen strahlen Schönheit und Liebreiz aus.

Ich betone das ganz bewusst, denn viele Züchter Moderner Rosen scheinen diese Fähigkeit verloren zu haben. In ihrem Drang nach »immer größer, immer bunter« gehen sie manchmal haarscharf am Rande des Kitsches vorbei. Wer behauptet, die Natur kenne keinen Kitsch, hat grundsätzlich recht. Er wird erst durch die Züchter oder die Gartenliebhaber selbst erzeugt. Wenn ich im Frühjahr ein zuckerwatterosa Mandelbäumchen in einem Tulpenrondell blühen sehe, entsteht in mir ein echtes Gruselgefühl, das noch stärker wird, wenn dieses Vorgartenidyll womöglich noch mit knallgelben Forsythien kombiniert ist. Ein Strauch, der anscheinend in keinem guten deutschen Garten fehlen darf, obwohl er doch eines der uncharmantesten Lebewesen der Pflanzenwelt ist. Er wächst gakelig und störrisch, hat uninteressantes Laub und könnte ebenso gut eines jener Hartplastikgewächse sein, die so manchen staubigen Behördenraum verunzieren. Ebenso kommen mir geschmackliche Zweifel, wenn ich einen kleinen Garten sehe, der mit Riesen-Chinaschilf, Pampasgras und Bambus vollgestopft ist, oder wenn Reihenhausgärten Prärie oder Park spielen. Das wirkt ebenso traurig wie ein großer Hund in einem zu kleinen Zwinger.

Ich verachte auch den vor sich hin sterbenden, aus Sparsamkeit oder falscher Naturliebe gekauften Weihnachtsbaum mit Ballen, der dann in den Garten gepflanzt wurde. Auch die Korkenzieher-Haselnuss ist mir ein Gräuel, wie alle Pflanzen, die exklusiv sein wollen und doch nur wie ein Möchtegerneffekt aus dem Gartencenter neben dem Baumarkt aussehen. Natur muss aus sich selbst kommen, um schön zu sein.

Ein Fenster zum Garten

Ich habe eingangs mal gesagt, dass ein Garten in der Tiefe des Herzens und nicht am Reißbrett entsteht. Ich möchte sogar noch weitergehen: Er entsteht in der Seele aus unseren Wünschen und Phantasien. Er ist ein Sinngedicht der Sehnsucht nach Einsamkeit und Einkehr, nach Besinnung und Harmonie, nach Schutz und Frieden. Der leidenschaftliche Gärtner komponiert seinen Garten zu einer Symphonie seiner Seele, in der jede einzelne Blume einer bewusst gesetzten Note entspricht. Ein Aufenthalt im Garten ist daher nie Entspannung. Man hört seine Schicksalsmelodie, erkennt Harmonien, aber auch Missklänge, die ständig korrigiert werden müssen. Es ist ein Werk, das niemals beendet ist, denn die Entwicklung unserer Seele ist ja in ständigem Fluss. Die Blume, die Pflanze, das Gewächs, all das ist daher nicht das primäre Ziel einer Gartenanlage, sondern einer von vielen Mosaiksteinen, aus denen das Ganze zusammengesetzt wird. Die Blumen symbolisieren unsere Sehnsüchte, die Komposition des Gartens unseren Willen, unseren Charakter. Somit wird er zur räumlichen Anlage unserer Beziehung zur Natur. Welche Beziehung wir auch immer zu ihr haben – Liebe oder Hass, ob wir zu ihr fliehen oder vor ihr fliehen, ob wir die Natur vermenschlichen wollen, oder ob wir als Reuiger in den Reichtum der Unordnung zurückkehren möchten –, all dies zeigt uns ein Garten, wenn wir ihn mit den richtigen Augen betrachten, denn er ist eine elementare und konstante menschliche Institution.

Deshalb ist für mich ein Fenster zum Garten ein Fenster in unsere Seele. Man sieht in den Garten und wartet auf Bilder, Gedanken und Vorstellungen, die sich langsam vor dem inneren Auge aufbauen. Sie sind sehr unterschiedlich, je nach der Jahreszeit. Wenn man sich lange genug konzentriert, entstehen Imaginationen ohne Geist und Willen. Sie enthalten aber klare Spuren und Zeichen unseres versteckten Innenlebens. Das beobachtete Geschehen in der Natur wird zum Trigger emotionaler Lawinen, die uns Kunde von den großen und kleinen Mächten unseres Daseins geben. Auslösend ist häufig ein Bild, eine plastische Situation, die kaum bemerkt, unseren Geist zum unwillkürlichen Fortschreiten anregt. Es ist wie ein Wetterleuchten der Natur, das Anlass zu einer traumhaften, unbewussten Improvisation wird. Da weckt beispielsweise das gleichmäßige Rinnen der Regentropfen am Fenster die Assoziation an Wasser, an das Meer und man begreift es als die irdisch sichtbare, irdisch fühlbare Form der Ewigkeit, wogend von Ferne zu Ferne, zu Höhen aufsteigend und Tiefen verbergend, dazwischen sinnlos-sinnvoll die irdischen Geschicke der Menschen. Wie unbedeutend wird da mit einem Mal unser träge dahinfließendes Blut gegen diese elementare Gewalt des Ewigen.

Oder man sieht durch das Fenster und beobachtet die Pflanzen im gleichbleibenden Rhythmus der Jahreszeiten. Sieht man genau hin und beobachtet sorgfältig, erkennt man eine Botschaft: Die Pflanzen stehen stellvertretend für das Schicksal des Menschen. Sie kommt, ist da, um bald schon nicht mehr zu sein.

Vielleicht ist es das jährliche Vorleben unseres eigenen Seins, das uns so eng mit der Pflanzenwelt verbindet. Unsere unbewusste Verbundenheit mit den Blumen erkennt man schon an dem großen Einfluss, den sie auf unser Verhalten und unsere Sprache haben. Es entsteht Symbolik, wie das uralte »Rosenbrechen« für die Überwindung des letzten Widerstandes.

Auch die Blumensprache der Liebe zeugt davon. Geht man die Liste der heimischen Blumennamen durch, findet man die süßesten Empfindungen Verliebter, Glücklicher und Unglücklicher: Tausendschön, Vergissmeinnicht, Tränendes Herz, Liebstöckel, Männertreu, Ehrenpreis oder Rührmichnichtan. Im ehrlichen Verhalten der Pflanzen entdecken wir auch Eigenarten, die früher einmal unsere eigenen Tugenden waren: Ehrlichkeit, Fleiß, Dankbarkeit, Zuverlässigkeit. Pflanzen zeigen aber auch Enttäuschung,

Trauer und Widerstand. Sie verkümmern, wenn ihnen Liebe und Pflege fehlten. Sie demonstrieren, wie nötig Zuwendung ist. Alles gilt für den Menschen gleichermaßen. Wir vergessen das zu oft im täglichen Leben.

Die Tugenden meiner Kletterrose »New Dawn« erkennt man auf den ersten Blick. Neben dem außerordentlichen Drang nach oben besticht sie durch Anmut, Grazie, Fleiß und Zuverlässigkeit.

Unwillkürlich fragt man sich nach den eigenen Tugenden. Zu meinen gehören der Drang nach Wahrheit, das Ergründen von Ursächlichem, die Sehnsucht nach Harmonie und das Streben nach geistigem Besitz. Letzteres geschieht nicht zu irgendeinem Zweck, sondern findet seinen Sinn in sich selbst, indem es mein Lebensgefühl und mein Selbstvertrauen steigert und das Bewusstsein erweitert.

Echte Bildung ist Erfüllung und ständiger Antrieb zugleich. Man ist überall am Ziel und wird doch niemals rasten, denn man ist auf dem Weg zu sich selbst. Auf diesem Weg sollte man versuchen, die Ideale und Träume der eigenen Seele zu finden, um sie gegen die Welt zu behüten, damit sie nicht unbemerkt verdorren. Manchmal bleibt es ein Versuch, die Andeutung eines Pfades, denn nur wenigen ist Erkenntnis vergönnt, die Erkenntnis nämlich, dass das Wunderbarste das Wissen um die Größe der Natur ist. Wir Menschen sind gegen sie unbedeutend. Ärmlich und klein stehen wir vor ihrer Kraft und Schönheit und begreifen die Offenbarung nicht, die Jahr für Jahr im Wunder ihrer Wiedergeburt vor unseren Augen liegt.

Wir sind viel zu sehr mit Unwichtigem beschäftigt, als dass wir das, was uns der Blick durch das Fenster zum Garten zeigt, richtig sehen können. Unsere Gedanken sind zu sehr damit beschäftigt, unsere »Verrücktheiten« der Welt aufzuzwingen oder sie zu revolutionieren. Wir würden viel besser leben, wenn wir uns nur auf die wichtigen Dinge beschränkten.

Wichtig ist das Streben nach Kenntnissen, ungeheuer vielen Kenntnissen, denn nur durch Kenntnisse gelangt man zu Erkenntnissen, die eine selbstständige Urteilsbildung ermöglichen, auf der die Fähigkeit, Entscheidungen zu treffen, beruht.

Es reicht nicht, übergreifende Gehalte und globale Zusammenhänge zu diskutieren. Nur solides handwerkliches Können und ein aufgeschlossener Verstand geben die Möglichkeit, ein Problem sowohl isoliert als auch in Korrelation mit anderen zu verstehen und zu lösen.

Es hat wenig Sinn, sich Fragen wie die nach dem Bewusstsein und der Willensfreiheit beantworten zu lassen. Nein, das sind persönliche Erkenntnisse, die eine Fülle von Kenntnissen voraussetzen. Jeder hat von der Natur alles mitbekommen, was zur Wahrnehmung, Beobachtung, zum Vergleichen und Unterscheiden nötig ist.

Wir haben dafür nicht nur das Gegenwärtige unmittelbar vor uns liegen, sondern auch die Erfahrungen aller vorausgegangener Zeiten und die Ausführungen einer Anzahl scharfsinniger Menschen, die die Dinge des Lebens sehr oft richtig gesehen haben und uns deshalb viele wichtige Denkanstöße geben.

Wenn man das Gegebene nutzt, ist es möglich mit ein bisschen Intelligenz, egal ob mathematisch-logisch oder emotional, den Anforderungen des Lebens halbwegs gewachsen zu sein.

Wissen ist sicher nicht alles, aber ohne Wissen ist alles nichts. Das ist das Analogon einer Schopenhauerschen Sentenz, stimmt aber auch in dieser Form. Gemeint ist das Allgemeinwissen, wenn man so will die Bildung. Mit der ist es heutzutage schlecht bestellt. Der Homo sapiens, den Kant so verherrlichte, der so zu handeln hat, dass die Maxime seines Willens jederzeit zugleich als Prinzip einer allgemeinen Gesetzgebung gelten kann, baumelt heute am Bungee-Seil oder versucht auf Inline-Skates Treppen hochzuhüpfen. All das ist das Ergebnis einer vor 30 Jahren begonnenen Bildungsreform, die ziemlich genau das bewirkt hat, was sie eigentlich verhindern wollte: die Bildungskatastrophe. Allgemein anerkannte Lehrpläne wurden umgestellt, Altbewährtes abgeschafft und von Reformpädagogen durch konflikt-, sexual-, medien- und friedenspädagogische Unterrichtsfächer ersetzt. Das hat dazu geführt, wie ich kürzlich in einer Mitteilung las, dass ein Grundschüler in den 60er-Jahren nach achtjähriger Schulausbildung im Lesen, Schreiben, Kopf-, Dreisatz- und Prozentrechnen sattelfester war als ein durchschnittlicher Abiturient heute. Wen wundert es, dass die ausbildenden Betriebe keine Lehrlinge mehr einstellen, weil sie über das Niveau bestürzt sind, mit dem die Schulen Jugendliche in die Arbeitswelt schicken, oder dass die Universitäten junge Germanistikstudenten mit beträchtlichem hochschuldidaktischem Aufwand davon zu überzeugen versuchen, dass Lesen eine der wissenschaftlichen Arbeit förderliche Beschäftigung ist und auch Spaß macht.

Besonders tragisch, oder vielleicht auch tragikomisch wird es, wenn der Ex-Bundeskanzler Helmut Schmidt im Fernsehen klarmacht, dass die Misere in der Wirtschaft nur durch mehr Innovationen behoben werden kann. Das ist doch dank der sozialdemokratischen Bildungspolitik gar nicht mehr möglich. Er vergisst, dass Kreativität aus einem guten, fundamentalen Allgemeinwissen kommt. Aber in dieser Not erscheint uns schon ein Retter in der Gestalt eines Essener Professors. Der stellte nämlich apodiktisch fest, dass sich die Schlüsselqualifikationen zukünftig nicht mehr in Schrift ausdrücken, sondern in Algorithmen. Die Algorithmen sind die Schlüssel der Zukunft. Aus ihnen resultiert ein völlig veränderter Begriff von Kultur. Wo er recht hat, hat er recht, der Herr Professor. Der Begriff Kultur muss für diese bildungsschwache Generation neu definiert werden. Ach, übrigens, mir geht es wie Ihnen, ich konnte mit dem Begriff Algorithmus, als ich ihn zum ersten Mal hörte, auch nichts anfangen. Im Fremdwörterbuch fand ich folgende Erklärung: »Ein Algorithmus ist eine Handlungsanweisung, in der alle Handlungsschritte in eine strikt und eindeutig definierte Folge gebracht werden.« Wer eine Hühnerbrühe nach Rezept kocht, folgt einem

Algorithmus. Jede Armee handelt algorithmisch, was ihre Überlegenheit über einen marodierenden Haufen, aber auch ihre Verletzbarkeit durch intelligente Überraschungsangriffe ausmacht. Algorithmen sind Teile des menschlichen Handlungsvermögens und somit seit es Menschen gibt allgegenwärtig, in jeder Arbeit, in jeder Technik. Sie sind aber nur ein Teil unseres Handlungsvermögens. Ich möchte sagen: ein relativ untergeordneter. Warum für den sehr verehrten Herrn Professor aus Essen die Banalität der Formalisierung wiederkehrender Handlungen jeden Bildungsbegriff in Frage stellt und alle Schriftkultur überflüssig macht, wird mir immer rätselhaft bleiben. Na, vielleicht verstehe ich das alles auch gar nicht, weil ich in den Begriffen Windows und Internet keine kommunikationswissenschaftliche anthropologische Revolution sehe und die kühne Behauptung vertrete, dass die Wirtschaft in einigen Jahren die Hände ringen wird nach einem Nachwuchs, der wenigstens ein bisschen Allgemeinbildung mitbringt, der in seiner Weltsicht nicht allzu kurze Horizonte nach hinten und vorn, nach rechts und links hat, der fähig ist, neue Informationen, auch die aus dem Internet, an eigene, schon vorhandene allgemeine Wissensbestände anzukoppeln und in sie einzufügen, was ja schon immer der Vorteil einer gewissen Grundbildung war und bleiben wird, denn hierin liegt die Fähigkeit zur überraschenden Assoziation und damit zur Kreativität. Eines sollte uns immer klar sein: Der Mensch verfügt über Algorithmen und über Orientierungswissen, der Computer ist nur algorithmisch.

Ich weiß nicht, warum mir jetzt ausgerechnet der Philosoph Alexandre Kojève einfällt, der umsturzeuphorischen, revolutionserfahrenen Pariser Studenten auf die Frage, was sie denn nun als Nächstes tun sollten, die Antwort gab: Lest Platon.

Auch wenn ich Kenntnisse und Wissen außerordentlich hoch einstufe, reichen sie allein nicht aus, um dem Leben gerecht zu werden. Wer nicht zum bloßen Opfer der Interessen anderer werden will, braucht Mut zum persönlichen Einsatz und ein gehöriges Maß Verantwortungsbewusstsein. Hierzu passt die Vorstellung vieler Menschen nicht, dass das Leben eine Summe buntschillernder, effekthascherischer Einzelinszenierungen ist.

Von einem halbwegs Intelligenten erwarte ich nicht Klagen über die Fragwürdigkeit der Welt, die letzten Endes nur Ausdruck der eigenen Lebensuntüchtigkeit und des Nicht-Fertig-Werdens mit eben dieser Welt sind, sondern aktiven Einsatz zur Lösung der ungeheuren Aufgaben, die es für das Leben zu bewältigen gibt. Hierfür brauchen wir keine Dramaturgen, die Banales gut in Szene setzen können, sondern ideenreiche Fachleute, die sich mit Begeisterung für ihre Sache einsetzen und nicht passive Verbrauchertypen, die tagsüber vor ihrem Vorgesetzten buckeln und abends vor der Fernsehdusche sitzen. Wir brauchen nicht Nörgler, sondern konstruktive Kritiker an den verantwortlichen Stellen und, das soll nicht ungesagt bleiben, irgendwie sitzt jeder an einer verantwortlichen Stelle in ganz unterschiedlichen Bereichen und Dimensionen.

Die Welt wurde nicht geschaffen, weil einer dasaß und redete oder eine gelungene Inszenierung machte, sondern weil er an verantwortlicher Stelle konstruktiv gehandelt hat. Man sollte versuchen, durch Leistungen aufzufallen, nicht durch hohles Zurschaustellen, denn das ist der Weg des denkenden Menschen.

Die Basis für solches Tun und Sein ist, wie eingangs gesagt, der Erwerb von Kenntnissen. Diese muss man sich erarbeiten, sie sind nicht angeboren. Als wichtigste Quelle bieten sich die Beobachtungen der Umwelt an. Aus immer wieder auftretenden Verhaltensweisen lassen sich Rückschlüsse und somit Erkenntnisse sammeln.

Da das Leben bei der arbeitenden Bevölkerung gewöhnlich wenig Zeit zum Beobachten lässt, muss auf Hilfsmittel zurückgegriffen werden. Hier bietet sich die Bücherwelt mit ihrem unerschöpflichen Reichtum von Gesichtspunkten an, die das Denken zur Auswahl und Kritik nötigt.

Die Masse liest leider »ihre« Zeitung, die in Millionen Exemplaren täglich in unsere Gehirne dringt, den Geist in ihren Bann zieht und nachhaltig beeinflusst. Ihr Preis und ihre Aufmachung bringen die Bücher in Vergessenheit, und wenn das eine oder andere doch einmal in den Gesichtskreis tritt, wird seine Wirkung durch vorweggenommene Kritik beeinflusst beziehungsweise ausgeschaltet. Man denke nur an die sogenannten Bestsellerlisten und die Kommentare dazu. Es interessiert mich nicht, wie oft ein Buch verkauft wurde, wichtig ist, wer es gekauft und gelesen hat.

Früher, im jugendlichen Alter, wollte man immer nach der Wahrheit suchen. Im Laufe der Zeit finde ich es müßig. Was ist denn die Wahrheit? Es gibt mehrere. Die eine findet man selbst, indem man gesammelte Kenntnisse durchdenkt. Man erwirbt sie für sich. Es ist eine rein individuelle Wahrheit, deshalb gibt es immer viele davon. Dagegen steht die öffentliche Wahrheit, ein Produkt der Medienwelt. Sie wird festgelegt und der Masse eingebrannt. Immer wieder und immer wieder, bis sie sich in den Gehirnen festgesetzt hat. Das Prinzip ist uralt. Die ständige Wiederholung bläut ein. Wer die Geschichte kennt, erinnert sich sicher an den alten Römer Cato, dem es gelang, Rom gegen Karthago zu mobilisieren, indem er jede Rede mit dem Satz enden ließ: »Ceterum censeo Carthaginem esse delendam.« Was passierte? Na bitte!

Heute funktioniert das noch genauso gut. Da wird uns wochenlang durch die Medien eingebläut, dass aufgrund unseres großen Wasserkonsums der Grundwasserspiegel bedrohlich sinkt. Auf einer Straßenbahn in Frankfurt, oder war es eine U-Bahn, in Frankfurt sieht das alles gleich aus, las ich, rührselig einem Fuchs in den Mund gelegt: »Mensch, Du hast das Wasser gestohlen, gib es wieder her«, und im Autoradio hörte ich zur gleichen Zeit, dass die Deiche der Oder gebrochen sind. Wir aber glauben an das Sinken des Grundwasserspiegels.

Warum eigentlich? Die Eindrücke sind es, die uns unbewusst beeinflussen, nicht die Inhalte, nach denen fragen wir uns nicht, das wäre auch viel zu beschwerlich. Da muss man nachdenken und außerdem werden »die« schon wissen, was sie schreiben und sagen. Ja, sicher, »die« wissen ganz genau, was und wie sie schreiben. »Die« wissen aber vor allen Dingen auch, warum sie etwas schreiben, und das fragen wir uns zu selten. Die Antwort darauf würde manchen schnell von der Gläubigkeit an die Medienwelt heilen.

Aber, mal ganz provokativ gefragt, wollen wir denn geheilt werden? Lieben wir nicht die Negativ-Sensationen? Wenn wir hören, wie schlecht es in der Welt bestellt ist, lehnt man sich gerne im Sessel zurück und schlürft seinen Gin-Tonic; schmeckt dann besonders gut. Man diskutiert vielleicht, theoretisiert oder steckt den Kopf in den Sand, aber so richtig handeln tut keiner, noch nicht einmal nachdenken.

Ein Blick in den Garten könnte uns helfen. Hier erleben wir jeden Tag, wie sich die Natur gegen alle Widrigkeiten zur Wehr setzt, wie sich die geschundene Mutter Erde von unseren vernichtenden Tritten immer wieder erholt und sich durchsetzt. Hier kann man auch Sehen lernen, allerdings nur, wer sehen kann, denn richtiges Sehen will gelernt sein. Das macht richtig Arbeit, und wer will das heute noch!

Wir verbringen lieber den größten Teil unseres Lebens mit allen möglichen unnützen Dingen. Diese Nebensächlichkeiten und Banalitäten gewinnen im Laufe der Zeit eine so ungeheure Macht über unser Denken und Tun, dass wir keine Zeit mehr finden, über unsere Existenz nachzudenken. Anstöße hierzu finden sich im Einerlei des Lebens auch keine, höchstens, dass uns eine Grenzsituation, d. h. eine Tragödie, in die wir geraten, eine Begebenheit, die wir nicht überschauen, die wir nicht beeinflussen können, aus dem einfachen Dahinvegetieren und Konsumieren wachrüttelt und wir einen kurzen Moment gewinnen, in dem wir völlig bewusst leben und uns Fragen über unsere Existenz stellen.

Solche Situationen ereignen sich auch, wenn man am

Fenster sitzt und in den Garten sieht. Sicher nicht immer, aber stets, wenn es draußen dunkel ist. Das Schwarze hat sich über alles Bunte gelegt, unser Auge kann keine Strukturen mehr differenzieren, das Erkennen endet am Rande des trüben Lichtkegels, der aus dem Fenster fällt. Wir sind allein, um uns ist Stille und eine endlose Leere, nur im Hintergrund zerschlägt das harte, gleichmäßige Ticken einer alten englischen Schiffsuhr im Sekundentakt meine Lebenszeit. Man blickt in den Garten und sieht eine schwarze, undurchdringliche Wand, hinter der nur das Nichts zu sein scheint. Wir fühlen mit einem Mal Leid und Schmerz, die Unentrinnbarkeit des Zufalls und vor allem Tod und Vernichtung. Unbehagen nimmt von uns Besitz, es nagt in den Gedärmen, lässt ängstliches Schaudern über den Rücken laufen. Solche Situationen, ich scheine sie förmlich zu suchen, finde ich immer, wenn ich eine gewisse Zeit nachts in den Garten sehe. So unbehaglich solche Grenzsituationen auch immer sein mögen, haben sie doch den Wert, mich zum Bewusstsein meiner Existenz zu bringen. Dabei gestehe ich ein, dass ich eigentlich gar nicht weiß, was sich hinter dem Wesen der Existenz verbirgt. Ich kann nur sagen, dass unser Körper, das Bewusstsein, der psychische Apparat und die Tatsache des bloßen Daseins nicht zu ihrer Definition gehören. Vielleicht sind es die kurzen Momente, in denen wir bewusst leben. Eine solche Situation kann nur in der Einsamkeit der Seele entstehen. Es ist daher unumgänglich, sich bewusst von den existenzzerstörenden Wirkungen des Massendaseins abzuwenden. Begegnungen mit einem anderen Menschen können unter Umständen sehr förderlich sein, wenn sich dabei eine einsame Seele mit einer anderen einsamen Seele trifft. Aus der gegenseitigen Stimulation entstehen große Augenblicke. Ein gelebter Tag wird in einer solchen Verbindung nicht zu einer Kette von 86 400 Sekunden, sondern eine Aneinanderreihung von Augenblicken der bewussten Existenz. Diese Momente sind es, aus denen man die Kraft schöpft, den ganzen übrigen Rest zu ertragen.

Darüber hinaus ist ein solcher Augenblick mehr als die Wasserscheide zwischen Zukunft und Vergangenheit. In jedem bewusst gelebten Moment sind Gegenwart, Vergangenheit und Zukunft enthalten.

Hier liegt für mich auch das Geheimnis und der Inhalt des Tagträumens. In den Tagträumen finden sich eine Menge Hoffnungen und Befürchtungen, Pläne und Entwürfe, die als gestaltende Faktoren einen wesentlichen Bestandteil der realen Gegenwart bilden. Somit sind Tagträume etwas Schönes, das man aber mit der Einsamkeit erkaufen muss, denn sie ist die Grundvoraussetzung zum Traum. Ich weiß, was Einsamkeit bedeutet. In dieser Fremdheit und Verlassenheit lässt sich's nicht gemütlich leben. Die Mitmenschen scheinen basaltene Seelen zu haben und sind teilnahmsloser und abweisender als Steine. Sie strahlen Kälte aus und man freut sich über jedes glühende Brikett, das man auf seinem Weg findet.

Die Suche nach der eigenen Existenz ist freudlos und hart. Ich kann so gut verstehen, dass viele aufgeben oder gar nicht erst beginnen. Ob überhaupt jemand je durchgehalten hat?

Ich glaube, wer einmal verlassen, nackt und bloß, frierend in einer stockdunklen Wüste stand, der kann sagen, was Existenz ist. Auf diesem Weg wird er alles verloren und alles aufgegeben haben, um am Schluss sagen zu können: Ich bin. Mit einem Wegbegleiter ginge es sicher leichter, doch müsste eine tiefe Seelenverwandtschaft bestehen.

Worauf man doch so alles kommt, wenn man am Fenster zum Garten sitzt und der so vertraute Anblick hinter einer dunklen Wand verborgen ist. Wer ist man? Woher kommt man? Wohin geht man? Ist man ein Stück der großen Natur oder nur der unselige Zufall einer dummen Begebenheit?

Man muss seinem Leben einen Sinn geben, damit diese quälenden Fragen nicht aufkommen. Man sollte etwas Bleibendes schaffen oder Gutes tun, damit man zum Schluss sagen kann: »Schaut her, es hat Sinn gehabt, dass ich war.« Die Einsamkeit wird man dadurch allerdings auch nicht los, denn der Schaffende führt logischerweise jede kreative Betätigung auf seine eigene Person zurück, auf die Beschäftigung mit seinem Kopf, seinen Gefühlen und seinen Empfindungen, mag die gesellschaftliche Einbindung auch noch so stark sein. Der Schaffensprozess hat die Einsamkeit zur Bedingung.

Hinzu kommen die entsprechenden äußeren Lebensumstände. Alles fördert eine antiegalitäre Einstellung und es wäre unaufrichtig, wollte man dies nicht erkennen und akzeptieren. Der Versuch, etwas produzieren zu wollen, führt daher zwangsläufig zu einer gewissen Form des Elitarismus. Dies sollte positiv gesehen werden und nicht im Sinne der siebziger Jahre, die alles, was aus irgendeinem Grunde gerade nicht in den Kram passte, als »elitär« verunglimpfte.

So, es ist spät geworden. Ich lasse jetzt den Rollladen herunter, damit mich die bösen Dunkelheitsgeister nicht mehr verschrecken können.

Tage später sitze ich wieder an meinem Schreibtisch hinter dem Fenster und sehe in den Garten. Gerade habe ich erfahren, dass meine Großmutter gestorben ist. Im 103. Lebensjahr: Welch eine Gnade. Sie war, wie ich schon so oft geschrieben habe, die beste Gärtnerin, die ich je sah. Sie hat ihre kleine Hacke für immer aus der Hand gelegt und irgendwie habe ich das Gefühl, als träte ich jetzt ihr gärtnerisches Erbe an. Es ist eine große Aufgabe, doch ich denke, ich werde es schaffen, hat sie mich doch über viele Jahre angeleitet und dafür gesorgt, dass mir ihre Ansichten und ihre Denkart mit in die Wiege gelegt worden sind.

Unwillkürlich wandert mein Blick über die vielen Pflanzen, die sie mir aus ihrem Garten schenkte. Ich werde sie immer in Ehren halten und ihnen im nächsten Jahr eine extra Portion Dünger geben. Leider keine Kuhfladen, die gibt es ja kaum noch.

Die Abendstunde stand heute so friedlich über den Bäumen, als seien Gottes Flügel schützend über den scheidenden Tag ausgebreitet. So kam es mir zumindest vor, doch jetzt, wo ich von Großmutters Tod höre, weiß ich, dass dieses wunderbare herbstliche Abendrot nur für sie gewesen war. In dieser Stunde des Friedens, in der man die Seele groß und weit werden fühlt, hat sie sich wohl entschlossen, ihr Werk fern von dieser Welt im Garten Eden fortzusetzen. Ich glaube, sie wird eine Bereicherung sein.

Vor vielen Jahren sagte sie mal zu mir, mein Geschick bei der Gartenarbeit bewundernd: »Du hast eine große Begabung mitbekommen. Denke aber immer daran, dass Begabung noch lange keine Leistung ist. Verstehe Dein Talent niemals als Gabe, sondern immer als Aufgabe, dann wirst Du seiner auch wert sein.« Ich habe es stets beherzigt.

Sie hat sich die Abendstunde als Abschied ausgesucht. Wie weise. In dieser friedlichen Stille sitze ich gerne im Gras und denke, denke an die, die weit weg sind. Die Phantasien fliegen dahin und man lässt sich auf ihren Wogen treiben, widerstandslos in die aufkommende Dunkelheit. Es ist meist eine schmerzliche Traumreise, auf die man sich da begibt, weil es zu Begegnungen kommt mit denen, die man liebt und die so weit sind, obwohl man sie doch gerade jetzt so nötig brauchte.

Eigentlich ist es eine fatale Reise. Eine Reise ohne Ende, eine Reise, bei der die Tränen steigen und in der immer so merkwürdige Melodien kommen. Nicht eine jener vielen, die täglich im Radio plärren, sondern die eine, zauberhafte, nach der man ein Leben lang sucht, in der alle Stunden der Sehnsucht gesammelt sind, wie die Ernte aller Sommer, das Schweigen aller Wintertage und das Rauschen aller Regen, jenes Unendliche, das ein Abglanz des ewigen Lebens ist, die Melodie des eigenen Schicksals. Es ist eine ganz spezielle Sinfonie. Man hört die einzelnen Sätze voller Lust und Schmerz zugleich. Der Schlussakkord steht aus und man ist damit zufrieden. Der große Komponist wird ihn schon setzen, wenn die Zeit gekommen ist. Wollten wir es selbst tun, würde es nur ein sinnloses Auflehnen gegen das Notwendige, das Unabänderliche sein.

Deshalb versucht man abzuwarten und sich zu bemühen, nicht in tränenvollen Jammer zu verfallen. Die innere Kraft, an die so oft appelliert wird, hilft in untadeliger Haltung weiterzuschreiten, auch wenn das Herz vor Schmerzen schreit und die Seele in tiefer Finsternis zusammengebrochen am Boden liegt. Man muss aufrecht durch die Stunden gehen, auch wenn man hofft, dass sie mit brausender Geschwindigkeit aus der geneigten Schale des Lebens stürzen und versiegen. Der Abschied wird leicht sein. Schließlich war man ja nie ein zufriedener, konsumierender Bürger gewesen und hat sich schon frühzeitig, ohne Schmerzen aus dem Verbund der Masse gelöst. Lieber alleine in der dritten Klasse des Lebenszuges fahren und aus dem dritten Rang das Spiel beobachten, als sich mit jenen zusammenzutun, die so würdelos sind. Kritiklose Konsumenten, Schwätzer und Tagediebe.

Für mich zählt nur die Produktivität; die eigene Leistung. Darum habe ich mich immer bemüht.

Wenn ich vor einer Aufgabe stehe, kann ich nicht die Arme verschränken und warten, bis sie einer erledigt. Auch wenn es eine schmutzige Aufgabe ist, man muss die Ärmel hochkrempeln und anfangen. Einer muss es machen – und wenn man es nicht selbst tut, wer macht's dann?

Am besten wäre, man würde die Aufgabe nicht sehen, hätte keinen Blick dafür und wäre ewig ein Kind geblieben, dann könnte man wenigstens jede Nacht ruhig schlafen. Doch leider ist man zum Handeln verdammt, muss sich jeden Tag ins Geschirre spannen und »darf« sich die Hände schmutzig machen.

Solches Tun isoliert, führt zur Vereinsamung, denn nicht alles, was es zu bewältigen gilt, ist rosig und angenehm, zu viel ist negativ und unbequem. Es sind die Dinge, vor denen sich jeder gerne drückt, die, die immer liegen bleiben, bis mal einer kommt, der sie gerade rückt, weil er die Unordnung nicht ertragen kann. Dass man dabei zwar stets unter dem Zwang des Imperativs handelt, aber nie nach dem kategorischen, ist selbstverständlich.

Vielleicht ist es die vitale Robustheit, die mich oft in einem negativen Licht erscheinen lässt. Solches Tun führt zur Vereinsamung, weil keiner dafür Verständnis hat, dass auch die negativen Dinge gemacht werden müssen. Ich habe noch nie Zeit damit vertan, Probleme zu wälzen, ich habe versucht, sie zu lösen.

Wenn ich so am Fenster sitze und in den Garten schaue, denke ich oft an die ungeheure Arbeit, die in diesem kleinen Fleckchen Erde steckt. Ein Gärtner kann nie ruhen. Er fängt jedes Jahr wieder von vorne an.

Zwangsläufig kommt einem der listige Gründer von Korinth, Sisyphos, in den Sinn, der zur Strafe, weil er den Tod, den Zeus über ihn schickte, durch List fesselte, um nicht mit ihm gehen zu müssen, und weil er später, nun doch in der Unterwelt lebend, Pluto überredete, ihn für eine Zeit in die Oberwelt zurückzulassen, aber das Versprechen der freiwilligen Rückkehr nicht hielt, von den Göttern damit bestraft wurde, dass er in der Unterwelt einen Felsbrocken eine steile Höhe hinaufwälzen musste, der ihm immer wieder entgleitet, bevor er auf dem Gipfel ankommt, und er daher seinen Kraftakt immer wieder von vorn beginnen muss. Mir fällt dabei auch immer Johann Heinrich Voss ein, der diesen Vorgang mit den schönen Worten, »Mit Donnergepolter entrollte der tückische Marmor«, übersetzt hat.

Nicht umsonst nennt man eine Arbeit, die anstrengend ist, die nie ein glückliches Ende findet und immer wieder von vorne beginnt, eine Sisyphosarbeit. Das Gärtnern ist eine solche Arbeit. Zwar entrollt uns nicht mit Donnergepolter ein tückischer Marmor, aber die Natur, die wir ein bisschen zu bändigen versuchten, entgleitet unbemerkt unseren Fingern und wir fangen in jedem Frühjahr von vorne an. Im Gegensatz zu dem alten, listigen Griechen empfinden wir unsere Arbeit allerdings keineswegs als Strafe, aber schwitzen tun wir dabei auch ganz schön. Apropos Strafe. Wer sagt eigentlich, dass Sisyphos seine Arbeit als Strafe empfunden hat? Ich glaube es nicht, denn wäre es so gewesen, hätte er den Fels einfach liegen gelassen. Das Donnergepolter, mit dem der Marmor in die Tiefe stürzte, hat ihm ein Mordsvergnügen bereitet. Das hat ihn immer wieder motiviert. Außerdem fand er es besonders reizvoll, den Göttern zu zeigen, dass die Arbeit, die sie als Strafe erdacht hatten, für ihn keine solche war. Es war die Demonstration seiner Überlegenheit gegenüber den Göttern. Zudem darf man nicht vergessen, dass er der Einzige in der Unterwelt war, der den Kontakt zur Oberwelt behalten hatte, indem er arbeitete.

Wenn man des Abends im Liegestuhl liegt und ein kühles Hefeweizen trinkend sein Tagewerk betrachtet, wird man für alle seine Mühen mehr als reich belohnt. Das unterscheidet uns von Sisyphos. Der hatte kein Hefeweizen.

Nicht nur eine Weihnachtsgeschichte

Wenn das Jahr zu Ende geht, die Tage kürzer und die Abende länger werden, sitzt die Familie öfter zusammen als sonst. Im Kamin knistert das Feuer, die Stube duftet nach frischen Tannennadeln vom Adventskranz, es gibt Tee mit Bratäpfeln. Ja, ja, die Bratäpfel! Sie rufen besondere Erinnerungen wach. Es muss der grüne Boskop sein. Sein Name ist sein Fundort: Boskop bei Gouda. Das säuerliche Aroma verleiht nicht nur der Weihnachtsgans einen besonderen Geschmack, sondern ist gebraten, gefüllt mit rumgetränkten Rosinen, Mandeln und schwarzem Johannisbeergelee eine Köstlichkeit. Besonders wichtig ist natürlich eine gute, dicke Vanillesoße, die reichlich über den Bratapfel gegossen werden muss. Während man Löffel für Löffel isst, kommt sie wieder, die Zeit der Kindheit, und eine angenehme Wärme zieht durch die Sinne.

Im Garten hat der Raureif die Äste kandiert, die letzten Blätter sind weiß gefärbt, doch das alles trübt nicht die Glut der Erinnerungen an eine herrliche, unbeschwerte Zeit. Obwohl, so ganz sorglos war sie nicht. Wir kleinen Wichte hatten auch unsere Probleme. An eine Sache kann ich mich noch sehr gut erinnern: Als ich in der 3. Klasse war, mussten wir einen Aufsatz über das eigentlich sehr schöne Thema »Die Vorweihnachtszeit« schreiben. Ich weiß noch genau, wie ich in der Küche saß, Mutter buk Weihnachtsplätzchen, es duftete herrlich nach Mandeln, Zitronat, Zimt und Anis und mir fiel nichts ein. Die tiefe Traurigkeit, die ich ausstrahlte und die fließenden Tränen fanden bei meiner guten Mutter natürlich ein weiches Herz. »Du musst doch nicht weinen«, sagte sie. »Es ist alles halb so schlimm. Jetzt nimm' dir mal einen Stift und ein Blatt Papier, das kriegen wir zwei schon hin.« Was wir zwei hingekriegt haben, weiß ich heute nicht mehr, aber der erste Satz ist mir im Gedächtnis geblieben: »Die Vorweihnachtszeit ist die schönste Zeit im Jahr.«

Als ich den Satz damals mit großen Buchstaben aufschrieb, war mir das noch nicht bewusst. Heute weiß ich, dass es so ist. Eine so festliche Zeit. Die Vorbereitung auf ein großes Ereignis. Unfassbar und unverständlich. Alle Menschen, sogar die größten Denker, haben Schwierigkeiten es zu verstehen.

Wir erforschen den sichtbaren und messbaren Himmel. Wir wissen fast alles. Doch der metaphysische Himmel, der raum- und zeitlose, von dem die Weisen aller Kulturen sprachen, verschließt sich uns immer mehr. Unser rationales technisches Denken hat uns auf den Mond gebracht, und vielleicht fliegen wir irgendwann einmal auf den Mars, doch vom Himmel sind wir weiter entfernt denn je. Damals, vor mehr als 2000 Jahren, folgten drei Weise einer inneren Eingebung und einem Stern, um gemeinsam ein Wunder zu sehen. Sie scheuten weder weite Wege, noch Gefahren, keine Strapazen und keine Mühen, denn sie waren sich einig über das Besondere, das es anzubeten galt. Sie fragten nicht wohin, sie fragten nicht wofür. Sie folgten einem Zeichen und wussten, dass es richtig war.

Als Kind konnte ich stundenlang vor der Weihnachtskrippe sitzen und die drei Weisen aus dem Morgenland betrachten, die so ganz anders waren, als die übrigen Figuren. Sie trugen bunte kostbare Gewänder und führten ein beladenes Kamel mit sich. Ein Zauber ging von dieser kleinen Gruppe aus. Ich hatte immer gemeint, dass es Könige seien, bis mein Vater mal sagte, dass es die Weisen aus dem Morgenland sind. Ich konnte ihm das nie so richtig glauben, denn sie sahen wie Könige aus, trugen goldene Gewänder und Kronen. Heute weiß ich, dass sich König und Weisheit nicht unbedingt widersprechen muss.

Die Geschichte der drei Weisen aus dem Morgenland ist, aus unserer heutigen Sicht, eines der größten Wunder in der Geschichte der Menschheit. Drei weise Menschen folgen einem Stern, man kann auch ruhig sagen: einem Gedanken oder einer Idee, um gemeinsam und zur gleichen Zeit etwas zu finden. Man stelle sich heute einmal drei kluge Wissenschaftler oder Politiker vor, Letzteres ist besonders schwierig, die sich uneigennützig und einmütig um die Lösung eines Problems bemühen, gleichzeitig an das Ziel gelangen und dann Geschenke verteilen, anstatt ein Honorar zu fordern oder eine Spesenrechnung vorzulegen. Der gemeinsame Gedanke, die gemeinsame Sicht, das gemeinsame Ziel von Menschen aus unterschiedlichen Kulturen und Richtungen, davon kann die Menschheit nur träumen.

Die Weisen aus dem Morgenland haben gezeigt, dass es möglich ist und deshalb sind sie die Könige unter den Weisen.

Die Menschheit hat seit damals Erstaunliches zustande gebracht, das ist unbestritten und bewundernswert, aber noch immer sind die Verheißungen des Friedens auf Erden und der Menschheit Wohlergehen unerfüllt geblieben.

Ich habe mich bewusst an die Luther-Übersetzung gehalten. Der lateinische Grundtext lautet hier: ›Et in terra pax hominibus bonae voluntatis‹ – Und Friede auf Erden für alle Menschen guten Willens. Man könnte auch getrost übersetzen: Und Friede auf Erden für alle Menschen, die guten Willens sind.

Guten Willens zu sein nennt Kant unsere moralische Aufgabe. Wir kommen dieser Pflicht schlecht nach. Zu keiner Zeit gab es so viele und so furchtbare Waffen in so vielen unverantwortlichen Händen wie heute. Gute Vorsätze, wie beispielsweise die Vereinten Nationen, die nach einer fürchterlichen Weltkatastrophe gegründet wurden, um durch ihre moralische und militärische Präsenz den Frieden zu sichern, werden heute übergangen, wenn es darum geht, Kriege zu führen. Es zählte nicht die moralische Aufgabe, sondern das Recht des Stärkeren, wie damals, als wir, gerade von den Bäumen gestiegen, als Aasfresser durch die Steppen zogen.

Nun könnte man natürlich sagen: Richtige Kriege gibt es nicht mehr, es sind Präventivkriege. Mag sein und soll auch so stehen bleiben, wenn es das Gewissen beruhigt. Grundsätzlich und unbestritten steht aber fest, dass das, was durch einen Präventivkrieg verhindert werden soll, noch nicht eingetreten und deshalb immer hypothetisch ist. An Hypothesen hat es noch nie gemangelt, besonders nicht in der Politik und beim Militär. Die Wahrheit wird zu oft ein Opfer der Hypothese. Im Krieg fällt sie als erstes. Man braucht da nur, stellvertretend für alle, an den Irakkrieg zu denken, oder die Interventionen im Gazastreifen, dem so genannten palästinensischen Autonomiegebiet.

Und Friede auf Erden hatten die himmlischen Heerscharen gesungen. Doch – singen reicht nicht. Das Böse triumphiert weiter, denn die Guten tun zu wenig dagegen. Vielleicht gibt es sie auch nicht mehr, die Guten, weil der gute Wille gestorben ist. Das abstrakte, rationale Denken hat dazu geführt, dass die Menschheit ständig und allerorts rückwärts geht. Wir verfügen über ausgeklügelte, teure Massenvernichtungswaffen, doch die meisten Menschen haben zu wenig zu essen. Wenige Staaten leben im Überfluss, werfen sogar Lebensmittel weg, während in der 3. Welt Abertausende an Unterernährung sterben. Wen kümmern die vielen, vielen Kinder? Die Hauptsache, bei uns ist alles okay. Aber, bei uns ist nicht mehr alles okay, ich denke da nicht nur an die Erderwärmung, den so genannten Klimawandel und die möglichen Folgen. Früher hieß der imaginäre Feind FCKW, heute heißt er Kohlendioxyd. Keiner traut sich zu sagen: Die Industrie oder: Die Kapitalisten. Nein! Nein! Wir, die breite Masse sind es, weil wir rauchen und keine energiesparenden LED-Leuchten an unserem Christbaum haben wollen. Schuldgefühle muss man setzen, wenn man der Masse in die Tasche greifen will. Sonst zahlt sie nicht. Einer muss ja schließlich löhnen! Und wer ist der Gelackmeierte? Richtig! Sie und ich. Der kleine Mann, der für nichts etwas kann. Und warum ist das so? Weil wir uns so schön für dumm verkaufen lassen.

Es gäbe noch viele Beispiele für die Verkehrtheit in der Welt. Besonders beeindruckend ist, dass wir früher das Land der Dichter und Denker waren. Möchte man heute gar nicht glauben, wo wir das Land der Mülltrenner und

Umweltschützer geworden sind. Alles resultiert aus unserem Vernunftdenken. »Es ist nur das, was ich mit den Sinnen wahrnehme und was ich mit Worten ausdrücken kann«, legte Ludwig Wittgenstein fest. Jenseits dieser Grenzen ist kein Sinn, der die Suche lohnt. Und dennoch brach der Mensch schon immer aus diesem Denkgefängnis aus und suchte Halt am Metaphysischen, strebte nach Weisheit jenseits des Wissens.

Per Mausklick bauen wir uns heute unsere Welt auf dem Bildschirm und glauben, ihre Geheimnisse ergründen zu können. Eine wichtige Zukunftsaufgabe wird darin gesehen ein weltweites Informationsnetz aufzubauen, um es für den Fortschritt zu nutzen. Da man Tatendrang nicht von vornherein abwürgen soll, möchte ich nicht fragen, wem dieser Fortschritt eigentlich dient, weil man zwangsläufig wieder bei den Kapitalisten und dem Militär landet. Eines sollte aber klar sein: So wichtig diese Entwicklung in mancher Beziehung auch sein mag, mit unserem Denken und mit unserem Erleben und Überleben als Menschen hat das alles wenig zu tun. Es gibt eine Allverbundenheit in der Welt, die weit älter und umfassender ist als alle Datennetze. Nur wird sie immer schwerer erkennbar, weil wir dabei sind, unsere Denkstrukturen den von uns geschaffenen Systemen anzupassen. Das Metaphysische hat keinen Bildschirm, es unterliegt anderen Gesetzen und Denkmustern. Diese setzen Großzügigkeit gegenüber der althergebrachten Logik voraus. Wer hier auf Denkreise gehen will, muss auf das übliche 0 8 15 verzichten und sich der Logik der Unschärfe bedienen. Wer sich auf Wissenschaftstheorien beschränken will, ich kann es keinem übel nehmen, sollte zu Hause bleiben und vom PC aus seine Probleme lösen. Er wird nicht weit kommen. Wer sich aber entschließt, auf Reisen zu gehen, muss von vornherein wissen, dass hier seine ganze Persönlichkeit gefragt ist und nicht Faktenwissen. Selbst eine geniale Folge von Mausklicks auf dem PC schafft keinen Durchblick. Der Denkreisende, der ewige Grenzüberschreiter, besucht Bereiche, die sich der Vernunftkritik entziehen,

Gebiete, die zwischen dem » Hier« und dem »Jenseits«, quasi im Nebelland liegen, die höher und weitgreifender sind als alle logischen und erkenntnistheoretischen Gefilde. Man wird von der Reise keine praktikablen Himmelfahrtsrezepte mitbringen, wohl aber Wege zu einem Frieden mit sich selbst. Man wird sich wieder einbinden in das, was die Menschen seit ihren Uranfängen bewegt hat, was sie überhaupt erst zu Menschen machte: Die Frage nach dem Übergeordneten, was immer das auch sein mag. Für die Denkreise ins Nebelland sollte man eine gefestigte Persönlichkeit haben. Das ist verständlich, denn wer die Weisheit liebt, läuft mit seiner eigenen Denkbiographie herum und wird nur das erkennen, was in sein eigenes Gemüt passt. Wer in seinem Erkennen mehr möchte als Textsammlungen, Strichlisten, Börsenkurse und Zahlenkolumnen, wer nicht auf selbst produzierten Datenfriedhöfen bestattet werden will, muss sich zu seinem Ich bekennen und wissen, dass sein Weg nicht eine von allen befahrene und befahrbare Autobahn sein kann. Entscheidend ist, dass man ankommt. Womit ich wieder am Anfang bin. Die Vorweihnachtszeit, Advent, die Ankunft. Das Wort wird Fleisch, das Unbegreifbare wird Mensch. Für den Denkreisenden ins Nebelland eine Tatsache, auch wenn sie weder der Erkenntnis- noch der Vernunfttheorie standhält.

Wir sollten die Adventszeit zu einer Reise in uns selbst nutzen. Nur so kommt man der Wahrheit näher, die ja primär nicht im Denken liegt, sondern im Fühlen, im unmittelbaren Aufleuchten einer Gewissheit des Herzens. Das Gefühl ist die Sprache der Seele.Wer nur seinen Verstand strapaziert und nie auf die Stimme des Herzens hört, wird eines Tages mit leeren Händen da stehen, wie der englische Feldherr Talbot in Schillers »Jungfrau von Orleans« und feststellen müssen: »So geht der Mensch zu Ende – und die einzige Ausbeute, die wir aus dem Kampf des Lebens wegtragen, ist die Einsicht in das Nichts und herzliche Verachtung alles dessen, was uns erhaben schien und wünschenswert«. Armer Talbot! Er kannte nur die materiellen Güter:

Ruhm und Ehre, Macht und Geld. Um glücklich zu sein, muss man nach den Schätzen graben, die im innersten der eigenen Seele verborgen liegen. Das Beste finden wir in uns selbst. »Willst du in die Ferne schweifen? Sieh', das Gute liegt so nah. Lerne nur das Glück ergreifen: Denn das Glück ist immer da.« Wer nur billiges Treibgut von Strömungen und Modetrends ist, kommt dort an, wo die Strömung ihn hinzieht und wird nie selbst über den Kurs entscheiden. Er strandet irgendwo an ödem Gestade.

Für die Reise in das Nebelland kommt es weniger darauf an, das Ziel der Reise zu kennen als den Hafen, von dem man aufgebrochen ist, und vor allem die Ladung, mit der man sich auf die Reise gemacht hat. Das Wesen der Erkenntnisreise ist nur die Suche nach der Wahrheit, nicht ihr Besitz. Die Wahrheit ist ein unmittelbares Erlebnis. Man kann nicht über sie streiten. Sie ist das Ergebnis der eigenen Erkenntnis, nicht das einer bestimmten Meinung. Zur Wahrheit gelangt ein jeder nur im Hinblick auf sich selbst, indem er in sich hineinblickt. » Erkenne dich selbst«, so steht es in der Vorhalle des Apollo-Tempels in Delphi, oder, wie Kant sagt: »Bestimme dich aus dir selbst.« Das ist der Anfang, und der ist schwer. Wie erkenne ich mich selbst? Ich rate jedem die »BILD«-Zeitung zu lesen, da erkennt man sehr schnell, was in einem steckt: Alles, worauf das Auge länger als vier Sekunden ruht. Versuchen Sie es mal und Sie werden über sich staunen. Das Wahre suchen bedeutet nicht, dass man das Wünschenswerte findet. Es fällt aber in jedem Fall leichter Hochmütigkeit und Selbstgefälligkeit fahren zu lassen. Auch das Stirnrunzeln über die Leser dieses Blattes glättet sich schnell. Glauben Sie mir, dieser Test ist wichtig auf dem Weg zur Selbsterkennung.

›Erkenne dich selbst‹ setzt die Frage voraus: Wer bin ich? Das ist der Wunsch, die Wahrheit über sich zu erfahren. Ein Schritt ins Unbekannte. Dazu muss man aus sich heraustreten und sich betrachten, – analysieren. Diese Trennung ist die Geburt des Bewusstseins, des Ichs, denn nur das Bewusstsein stellt die Frage nach der Wahrheit über sich selbst, nicht das Sein. Zwar gilt nach Descartes »Cogito, ergo sum«, ich denke, folglich bin ich, aber dieses allgemeine Denken gibt nur Klarheit darüber, dass mein Sein ist, ich also als Lebewesen existiere, klärt aber nicht, was hinter dieser lebenden Materie steckt. Die Trennung des Bewusstseins vom Seienden bedeutet geistige Mühe und Arbeit, der sich viele gerne entziehen, zumal es den Verlust der Leichtigkeit des Seins bedeutet. Dafür erfährt man aber, wer man ist, als welcher Mensch man angelegt wurde.

Vier Fragen stellt Kant in seinem Versuch zur philosophischen Anthropologie: Was kann ich wissen? Was soll ich tun? Was darf ich hoffen? Die vierte Frage ist als neuer Satz deutlich abgesetzt: Was ist der Mensch? Der Mensch soll nach sich selbst fragen. Was bin ich? Unsere heutige Zeit scheint sich mit solchen Gedanken nicht großartig zu quälen, weil die Antwort nicht über Google abzurufen ist. Das moderne Gehirn, der Computer, hält keine Erklärung bereit. Ist ja auch nicht nötig. Der moderne Mensch weiß nicht, was oder wer er ist, er weiß auch nicht, dass er es nicht weiß, und damit ist er auch völlig zufrieden. Mit solchem Wissen lässt sich kein Geld machen. Wem nützt es also?

So bleibt dem Jetzt-Menschen nur eine klägliche Erkenntnis, die Jacques Monod in seiner Abhandlung »Zufall und Notwendigkeit« so treffend formuliert hat:

»Der Mensch weiß endlich, dass er in der teilnahmslosen Unermesslichkeit des Universums allein ist, aus dem er zufällig hervortrat. Nicht nur sein Los, auch seine Pflicht steht nirgendwo geschrieben.

Wenn er diese Botschaft in ihrer vollen Bedeutung aufnimmt, dann muss er endlich aus seinem tausendjährigen Traum erwachen und seine totale Verlassenheit, seine radikale Fremdheit erkennen. Er weiß nun, dass er seinen Platz wie ein Zigeuner am Rande des Universums hat, das für seine Musik taub ist und gleichgültig gegen seine Hoffnungen, Leiden oder Verbrechen.«

Wer jetzt lächelt und sagt: Ja, ja, der gute alte Jacques war schon ein komischer Kauz, macht sich die Sache mit der Lebensphilosophie zu leicht. Wenn wir alle unsere inneren Werte aufgeben und das Wahre, Gute, Schöne seine Bedeutung für uns verliert, sitzen wir in der Tat am Rande eines teilnahmslosen Universums, das gleichgültig gegen unsere Hoffnungen und Leiden ist. Und was ist dann? Es lohnt sich darüber nachzudenken, bevor es zu spät ist. Eine späte Erkenntnis ist stets besser als gar keine. Oft habe ich den Eindruck, dass wir uns einen Irrweg pflastern, für den wir auch noch selbstgefällig gelobt werden wollen. Aber –, nicht vergessen! Wir haben ein Ich-Bewusstsein und damit die Fähigkeit über unser Leben selbst zu bestimmen. Das ist auf den ersten Blick klasse, doch werden wir dadurch leider aus dem Paradies der Sorglosigkeit vertrieben. Der erwachte, Wahrheit suchende Geist will nicht nur wissen, wer er ist, sondern auch »was die Welt im Innersten zusammen hält.« Das ist keineswegs ein »dunkler Drang«, sondern der Wunsch nach Erkenntnis. Das ›Erkenne dich selbst‹ ist sicher ein guter Anfang, aber eben nur ein Anfang. Viele kapitulieren schon vorher und haben daher keinen Anfang. Wer sich aber selbst erkannt hat, diese Selbsterkenntnis ist natürlich subjektiv, was nicht das Geringste ausmacht, steht nun vor der nächsten Aufgabe, die Nietzsche mit dem Satz: »Werde, der du bist«, formuliert. Das ist die größte Aufgabe eines jeden Lebens, denn es geht um den Sinn des Lebens. Ich betrachte ihn aus der philosophischen Sicht, da mir die rein wissenschaftliche zu desillusionierend ist. So stellt Bertrand Russell beispielsweise fest, dass in der sichtbaren Welt die Milchstraße ein winziger Teil sei, in dem unser Sonnensystem ein unendlich kleiner Fleck wäre, in dem unser Planet ein mikroskopischer Punkt ist. Auf diesem Punkt kreuchten winzige Klümpchen unreinen Kohlenstoffs und Wassers von komplizierter Struktur mit ein wenig ungewöhnlicher physischer und chemischer Eigenschaft ein paar Jahre lang herum, bis sie sich irgendwann wieder in die Elemente auflösten, aus denen sie bestehen. Was Russell da so schön beschreibt, entspricht unserer naturwissenschaftlichen Logik. Alles Leben und damit auch das menschliche, hat keinen Sinngehalt und ist nur ein ziel- und bedeutungsloser Zufall. Mit dieser Erkenntnis können Tiere und Pflanzen offensichtlich gut leben. Der Homo sapiens, der, der aufrecht geht und denkt, kann es nicht: weil er denkt, weil er über sein Schicksal nachdenkt. Er schafft sich, weil er es sich wünscht, ein Jenseits, in dem er weiter leben kann. Das bedeutet aber, dass er an eine übergeordnete Kraft glauben muss, die ein Interesse an ihm hat und ihm daher eine solche Zukunft garantiert. Der Grund eines solchen Interesses ist schwer zu finden. Da muss schon ein Gott herhalten, der sich um seine Geschöpfe sorgt, wie ein liebevoller Vater. Mit diesen Überlegungen sind wir natürlich weit von den Theorien des Naturalismus entfernt, der ja wenigstens noch den scheinbaren Vorteil hat, dass manches beweisbar ist und nicht einer gehofften Wünschbarkeit entspricht.

Mit der Sinnlosigkeit des Daseins kann der Mensch nicht leben, an die Schöpfungstheorie will er nicht glauben. Was bleibt ihm da als Lebenssinn noch übrig? An dieser Stelle baut uns Jean Paul Sartre eine geniale Brücke. Er sagt, dass Sinn und Zweck des Lebens nicht von vornherein gegeben seien, sondern dass ein jeder, weil er denken kann, seinen eigenen Sinn finden müsse. Jeder muss sich dieser Verantwortung stellen. Ein Umstand, vor dem wir uns nur zu gerne drücken. Deshalb akzeptieren wir unbedenklich jede banale Meinung, selbst auf die Gefahr hin, dass hierdurch unser Leben bedeutungslos wird. Wir verzichten leichtfertig auf die Selbstbestimmung unseres Daseinszweckes, obwohl sie die einzige Möglichkeit eines sinnvollen Lebens ist, sogar, wenn das Universum und alles, was zu ihm gehört, nur das Ergebnis blinder, zielloser Kräfte ist, und alles nur ein Zufall war.

Wenn wir unserem Leben einen Sinn geben, so muss es ein großer Sinn sein, ein Sinn, der allgemein ist, der in der Zukunft liegt. Er muss vorwärts gerichtet sein. Wer sich bemüht, wird irgendwann in der Helligkeit des gelebten Augenblicks an sein Ziel kommen. Adventus: Die Ankunft.

Es gibt zum Glück noch viele, die ankommen wollen, die sich auf den Weg ins Nebelland machen, weil sie die Sehnsucht treibt; die Sehnsucht, mit der, so Nelly Sachs, alles beginnt, weil im Herzen immer Raum für mehr ist, für Schöneres, für Größeres.

Zum Buch

Ich habe den Titel: Rhapsodie in Grün gewählt, weil sich alles, in irgendeiner Form, um die Natur dreht. Der Garten, als loses verbindendes Band, schlängelt sich ebenso durch die Erzählungen wie die moralische Grundeinstellung des Autors.

Rhapsodie: Ein Rückgriff in die Geschichte, eine Erinnerung an die Rhapsoden, griechische Wandersänger, die Teile von Dichtungen und Sagen erzählten oder sangen; flüchtige, aus dem Stegreif zusammengestellte aktuelle Ereignisse oder Traditionals der griechischen Stämme. Geschichtliche Rückgriffe sind für die Betrachtung und Bewertung der Probleme der Gegenwart wichtig, denn nicht immer ist das Neue das Bessere, allein schon, weil es nie lange das Neue ist. Nur zu oft ist das Bewahren des Bewährten ein größerer Fortschritt, als die blinde, kritiklose Gefolgstreue des Innovativen.

Die »Rhapsodien in Grün« sind Selbstgespräche, an denen ich den interessierten Leser teilnehmen lassen möchte. Meine Denkweise ist von den Fragen bestimmt: Warum ist das so? Könnte es nicht auch anders sein?

Da mir der wuchtige, bestimmende Ernst nicht liegt, bevorzuge ich: »Ironie, verlass mich nie.« Nüchterne Realitäten fürchte ich, weil sie mit ständigen Auseinandersetzungen verbunden sind. Ich ziehe mich deshalb gerne in eine phantasievolle, nebulöse Traumwelt zurück. Das war in meinem Beruf als Arzt nicht möglich, wohl aber im Garten und beim Schreiben. In den Geschichten lebe ich meine Phantasien aus, komme vom Hundertsten ins Tausendste und verliere nicht selten den »grünen Faden«.

Ich, **Christian Schmidt**, wurde am 20.12.1945 in St. Peter, Kreis Eiderstedt, geboren. Die Bedingungen waren extrem. Meine erste Begegnung mit dieser Welt war ein Temperatursturz von etwa 70 Grad Celsius (37 Grad im Mutterleib und –30 Grad Außentemperatur). Die Tatsache, dass ich das Leben trotzdem angenommen habe, zeigt, dass ich Extreme nicht fürchte.

Nach dem Abitur in Hamburg und Erledigung der vaterländischen Pflichten, Studium der Humanmedizin in Würzburg. Promotion über die Entwicklung der Psychiatrie in Hamburg. Facharzt für Radiologie in Würzburg. Es folgten fünf Jahre als Oberarzt in Darmstadt. Darmstadt wegen des Jugendstils und der Rosenhöhe.

Danach 26 Jahre Chefarzt am Bürgerhospital in Frankfurt am Main. Frankfurt wegen Goethe, Senckenberg, Heinrich Hoffmann, Wilhelm Busch, Palmengarten und natürlich Friedrich Schiller, der sich hier nicht nur von der Sachsenhäuser Brücke stürzen wollte, sondern, mittellos, lieber hungerte, als ein Gedicht (Teufels Amor) unter Wert zu verkaufen.

Ich schätze Frankfurt sehr, weil hier der Geist einer freien Reichsstadt zu Hause ist. In dieser großzügigen und offenen Stadt pulsiert der Geist der Zeit. So war es und so wird es auch immer bleiben. In Frankfurt ist gut sein.

Nicht überzeugt vom Prinzip des Übermenschen, aber absoluter Idealist, beschäftigte ich mich mit Kant, Lichtenberg, Popper, Freud, Konrad Lorenz, Arthur Schopenhauer und natürlich immer wieder mit Friedrich Schiller.